"十三五"江苏省高等学校重点教材

2019-2-281

中国古代诗词艺术

主编：许芳红

编委：范新阳　葛志伟　周金标

中国教育出版传媒集团

高等教育出版社·北京

内容简介

　　本教材以"中国古代文学史""中国古代文学作品"为基础,提炼概括出中国古典诗词"悲秋""伤春""士不遇""乡愁""相思"等五个主题,"中和之美""平淡自然""含蓄蕴藉"等三个艺术追求,"章法安排""琢字炼句""比兴寄托""动静安排""虚实相生""典故运用"等六个艺术技巧与表现手法,追源溯流,在其内涵与发展流变的介绍中见出古代文学发展的历史轨迹,同时辅以多类型的经典作品解读加以印证。教材将文学主题、审美追求、艺术技巧三大模块有机结合,以论题为点,以文学史为线,以作品为面,融宏观与微观、理论与鉴赏为一体,使学生能宏观地掌握中国古代文学的发展历程、中国古代文学之美,以及创作之艺术技巧,提高学生的审美鉴赏水平和整体认知水平,适合在校大学生与社会诗词爱好者阅读。

图书在版编目（ＣＩＰ）数据

　　中国古代诗词艺术／许芳红主编 . --北京：高等教育出版社，2023.7

　　ISBN 978-7-04-058810-1

　　Ⅰ．①中…　Ⅱ．①许…　Ⅲ．①诗词-文学研究-中国-古代-高等学校-教材　Ⅳ．①I207.2

　　中国版本图书馆 CIP 数据核字（2022）第 109687 号

中国古代诗词艺术
Zhongguo Gudai Shici Yishu

| 策划编辑 | 刘纯鹏 | 责任编辑 | 刘纯鹏 | 封面设计 | 张志奇 | 版式设计 | 徐艳妮 |
| 责任绘图 | 邓　超 | 责任校对 | 刘娟娟 | 责任印制 | 存　怡 | | |

出版发行	高等教育出版社	网　　址	http：//www.hep.edu.cn
社　　址	北京市西城区德外大街 4 号		http：//www.hep.com.cn
邮政编码	100120	网上订购	http：//www.hepmall.com.cn
印　　刷	保定市中画美凯印刷有限公司		http：//www.hepmall.com
开　　本	787mm×1092mm　1/16		http：//www.hepmall.cn
印　　张	15.5		
字　　数	300 千字	版　　次	2023 年 7 月第 1 版
购书热线	010-58581118	印　　次	2023 年 7 月第 1 次印刷
咨询电话	400-810-0598	定　　价	34.80 元

本书如有缺页、倒页、脱页等质量问题,请到所购图书销售部门联系调换
版权所有　侵权必究
物 料 号　58810-00

目录

第一章

中国古代文学主题之一

悲秋

第一节　悲秋的历史文化意蕴①

"一叶落而天下知秋",当秋风渐起,草木变枯,万物萧瑟,悲凉的感觉便会油然而生。这是我们面对秋天时共同的情感状态,也是自古以来文人墨客反复吟咏的生命情感。

悲秋,作为中国传统文学的一大母题,源远流长。从"悲哉秋之为气也,草木摇落而变衰"(宋玉《九辩》),至"万里悲秋常作客,百年多病独登台"(杜甫《登高》);从"秋风起兮白云飞,草木黄落兮雁南归"(汉武帝《秋风辞》),至"夜雨做成秋,恰上心头"(纳兰性德《浪淘沙》);从"秋风萧萧愁杀人"(汉乐府《古歌》)至"秋花惨淡秋草黄,耿耿秋灯秋夜长。已觉秋窗秋不尽,那堪风雨助凄凉"(《红楼梦》中林黛玉的《秋窗风雨夕》),一部中国文学史可以说是秋意盈纸,悲伤盈怀。悲秋母题所蕴含的生命悲叹,所传达的文化意义非常丰富。刘勰《文心雕龙·物色》篇曾云:"春秋代序,阴阳惨舒,物色之动,心亦摇焉。"当秋风吹起,自然的萧飒荒冷投影在人们心上,让人不由自主地产生悲秋之情,并由自然联想到人生,由人生想到社会,千种情感、万般思绪从心底泛起,于是悲秋成了抒写不尽的浓愁。纵观中国文学发展历史,悲秋主要有这样几个层次内容:

一、对生命即将逝去的叹息。秋天是一年将尽之时,《礼记·月令》说秋天"凉风至,白露降,寒蝉鸣……天地始肃……霜始降……草木黄落"。当秋天来临之时,秋风起,白露飘落,寒蝉鸣叫,绿叶变枯,大自然变得肃杀,变得生机寥落。朱筠说:"大凡时序之凄清,莫过于秋。"(朱筠《古诗十九首说》)欧阳修在《秋声赋》对秋天的色、容、气、意有准确的描写:"盖夫秋之为状也:其色惨淡,烟霏云敛;其容清明,天高日晶;其气慄冽,砭人肌骨;其意萧条,山川寂寥。"同时,欧阳修还分析了秋天为何会如此,是因为"夫秋,刑官也,于时为阴;又兵象也,于行为金。是谓天地之义气,常以肃杀而为心。天之于物,春生秋实,故其在乐也,商声主西方之音,夷则为七月之律。商,伤也,物既老而悲伤;夷,戮也,物过盛而当杀"。秋天恰如无情的杀手,具有摧毁自然生机的威力。

①　本节参考尚永亮:《悲秋意识初探》,《陕西师大学报(哲学社会科学版)》1988 年第 4 期。

图1-1 元赵孟頫书欧阳修《秋声赋》局部

在古代文人心里，自然的秋天又与人生的秋天紧密对应。农业是中国古代主要经济形式，在农业生产过程中，庄稼的生长随四季更替轮回，春种、夏长、秋收、冬藏，与之相适应的生命周期则为春生、夏荣、秋凋、冬残。自然界的生命周期又与人的生长周期相对应。人从出生、成长、衰老经过蓬勃发育的少年、精力充沛的青壮年、渐趋衰颓的中老年，其成长轨迹与春生、夏荣、秋凋、冬残完全一致。当敏感的诗人面对秋天时，自然触景伤怀，由大自然联想到个体生命的短暂，愁由心生，悲伤不已。于是，秋天就具有了死亡隐喻的性质，当人们在秋天临风而叹时，实际上是感叹人生之短暂、生命之易逝。汉武帝在他的《秋风辞》中说："秋风起兮白云飞，草木黄落兮雁南归……萧鼓鸣兮发棹歌，欢乐极兮哀情多。少壮几时兮奈老何！"唐代诗人钱起《伤秋》诗说："岁去人头白，秋来树叶黄。搔头向黄叶，与尔共悲伤。"①白居易《秋雨中赠元九》说："不堪红叶青苔地，又是凉风暮雨天。莫怪独吟秋思苦，比君校近二毛年。"刘基《秋日即事九首》其九说："北风吹雁过萧萧，旅馆青灯共寂寥。蓬鬓一时成白雪，老来禁得几秋宵？"石崇在《思妇叹》中说："时光逝兮年易尽，感彼岁暮兮怅自愍。"自然界的秋天来了，落叶纷飞，人生的秋天来了，双鬓堆雪。秋天来了，意味着一年

---

① 据佟培基《全唐诗重出误收考》，此为卢纶诗，题为《同李益伤秋》，陕西人民教育出版社1996年版，第180页。

将要结束;人生的秋天来了,意味着生命即将枯萎,人生将要走到尽头。诗人们不自觉地将自我的生命节奏与自然的生命节奏融为一体,自然之悲与生命之悲融为一体,构成令人怆然泪下的生命感伤。因此,秋天实际上是时间将尽、生命将尽的符号表达,已成为一种文化原型和生命符号。

二、怀才不遇的悲伤叹息。古代文人无不希望能够得遇明主,平步青云,施展平生抱负,治国平天下。然而囿于门第、时代、机遇,真正能得遂平生志业、出将入相的毕竟是少数。很多才华横溢的人,往往也只能人生失意,潦倒不堪,当看到秋风起,落叶飘,感觉前途漫漫,没有出头之日,自然界的萧瑟与人生的失意相汇合,于是不禁心瘁神伤。宋玉悲叹说:"坎廪兮贫士失职而志不平,廓落兮羁旅而无友生"(《九辩》),杜甫悲叹说:"万里悲秋常作客,百年多病独登台"(《登高》)。他们在秋天里为什么会这么悲伤?其根本原因正如庾信所说:"不无秋气之悲,实有途穷之恨"(《谢滕工集序启》)。诗人们悲秋实际是为自己找不到出路而伤怀,是悲叹自己怀才不遇,飘零辗转,沉沦下僚。在这种语境下,左思在其《杂诗》中借"秋风何冽冽,白露为朝霜"的凄凉秋景抒发其"高志局四海,块然守空堂"的郁闷,王勃在《滕王阁诗序》中虽然描写了辽阔壮美的山川秋景,但真正想抒发的却是"关山难越,谁悲失路之人;萍水相逢,尽是他乡之客。怀帝阍而不见,奉宣室以何年。嗟乎!时运不齐,命途多舛;冯唐易老,李广难封"的怀才不遇的苦闷。

图1-2　清代王时敏绘《杜甫秋意图》

第一节　悲秋的历史文化意蕴

三、家国忧怀与历史轮回的叹息。秋天的萧瑟与肃杀，不仅会唤起诗人怀才不遇的命运之叹，更会唤起他们厚重的历史兴亡之感，正如陆游在《悲秋》诗中所言："我岂楚逐臣，惨怆出怨句？逢秋未免悲，直以忧国故。"秋天的悲伤叹息与忧国忧民之情相融合，深沉厚重的历史之感和国事之忧使悲秋的境界超越了一己之命运叹息，而上升至更为深沉博大的境界。杜甫的《秋兴八首》组诗写夔州满目山川萧条，写到暮年多病的苦况，抒发的是关心国家命运的深情，如《秋兴八首》其一云："玉露凋伤枫树林，巫山巫峡气萧森。江间波浪兼天涌，塞上风云接地阴。丛菊两开他日泪，孤舟一系故园心。寒衣处处催刀尺，白帝城高急暮砧。"其四云："闻道长安似弈棋，百年世事不胜悲。王侯第宅皆新主，文武衣冠异昔时。直北关山金鼓振，征西车马羽书驰。鱼龙寂寞秋江冷，故国平居有所思。"

当诗人们登高望远，秋意满眼时，常常感觉到天地苍苍永恒不变，而实际上人事沧桑，王朝迭变，多少繁华盛世归于消歇，多少英雄将相终成为历史云烟。这时的诗人们常常抚今追昔，悲悼过去，叹息现在和未来。这种情感在秋天里则被发酵得淋漓尽致。聂夷中《早发邺北经古城》诗云："秋云零落散，秋风萧条生。对古良可叹，念今转伤情。古人已冥冥，今人又营营。不知马蹄下，谁家旧台亭？"秋风起，秋云散，正如繁华消歇，风流云散，萧瑟的自然与社会人事的更迭两相印照，传达出一种博大深沉的历史苍凉感，蕴含着对人生意义的思考与对死亡的深深恐惧。这时，充满时事之悲、故国之思的黍离之痛就使悲秋变得更加深广与厚重。

所以我们说，悲秋者真正悲伤的并不在秋天本身，而是借着对秋天的悲悼抒发自己所感受到的深沉人生忧患，以及自己关于生命、人生、社会的深刻思考与叹息。悲秋实则上是文人感受了历史的沧海桑田，面对人生坎坷、仕途蹭蹬，在文学中抒发的隐藏在内心深处的沉重的悲凉感伤。在悲秋文学作品中，文人们由秋的衰败零落联想到个人的怀才不遇，发出遭谗放逐的生命悲叹，联想到国家的不复振起，发出感怀时事的社会悲感。悲秋，也就由从个人一己之生命层面的悲秋意识走向更为宏大的社会政治层面的深广忧患。古代文人也就将这种属于个体的生命感悟和个人情怀从狭隘的私人空间扩展开来，以理性的深沉思考面对严酷的社会现实，从而站在更高的角度去审视人生与生命。

悲秋意识给古代文人的心理结构和传统文化以显著的影响。它产生之后，就具有了强大的吸附力和感召力，造就了古代文人多悲善感、以悲为雅的审美情操。它一方面培养了一代复一代的悲秋作者，也造就了他们盛时考虑衰败、枯时憧憬盛世的性格特点，另一方面也造就了一代代欣赏悲秋作品的读者，它直接影响了中国古代文学以悲为主的风格特征，并成为这一类型的典范。

第二节 悲秋的源头：宋玉《九辩》

九 辩

宋 玉

悲哉秋之为气也！萧瑟兮草木摇落而变衰[1]，憭慄兮若在远行[2]，登山临水兮送将归，泬寥兮天高而气清[3]，寂寥兮收潦而水清[4]，憯凄增欷兮[5]薄寒之中人，怆怳懭悢兮[6]去故而就新，坎廪兮贫士失职而志不平[7]，廓落兮羁旅而无友生[8]。惆怅兮而私自怜。燕翩翩其辞归兮，蝉寂漠而无声。雁雝雝而南游兮[9]，鹍鸡啁哳而悲鸣[10]。独申旦而不寐兮，哀蟋蟀之宵征。时亹亹而过中兮[11]，蹇淹留而无成[12]。

注释：

[1]摇落：动摇脱落，指树叶随秋风飘落。

[2]憭慄(liáolì)：凄凉的样子。

[3]泬(xuè)寥：空旷清朗的样子。

[4]寂寥(liáo)：即"寂寥"，空寂虚静的样子。收潦(lǎo)：指雨止。潦，雨后地上的积水。

[5]憯(cǎn)凄：同"惨凄"，悲伤的样子。增欷(xī)：叹息不已。欷，叹息声。薄寒：轻微的寒气。中(zhòng)：侵袭。

[6]怆怳(chuànghuǎng)：悲伤的样子。懭悢(kuǎnglǎng)：失意的样子。

[7]坎廪(lǎn)：坎坷不平，不得意。贫士：寒微之人，宋玉自指。失职：指受谗失去官职。

[8]廓落：孤独寂寞的样子。羁旅：滞留他乡。友生：知己好友。

[9]雝雝(yōng)：雁的鸣叫声。

[10]鹍(kūn)鸡：一种鸟，黄白色，形似鹤。啁哳(zhāozhā)：杂乱细碎的声音。

[11]亹亹(wěi)：行进不停的样子。过中：指过了中年。

[12]蹇(jiǎn)：楚国方言，发语词。淹留：滞留，久留。

悲忧穷戚兮独处廓，有美一人兮心不绎[1]。去乡离家兮徕远客[2]，超逍遥兮今焉薄[3]？专思君兮不可化，君不知兮可奈何！蓄怨兮积思，心烦憺兮忘食事[4]。愿一见兮道余意，君之心兮与余异。车既驾兮揭而归[5]，不得见兮心伤悲。倚结軨兮长太息[6]，涕潺湲兮下沾轼[7]。忼慨绝兮不得[8]，中瞀乱兮迷惑[9]。私自怜兮何极，心怦怦兮谅直[10]。

注释：

[1]穷：困窘。戚：通"蹙(cù)"，局促不安。穷戚：指仕途不达。处廓：身处空虚落寞的境地。有美一人：德行美好的人，指诗人自己。绎：通"怿(yì)"，愉快。

[2]去：离开。徕(lái)：通"来"。徕远客：来远方作客。

[3]超：远。薄：靠近，走向。这句意思是说自己在远方游荡，也不知如今在何处栖身。

[4]专：专一。化：改变。烦憺(dàn)：烦闷，忧愁。食事：吃饭与做事。

[5]揭(qiè)：离去。归：回家。

[6]軨(líng)：车厢的栏木。结軨：因车厢的栏木横竖成方格形，所以称之。太息：叹息。

[7]潺湲(yuán)：流水声，这里指泪流不止。轼：车前供人扶靠的横木。

[8]忼(kāng)慨：同"慷慨"，愤激的意思。绝：断绝。

[9]中：内心。瞀(mào)乱：心中烦乱。

[10]谅直：忠贞不阿。

皇天平分四时兮，窃独悲此廪秋[1]。白露既下百草兮，奄离披此梧楸[2]。去白日之昭昭兮，袭长夜之悠悠。离芳蔼之方壮兮[3]，余萎约而悲愁[4]。秋既先戒以白露兮，冬又申之以严霜。收恢台之孟夏兮[5]，然欲僁而沈藏[6]。叶菸邑而无色兮[7]，枝烦挐而交横[8]；颜淫溢而将罢兮[9]，柯彷佛而萎黄；萷櫹椮之可哀兮[10]，形销铄而瘀伤[11]。惟其纷糅而将落兮[12]，恨其失时而无当。

擥騑辔而下节兮[13]，聊逍遥以相佯[14]。岁忽忽而遒尽兮[15]，恐余寿之弗将[16]。悼余生之不时兮，逢此世之俇攘[17]。澹容与而独倚兮[18]，蟋蟀鸣此西堂。心怵惕而震荡兮[19]，何所忧之多方！卬明月而太息兮，步列星而极明[20]。

注释：

[1]皇天：上天。窃：暗自。廪(lǐn)：同"凛"，寒冷。

[2]奄：忽然。离披：枝叶分散低垂、萎而不振的样子。梧楸(qiū)：梧桐和楸树，都是早凋的树木。

[3]芳蔼：芬芳茂盛，这里形容人在壮年时期体魄健壮、精力充沛。方壮：正当壮年。

[4]萎约：枯萎零落，这里形容人的身体疲弱。

[5]恢台：旺盛广大的样子。孟夏：初夏。

[6]欲(kǎn)：同"坎"，陷落。僁(chì)：停止。沈藏：潜藏。"收恢台"二句是说，秋

冬之际,草木凋零,盛夏时繁盛的景象已经不存在了。

[7]菸邑(yūyì):枯萎。

[8]烦挐(rú):稀疏纷乱的样子。挐,纷乱。

[9]淫溢:逐渐。罢(pí):同"疲",指枝叶枯萎凋零。

[10]莂(shāo):通"梢",枝条。欐槮(xiāosēn):草木凋零,光秃秃的样子。

[11]销铄:指树木受霜之害而损毁。瘀(yū)伤:指树木受伤而生瘤。

[12]惟:想,想到。纷糅:枯枝败草纷乱混杂。

[13]挚:牵着。騑(fēi):骖马,驾在车子两边的马。辔(pèi):马缰绳。节:马鞭。

[14]相佯:犹言徜徉,自由自在地走。

[15]岁:岁月。忽忽:形容过得快。遒(qiú):迫近。

[16]弗将:不长。

[17]怔攘(kuángrǎng):纷乱不安的样子。这句是指自己生逢乱世。

[18]澹:同"淡",安静,这里有内心孤寂之意。容与:迟缓不前的样子。

[19]怵(chù)惕:恐惧。

[20]卬(yǎng):同"仰"。步列星:在星下漫步,徘徊。极明:到天亮。

窃悲夫蕙华之曾敷兮[1],纷旖旎乎都房[2]。何曾华之无实兮[3],从风雨而飞飏!以为君独服此蕙兮[4],羌无以异于众芳[5]。闵奇思之不通兮[6],将去君而高翔。心闵怜之惨凄兮,愿一见而有明[7]。重无怨而生离兮,中结轸而增伤[8]。岂不郁陶而思君兮[9]?君之门以九重。猛犬狺狺而迎吠兮[10],关梁闭而不通[11]。皇天淫溢而秋霖兮[12],后土何时而得干[13]?块独守此无泽兮[14],仰浮云而永叹。

注释:

[1]华:同"花"。敷:伸展,借指花朵开放。曾敷:曾经开放。一说"曾"通"层",曾敷指层层开放。

[2]纷:盛多的样子。旖旎(yǐnǐ):此为花朵繁盛的样子。都房:华屋,华贵之地。都,美。

[3]曾华:曾经开放。一说层层开放的花朵。实:果实。

[4]"以为"二句:言诗人以为君独用此等缺乏坚贞品格的所谓"贤臣",实同一般平庸者没有区别。服:佩戴。这里有赏识、重用之意。

[5]羌:发语词。众芳:普通的花草。这里比喻一般人才。

[6]闵:同"悯",伤怜。奇思:出众的思想,指出色的治国方略。不通:不能达到君王那里。

[7]一见:指见楚王。有明:有以明,指向楚王表明自己的心迹。

[8]无怨:即无罪。结轸(zhěn):郁结哀痛。增伤:更加悲伤。

[9]郁陶(táo):忧思郁积的样子。

[10]猛犬:比喻楚王身边的奸佞之臣。狺狺(yín):狗争叫的声音。

[11]关：门关。梁：桥梁。

[12]淫：过分。淫溢：指雨水过多。霖：久下不止的雨。

[13]后土：大地。古人常以"后土"与"皇天"对称。

[14]块：块然，孤独的样子。无：通"芜"，荒芜。泽：积水的洼地。无泽：荒芜的大泽。

　　何时俗之工巧兮，背绳墨而改错[1]！却骐骥而不乘兮[2]，策驽骀而取路[3]。当世岂无骐骥兮？诚莫之能善御。见执辔者非其人兮，故駶跳而远去[4]。凫雁皆唼夫梁藻兮[5]，凤愈飘翔而高举。圆凿而方枘兮[6]，吾固知其鉏铻而难入[7]。众鸟皆有所登栖兮，凤独遑遑而无所集。愿衔枚而无言兮[8]，尝被君之渥洽[9]。太公九十乃显荣兮，诚未遇其匹合[10]。谓骐骥兮安归？谓凤皇兮安栖？变古易俗兮世衰，今之相者兮举肥[11]。骐骥伏匿而不见兮[12]，凤皇高飞而不下。鸟兽犹知怀德兮，何云贤士之不处[13]？骥不骤进而求服兮，凤亦不贪馁而妄食[14]。君弃远而不察兮[15]，虽愿忠其焉得？欲寂漠而绝端兮，窃不敢忘初之厚德[16]。独悲愁其伤人兮，冯郁郁其何极[17]！

注释：

[1]工巧：工于投机取巧。背：违背。绳墨：绳线和墨斗，是木工画直线的工具，借指规则法度。错：同"措"，措施。

[2]却：拒绝。骐骥（qíjì）：千里马，喻贤才。

[3]策：马鞭，这里作动词用，鞭打。驽骀（nútái）：劣马，这里比喻小人。

[4]駶（jú）跳：跳跃。

[5]凫：野鸭。唼（shà）：水鸟或鱼吃食的样子。梁：小米。藻：水草。这里比喻奸佞小人白拿俸禄。

[6]圆凿：圆的榫眼。方枘（ruì）：方的榫头。圆凿而方枘：圆的洞眼安方的榫子。

[7]鉏铻（jǔyǔ）：同"龃龉"，彼此不相合。"圆凿"二句是说，圆孔和方榫本来就知道难以吻合，暗喻自己与那些世俗小人格格不入。

[8]衔枚：指闭口不言。古时行军为防止士兵出声，令他们口中衔一根叫做枚的短木条。

[9]被：蒙受。渥（wò）洽：恩惠，厚恩。

[10]太公：指姜太公姜尚。姜尚帮助周武王灭纣，当其受封于齐之时，已年届九十。显荣：显赫荣耀，指姜太公被周文王重用之事。诚：确实。匹合：匹配遇合。

[11]相者：相马之人。举肥：举荐肥马。意思是说相马的人不识良马。

[12]伏匿：藏匿。

[13]何云：怎么能说。怀德：怀念有德之人。不处：不留，指不愿留在朝廷。

[14]骤进：急于求进。服：驾车，拉车。馁：同"喂"。妄食：胡乱吃东西。"骥不"

二句是说贤才不会为了贪求禄位而走邪路的。

[15]弃远:抛弃平时不接近的人。远,指不是君王亲近的人。察:细心看,细心考察。

[16]寂漠:同"寂寞"。端:端绪。绝端:断绝思绪,指完全放弃仕进的想法。

[17]冯(píng):同"凭",楚地方言,愤懑的意思。郁郁:愁闷的样子。

　　霜露惨悽而交下兮,心尚幸其弗济[1]。霰雪雰糅其增加兮,乃知遭命之将至[2]。愿徼幸而有待兮,泊莽莽与野草同死[3]。愿自直而径往兮,路壅绝而不通[4]。欲循道而平驱兮,又未知其所从[5]。然中路而迷惑兮,自压桉而学诵[6]。性愚陋以褊浅兮,信未达乎从容[7]。

　　窃美申包胥之气盛兮,恐时世之不固[8]。何时俗之工巧兮,灭规矩而改凿[9]。独耿介而不随兮,愿慕先圣之遗教[10]。处浊世而显荣兮[11],非余心之所乐。与其无义而有名兮,宁穷处而守高[12]。食不媮而为饱兮,衣不苟而为温[13]。窃慕诗人之遗风兮,愿托志乎素餐[14]。蹇充倔而无端兮,泊莽莽而无垠[15]。无衣裳以御冬兮,恐溘死不得见乎阳春[16]。

注释:

[1]霜露:比喻小人所施的种种迫害。惨悽:此处形容程度激烈。交下:并下。形容很多。幸:希望。弗济:不会成功。

[2]霰(xiàn):雪珠。雰(fēn)糅:纷杂,形容雪珠在空中乱飘的样子。"乃知"句指行善而遭凶的坏命运。

[3]徼(jiǎo)幸:同"侥幸"。有待:有所期待。泊:停留。莽莽:野草繁茂,一望无际的样子。"愿徼幸"二句是说,如果自己还有为国尽忠的机会,哪怕身处荒野,与野草同腐,也心甘情愿。

[4]直:自己表白所遭枉屈。径:小路,捷径。这里指不通过别人引荐疏通而径直找楚王诉冤。壅(yōng)绝:壅塞,堵塞。

[5]循道:顺着大路。平驱:平稳前行,相对于"径往"而言。因捷径、小路往往要翻越山林障碍。从:由。这二句意思是说想按一般的路子求见楚王,却不知如何入手,找谁引荐。

[6]压桉(àn):压抑。桉,同"案",通"按"。学诵:学诵《诗经》。春秋战国士大夫社交往来常诵诗。

[7]褊(biǎn)浅:心地、见识狭隘短浅。信:确实,实在。

[8]申包胥:春秋时楚大夫,姓公孙,封于申,故称申包胥。他为救楚国,曾在秦国朝廷上哭了七天七夜,终于感动秦哀公出兵救楚。气盛:血气刚强。时世:当时之国势。固:稳固。

[9]灭:废弃。凿:当作"错",即措,措施。

[10]耿介:专一而不苟且。随:随俗浮沉。

[11]浊世:是非不分、奸人当道的乱世。显荣:荣宠,显赫。

[12]守高:固守高尚的节操。

[13]媮：同"偷"，苟且的意思。"食不媮"二句是表达自己决不苟且偷生、随俗浮沉的高洁志向。

[14]诗人：指《诗经·魏风·伐檀》的作者，诗有"彼君子兮，不素餐兮！"句。素餐：无功而食禄。

[15]蹇(jiǎn)：梗阻穷困。充倔：充，充塞；倔，通"屈"，委屈。无端：无尽头。"蹇充倔"二句是说自己困顿穷迫的状况没有边际。

[16]御：抵挡。溘(kè)：突然。阳春：和暖的春天。

靓杪秋之遥夜兮，心缭悷而有哀[1]。春秋逴逴而日高兮[2]，然惆怅而自悲。四时递来而卒岁兮，阴阳不可与俪偕[3]。白日晼晚其将入兮，明月销铄而减毁[4]。岁忽忽而遒尽兮，老冉冉而愈弛[5]。心摇悦而日幸兮，然怊怅而无冀[6]。中憯恻之悽怆兮，长太息而增欷[7]。年洋洋以日往兮，老嵺廓而无处[8]。事亹亹而觊进兮，蹇淹留而踌躇[9]。

注释：

[1]靓(jìng)：通"静"。杪(miǎo)秋：秋末。遥夜：长夜。缭悷(liáolì)：缠绕郁结。

[2]逴逴(chuō)：走得越来越远的样子。日高：一天比一天老。

[3]递来：循环往复。卒岁：年终。俪(lì)偕：同在一起。

[4]晼(wǎn)晚：日落时昏暗的样子。入：落。销铄(shuò)：亏缺，指月亮由圆逐渐变为下弦，以至不见。这里指一月将尽。

[5]忽忽：形容时间过得很快。冉冉：渐渐。弛：松弛，指精力不济。

[6]摇悦：心神不定的样子。悦，"怳(huǎng)"之误。怊(chāo)怅：惆怅。无冀：没有希望。

[7]中：内心。憯(cǎn)恻：悲痛。悽怆：凄凉悲痛。太息：叹息。增(céng)欷(xī)：一声声地叹气。

[8]洋洋：水流的样子。这里形容时光流逝不止。嵺(liáo)廓：空旷而辽远的样子。无处：无处托身。

[9]事：指国事。觊(jì)进：希望进用。淹留：滞留。踌躇：进退不定的样子。"事亹亹"二句是说自己行事勤勉，希望被进用，结果却梗阻而停滞，陷入进退不定的境地。

何氾滥之浮云兮，焱壅蔽此明月[1]！忠昭昭而愿见兮，然霠曀而莫达[2]。愿皓日之显行兮，云蒙蒙而蔽之[3]。窃不自料而愿忠兮，或黕点而污之[4]。尧舜之抗行兮，瞭冥冥而薄天[5]。何险巇之嫉妒兮，被以不慈之伪名[6]？彼日月之照明兮，尚黯黮而有瑕[7]。何况一国之事兮，亦多端而胶加[8]。

被荷裯之晏晏兮[9]，然潢洋而不可带[10]。既骄美而伐武兮，负左右之耿介[11]。憎愠惀之修美兮，好夫人之慷慨[12]。众踥蹀而日进兮，美超远而逾迈[13]。农夫辍耕而容与兮[14]，恐田野之芜秽。事绵绵而多私兮，窃悼后之危败[15]。世雷同而炫曜兮，何毁誉之昧昧[16]！今修饰而窥镜兮，后尚可以窜藏[17]。愿寄言夫流星兮，羌儵忽而难当[18]。卒壅蔽此浮云兮，下暗漠而无光[19]。

注释：

[1]氾滥：同泛滥。本义为水多横流的样子，这里形容浮云涌流。猋(biāo)：犬奔跑的样子，这里形容飞快。壅蔽：遮蔽。明月：暗喻楚王。

[2]昭昭：光明的样子。见(xiàn)：显现。霒(yīn)：乌云蔽日。曀(yì)：阴风刮起。这里以天的阴暗比喻奸佞壅蔽君主。莫达：不能上达君王。

[3]皓日：明亮的太阳，暗喻楚王。显行：指排除壅蔽，光明地运行。比喻君王能明察善断。蒙蒙：同"濛濛"。

[4]不自料：不自量。或：有人。默(dǎn)：污垢。点：污辱。这里"默点"用作动词，指污蔑，诬陷。

[5]抗行：高尚的德行。瞭：眼光明亮。冥冥：高远的样子。

[6]险巇(xī)：险阻，此指小人作梗。被：加上。不慈之伪名：相传尧认为自己的儿子丹朱不贤而传位给舜，舜认为自己的儿子商均不贤而传位给禹，因此有人认为这是不慈爱自己的儿子。

[7]黯黮(dàn)：昏黑暗淡。瑕：缺点。

[8]多端：头绪纷繁。胶加：指纠缠不清的样子。由此句看，宋玉的政敌借宋玉在政事上的某些疏漏或别人一时难以明了的事情攻击诬陷他，使其去职。

[9]裯(dāo)：短衣。荷裯：用荷叶做成的短衣。晏晏：色彩鲜明柔和的样子。

[10]潢(huàng)洋：本义是水势广大，四处横流，引申为衣服宽大空荡荡不贴身的样子。不可带：宽大不能约束。带，作动词用，系上带子。

[11]骄美：自矜其美。伐武：夸耀勇武。负：依恃。左右：指楚王身边的侍臣。耿介：正直。这句是指君王背离左右正直大臣的意愿和主张。

[12]憎：憎恨。愠(yùn)惀(lǔn)：忠诚的样子。修美：美好的品德。夫人：指那些奸佞小人。慷慨：情绪激昂的样子。"憎愠惀"二句是说，楚王憎恶那些品行高尚的忠贞之士，却喜欢那些夸夸其谈的奸佞小人。

[13]蹠(qiè)蹀(dié)：小步快走的样子，引申为奔走钻营的意思。美：指贤人。超远：疏远。逾迈：越来越远。

[14]辍(chuò)：停止。容与：悠闲的样子。

[15]事：指国事。私：指徇私舞弊。悼：哀痛。"事绵绵"二句是说，国事繁多，群小又徇私误国，我内心哀痛日后国家的危亡。

[16]雷同：随声附和。炫曜：夸耀，吹捧。昧昧：昏暗不明，引申为黑白颠倒，是非不分。"世雷同"二句是说，群小互相吹捧，众口一词，使得人们是非不分，毁誉不明。

[17]窥镜：照镜子。窜藏：躲藏。"今修饰"二句是说，群小今天修饰打扮以取悦欺蒙楚王，事情败露后还能藏匿以自保。

[18]儵(shū)忽：速度很快的样子。儵，同"倏"，极快地。难当：很难碰到。

[19]下：下土，此处指楚国。"卒壅蔽"二句是说，最终还是浮云蔽日，奸佞当道，楚国难见光明。

尧舜皆有所举任兮，故高枕而自适[1]。谅无怨于天下兮，心焉取此怵惕[2]？乘骐骥之浏浏兮，驭安用夫强策[3]。谅城郭之不足恃兮，虽重介之何益[4]？遭翼翼而无终兮，忳惛惛而愁约[5]。生天地之若过兮，功不成而无效[6]。愿沈滞而不见兮，尚欲布名乎天下[7]。然潢洋而不遇兮，直怐愁而自苦[8]。莽洋洋而无极兮，忽翱翔之焉薄[9]？国有骥而不知乘兮，焉皇皇而更索[10]？宁戚讴于车下兮，桓公闻而知之[11]。无伯乐之善相兮，今谁使乎誉之[12]？罔流涕以聊虑兮，惟著意而得之[13]。纷纯纯之愿忠兮，妒被离而鄣之[14]。愿赐不肖之躯而别离兮，放游志乎云中[15]。乘精气之抟抟兮，骛诸神之湛湛[16]。骖白霓之习习兮，历群灵之丰丰[17]。左朱雀之茇茇兮，右苍龙之躣躣[18]。属雷师之阗阗兮，通飞廉之衙衙[19]。前轻辌之锵锵兮，后辎乘之从从[20]。载云旗之委蛇兮，扈屯骑之容容[21]。计专专之不可化兮，愿遂推而为臧[22]。赖皇天之厚德兮，还及君之无恙[23]。

注释：

[1]举任：举贤任能。高枕而自适：高枕无忧。

[2]谅：相信。焉：哪里。怵(chù)惕：惊惧。"谅无怨"二句是说，尧舜确实没有被天下人怨恨，他们内心还有什么恐惧呢？

[3]浏浏：风疾的样子，此指骏马奔驰如疾风的样子。强策：用力鞭打。策，马鞭子。"乘骐骥"二句是说，君王只要重用贤才，不用鞭策他们，也能治理好国家。

[4]重介：坚甲利兵。

[5]遭(zhān)：回旋不前。翼翼：小心谨慎的样子。忳(tún)：忧伤。惛惛(hūn)：愁苦的样子。愁约：被愁苦所束缚。

[6]若过：像过客一样，是说人生短促。"生天地"二句是说，念及自己生于天地之间，倏若过隙，功不成，效不见，因而愁苦。

[7]沈滞：被埋没，此处是退隐之意。见：同"现"，显现。布名：扬名。

[8]不遇：没有受到君王的赏识重用。直：简直是。怐愁(kòumào)：愚昧的样子。这里是说自己抱着一个死心眼，一心为社稷、为君王，结果自寻烦恼。

[9]莽洋洋：宽广无边的样子。焉：何处。薄：靠近，到达。

[10]皇皇：同"惶惶"，惊慌匆忙的样子。索：寻找。

[11]宁戚：春秋时卫国贤士。初为小商人，遇齐桓公夜出，他在车下喂牛，敲着牛角唱了一首怀才不遇的《饭牛歌》，齐桓公听了，马上任用他为客卿。

[12]伯乐：春秋秦穆公时人，善于相马，姓孙，名阳。誉：称赞。相：审视、识别。这

里以良马喻人才,以善相马喻识人。

[13]罔:同"惘",怅然失意的样子。聊虑:姑且抒发自己的忧虑。著意:专意,专心一意。

[14]纯纯(zhūn):借为"忳忳",诚挚的样子。被(pī)离:多而杂乱的样子。鄣:同障,遮蔽,阻碍。这里形容奸佞之徒纷纷从各方面来阻挡。

[15]不肖:不贤,不成才,诗人的自谦之词。放:放浪。游志:游心物外的志向。云中:天空,指诗人要去归隐。

[16]精气:古人所说的人体的元气。抟抟(tuán):聚集成团,盘旋上升的样子。骛(wù):追逐。湛湛:厚集的样子,此处是众多的意思。

[17]骖(cān):三马或四马驾车时辕马两旁的马为骖,此处用为动词,驾驭。白霓:颜色淡淡的虹。习习:飞动的样子。历:经过。群灵:众神。丰丰:众多的样子。

[18]朱雀:神鸟名。芨芨(bèi):翩翩飞翔的样子。躣躣(qú):蜿蜒行进的样子。

[19]属(zhǔ):连接,跟随。雷师:神话中的雷神。阗阗(tián):象声词,雷声。飞廉:神话中的风神。衙衙(yú):向前行进的样子。

[20]辌(liáng):古代用于长途旅行的车辆,可坐可卧,车厢帷幔上开有窗,可以通风。锵锵:车铃声。辎乘:载重的重型马车。从从:车行的样子。

[21]云旗:以云为旗。委蛇:同"逶迤",旌旗迎风舒展的样子。扈(hù):扈从,侍从。屯骑:聚集的车骑。容容:众多的样子。

[22]计:思虑。专专:心意专一的样子。不可化:不可改变,指自己的忠贞之志不会改变。遂:终于。推:进。臧(zāng):善,好。为臧:为国尽力。

[23]君:指楚王。无恙:没有疾病,身体安康,此处指楚国无灾祸,安定富强。

悲秋,是中国文人具有的共同心理结构,一种共同的生命体验,也是一种书写习惯。若追溯悲秋传统,其开先河者就是战国后期楚国的大辞赋家宋玉,明代陈继儒说:"秋气可悲,想古闷如也;自玉一为指破,遂开千古怨端。"(转引自沈云翔《楚辞评林》)那《九辩》写了什么呢?

宋玉,战国末期楚国辞赋家,是继屈原之后最重要的楚辞作家,后世以"屈宋"并称。关于他的生平事迹,古代文献记载很少。《史记·屈原贾生列传》说:"屈原既死之后,楚有宋玉、唐勒、景差之徒者,皆好辞而以赋见称。然皆祖屈原之从容辞令,终莫敢直谏。"刘向《新序·杂事》说他"事楚襄王而不见察,意气不得,形于颜色"。汉韩婴《韩诗外传》卷七、傅毅《舞赋》中也零星记载了他的一些事迹。由各类记载可知,他本来是一位贫穷的读书人,经人引荐做过楚襄王的文学侍臣之类的小官,也可能在兰台之宫供过职,当过大夫。虽然楚顷襄王称他为"先生",但实际上他并未得到重用,人生颇不得意。《汉书·艺文志》云:"宋玉赋十六篇。楚人,与唐勒并时,在屈原后也。"可见,其作品当时有 16 篇,但这些具体篇目已经无法考证。现存作品中,以《九辩》《高唐赋》《神女赋》《登徒子好色赋》《风赋》等最为著名。《九辩》是宋玉的代表作,也是宋玉唯一一篇可以确定为真作的作品,也最负盛名。

《九辩》最早见于东汉王逸《楚辞章句》，全篇共二百五十五句，一千五百多字，是楚辞中仅次于《离骚》的长篇抒情诗。篇名为何叫《九辩》呢？"九辩"又是什么意思呢？关于"九辩"的名称，屈原在《离骚》中曾说："启《九辩》与《九歌》兮，夏康娱以自纵。"《天问》云："启棘宾商，《九辩》《九歌》。"《山海经》也有记载："开上三嫔于天，得《九辩》与《九歌》以下。"可见，《九辩》是上古流传下来的乐调。王夫之《楚辞通释·〈九辩〉解题》就说："九者，乐章之数。……辩，犹'遍'也，一阕谓之一遍。盖亦效夏启《九辩》之名，绍古体为新裁，可以被之管弦。""辩"就是指"遍"，是乐曲的一个段落，"九辩"即是由多组音调合成的乐曲。宋玉为何要写《九辩》？游国恩先生在《楚辞概论》中说："至楚幽王时，（玉）年逾六十，因秋感触，追忆往事，作《九辩》以寄意。"游国恩先生认为他以秋意烘托失意文人的无奈，倾诉文人不遇的伤感与哀愁。鲁迅在《汉文学史纲要》中也说："《九辩》本古辞，玉取其名，创为新制，虽驰神逞想，不如《离骚》，而凄怨之情，实为独绝。"认为《九辩》本来是古代歌辞，宋玉用了这个名字，创作了新的内容，虽然在天马行空的想象上不如《离骚》，而凄怨感情的表达实在是独一无二的。我们通读《九辩》，知道它是一篇类似于屈原《离骚》带有自传性质的长篇政治抒情诗，以"悲秋""感遇""思君"为主要内容。

《九辩》一共九个自然段，第一段，从"悲哉秋之为气"至"蹇淹留而无成"，触物伤怀，通过对萧瑟凄凉的秋天景物的渲染，抒写自己孤寂惆怅的情怀；第二段，从"悲忧穷戚兮独处廓"至"心怲怲兮谅直"，通过叙写被楚王疏远的不幸遭遇，表达自己忠君无路、报国无门的忧愤感情；第三段，从"皇天平分四时兮"至"步列星而极明"，进一步渲染悲秋之意，慨叹自己生不逢时与美人迟暮之感；第四段，从"窃悲夫蕙华之曾敷兮"至"仰浮云而永叹"，写自己之所以没能得到楚王重用，是因为奸佞小人阻塞言路，从中作梗；第五段，从"何时俗之工巧兮"至"冯郁郁其何极"，联系楚国的现实和自己被疏远的遭遇，慨叹君臣遇合之难；第六段，从"霜露惨悽而交下兮"至"恐溘死不得见乎阳春"，叙写自己遭到群小的种种打击和迫害，虽身处困境，但仍决心坚守节操，不与小人同流合污；第七段，从"靓杪秋之遥夜兮"至"蹇淹留而踌躇"，慨叹光阴流逝，老之将至，而事业无成；第八段，从"何氾滥之浮云兮"至"下暗漠而无光"，怒斥群小谗言蔽君，诋毁贤才，徇私误国；第九段，从"尧舜皆有所举任兮"至"还及君之无恙"，以沉痛的心情劝谏楚王，只要重用贤才，就一定能富国强兵。同时也表达了自己虽然向往遗世神游，但忠贞之志不改的志向。①

在文章中，萧瑟凄凉的深秋景物与作者的愁苦哀怨的感情互相映衬，秋景因哀怨愁苦而倍显萧条，哀怨愁苦因秋景而倍显低沉，秋景与秋情相互触发，相

---

①　参考郁贤皓主编：《中国古代文学作品选》，高等教育出版社 2015 年版，第 276～287 页。

互映衬。我们先来看看这篇辞赋中写了哪些秋景:

一、凄凉萧瑟之秋景。秋天来了,万物凋零,作者以极度忧伤的凄凉情感描摹了秋天中万物衰败的样子。文章一开头总写秋天之气给天地万物带来的萧瑟:"悲哉秋之为气也!萧瑟兮草木摇落而变衰。"多么悲凉啊,这秋天的气息!草木随风凋零衰落,满眼萧瑟。文中生命萎顿的秋景又被反复书写,具体有:

写秋天里树的变化:"叶菸邑而无色兮,枝烦挐而交横;颜淫溢而将罢兮,柯仿佛而萎黄;萷櫹椮之可哀兮,形销铄而瘀伤。"树叶枯萎而失去颜色,枯枝杂乱纵横交错;树叶逐渐失去生命力,枝条仿佛要枯黄;树枝叶落光秃秃,多么令人悲哀啊!

写秋天里动物的变化:"燕翩翩其辞归兮,蝉寂漠而无声;雁廱廱而南游兮,鹍鸡啁哳而悲鸣。独申旦而不寐兮,哀蟋蟀之宵征。"燕子翩翩向南飞行了,蝉儿已经寂漠无声不再欢唱;大雁成群结队向南飞行,鹍鸡细细悲伤地鸣叫着。

这些都是宋玉笔下的秋天之景,分布在《九辩》不同的段落里。它们都是我们生活中的秋天之景,是平常的景色,也是典型的景色:秋水、秋风、秋月、白日、秋树(树叶、树枝)、秋雁、秋蝉、昆虫、浮云、白露、秋夜,宋玉细致地描摹了秋季将至阳气衰减给物候带来的变化,即秋气袭人,草木凋零,生命枯萎,万物萧瑟,秋雁南飞,秋虫凄鸣,让我们身临其境地感受到了秋季的苍凉,万物的衰败。一切的写景都是为了抒情,作者心中忧伤凄凉的人事情感在秋景中发酵得无以复加,那么作者抒发了哪些情感呢?

二、凄凉怨抑的秋情

(一)人生失意的痛苦与独行无友的孤单落寞。"憯悽增欷兮薄寒之中人,怆怳懭悢兮去故而就新,坎廪兮贫士失职而志不平,廓落兮羁旅而无友生。惆怅兮而私自怜。""去乡离家兮徕远客,超逍遥兮今焉薄?"秋天微寒袭人,凄凉越发加倍啊!失意忧伤啊,离开故土去往他乡。多么坎坷不平啊,贫穷的读书人失去职位,内心起伏不平啊!没有朋友相安慰,多么寂寞啊!内心惆怅不已,只能自怨自怜!宋玉当时因为受到别人谗毁而失去官职,又因为家境贫困,不得不飘泊到远方去谋生。诗人独自远行,就像飘浮在水上的浮萍,非常孤苦寂寞。在孤寂的秋夜里,诗人长夜难眠,哀叹时光的流逝,感慨自己一事无成,在寂寞中无奈,在孤独中伤痛。

(二)人生苦短的恐惧哀叹。"岁忽忽而遒尽兮,恐余寿之弗将。悼余生之不时兮,逢此世之俇攘。澹容与而独倚兮,蟋蟀鸣此西堂。心怵惕而震荡兮,何所忧之多方!"时间过得真快啊,一年又将要结束了。哀悼我有生之年生不逢时啊,碰到这动荡不安的年月。孤单寂寞孤独自守啊,蟋蟀在西堂哀哀鸣叫。心内动荡,情感复杂啊,所忧愁的事情是太多太多了!秋天来了,一年将尽,诗人想到自己年命将尽,心内充满恐惧与哀伤,字里行间弥漫着伤老惧死的感伤氛围,表现出浓郁的生命忧患意识。

（三）被谗疏远的怨抑与对国家社稷的担忧。这种情感是宋玉《九辩》中所有秋景与秋情的核心，作者的悲哀与伤痛均是缘于此。关于宋玉的生平，正史的记载都不太详细，只在《史记》《汉书》中有一些零星的记载，而在野史杂记如《韩诗外传》《新序》、晋代习凿齿《襄阳耆旧传》等书里有一些记载。宋玉的时代晚于屈原，生卒年代已不可考，大概在屈原沉江之后，在楚国灭亡后去世。他出身比较寒微，在楚顷襄王时曾经做过小官，但楚王不重视他，后来因别人进谗言而被免职。失去官职后，他长期在外漂流，生活比较贫苦孤凄。这时的楚国已经非常没落，政治与军事一蹶不振，只能任人宰割。公元前278年，秦国大将白起攻破郢都，楚顷襄王迁都陈城，公元前253年，在秦军的进攻下，楚考列王又迁都巨阳，公元前241年，楚考列王再次迁都寿春。公元前223年，秦国灭了楚国。在宋玉生活的年代，楚国一直处在动荡不安当中，人民生活在国家随时都会灭亡的恐惧当中。对国家灭亡的恐惧和国运没落的悲哀，对社会命运和自身命运的迷茫，正是宋玉《九辩》中孤独情感产生的社会土壤。《九辩》所抒发的孤独失意，正是在楚国国运衰落、社会动荡不安的背景下产生的。

宋玉的这篇《九辩》把秋天萧瑟的景色、凋零的秋物、惨淡的秋色、悲凉的秋声与诗人的悲剧命运融合在一起，诗人的抑郁哀怨、感伤忧愤在秋景秋声中动人心魄，撼人心神。整篇文章情与景融，构成了一个和谐的艺术整体。陆时雍在《读楚辞语》中评曰："举物态而觉哀怨之伤人，叙人事而见萧条之感候。"《九辩》因此成了士人悲秋的先声，赢得了历代失意文人的认可与共鸣，并由此形成了悲秋文学的传统。"自古逢秋悲寂寥"，自宋玉后，关于悲秋主题的文学创作就从未断绝。千百年来，文人不遇的悲惨代代演绎，抒情文学的史册也永载秋日悲伤的主题。杜甫就在《咏怀古迹五首》之二中叹曰："摇落深知宋玉悲，风流儒雅亦吾师。"宋玉遂被称为"千古悲秋之祖"。明人胡应麟在《诗薮》中称《九辩》为"皆千古言秋之祖，六代、唐人诗赋，靡不自此出者"。

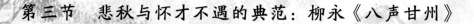

第三节　悲秋与怀才不遇的典范：柳永《八声甘州》

八声甘州[1]

柳　永

对潇潇、暮雨洒江天，一番洗清秋[2]。渐霜风凄紧[3]，关河冷落，残照当楼[4]。是处红衰翠减[5],苒苒物华休[6]。惟有长江水,无语东流。

不忍登高临远,望故乡渺邈[7],归思难收[8]。叹年来踪迹,何事苦淹留[9]。想佳人、妆楼颙望[10],误几回[11]、天际识归舟。争知我[12]、倚阑干处,正恁凝愁[13]。

注释:

[1]八声甘州:词牌名,简称《甘州》,源自唐边塞曲。因全词共八韵,所以叫"八声"。

[2]潇潇:下雨声,形容急雨。"对潇潇"二句写眼前景象,黄昏时分伫立高楼,眼前一场飘洒江天的大雨,洗出了别样清朗萧索的秋光。

[3]渐:正。霜风:深秋霜降时节的寒风。凄紧:凄凉紧迫,指寒意强烈逼人。

[4]关河:关塞与河流,此指山河。残照:落日余光。当:对。

[5]是处:到处。红衰翠减:红花衰败,绿叶凋零。红,代指花。翠,代指绿叶。这里为借代用法。

[6]苒苒(rǎn):同"冉冉",渐渐的意思。物华:美好的景物。休:这里是衰残的意思。

[7]渺邈(miǎo):渺茫遥远。

[8]归思(sì):回家团聚的心情。

[9]何事:为什么。淹留:长期停留。

[10]颙(yóng)望:抬头凝望。

[11]误几回、天际识归舟:多少次错把天边驶来的船只当作心上人的归舟。化用南齐谢朓《之宣城郡出新林浦向板桥》诗:"天际识归舟,云中辨江树。"唐温庭筠《望江南》词:"过尽千帆皆不是,斜晖脉脉水悠悠,肠断白蘋洲。"天际,指目力所能达到的极远之处。

[12]争:怎。倚阑干处:倚栏杆时。

[13]恁(nèn):如此。凝愁:愁苦不已,因愁思而发愣。

《八声甘州》为宋代著名词人柳永的作品。柳永,字耆卿,原名三变,因排行第七,又称"柳七"。其兄弟三人都有文名,号称"柳氏三绝"。崇安(今属福建)人,生卒年不详,大约与晏殊、张先同时,主要生活在真宗、仁宗时代。早年屡试不第,晚年才中进士,当过睦州推官、定海晓峰盐场监及屯田员外郎等小官,故后世也称为"柳屯田"。有《乐章集》,存词212首。

柳永二十一岁至汴京参加科举考试,当时汴京经济繁荣,文化发达,勾栏瓦肆演出各种技艺,茶坊酒楼竞唱各种新声。柳永流连于歌楼妓馆,朝欢暮宴,对酒流连,罗烨《醉翁谈录》云:"耆卿居京华,暇日遍游妓馆。所至,妓者爱其有词名,能移宫换羽,一经品题,声价十倍。妓者多以金物资给之。"同时,他也创作了大量传唱度很高的词作。据叶梦得《避暑录话》记载:"柳耆卿为举子时,多游狭邪,善为歌辞,教坊乐工,每得新腔,必求永为辞,始行于世,于是声传一时。"其词深受市民欢迎,传唱度很广,甚至西夏也"凡有井水饮处,皆能歌柳词"。

柳永虽然名气很大,但其仕途并不顺利。据吴曾《能改斋漫录》记载,柳永科举失利后,曾经写过一首《鹤冲天》(黄金榜上),末句为"忍把浮名,换了浅斟低唱",本是牢骚话,但当他后来考中进士时,却被宋仁宗亲批黜落,仁宗云:"且去浅斟低唱,何要浮名?"所以,柳永自称"奉旨填词柳三变"。他一直到四十多岁,将姓名改成"柳永"后才得中恩科进士,做了屯田员外郎等小官。

柳永长期被摒弃于官场之外,仆仆奔波于风尘之中,其词在山光水色中常凝聚个人的离愁别恨和身世之感,《八声甘州》就是其中之一。此词分为上下两阕,上阕写作者登楼所见到的秋天萧瑟壮阔之景,景中含情。词人摄取了非常具有代表性的秋天之景:秋雨、霜风、残照、冷落的山河、衰花、枯叶、无语东流长江水。

先看秋雨,"对潇潇、暮雨洒江天",俗话说:"一层秋雨一层凉",何况又是潇潇暮雨,是傍晚时分的一场急雨,这场雨如此之大,密洒于整个天地山河,洗刷了尘垢,令大地山河变得更加清新,也增添了一些清冷之意。"洗"字用得非常好,天地可洗,以这一颇具动感的词汇写磅礴大雨给天地带来的变化,也为整个诗歌打上了一层凄清迷蒙的底色。

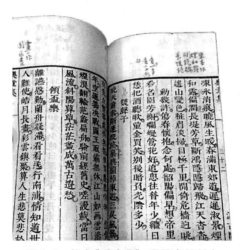

图1-3 柳永《乐章集》,明汲古阁刻本

霜风,我们一般说秋风;因为秋天在五行中属金,所以又称为金风,秦观《鹊桥仙》云:"金风玉露一相逢,便胜却人间无数。"写牛郎与织女一年一度的相会,为了突出其美好温馨,所以说"金风",不可能说"霜风"。柳永为了表达自己辗转飘零的仕宦沉浮,所以既不说秋风,也不说金风,而说霜风。何为霜?霜是水汽在温度很低时,由气体变成固体,凝华而成。深秋时节,早晚会结霜。风以霜形容之,实际就是指凛冽的寒风,说明秋风比较寒冷,非常有杀伤力。不仅是霜风,还凄紧,霜风吹来,一阵紧似一阵,以"凄"形容"紧",可见词人心中的

凄清之情。

残照,指夕阳,不说夕阳,而说残留的日照,写出傍晚夕阳西下时的暗淡,"残"既是指夕阳余晖,也是词人飘零他乡孤单落寞心理状态的形象呈现。前文说"霜风凄紧""关河冷落",现在再接一句"残照当楼",层层渲染,让人觉得宇宙天地全是秋天的凄清悲凉,难怪苏东坡说:"世言柳耆卿曲俗,非也。如《八声甘州》云:'霜风凄紧,关河冷落,残照当楼。'此语于诗句不减唐人高处。"(宋赵令畤《侯鲭录》卷七)

红衰翠减,指红花衰败,绿叶枯萎,自然界生命失去了生机与活力。"苒苒物华休","苒苒",慢慢地,渐渐地,以此二字写出了自然生命衰败的过程,令人生出无限的伤感。

整首词的上阕写暮雨、霜风、残照、衰花、枯叶,这些与冷落的关河共同组成了秋天的萧瑟与冷清,作者由天至风,由风至山河,由山河至落日,由落日至万物,笼括天地,由上至下,由大到小,由远及近,将秋天之景描绘得淋漓尽致!最后把焦点落在无语东流的长江之水上,"惟有长江水,无语东流",以默默东流的长江水,进一步渲染秋之凄凉与冷寂。作者层层铺叙,把大自然的浓郁秋气与内心的悲哀感慨完全融合在一起,淋漓酣畅又兴象超远。

下阕抒情,所抒情感较为复杂,可谓百感交集。

一是思乡之情。"不忍登高临远,望故乡渺邈,归思难收",不忍心登上高处眺望故乡,故乡在远方。"不忍",是不忍心,是折进一层的写法,因为故乡望而不见。"渺邈",指遥远,望而不见,徒增伤悲。虽然"不忍",而归乡的心情却难以遏止,滔滔汩汩,一发不可收拾。

二是怀才不遇的飘零之叹。"叹年来踪迹,何事苦淹留",自己问自己,为什么长久地滞留他乡?何事?不是词人不知道自己为什么而奔忙,而是词人对自己所追求的仕宦价值之追问,为了所谓的官途,长久地飘零他乡,有家不能归,这一切有意义吗?"想佳人,妆楼颙望,误几回、天际识归舟",从对方着手,写爱人对自己的思念,实际上写词人自己对爱人的深情,对家的思念。"争知我、倚阑干处,正恁凝愁",最后以孤独伫立栏杆侧的远影写孤独感伤。

三是生命易逝的悲叹。"唯有长江水,无语东流",既是写水,也是写时间。子在川上曰:"逝者如斯夫!"眼前的东流水正向消逝的时间一样,去了就不会再回来。秋色、落木、残照、长江,无一不是有关时间的意象,而由此产生的苍凉意境又正是作者生命感悟的形象写照。

总而言之,此词既有对意中人的思念,有对故乡和亲人的怀想,有对宦游生涯的厌倦,有对人生目的的探寻,也有入世与出世、仕宦与归隐的内心冲突,词虽不长,情感却颇为丰富。

柳永最爱写秋景,他的很多词是以秋景为背景展开的。其他著名的有《戚氏》："晚秋天，一霎微雨洒庭轩。槛菊萧疏，井梧零乱，惹残烟。凄然，望江关，飞云黯淡夕阳间。当时宋玉悲感，向此临水与登山。远道迢递，行人凄楚，倦听陇水潺湲。正蝉吟败叶，蛩响衰草，相应喧喧。"这是一首带有自传体性质的词，此为第一阕，后人感慨说："《离骚》寂寞千载后，《戚氏》凄凉一曲终。"（王灼《碧鸡漫志》引）再如《玉蝴蝶》："望处雨收云断，凭阑悄悄，目送秋光。晚景萧疏，堪动宋玉悲凉。水风轻、蘋花渐老，月露冷、梧叶飘黄。遣情伤。故人何在，烟水茫茫。　　难忘。文期酒会，几孤风月，屡变星霜。海阔山遥，未知何处是潇湘！念双燕、难凭远信，指暮天、空识归航。黯相望。断鸿声里，立尽斜阳。"

　　在柳永笔下，秋景与秋情浑然一体，抒发失意士子在秋天里的家园之思、不遇之感与生命叹息，凄凉感伤，非常动人。柳永的这些词既是其生活中的真情实感，也是对前代文学审美经验的继承。这种继承与宋玉关系极大。他常以宋玉自比，如前文例举的《玉蝴蝶》中说"晚景萧疏，堪动宋玉悲凉"，《戚氏》中说"当时宋玉悲感，向此临水与登山"。柳永与宋玉相隔千年，所处的社会环境不一样，人生经历遭遇也不尽相同，但作为失意士子的心绪则有太多相似之处。在柳永将自己与宋玉相比时，宋玉成了一种文化符号，由于文化符号的丰富内涵，柳永的很多心绪也不言自明，柳永失意人的伤悲、凄凉与感伤也在这种比拟中得到强化与丰富。《八声甘州》这首词虽然没有明确地将自己比作宋玉，但其所写之景与所抒之情与《九辩》有很多相似之处，继承痕迹非常明显。

　　《八声甘州》这一词牌，本为《甘州》，因这首词一共八个韵，一韵称为"一声"，所以称为八声甘州。而《甘州》这一词调最初与《伊州》《凉州》《六州》《三台》等一样均来源于西域边塞，曲子以苍凉雄浑为基调，且最初多被用来写边塞题材。而柳永却选用此调来写游子乡愁，这样就将愁怨之思与雄浑之曲结合在一起，使得整个词的基调高亢悲凉，恰到好处地抒发了柳永滞留他乡秋日登高的复杂情怀。

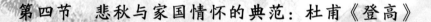

第四节　悲秋与家国情怀的典范：杜甫《登高》

登　高[1]

杜　甫

风急天高猿啸哀[2]，渚清沙白鸟飞回[3]。

无边落木萧萧下[4]，不尽长江滚滚来。
万里悲秋常作客[5]，百年多病独登台[6]。
艰难苦恨繁霜鬓[7]，潦倒新停浊酒杯[8]。

注释：

[1]登高：农历九月九日为重阳节，古人有登高习俗。

[2]猿啸哀：三峡猿多，啼叫声很哀伤。郦道元《水经注·江水》："每至晴初霜旦，林寒涧肃，常有高猿长啸，属引凄异，空谷传响，哀转久绝。故渔者歌曰：'巴东三峡巫峡长，猿鸣三声泪沾裳。'"

[3]渚(zhǔ)：水中的小块陆地。鸟飞回：鸟在急风中飞舞盘旋。回，回旋。

[4]落木：指秋天飘落的树叶。萧萧：风吹落叶的声音。

[5]万里：指远离故乡。常作客：长期漂泊他乡。杜甫在安史之乱后不久离开长安洛阳，一直在外漂泊，至死未曾回去。

[6]百年：犹言一生，这里借指晚年。

[7]艰难：兼指国运和自身命运。苦恨：极恨，极其遗憾。苦，极。繁霜鬓：头发白得像霜雪一样。

[8]潦倒：衰颓，失意。这里指衰老多病，志不得伸。新停：新近停止。重阳登高，按习俗应喝酒，杜甫晚年因肺病戒酒，所以说"新停"。

"诗圣"杜甫一生心系苍生，与民同悲，与国同忧，其难民与平民的身份使其最深切地体会了时代动乱带来的灾难，其诗人的才情、儒者的悲悯情怀、史家的历史思维共同孕育了荡气回肠、沉郁顿挫的"诗史"，在诗与史的异质同构中，杜诗散发出亘古不变的艺术魅力。

杜甫(712—770)，字子美，河南巩县(今河南巩义)人。我国文学史上著名的现实主义诗人，有"诗圣"之称，诗歌有"诗史"之誉。青年时期的杜甫读书、漫游、求仕，二十四岁第一次参加进士考试落第，三十三岁时第二次参加科举考试，但李林甫以"野无遗贤"的奏章无情地结束了他所有的希望。此后，他在长安滞留十年，一直到四十四岁，才获得一个右卫率府胄曹参军的小官。安史之乱中，他冒着生命危险到甘肃灵武追寻唐肃宗，唐肃宗被他的忠义感动，任命他为左拾遗。晚年，他漂泊在四川成都、夔州一带近十年。五十九岁的秋天，在一个狂风大作的夜晚，诗人卒于飘荡在洞庭湖上的一个小船中。杜甫深受儒家思想影响，忠君爱民，他的诗歌是他伟大而崇高灵魂的再现。

《登高》作于唐代宗大历二年(767)九月，当时诗人五十六岁，在这三年之后，诗人就去世了。当时的杜甫，漂泊流荡暂时定居在夔州，疾病缠身，故交零落，李唐王朝在"安史之乱"后风雨飘摇，藩镇割据，战乱四起。就在此种情形之下，诗人抱病登台，百感交集，于是写成了这首杰作。杜甫的诗歌成就无疑是极高的,而这首诗在传世杜诗中更是上等佳作。清代学者杨伦称赞此诗为"杜集七言律第一"(《杜诗镜铨》),明人胡应麟更赞其为"古今七言律诗第一"(《诗薮》)。这些赞誉对《登高》来说,可谓名实相符。

我们先来看题目,诗题为"登高","登高"虽然是一个简单的动作行为,但在中国文化史上,却具有深刻的历史内涵与文化意蕴,这种行为传达出的往往是失意苍茫、忧虑重重。春秋时期,孔子登上泰山,曾喟然叹曰:"登高望下,使人心悲。"(《孔子家语》卷九)南朝诗人沈约登上高台感慨道:"高台不可望,望远使人愁"(《临高台》);何逊也说:"青山不可上,一上一惆怅"(《拟古》);唐代诗人陈子昂登上幽州台,情难自堪,则"怆然而涕下"。登高望远使人在无穷天地宇宙参照下体悟到个体的渺小和生命的短暂,这时候的心态就像羊祜登岘山时所说:"自有宇宙,便有此山。由来贤达胜士,登此远望,如我与卿者多矣!皆湮灭无闻,使人悲伤。"(《晋书·羊祜传》)因此,高台之上常表现出大致相同的生命心理状态:孤独寂寞、忧愤哀怨。个体生命的有限性、时不我待的紧迫感与人生政治上的落魄失意交织在一起,构成了诗人登高时巨大的情感落差和悲剧性的情感体验,诗人于是喟然长叹乃至怆然泪下。登高这一行为,极易触发古人内心各种伤感,何况杜甫又在肃杀秋天里登夔州三峡,俯瞰滚滚长江呢?他内心的痛苦自然可想而知。

"悲秋"自宋玉后就成为中国古典文学的母题之一。自然界的秋天总寓意着人生的秋天,"秋"作为一种文化原型和生命符号,几乎成为死亡的隐喻,这种隐喻与人世的荣辱升沉、历史的兴衰变迁融合在一起,显现出死亡力量的无比强大与个体生命的弱小,这种感情在登高这一行为中得到强化,无尽的时间,辽远的空间,孤独的个体,瞬间汇聚,沉重地窒息着诗人疲惫的心灵与枯萎的生命,诗人叹自己、悲人世、虑家国,千端万绪,怎一个"愁"字了得?杜甫此诗正是此情怀完整集中的体现。

全诗四联八句,前两联写秋江之景,景中含情,后两联抒秋江之情,情中有事。前两联:"风急天高猿啸哀,渚清沙白鸟飞回。无边落木萧萧下,不尽长江滚滚来。"写登高所见之三峡秋景,风急天高,猿啼声声,渚清沙白,飞鸟回旋,落叶萧萧,长江滚滚。浓郁的秋色,浓重的秋意,特别是一个"哀"字,为全诗定下了抒情基调。三峡猿多,有歌谣云:"巴东三峡巫峡长,猿鸣三声泪沾裳。"猿是勾起行人凄凉感受的触媒,动物本来没有情感,诗人则往往情多,一个"哀"字已透露了诗人此时心绪。"鸟飞回"的飞鸟回归意象正暗示了诗人对故园的想望,看似只在写眼前景,实际上却与颔联的身世之慨相呼应。从写景视角来看,首联上句仰视,下句俯视;从感官角度看,上句从听觉落笔,下句则从视觉落笔。上下俯仰,视听俱收,在此联二句中,诗人以如椽大笔包揽天地,具体而微地写出了秋天登高所见的三峡景色,辽阔中透出无边无际的萧瑟与寂寥,写景中渗透着诗人复杂难言的人生意绪。

　　首联实写秋景，颔联则虚写秋景，从大处落笔，萧萧落叶，滚滚长江，"无边落木"由眼前景扩展到辽远天地，空间由三峡而扩至无垠，"不尽长江"既写眼前实景，却又承接万古，由空间而至渺远的时间。这一联在首联实写的基础上，扩展至无垠的时间与空间，秋声秋色于是由眼前三峡而至无穷天地，渲染出无边无际的秋声秋色，成功写出秋天兴象。在诗人笔下，夔州三峡的秋天景色雄浑壮阔，而他的心情则苍凉悲愤，浸渍着历史的变迁与人事的兴衰变化，传递出超远、深邃的孤独与迷茫，真正不愧为古今独步的句中化境。首联与颔联四句浑然一体，写实与写意珠联璧合又相得益彰，景象森然阔大，情感沉郁苍凉。明人胡应麟赞之为"精光万丈，力量万钧"（《诗薮》）。

　　颈联"万里悲秋常作客，百年多病独登台"直抒情怀，写诗人内心复杂的悲秋情怀，宋代罗大经分析说："杜陵诗云：'万里悲秋常作客，百年多病独登台。'盖万里，地之远也；秋，时之惨凄也；作客，羁旅也；常作客，久旅也；百年，暮齿也；多病，衰疾也；台，高迥处也；独登台，无亲朋也。十四字之间含有八意，而对偶又精确。"（《鹤林玉露》）也就是说，这一联包含八层悲秋之意：他乡作客，一可悲；经常作客，二可悲；万里作客，三可悲；在肃杀秋天里作客，四可悲；亲朋远离，独自登台，五可悲；登台远眺，更惹愁思，六可悲；带病登台，七可悲；百年易尽，来日无多，八可悲。杜甫人在暮年，独在异乡天涯，穷愁潦倒，疾病缠身，又在秋天，国家此时正动荡不安，这些情感层层累积，让诗人情何以堪啊？

　　尾联"艰难苦恨繁霜鬓，潦倒新停浊酒杯"，个人的不幸，时世的艰难，心头苦恨，全部凝聚在诗人的星星白发上，苍老的心灵在秋意中更加伤感，难以自拔，那就以酒解忧吧，却又因病断酒，只能于无声处独自咀嚼人生的沉重与苦难。诗情也由前六句的"飞扬震动"而"软冷收之，而无限悲凉之意，溢于言外"。（胡应麟《诗薮》）

　　诗人将自己放在秋天肃杀萧条的三峡的大背景上，将中国文学作品中积淀已久的"登高"与"悲秋"主题融为一体，集中展现了诗人暮年内心深处难以言说的痛楚与苍凉。诗中"百年"与"万里""不尽"与"无边"构成了时间的无限绵延及空间的无边无际，诗人则老、病、衰、穷、独，无垠的时空与渺小的个人形成极强的反差，在个人与时空中形成巨大的张力，饱含丰富的情感内容，在时空大背景的压迫下形成一种生命的无奈。在这时空的坐标点上，诗人终生漂泊的生涯、生命将尽的悲哀、抱负空落的绝望以及国事民生的叹息浓缩地汇聚在一起，诗情沉郁苍凉，令人咀嚼不尽。

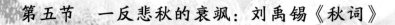

第五节　一反悲秋的衰飒：刘禹锡《秋词》

秋词二首

刘禹锡

其一

自古逢秋悲寂寥[1]，我言秋日胜春朝[2]。

晴空一鹤排云上[3]，便引诗情到碧霄[4]。

其二

山明水净夜来霜，数树深红出浅黄[5]。

试上高楼清入骨[6]，岂如春色嗾人狂[7]。

注释：

[1]悲寂寥：悲叹萧条空寂。宋玉《九辩》有"悲哉秋之为气也""寂寥兮收潦而水清"等句。

[2]春朝：春日。

[3]排云：推开白云。排：推开，有冲破的意思。

[4]诗情：作诗的情绪、兴致。碧霄：青天。

[5]深红：指红叶。浅黄：指枯叶。

[6]入骨：刺骨。

[7]嗾(sǒu)：使唤狗。这里是"使"的意思。

宋玉的《九辩》、杜甫的《登高》、柳永的《八声甘州》都是悲秋情感的代表，而到刘禹锡，同样是咏叹秋天，情绪却发生了根本变化。刘禹锡的《秋词》充满了爽朗向上的气息，表现出诗人开阔的胸襟，全无半点萧瑟与悲凉，带给我们全新的情感世界与艺术感受。

诗歌开篇即言"自古逢秋悲寂寥"，自古以来到了秋天，大家都在为秋天的凄凉寂寥而悲伤，点明悲秋是文士咏秋天的传统文化心理，第二句"我言秋日胜春朝"则一反传统，抒发了自己对秋天的看法，在作者看来，秋天却比春天还好。首两句构成了巨大的落差与反转，带给读者一种强烈的新鲜感与冲击力。第三四句则以秋天高爽之景表达自己豪迈的情怀，也进一步说明了秋日为何胜春朝的理由。"晴空一鹤排云上","晴空",晴朗的天空,展现出一种高远明净开阔的气象,让人联想到天空的湛蓝与深远,在这湛蓝深远的天空上,一只白鹤展翅翱翔,排开白云,直上九霄。从色彩上看,蓝天与白鹤构成了对比,极为明净纯粹;从构图上看,晴空,是深远开阔的面,一鹤,是聚焦的点,面是静止的,点是运动的,点和面构成了动静和谐的意义空间。一鹤排云上,排,是排开、推开之意,"排云",即以巨大的力量推开阻挡鹤前行的云彩,这样,云彩与鹤构成了一个阻碍,展示了鹤的力量与风采,不畏困难,不拒阻碍,迎难而上。这句诗,美丽与力量并存,深远与开阔同在,带给读者一种高远开阔的意境,引逗读者的心灵,而最后一句"便引诗情到碧霄"脱口而出,这是作者的诗情,也是读者的诗情,诗歌情感表达于此达到了完满状态。

这首诗是自古以来咏秋作品中极为突出的一首。它一反悲秋传统,赋予秋天明丽高远的情感,它振奋读者的心灵,令人在萧瑟中看到生机,在悲伤中看到希望,展现作者非同一般的胸襟与气魄。

刘禹锡(772—842),字梦得,是中唐时期的重要诗人。在唐德宗贞元前后,他来到长安,贞元九年(793)考上了进士,贞元十一年(795)"以文登吏部取士科,授太子校书"(《子刘子自传》),从此走上仕途。太子校书是太子东宫属官,负责校勘崇文馆书籍。这时,他结识了太子侍棋王叔文,并建立了比较好的友谊。王叔文是越州山阴人,也就是今天的浙江绍兴人,出身寒门,很有政治才识和组织才能。据《新唐书·刘禹锡传》记载:"时王叔文得幸太子,禹锡以名重一时,与之交。叔文每称有宰相器。"刘禹锡、王叔文、柳宗元等人交往密切,并结为生死之交。中唐时期,朝廷内部的政治斗争非常激烈,贞元二十年九月,太子李诵突然中风,阴谋争权夺利的宦官集团一向不喜欢太子,他们企图趁唐德宗病危之时,以太子中风失语为借口,另外拥立皇位继承人。贞元二十一年正月,德宗卒于会宁殿,在这重要时刻,王伾、王叔文、凌准、李忠言等人联合起来,果断地宣布遗诏,让皇太子于皇帝灵柩前即位,从而挫败了宦官集团的阴谋。太子李诵抱病即位,是为唐顺宗。顺宗即位后,王叔文、王伾、刘禹锡、柳宗元成了革新集团的核心人物,"时号二王、刘柳"。他们在顺宗的支持下,对国家的经济、政治、军事等提出了一系列改革措施。这些改革措施减轻了人民负担,在历史上具有进步意义。王夫之曾评价说:"革德宗末年之乱政,以快人心、清国纪,亦云善矣。"(《读通鉴论》)但同时也触动了宦官、藩镇和腐朽官僚的既得利益,清代著名史学家王鸣盛说:"叔文行政,上利于国,下利于民,独不利于弄权之阉宦,跋扈之强藩。"(《十七史商榷》)因此,这场改革很快遭到宦官、藩镇的联合反扑。贞元二十一年(805)七月,顺宗被迫同意让皇太子监国。八月,顺宗"内禅",称太上皇,太子李纯即皇帝位,是为宪宗,年号改为永贞。王叔文、刘禹锡所领导的改革失败,这次改革被后人称为"永贞革新"。"永贞革新"昙花一现，只维持了一百四十六天，宪宗上台的第三天，就开始迫害革新派人士。王叔文被贬为渝州（今四川开县）司马，不久病死贬所。九月，刘禹锡等人被贬为远州刺史，十一月再贬为朗州（今湖南常德）司马，柳宗元为永州（今湖南零陵）司马。朗州位于西南边远之地，比较落后偏僻，刘禹锡谪居朗州一共九年多，名为司马，却无实权，想要调一个好地方，又一再受挫，精神上很苦闷。《秋词二首》就写于贬官朗州时期。

第二首是这样的："山明水净夜来霜，数树深红出浅黄。试上高楼清入骨，岂如春色嗾人狂。"写山明水净的深秋郊野，经过一夜严霜，好多树的树叶变得璀璨如火，与浅黄的叶子，互相映衬，美丽极了！登上高楼，放眼远眺，一片清爽之气透人心胸，真是比让人发狂的春色更让人喜欢呢！《秋词二首》是刘禹锡处境最为艰难的时候所写，他遭受了种种打击和不幸，但并没有被击垮，而是在最低谷时依然保持着旷达乐观的胸怀和奋发向上的精神。这种豪情在诗人作品中时时出现，如："沉舟侧畔千帆过，病树前头万木春。"（《酬乐天扬州初逢席上见赠》）"莫道谗言如浪深，莫言迁客似沙沉。千淘万漉虽辛苦，吹尽狂沙始到金。"（《浪淘沙》）他以迥异于流俗的胸襟气度，独具一格，不忘初心。正是因为诗人这样开阔疏朗的境界和昂扬向上的情感，我们今天读《秋词》依然感觉意蕴深沉，豪情满怀。在诗中，我们看到了一位想要澄清天下、有所作为，但却命途多舛、远谪他乡的时代精英独特的生活理想和精神风貌，更领略到他的傲视苦难、超越苦难的气概，以及一种弃旧图新、面向未来的乐观精神，和独立不迁的高洁人格风范。

刘禹锡以卓荦不群的气度丰富了悲秋的传统内涵，同时也鼓舞与激励着后代读者昂扬向上的勇气。

第二章

中国古代文学主题之二

伤春

第一节　伤春的历史文化意蕴

"一年之计在于春",春天温暖美好、万物生辉,然而春天带给中国文人的情感体验却并非总是欣悦。对中国文人来说,伤春与悲秋一样,是难以割舍的"季节病"。叶申芗在《本事词》中曾记载:"子瞻在惠州,朝云侍坐。维时青女(神话传说中的霜雪之神)初降,洛木萧萧,凄然有宋玉之悲。因命朝云捧觞,唱'花褪残红'词以遣愁。朝云珠喉将转,粉泪满襟。子瞻诘其故,答曰:'奴所不能歌,是"枝上柳棉吹又少,天涯何处无芳草"也。'子瞻大笑,曰:'我正悲秋,汝又伤春矣!'遂罢。未几,朝云殁,子瞻为之终身不复闻此词。"这个记载清晰地说明伤春与悲秋一样,深深地烙在中国文人的生命里,是中国古典文学的重要母题。

最早的伤春诗可以追溯到《诗经·豳风·七月》,诗歌记述了春秋时代奴隶们一年的农事活动,其中有一段叙述春天女子采桑,说及采桑女的心情为"女心伤悲,殆及公子同归"。关于此句内涵,虽然见仁见智,莫衷一是,但毛亨、郑玄认为是采桑女"感春而思嫁",这种说法也最为学界认可。在汉代,《诗经》有四个版本,分别是齐人辕固的传本、鲁人申培的传本、燕人韩婴的传本、鲁人毛亨与赵人毛苌的传本。在四家诗中,流传最广最久远的是毛亨、毛苌的传本,一般称为毛诗。毛亨在《毛传》中阐释这首诗时说:"伤悲,感事苦也。春女悲,秋士悲,感其物化也。"认为女子是因外物所感而悲。东汉的经学大师郑玄则在为毛诗作的笺注中进一步申明了《毛传》并加以发挥,认为:"春女感阳气而思男;秋士感阴气而思女,是其物化,所以悲也。悲则始有与公子同归之志,欲嫁焉。"(《郑笺》)郑玄认为春天女子感受到了宇宙的阳气而思念男子,想嫁给男子,因而内心会涌起伤感之情。因此,"女心伤悲,殆及公子同归"则被认为是伤春诗的鼻祖。钱锺书先生说:"苟从毛、郑之解,则吾国咏'伤春'之词章者,莫古于斯。"(《管锥编》)自《诗经》之后,伤春诗不绝如缕,成为中国古典文学作品中一个重要的主题。

古今诗人们在面对生机盎然的春天时,均无法掩盖自己内心的悲伤,冯延巳说:"谁道闲情抛掷久?每到春来,惆怅还依旧"(《鹊踏枝》),柳永说:"伫倚危楼风细细,望极春愁,黯黯生天际"(《凤栖梧》),石延年说:"芳草年年惹恨幽，想前事悠悠，伤春伤别几时休"（《燕归梁》），朱淑真说："春已半，触目此情无限。十二阑干闲倚遍，愁来天不管"（《谒金门》），李清照说："髻子伤春懒更梳"（《浣溪沙》）。纵观各类伤春诗作，其内容大概有如下几个层面：

一、爱情的失落与怅惘之叹。毫无疑问，爱情是伤春诗词中必不可少的内容，伤春诗词的鼻祖《豳风·七月》所言的"女心伤悲，殆及公子同归"本来就是女子思春欲嫁人的意思。少女思春，因思春而惆怅则为伤春诗的应有之义。"五言诗之冠冕"，代表文人五言诗成熟的《古诗十九首》中有诗云："青青河畔草，郁郁园中柳。盈盈楼上女，皎皎当窗牖。娥娥红粉妆，纤纤出素手。昔为娼家女，今为荡子妇。荡子行不归，空床难独守。"诗中写一美丽的盈盈少妇，在芳草萋萋、杨柳飘拂的春天里，埋怨在外游玩的荡子不回家，令她独守空房，孤枕难眠，抒写独居在家的女子之寂寞与孤独。宋代欧阳修《蝶恋花》词也抒发了类似的感伤，词下阕云："雨横风狂三月暮。门掩黄昏，无计留春住。泪眼问花花不语，乱红飞过秋千去。"写深居空闺的女子，在三月暮春、风雨黄昏时，怨恨浪子骑着宝马穿着华服游冶青楼妓馆，而她只能独守空闺，又寂寞，又无奈，又忧伤，落花飘过秋千，更令她伤心欲绝。雨横风狂，无情地送春归去，也似乎在送走女子的青春年华。辛弃疾《祝英台近·晚春》词中的女子则更为痴情，她在春天里，反反复复数着花瓣占卜爱人归来的日期，在梦中哭泣埋怨春天："是他春带愁来，春归何处？却不解带将愁去。"

伤春怀人不仅仅是女子的专利，男子也会伤春怀人，比较著名的有晏几道《临江仙》，词云："梦后楼台高锁，酒醒帘幕低垂。去年春恨却来时。落花人独立，微雨燕双飞。"写作者在微雨落花中怀念曾经一见钟情的歌女小蘋，怅恨不已。贺铸则以"一川烟草，满城风絮，梅子黄时雨"（《青玉案》）的春景，来比喻因相思而生的怅惘烦恼，用一连串的比喻来抒发无垠的相思与怅恨。

二、青春易逝、生命苦短之叹。人生一世，草木一秋，人的生命非常短暂，孔子曾感慨"逝者如斯夫，不舍昼夜"，时间就像滚滚东去的河水一样，奔流不息，永不回头。当诗人们沐浴着大好春光时，却痛苦地认识到好景不常在，好花不常开，这大好的春光就像人的生命一样短暂而脆弱。最深入人心的感叹当属刘希夷《代悲白头翁》，诗云："洛阳城东桃李花，飞来飞去落谁家？洛阳女儿好颜色，坐见落花长叹息。今年花落颜色改，明年花开复谁在？已见松柏摧为薪，更闻桑田变成海。古人无复洛城东，今人还对落花风。年年岁岁花相似，岁岁年年人不同。寄言全盛红颜子，应怜半死白头翁。此翁白头真可怜，伊昔红颜美少年。"青春少女面对落花，想到人正如鲜花一样，花开盛时美丽光彩正如青春少年，花落之时枯萎凋零正如白发老翁，在对落花的吟叹中寄寓着对生命的深沉叹息。类似的叹息很多，如杜荀鹤在《出关投孙侍御》中说："每岁春光九十日，一生年少几多时。"冯延巳《鹊踏枝》词云："烦恼韶光能几许？肠断魂销，看却春还去。"欧阳修《玉楼春》云:"风迟日媚烟光好,绿树依依芳意早。年华容易即凋零,春色只宜长恨少。"晏殊《浣溪沙》云:"夕阳西下几时回。无可奈何花落去,似曾相识燕归来。"又云:"绿树归莺,雕梁别燕,春光一去如流电。"五代词人李煜的"林花谢了春红,太匆匆,无奈朝来寒雨晚来风。胭脂泪,相留醉,几时重,自是人生长恨水长东"(《相见欢》),则写出了词人在面对风雨落花之时,在茫茫的宇宙中,深切地感受到了人类个体生命的有限,寄寓了无可奈何的人生悲感。《红楼梦》中黛玉葬花更是把伤春推向了极致,"明媚鲜妍能几时,一朝漂泊难寻觅……一朝春尽红颜老,花落人亡两不知",黛玉与花合为一体,花的命运正是人的命运,花的凋零漂泊正象征着人的死亡。

　　三、漂泊他乡的游子怀人之叹。古人因生活所需,常远游在外,当游子漂泊异乡时,又正逢春花盛开,春光如酒却无人共赏,凄凉落寞之感会油然而生,于是春景愈盛,而情更凄凉。如欧阳修《踏莎行》上阕云:"候馆梅残,溪桥柳细,草薰风暖摇征辔。离愁渐远渐无穷,迢迢不断如春水。"早春时节,客馆边的梅花凋谢,溪水潺潺,杨柳新枝风中飘拂,青草在微风中散发着香气,一切都散发着春天生命萌生的气息,但游子却因无人共赏而神伤,伤春也就带了更多的亲情思念。再如柳永的《蝶恋花》:"伫倚危楼风细细。望极春愁,黯黯生天际。草色烟光残照里。无言谁会凭阑意。　　拟把疏狂图一醉。对酒当歌,强乐还无味。衣带渐宽终不悔。为伊消得人憔悴。"柳永为追求仕宦机会,跋山涉水,辗转他乡,当他站在异乡的高楼上,满眼春光,包围他的不是喜悦,而是从四面八方围上来的无边无际的春愁,即使以酒浇愁也难消解。这种春愁既是作者仕途不得意的抑郁,也是佳人不在身边的孤独,相思怀人与仕途不遇之感融合在一起,深广而鲜明,令人一读倾心,感同身受。

　　四、身世之感与家国之叹。春天不仅仅与爱情相关,还与国家命运相连。当国家危机重重,江河日下之时,诗人们登高望远,满眼的春光则刺激诗人的神经,让他们抚今追昔,情难自堪。如杜甫的《登楼》:"花近高楼伤客心,万方多难此登临。锦江春色来天地,玉垒浮云变古今。北极朝廷终不改,西山寇盗莫相侵。可怜后主还祠庙,日暮聊为梁甫吟。"诗歌写于唐代宗广德二年(764),当时杜甫流落成都,经过"安史之乱"后,整个唐王朝四面楚歌,天下兵乱此起彼伏,盛世难再,所以杜甫登上高楼,面对扑面的锦江春色,满眼的花团锦簇,内心涌起的却是无限的悲凉感伤,"万方多难"之时登临送目,"花近高楼"怎能不心悴神伤呢?美丽的春天引逗的是诗人深广的家国情怀,深沉的忧国忧民的意绪。此诗因立意高,格局大,清人沈德潜评价说:"气象雄伟,笼盖宇宙,此杜诗之最上者。"(《唐诗别裁集》卷十三)

　　著名女词人李清照在国破家亡夫死之后,飘零流落到浙江,当春天来临,她感叹的是:"风住尘香花已尽,日晚倦梳头。物是人非事事休,欲语泪先流。　　闻

说双溪春尚好，也拟泛轻舟。只恐双溪舴艋舟，载不动、许多愁。"(《武陵春》)
风雨落花之后，诗人的愁绪只怕双溪的小船也载不动，伤春不再是圆融生命里
无端的惆怅，而是国家金瓯残破满目疮痍的痛心疾首，是个人沦落他乡的刻骨
伤怀，伤春已注入非常浓烈的家国情怀与身世之感。

伤春词至南宋刘辰翁已经具有了特殊的隐喻之义。其词《兰陵王·丙子送
春》云："送春去。春去人间无路。秋千外、芳草连天，谁遣风沙暗南浦。依依
甚意绪？漫忆海门飞絮。乱鸦过，斗转城荒，不见来时试灯处。　　春去。最
谁苦？但箭雁沉边，梁燕无主。杜鹃声里长门暮。想玉树凋土。泪盘如露。咸
阳送客屡回顾。斜日未能度。　　春去。尚来否？正江令恨别，庾信愁赋。苏
堤尽日风和雨。叹神游故国，花记前度。人生流落，顾孺子，共夜语。"此词写于
宋恭宗德祐二年(1276)二月，南宋京城临安被元军攻陷，三月，宋恭宗与太后
被元军掳去。当时刘辰翁正在虎溪(江西吉水境内)避难，正是暮春时节。清
代词评家陈廷焯《白雨斋词话》评价说："题是送春，词是悲宋，曲折说来，有多
少眼泪！"而清代诗人厉鹗称其"送春苦调刘须溪"(《论词绝句》)。宋末元初，
类似刘辰翁这种情怀与表达方式的遗民作者很多，这些"伤春"意绪集中体现
了遗民词人强烈的民族意识和亡国者的特殊心理。正如方勇在《南宋遗民诗词
中的春恨意识》一文中所说："当大自然以花褪红残的方式预示人们春天即将
离开的时候，前人如李后主便已率先以'流水落花春去也'(《浪淘沙》)这样的
意象来抒发他那哀婉久绝的亡国之悲。然而，只有到了南宋覆亡之后，这一特
定意象才真正被一个失落的群体普遍认可和运用，成了他们每个成员借以抒发
愤懑怨毒之情以及对于眼前一片残山剩水的真实感受的特殊载体。"

春天，本来是美丽的，快乐的，为何会让历代诗人们觉得伤感呢？

第一，春天的生机与现实处境对比构成悲伤。春天，万物复苏，天地之间升
腾着浓浓的生命气息，蕴含着新生、希望等意义。《礼记·月令》说："是月也，
天气下降，地气上腾。天地和同，草木萌动。王命布农事。"《管子·形势解》
说："春者，阳气始上，故万物生。"《尔雅·释天》说："春，喜气也，故生。"春天是
一年之首，刚从冬天的枯寂中苏醒，新的生命在悄悄萌动成长，一元复始，万象
更新，春天是播种的季节，是生命孕育的季节。而这个特别的季节对女性而言，
又具有特别的意义。郑玄笺《毛诗》说："女是阴也，男是阳也。秋冬为阴。春
物行阳而生，女则有阴而无阳，春女感阳气而思男，秋士感阴气而思女。"认为女
子属阴，男子属阳。秋冬是阴，春天是阳。因为女子属阴，没有阳，因此女子在
春天感受到阳气而开始思念男子。

因此，古人认为春天适合男女约会，《周礼》有云："仲春，令会男女。"清代
赵翼《檐曝杂记》记载了春天青年男女两情相悦的场面："每春月趁墟唱歌，男
女各坐一边，其歌皆男女相悦之词……若两相悦，则歌毕辄携手就酒棚，并坐而

饮,彼此各赠物以定情。"每年到了春天,青年男女集会唱歌,唱的全是情歌,若有看中的,在唱歌结束后就手拉手进入酒棚,一起喝酒,互相赠送信物以定情。

古人也认为春天适合嫁娶。班固在《白虎通义·嫁女篇》中说:"嫁娶必以春何? 春者,天地交通,万物始生,阴阳交接之时也。"认为春季是天地阴阳交流的时候,适合嫁娶之事。朱熹在《周南·桃夭》注中说:"桃之有华,正婚姻之时也。"说当桃花开花的时候,正是适合婚配的时候。

可见,当春天到来之时,某一个作者孤身一人,独守一宅,人生失意,四顾彷徨,现实处境的孤独与春天的勃勃生机就构成了一种强烈的对比,令人油然而生凄凉之感,伤春于是在所难免。

第二,民族审美心理积淀形成了"伤春"模式。春天阳气上升,摇动诗人心灵。刘勰《文心雕龙·物色》篇中说:"春秋代序,阴阳惨舒,物色之动,心亦摇焉。"认为春去秋来,阴阳变化,自然万物发生变化,人心也会随之起伏不定。《文心雕龙·明诗》篇又云:"人禀七情,应物斯感,感物吟志,莫非自然。"认为人的七情六欲随着外界事物的变化而变化,情感也随之产生,诗歌也因而产生。春天的花开花落正如人的生命一样,美丽是如此短暂,而消逝是必然命运。美好事物的消逝拨动着诗人的心弦,古人由美好春天的逝去想到时光的短暂,由时光的短暂,想到生命的短暂,自然的春天与生命的春天两相对比,悲伤的情绪则会油然而生。这种华夏民族特有的一种天人感应现象,随着时代的发展,成为一种心理情感积淀,并成为固定的心理结构与共有的心理基础。因此,在中国古代文学作品中,春天,已经不是自然物,而是一种民族审美心理积淀所形成的特殊的文学意象,体现着人类所共有的生命意识。

第三,由"以悲为美"的文学观念与乐景哀情的艺术追求相互激发而形成。诚如上一章"悲秋"所论,中国自古以来就形成了"以悲为美"的文学传统,悲感可以深化思想感情,提高艺术感染力。韩愈在《荆潭唱和诗序》里曾感慨:"夫和平之音淡薄,而愁思之声要妙;欢愉之辞难工,而穷苦之言易好也。"韩愈认为和平快乐的文章不容易写好,只有那些愁苦悲伤的文章才容易写好。这种文学观念被人们普遍接受,"以悲为美"是中国文人普遍的美学追求,而这种美学效应反过来促进了伤春诗词的繁荣。

另一方面,中国古人在写诗时,喜欢用乐景来衬托哀情,喜欢以乐写悲。《诗经·小雅·采薇》有诗句云:"昔我往矣,杨柳依依;今我来思,雨雪霏霏。"这句诗写一位九死一生的战士回乡途中的心理,他当初参军时,正值春天,杨柳依依拂人面,不愿他离去,现在他回来了,雨雪霏霏,虽然归心似箭,却行路艰难,不能一下子回到家乡。清人王夫之认为这几句诗特别好,其原因在于"以乐景写哀,以哀景写乐,一倍增其哀乐。"(《姜斋诗话》)用欢乐的景色写哀伤的情感,用哀伤的景色写欢乐的情感,使快乐与悲伤都翻了一倍,提高了诗歌的艺术表达效果。自古以来，诗人们写诗词时，比较喜欢以乐景写悲情，在景与情中形成强烈的反差，造成触目惊心的艺术效果。伤春诗词之所以打动人心，也正在于美丽的景色成了献愁供恨的事物，所有美丽的春色最后都成了诗人悲伤的理由与基础，景与情的反差，就使伤春诗词具有一种特别动人的艺术魅力。

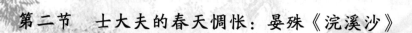

第二节　士大夫的春天惆怅：晏殊《浣溪沙》

浣溪沙[1]

晏　殊

一曲新词酒一杯[2]。去年天气旧亭台[3]。夕阳西下几时回？

无可奈何花落去，似曾相识燕归来。小园香径独徘徊[4]。

注释：

[1]浣溪沙：唐教坊曲名，后用为词调。沙，一作"纱"。正体双调四十二字，上片三句三平韵，下片三句两平韵。

[2]一曲新词酒一杯：此句化用。白居易《长安道》诗云："花枝缺处青楼开，艳歌一曲酒一杯。"唐许浑《颍州从事西湖亭宴饯》诗云："一曲离歌酒一杯。"一曲，一首。新词：刚填好的词。

[3]去年天气旧亭台：此句化用。五代郑谷《和知己秋日伤怀》诗云："流水歌声共不回，去年天气旧池台。"晏词"亭台"一本作"池台"。

[4]香径：带着幽香的园中小径。

这首词是宋代著名词人晏殊所写。晏殊（991—1055），字同叔，临川（今属江西）人。据《宋史》本传记载："七岁能属文，景德初，张知白安抚江南，以神童荐之。帝召殊与进士千余人并试廷中，殊神气不慑，援笔立成。帝嘉赏，赐同进士出身。宰相寇准曰：'殊江外人。'帝顾曰：'张九龄非江外人邪？'后二日，复试诗、赋、论，殊奏：'臣尝私习此赋，请试他题。'帝爱其不欺，既成，数称善。擢秘书省正字。"史书说他小时候是个神童，非常聪明，七岁时文章已经写得很好，十三岁时碰到工部侍郎张知白，张知白很器重他，在他十四岁时，把他举荐到朝廷，得到宋真宗亲自召见，并让他参加殿试，在参加殿试时，他很快就完成考题。真宗特别欣赏他，赐给了他"同进士出身"。又过了两天，皇帝复试诗、赋、论，但考题刚好晏殊曾经练习过，所以请求皇帝重新换一个题目，在正常情况下，我们考试碰到自己练习过的题目会非常开心，暗自窃喜，可是晏殊却要求皇帝换题，表现了他非常正直真诚的品格，皇帝非常欣赏，直接提拔他做了秘书省正字，以后他一直官运亨通，三十岁就当上了礼部侍郎和枢密副使，五十三岁时，官至宰相。

晏殊是一位生逢盛世的太平宰相，善于识人，进用了一批贤能之人，如韩琦、范仲淹、欧阳修、富弼等皆出自其门下。他们都是庆历新政的主要成员，所以有人说仁宗"庆历新政"的幕后主持就是晏殊。"十一世纪最伟大的改革家"王安石也受过他的奖掖。因此，时人称其为贤相。死谥元献，世称晏元献。

据叶梦得《避暑录话》记载："晏元献公虽早富贵，而奉养极约。惟喜宾客，未尝一日不宴饮。而盘馔皆不预办，客至旋营之。……每有佳客必留，但人设一空案一杯。既命酒，果实蔬茹渐至。亦必以歌乐相佐，谈笑杂出。数行之后，案上已粲然矣。稍阑即罢，遣歌乐，曰：'汝曹呈艺已遍，吾当呈艺。'乃具笔札，相与赋诗，率以为常。前辈风流，未之有比。"可知他"惟喜宾客，未尝一日不燕饮"，"相与赋诗，率以为常"，每宴饮都有"歌乐相佐"。"座中客常在，杯中酒不空"是他的人生理想。其词集为《珠玉词》，一共 120 首，大部分是在富贵优游的生活中产生的，是酒阑歌后娱宾遣兴之作。"留连酒肆，歌舞升平""离愁别恨，男欢女爱"是此词集的主要内容。《浣溪沙》则是其中的杰出代表。

图 2-1　宋词首枚邮票晏殊《浣溪沙》

《浣溪沙》词是晏殊日常诗酒生活的记录。"一曲新词酒一杯"，新词，指刚填好的词，酒一杯，指一杯酒。喝一杯酒，填一首词，听一首曲。据前文叶梦得《避暑录话》记载可知他特别喜欢宴饮宾客，每次款待客人，也一定会唱歌奏乐。当歌妓唱完后，他就兴致盎然地填词。其府第其实就是一个与填词有关的文艺沙龙，喝酒唱词是晏殊生活的正常状态。"一曲新词酒一杯"正是他日常生活的写照，同时，这句词也巧妙地化用了白居易《长安道》"花枝缺处青楼开，艳歌一曲酒一杯"诗意，化用而不落痕迹，似信手拈来，又完全符合词人的生活状态。"去年天气旧亭台"，描写天气与风景，依然和去年一样的天气，还是去年的亭台楼阁。这句是化用五代郑谷《和知己秋日伤怀》诗："流水歌声共不回,去年天气旧池台。"诗的意思是说流水与歌声一起不会再回头,但依然是去年的天气,过去的池沼台阁,感慨时光流逝。晏殊只改动了一个字,对时光的叹息隐隐欲露。而第三句"夕阳西下几时回"则自然而然地抒发了词人对时光流逝的深深叹息。太阳又落山了,何时才能回来呢? 上阕以平常语写日常事,时间易逝的怅惘与叹息也随之流出,由眼前景而抒发感慨,由日常生活而联想至整个人生,表现出作者哲理性的沉思。

下阕"无可奈何花落去,似曾相识燕归来",选取春天里极具代表性的两个自然物,落花与飞燕。花开花落,为春天常见之景。花开了,人们欣喜,花落了,人们叹息,虽然不舍,却无能为力,只能无可奈何地看着花儿凋零。燕子是候鸟,深秋南飞,春天回来。作者以花开花落与飞燕归来的春天典型之景,写春去春回,写时光飞逝。"小园香径独徘徊"。香径,因园内落花满路所以香。在落花满径的小园里,词人独自徘徊,最后留下了一个孤单落寞的背影,在这孤单落寞当中依稀可见词人深深的叹息与无言的惆怅。

这是一首典型的伤春词,一位太平宰相在圆满的生活中感受到的时光飞逝、生命苦短的伤感与惆怅。其中"无可奈何花落去,似曾相识燕归来"一直为人称道,明代杨慎评曰:"'无可奈何'二语工丽,天然奇偶。"(《词品》)的确如杨慎所评,这两句词对仗工整,却又自然如话。"无可奈何"对"似曾相识","花落去"对"燕归来",看似自然,却巧夺天工。明代卓人月称赞说:"实处易工,虚处难工,对法之妙无两。"(《古今词统》)诗歌在实处容易对得工整,虚的地方则难对,但是这两句却对得非常巧妙。这两句不仅对得工整,含义也非常丰富,已经超越日常具体事物,具有普遍人生哲理意味。花,可以指世间一切美好的事物,既可以指青春,也可以指童年,也可以指一段美好的爱情。花落去,正暗示着世间美好事物的逝去,令人黯然神伤。"燕归来",既是春天燕子翩然归来,又似指人间游子翩然归来,又似指时间轮回,生生不息,与"花落去"一起表达时间如流、时光不再之叹,但仿佛在伤感中又有一些安慰。有学者曾说:"晏殊不只看到了落花,更看到了燕子的翩然归来;不仅看到了无常,更看到了无常中的永恒。"(叶莉《试论晏殊词的审美特色》)叶嘉莹先生说:"这是对整个大自然宇宙生命的一种循环的、永恒的感受,是对大自然客观规律的一种通达的观照。"(叶嘉莹《古典诗词讲演集》)这两句词蕴含丰富,耐人寻味,在艺术上达到了极高的成就。刘熙载《艺概》卷四评此词曰:"词中句与字有似触著者,所谓极炼如不炼也。晏元献'无可奈何花落去'二句,触著之句也;宋景文'红杏枝头春意闹','闹'字,触著之字也。"这正是陆游所说的"文章本天成,妙手偶得之"。此两句词在晏殊的《示张寺丞王校勘》七律里也有,沈际飞《草堂诗余正集》说它是"自是天成一段词,著诗不得",认为这两句放在词里是天生的好句子,但是放在诗里则不可以。为什么呢?清人张宗橚认为这两句词"意致缠绵,语调谐婉,的是倚声家语,若作七律,未免软弱矣"(张宗橚《词林纪事》)。意思是说这两句词虽是天生好词句,但若放在诗歌里则显得太软弱了。

这首词悼惜残春,感慨时光易逝,情意缠绵,韵味悠长。一般人处在晏殊的优越的生活环境中,往往沉溺于享乐之中,不大会抒发关于人生的喟叹之感,而晏殊在其不少词作中,常常潜伏着一种忧郁而骚动不安的情绪,这种情绪表明了他作为一个真正的诗人那种于圆满中深感不圆满的敏感特质,显出其不同凡俗的深思性。类似的还有《踏莎行》:"小径红稀,芳郊绿遍,高台树色阴阴见。春风不解禁杨花,濛濛乱扑行人面。 翠叶藏莺,朱帘隔燕,炉香静逐游丝转。一场愁梦酒醒时,斜阳却照深深院。"《木兰花》:"当时共我赏花人,点检如今无一半。"《渔家傲》:"时光只解催人老……浮生岂得长年少。"

在古人的文体观念中,诗庄词媚。词一般多以抒情为主,能以词的形式叙写理性之思想的极为罕见,而晏殊却能将理性的思考融入抒情叙写之中,在伤春怨别的情绪内,表现出一种理性的反省及操持,在柔情锐感中,透露出一种圆融旷达的理性观照。正如诸葛忆兵先生所言:"作者以有限的生命来体察无穷的宇宙,把人生放到时空这一广大范围中来进行思考,于是这首词便具有某种厚重的哲学韵味了。"(陶尔夫、诸葛忆兵《北宋词史》)

第三节　闺中女子的自怜自哀:欧阳修《蝶恋花》

蝶恋花[1]

欧阳修

庭院深深深几许[2]。杨柳堆烟[3],帘幕无重数。玉勒雕鞍游冶处[4]。楼高不见章台路[5]。

雨横风狂三月暮[6]。门掩黄昏,无计留春住[7]。泪眼问花花不语。乱红飞过秋千去[8]。

注释:

[1]蝶恋花:词牌名,原是唐教坊曲,本名"鹊踏枝"。此体为双调六十字,前后段各五句,四仄韵。

[2]几许:多少。

[3]堆烟：杨柳上雾气笼罩的样子，形容杨柳浓密、雾气之浓。以烟状柳，唐宋诗词中常见。唐韩愈《早春呈水部张十八员外》："最是一年春好处，绝胜烟柳满皇都。"唐温庭筠《菩萨蛮》："江上柳如烟，雁飞残月天。"

[4]玉勒雕鞍：指华贵的车马。玉勒，玉制的马衔。雕鞍，雕刻着美丽花纹的马鞍。游冶处：指歌楼妓院。

[5]章台：汉长安西南街名。《汉书·张敞传》："敞无威仪，时罢朝会，过走马章台街，使御吏驱，自以便面拊马。"唐许尧佐《章台柳传》记妓女柳氏事。后因以章台为歌妓聚居之地。

[6]雨横(hèng)：指急雨、骤雨。

[7]"无计"句：唐薛能《惜春》有"无计延春日，何能留少年"。

[8]"泪眼"句：唐严恽《落花》有"尽日问花花不语，为谁零落为谁开？"乱红，形容花瓣纷纷飘落的样子。

晏殊的《浣溪沙》是士大夫在圆满中感觉到的不圆满，是春天里对时光的敏感与叹息，是士大夫，也是全人类在春天的普遍伤怀，是伤春词的一种意绪。欧阳修的《蝶恋花》（庭院深深深几许）则是在风雨落花的春天里，独在深闺的女子之黯然伤感，是企盼良人归来而终不见的痛心痛肺，是伤春词的典型情感。

词的上阕写女子所处的幽闭环境。"庭院深深深几许"，作者连用了三个"深"字来写庭院之深远幽静，可见这是一个豪门大院，不是小户人家。接着再以浓密的杨柳、一层一层的帘幕进一步加强对女子所处环境之深远幽静的描写，进一步强化环境的闭塞，暗暗地透露出女子灵魂被幽闭。"玉勒"，指宝玉制作的马衔，"雕鞍"指雕刻着精美花纹的马鞍。"玉勒雕鞍"，用借代手法，代指豪门公子。游冶，游玩，尤其指比较放浪的游玩。"楼高不见章台路"，章台，本是汉代长安的一条街，有很多青楼妓馆，后来章台就指青楼妓馆。这两句写女子在深宅大院里，登上高楼眺望丈夫的行踪，而楼太高，无法看见，在女子想象中，自己的丈夫一定穿着锦衣、骑着宝马去青楼妓馆寻欢作乐去了。上阕女子与丈夫的生活构成鲜明对比：女子幽闭在深宅大院里，男子在骑着宝马到处游玩；女子登上高楼盼丈夫归来，男子却在妓馆寻欢作乐，构成了幽居与放荡、孤独与狂欢、痴情与无情的对立，为下文女子的伤心欲绝提供了现实基础。

下阕写女子幽深的情思。季节是暮春三月，气候是雨横风狂，时间是黄昏。作者将惹人哀思的季节、时间气候叠加在一起，经过层层渲染，浓墨重彩地营造了独守空闺的女子内心之寂寞与凄凉，"无计留春住"显得那么痛心疾首，那么痛彻心扉。正如俞平伯先生所说："'三月暮'点季节，'风雨'点气候，'黄昏'点时刻，三层渲染，才逼出'无计'句来。"（《唐宋词选释》）女主人公看来是那么忧伤，那么痛苦，情感看似要喷薄而出，作者却以"泪眼问花花不语，乱红飞过秋千去"作结，真是"一若关情，一若不关情，而情思举，荡漾无边"（明沈际飞

《草堂诗余四集》)。古人认为最后两句词层深而浑成,清人毛先舒评价说:"永叔词云'泪眼问花花不语,乱红飞过秋千去'。此可谓层深而浑成。何也?因花而有泪,此一层意也;因泪而问花,此一层意也;花竟不语,此一层意也;不但不语,且又乱落,飞过秋千,此一层意也。"毛先舒认为这两句词包含的情感丰富而有层次,女主人公对花而有泪,这是一层意思,因为有泪而问花,这是第二层意思,问花,花竟然不言不语,这是第三层意思,花不但不语,而且还随便乱落,不仅乱落,还飞过秋千去了,这是第四层意思。这四层意思为何是层深而浑成的?因为落花在作品里代表着青春、代表着时光,女主人公对花而生悲,因花而有泪,因泪问花,花竟不语。花当然不会说话,女主人公却责备花不语,这是女主人公的至情至痛至痴。花不仅不语,还飞过秋千而去,这是花故意恼人。秋千也许是女主人公与男子曾经爱情的见证,而如今她孤身只影,当然难以承受这种痛苦。词人在"无计留春住"时已经痛苦万分,希望能够留住光阴,也就是留住青春,她问花,花却不言不语地给了无情的回答。这里的花和人其实又是一体的,女主人公见落花而想到自己也将会如花一样凋零,落花的命运也是自己的命运,所以女主人公问花实际上是自问,"花不语",实际上是人无语,作者伤花儿乱落,实际上是自伤身世。毛氏又发议论说:"人愈伤心,花愈恼人,语愈浅而意愈入,又绝无刻画费力之迹,谓非层深而浑成耶?然作者初非措意,直如化工,然物笋未出而苞节已具,非寸寸为之也。"(王又华《古今词论》引)认为人越伤心,而花越恼人,语言很浅白,而意思却非常深入,又没有一点点用心刻画的痕迹,真是写得太好了,就像竹笋一样一层一层!

唐圭璋先生在《唐宋词简释》中评曰:"此首写闺情,层深而浑成。首三句,但写一华丽之深院,而人之矜贵可知。'玉勒'两句,写行人游冶不归,一则深院凝愁,一则章台驰骋,两句射照,哀乐毕见。换头,因风雨交加,更起伤春怀人之情。"认为这首词上阕写女子深处幽闺,为高楼所阻,无从见丈夫游踪;下阕写女子在暮春风雨黄昏之时独处深闺的寂寞与怨艾。整首词抒写的是一位深处幽闺之中孤独寂寞的女子之情怀与凄凉,情感幽怨愤抑,极其凄恻。词中的"杨柳堆烟""三月暮""落花"都是典型的春天之景,所有的伤感也是由春天引起的,是一首典型的伤春怀人词。这首词中的女主人公具有典型意义,她所生活的环境、她的遭遇、她的情感状态都是封建社会女子的缩影,是她们的共同生存状态。

这首词亦见于冯延巳的《阳春集》,也就是说著作权有些争议。但是南北宋之交的著名词人李清照曾在《临江仙》词序云:"欧阳公作《蝶恋花》,有'深深深几许'之句,予酷爱之,用其语作'庭院深深'数阕。"因而大家多认为是欧阳修词。

欧阳修(1007—1072),生于四川绵阳,祖籍吉州永丰(今江西永丰),字永叔,四十岁自号醉翁,晚年又号六一居士。他一生好学不倦,晚年更收藏大量金石铭刻及古代图籍,自称:吾《集古录》一千卷,藏书一万卷,有琴一张,有棋一局,而常置酒一壶,吾老于其间,是为"六一",因号"六一居士",可见其高雅的情趣。存世欧词集有三种:《欧阳文忠公近体乐府》三卷,《六一词》一卷,《醉翁琴趣外编》六卷,统计三本所收,约有二百六十多阕,存词之富,超过他以前的所有词人。

他早年丧父。父亲欧阳观是一名小官吏,但喜宴请宾客,死时全家竟至"无一瓦之覆,无一垅之植"。四岁的他不得不在寡母的带领下,远道投奔叔父欧阳晔。其母郑氏是一位受过良好封建教育而颇有识见的妇女,她把全部的理想和期望都寄托在欧阳修身上,悉心教导他。家里穷,没有纸笔,她就用芦荻作笔,在沙石上教欧阳修练字习书,进而引导他诵读古文,练习作诗。母亲的熏陶,艰苦环境的磨炼,养成了欧阳修早慧和自幼好学的习惯。宋仁宗天圣八年(1030),他二十四岁,在礼部翰林学士晏殊主持的考试中,脱颖而出。他主张革新,和范仲淹、韩琦等人一起推动"庆历新政",但以失败告终。虽官至翰林学士、枢密副使、参知政事,而能"以风节自持",忠直敢言,为人所敬重。他领导了北宋诗文革新运动,是北宋公认的政坛与文坛领袖,和韩愈、柳宗元、苏轼、苏洵、苏辙、王安石、曾巩合称"唐宋八大家",在散文、诗、词、史传等方面都取得引人瞩目的成就。

散文、诗歌、词的文体体性不同,对作家的要求也不同。欧阳修写诗时,他是一个忧国忧民的政治家;写散文时,他是一个蔼然仁者;写词时,他却是一位多情的佳公子,在不同的文体里,他呈现出了不同的身份特点。欧阳修虽然是一代文宗,但他的私生活的确也不乏风流浪漫。据钱世昭《钱氏私志》记载:"欧阳文忠任河南推官,亲一妓,时先文僖罢政为西京留守,梅圣俞、谢希深、尹师鲁同在幕下,惜欧有才无行,共白于公,屡微讽而不之恤。一日宴于后圃,客集而欧与妓俱不至,移时方来,在坐相视以目。公责妓云:'未至何也?'妓云:'中暑往凉堂睡着,觉而失金钗,犹未见。'公曰:'若得欧阳推官一词,当为偿汝。'欧即席云:'柳外轻雷池上雨,雨声滴碎荷声。小楼西角断虹明。阑干倚遍,得待月华生。　　燕子飞来栖画栋,玉钩垂下帘旌。凉波不动簟纹平。水精双枕,傍有堕钗横。'(《临江仙》),坐皆称善。"故事很有趣,虽然《钱氏私志》不尽符合现实,可能有借修私史报复攻击欧阳修之意,但由此也可略窥欧阳修生活的一个侧面。词很艳情,无风情者亦不易写出。四川大学著名学者缪钺先生与叶嘉莹先生曾写诗评论说:"诗文一代仰宗师,偶写幽怀寄小词。莫怪樽前咏风月,人生自是有情痴。"认为欧阳修作为一代诗文宗师,不过是偶尔写小词寄托自己的幽怀。《蝶恋花》词正是欧阳修的经典之作,同时,因为欧阳修政治家的身份,所以有人说这首词实际上借女子伤春怀人的幽怨抒发了词人自己不得志的怀抱，这就是文学欣赏理论所说的"作者未必然，而读者何必不然"了。其词对苏轼、秦观都有一定影响，冯煦《蒿庵论词》认为"其词与元献（晏殊）同出南唐，而深致则过之……疏隽开子瞻，深婉开少游。"

第四节　英雄伤春的家国之痛：辛弃疾《摸鱼儿》

摸鱼儿[1]

辛弃疾

淳熙己亥[2]，自湖北漕移湖南[3]，同官王正之置酒小山亭[4]，为赋。

更能消[5]几番风雨？匆匆春又归去。惜春长怕花开早，何况落红无数。春且住。见说道天涯芳草无归路[6]。怨春不语。算只有殷勤，画檐蛛网，尽日惹飞絮[7]。

长门事，准拟佳期又误[8]。蛾眉曾有人妒[9]。千金纵买相如赋[10]，脉脉此情谁诉[11]。君莫舞。君不见玉环飞燕皆尘土[12]！闲愁最苦。休去倚危栏[13]，斜阳正在，烟柳断肠处。

注释：

[1]摸鱼儿：词牌名。本为唐教坊曲，后用为词调。又名《摸鱼子》，宋词以晁补之《琴趣外篇》所收为最早。双片一百一十六字，前片六仄韵，后片七仄韵。

[2]淳熙己亥：宋孝宗淳熙六年，即公元 1179 年。

[3]漕：宋代路转运使司长官的习称，职责为掌管本路财赋，监察本路官吏。移：平行调任。

[4]王正之：名正己，是作者旧交。作者调离湖北转运副使后，由王正之接任原来职务，故称"同官"。小山亭：亭名，在湖北转运使司衙内。

[5]消：经受。

[6]见说道：听说。"天涯"句：天边长满了芳草，春天已找不到归去之路。

[7]算：料想。画檐：有彩绘的屋檐。

[8]长门：汉代宫殿名，汉武帝皇后陈阿娇失宠后被幽闭于此。司马相如《长门赋序》云："孝武皇帝陈皇后时得幸，颇妒，别在长门宫。愁闷悲思，闻蜀郡成都司马相如天下工为文，奉黄金百斤，为相如、文君取酒，因于解悲愁之辞。而相如为文以悟主上，陈皇后复得亲幸。"实际上按史书记载，陈皇后失宠被贬长门宫后未能再得汉武帝宠幸。准拟：约定之意。佳期：指汉武帝和陈皇后相会的日子。

[9]蛾眉:蚕蛾的触须细长弯曲,常用来比喻女子眉毛的纤细美丽,蛾眉进而借指美女或有美好品德的人。这里是作者自喻。

[10]相如赋:即司马相如的《长门赋》。

[11]脉脉:含情的样子。

[12]玉环:杨玉环,唐玄宗宠妃,安史之乱中,被唐玄宗赐死于马嵬坡。飞燕:赵飞燕,汉成帝皇后,专宠十余年,后被废为庶人,自杀而死。两人都善舞,都貌美善妒,都未能善终。皆尘土:用《赵飞燕外传》附《伶玄自叙》中的语意。伶玄妾樊通德能讲赵飞燕姊妹故事,伶玄对她说:“斯人(指赵氏姊妹)俱灰灭矣。当时疲精力、驰骛嗜欲蛊惑之事,宁知终归荒田野草乎?”

[13]危栏:高处的栏杆。

晏殊的《浣溪沙》是士大夫对时间流逝的伤感,欧阳修的《蝶恋花》是女子深闺的伤春怨抑情怀,辛弃疾《摸鱼儿》词则是英雄伤春的家国之痛。

《摸鱼儿》,唐教坊曲,后用为词调。宋代的晁补之最早用这个词调作词,因为其中有“买陂塘、旋栽杨柳”的句子,所以亦叫《买陂塘》《陂塘柳》《迈陂塘》。从题序中可以看出,这首词作于宋孝宗淳熙六年(1179)。这一年三月,辛弃疾从荆湖北路转运副使调至荆湖南路转运副使,同官王正之在署衙内小山亭上摆了宴席为他送行。辛弃疾是一个大英雄,是“词中之龙”(朱熹语),“眼光有棱,足以照映一世之豪;背胛有负,足以荷载四国之重”(陈亮《辛稼轩画像赞》)。他出身于金朝统治区的山东,从小受祖父辛赞的教育和影响,一直立志收复宋王朝的河山失地,在二十一岁时就拉了一支起义队伍,二十三岁时带着队伍投奔南宋王朝,想将自己的才华贡献给南宋朝廷,实现自己的人生大志。但其回归南宋后,一直未被朝廷重用,其抗敌主张也不被采纳,朝廷好像也不太信任他,十二年换了十三个岗位,让他辗转于各个地方做官,无法真正施展其政治才能。在四十二岁时,就被朝廷疏远,只能在江西铅山闲居二十年,一直到六十四岁才被重新启用。他空负文韬武略,却功业未成。刘过《沁园春》曾叹曰:“古岂无人,可以似吾,稼轩者谁? 拥七州都督,虽然陶侃,机明神鉴,未必能诗。常衮何如,羊公聊耳,千骑东方侯会稽。中原事,纵匈奴未灭,毕竟男儿。”他自己也曾感慨身世,就自己的姓氏“辛”字作词自嘲,词云:“烈日秋霜,忠肝义胆,千载家谱。得姓何年,细参‘辛’字,一笑君听取。艰辛做就,悲辛滋味,总是辛酸辛苦。更十分向人辛辣,椒桂捣残堪吐。”戏谑中充斥着不满与愤懑。朱熹在《答杜叔高书》中为之惋惜:“今日如此人物(指辛),岂易可得? 向使早向里来有用心处,则其事业俊伟光明,岂但如今所就而已耶?”南宋末爱国文人谢枋得在《祭辛稼轩先生墓记》中也感慨:“公(指辛)精忠大义,不在张忠献(浚)、岳武穆(飞)下……使公生于艺祖(太祖)、太宗时,必旬日取宰相。入仕五十年,在朝不过老从官,在外不过江南一连帅。公没,西北忠义始绝望!”元人张野曾酹辛弃疾墓,并作《水龙吟》词痛悼,其上阕云:"岭头一片青山,可能埋没凌云气?遐方异域,当年滴尽,英雄清泪。星斗撑肠,云烟盈纸,纵横游戏。漫人间留得,阳春白雪,千载下,无人继。"

其词集为《稼轩长短句》,现存词六百多首,现在最好的注本为邓广铭先生所著《稼轩词编年笺注》。辛弃疾的词是其内心难以掩抑的痛苦之抒写,其学生范开在《稼轩词甲集序》中曰:"(辛)一世之豪,以气节自负,以功业自许,有将相之才,果何意于歌词哉,直陶写之具耳。"清黄梨庄也认为:"辛稼轩当弱宋末造,负管乐之才,不能尽展其用,一腔忠愤,无处发泄。……故其悲歌慷慨抑郁无聊之气,一寄之于词。"(清徐釚《词苑丛谈》卷四引)写《摸鱼儿》这首词时,自辛弃疾投奔南宋已经过去了二十年,距离他被迫退居还有两年。这首词作者伤春、惜春、怨春、留春,借对春天失去的无限叹息,抒发了他投归南宋政权之后,面对奸臣乔权,国势日益衰落,词人想有所作为而不能的忧虑与愤慨,表现了作者对国家前途的关切与悲伤。

词一开头,词人伤感痛心的情绪扑面而来。"更能消几番风雨?匆匆春又归去",怎么能够忍受啊,在一场又一场的风雨中,春天又匆匆地走了。这是对春天逝去的叹息,以反问语气开头,具有强烈的情感力量,这是叹春。"惜春长怕花开早,何况落红无数"二句特别深情,描写了人们爱恋春光的矛盾心理,因为爱惜春天,就常害怕花开得太早,何况已经春花凋零、落花无数了呢?作者对春天的怜惜比一般惜春诗篇更加沉痛,词人用了"长怕"二字极写他对花落春归的忧惧。这两句写惜春之情,深沉凝重,悲切感人,这是惜春。"春且住,见说道天涯芳草无归路"几句,是希望春光留下来,这是留春。"怨春不语。算只有殷勤,画檐蛛网,尽日惹飞絮"几句是承接上句留春而来,是埋怨春天不理睬他,除了画檐下的蜘蛛网整天不停地沾惹着漫天飞舞的柳絮,什么都没有了。这是怨春。

上阕,词人紧扣春天的逝去,叹春、惜春、留春、怨春,以无限深情,层层深入地抒发了他对春天深情地挽留与伤感地叹息,一片惜春怜春之意浓浓地浸布于字里行间,哀怨不已,感情至深。晏殊作为士大夫文人,他面对春去春又回,只是淡淡地伤感与怅惘,是"无可奈何花落去,似曾相识燕归来",而辛弃疾相较晏殊而言,明显在感情上更加沉痛,更加强烈,是发自内心深处的彻骨的伤心,我们联系他的处境,就会发现,这种伤心人别有怀抱,别有寄托,并不是叹息时光易逝这么简单。清人王闿运曾在《湘绮楼论诗文体法》中说:"以词掩意,托物寄兴,使吾志曲隐而自达。"什么意思呢?也就是说作者有难言之隐,无法诉说,不能直言,只能曲折表达。表达了什么呢?邓广铭、辛更儒认为:"这首词具有深刻的政治背景:宋孝宗即位后曾一度对金采取攻势,只因任用了徒具虚名的张浚,轻敌冒进,结果经符离一战,毁坏了大有希望的恢复局面。'惜春长怕花开早'二句。正是对草草用兵的批判。符离战后,孝宗为失败情绪支配,虽曾表示要整军备战,而朝中却常常被主和派所把持,孝宗徘徊于和战间难以一决,正如天涯芳草欲归无路。"(《唐宋词鉴赏辞典》)又说:"主战的虞允文当政,却也只能向金遣使求地,表现了政治和外交上的软弱,而对金采取的这些举措在作者看来,不过是杨柳飞絮,似花非花,仅仅装点春光而已。……整个上片的词意,都与此有关,也正相吻合。"可见,词中的春天,不仅是自然界的春天,更是南宋政权的存亡。作者南渡之前,对投归南宋、共同抗金、收复中原,抱有无限希望,但是几年的大好时光过去了,一切美好的憧憬也破灭了,眼前看到的只是南宋小朝廷的黑暗与腐败,投降与卖国,就像这"落红无数"的晚春一样,令人不堪入目,痛心不已。晚春之景,正是风雨飘摇的南宋政权的形象写照。作者叹春,是对南宋朝廷一误再误又要失去抗金复国良机的叹息;作者惜春留春,则含有劝谏宋朝君王停止投降卖国政策,切莫执迷不悟的意思;作者怨春,是影射南宋残败的政局,苟安江左的局面,不会维持多久了。词的上阕,作者用暮春风雨、落红飞絮,象征南宋局势危迫,坐失抗金时机和对国事的极端焦虑,表达自己壮志未酬的悲切。

"长门事,准拟佳期又误。蛾眉曾有人妒。千金纵买相如赋,脉脉此情谁诉?"六句反用陈阿娇买司马相如《长门赋》的典故。汉武帝年少时,特别喜欢表妹陈阿娇,说若能娶阿娇为妻,一定建造一个金屋把她藏起来,后来阿娇做了汉武帝的皇后,但汉武帝却宠幸了李夫人,阿娇被打入冷宫。阿娇为了重新获宠,请当时天下第一大写手司马相如为自己写了一篇赋《长门赋》,抒发她被打入冷宫的凄凉与对汉武帝的思念。这里辛弃疾用这个典故,写自己因为遭受奸臣嫉妒,因而被排挤、不得重用的境况。这一年,他曾经给皇帝上过一篇《论盗贼札子》说:"臣孤危一身久矣,荷陛下保全,事有可为,杀身不顾。"又说:"平生刚拙自信,年来不为人所容,恐言未脱口,而祸不旋踵。"这正像失宠后住在长门宫里的陈皇后一样,因为"蛾眉曾有人妒","脉脉此情"无处诉说,表露了词人在上疏之后,本来希望得到皇帝信任,却被当权者嫉妒时内心的苦闷与忧虑。"君莫舞。君不见玉环飞燕皆尘土。""舞",手舞足蹈,得意忘形的意思。飞燕,指汉成帝的皇后,曾深得汉成帝宠幸,后来汉平帝即位后,被废为庶人,自杀身亡。"皆尘土",是说杨玉环、赵飞燕虽被宠幸一时,但最终不免化为尘土,以典型见一般,说明古往今来那些谄媚争宠的人都不会有好下场。"闲愁最苦",说"闲愁",通常指闲得无聊、无可奈何的愁苦,这里是故意反说,作者的愁是明明一身文韬武略,本该驰骋疆场,收复河山失地,却无用武之地的家国之愁,却把它说成是闲愁,正可见作者内心的愤抑,这是多管闲事的愁绪,实际上是愁极怨极。辛弃疾在带湖闲居时所作的《丑奴儿》词说:"而今识尽愁滋味,欲说还休。欲说还休,却道天凉好个秋",都是愁苦极深的意思。"休去倚危栏,斜阳正在,烟柳断肠处。"因为太痛苦了,就不要登上高楼倚栏远望了,因为斜阳正挂在烟雾迷蒙的柳树上,这一切会让人肝肠寸断的,以极为沉痛忧伤之笔结束了全词。

词的下阕,通过典故隐喻作者被政敌嫉妒排挤的境况,抒发了作者有才难展的痛苦和对国势的深深忧虑。

宋代罗大经在《鹤林玉露》中记载:"词义殊怨……闻寿皇(孝宗)见此词颇不悦。"孝宗皇帝为什么会不高兴?就是因为他看出了这首词在伤春的背后隐含的深层意思,看出了辛弃疾真正想表达的情感。作者继承了屈原《离骚》以来所形成的"美人香草"的文学创作艺术,运用比喻象征手法,表面叹春、惜春、留春、怨春,表面说杨玉环、赵飞燕,实际上是借春天写国事,借往古之事讽刺当世之人。邓乔彬《唐宋词美学》分析道:"词中非仅'蛾眉曾有人妒''脉脉此情谁诉'分与'众女嫉余之蛾眉兮''国无人莫知我兮'相应;而且上片的残春,下片的斜阳烟柳都有一定的象征意义;联系宋孝宗曾数度召见辛弃疾,问政询策,长门买赋,佳期又误,难诉深情云云,亦有'伤灵修之数化'意味。全词在伤春、惜春中表现出'恐美人之迟暮'的希求用世之心,和'荃不察余之中情'的怨艾。"

古来伤春之作很多,像我们熟悉的李煜《浪淘沙》"流水落花春去也",像晏殊的"无可奈何花落去",也有像欧阳修《蝶恋花》那种"泪眼问花""门掩黄昏,无计留春住"。而辛弃疾这首词表达的是国家兴亡的忧虑,是自己有才不能展、有志不得伸的愤懑,思想境界和我们前面讲的词已经完全不可同日而语,格调境界也高出很多。这首词标志着辛弃疾的作词艺术已达到圆熟而精湛的境界,"色貌如花"而"肝肠似火",用极婉约细腻的手法写出了慷慨雄壮的忧愁。梁启超评价此词"回肠荡气,至于此极,前无古人,后无来者",把它列入辛词的压卷之作,这首词也将传统的伤春词推向了新的境界,带入了一个新高度。

第三章

中国古代文学主题之三

士不遇

第一节　士不遇的历史文化内涵

　　士是中国古典文学的主要创造者与传播者,然自古以来得意者少,失意者多,"士不遇"也顺理成章成为中国文学的重要主题。一部中国文学史,"士不遇"的旋律一直缕缕不绝。很多经典作品皆是"士不遇"之作。清人刘鹗曾总结说:"《离骚》为屈大夫之哭泣;《庄子》为蒙叟之哭泣;《史记》为太史公之哭泣;《草堂诗集》为杜工部之哭泣;李后主以词哭;八大山人以画哭;王实甫寄哭泣于《西厢记》;曹雪芹寄哭泣于《红楼梦》。"(《老残游记》自叙)

　　《诗经》作为中国第一部诗歌总集,其中有相当一部分诗出自卿士大夫,他们敏锐地感受到了时代的变动,吴闿生《诗义会通》说《瞻卬》《召旻》二诗:"皆忧乱之将至,哀痛迫切之音。贤者遭乱世,蒿目伤心,无可告愬,繁冤抑郁之情,《离骚》《九章》所自出也。"认为《瞻卬》《召旻》这些诗歌,都是贤者在乱世看到国家将有祸乱,内心伤心又无处诉说,所以发而成诗,这些诗篇也是《离骚》《九章》的先驱。伟大诗人屈原开始颇得楚王信任,主张"选贤授能""联齐抗秦",却遭到政敌陷害,被楚王疏远,眼睁睁看着楚国江河日下、山河崩裂,所有痛苦的情感于《离骚》中抒发。班固在解释《离骚》诗题之义时云:"离,犹遭也;骚,忧也,明己遭忧作辞也。"(《离骚赞序》)认为所谓离骚,就是屈原遭遇不幸时内心忧虑的抒发。战国末年的宋玉《九辩》则是将"贫士失职而志不平"的情绪借着秋景秋气作了尽情抒写,将"悲秋"与"士不遇"融为一体,使"士不遇"在秋天的凄清萧瑟中发酵得更为彻底。西汉文人贾谊,十八岁时,就因为才华受汉文帝赏识,召为博士,并很快升为太中大夫,但因为他力主改革政制,遭到朝中大臣忌妒谗毁,被贬为长沙王太傅,后来又被任命为梁怀王太傅,因太子不小心坠马而死,忧惧过度而死。贾谊代表作《吊屈原赋》描写了一个贤愚不分、黑白颠倒的世界,抒发了对屈原的深深同情,表达了对自己无辜被贬的愤慨。太史公司马迁因李陵之祸被处以宫刑,身心备受摧残,他含悲忍垢,发愤而作《史记》,所以鲁迅评价《史记》是"史家之绝唱,无韵之《离骚》"。(《汉文学史纲要》)他的另外一篇《悲士不遇赋》说:"时悠悠而荡荡,将遂屈而不伸",意为时间永恒,而他自己只能屈而不伸。东汉末年,才子王粲在《登楼赋》中说:"冀王道之一平兮,假高衢而骋力。惧匏瓜之徒悬兮,畏井渫之莫食。"期望天下太平,自己可以充分施展才能,担心自己像葫芦瓢一样徒然挂在那里,害怕像清澈的井水一样无人饮用。这样的叹息绵延不绝,西晋诗人左思在《咏史》中非常愤懑地揭露了"世胄蹑高位,英俊沉下僚"的社会现实,并充分认识到有才之人沉沦下僚是"地势使之然,由来非一朝"的社会不平等造成的。东晋大诗人陶渊明说"日月掷人去,有志不获骋。念此怀悲凄,终晓不能静。"(《杂诗》)时间悄然流逝,自己有理想却不能实现,一想到这儿就好悲伤啊,整夜整夜难以平静。唐代诗人王勃说:"冯唐易老,李广难封。"(《滕王阁诗序》)李白说:"大道如青天,我独不得出。"(《行路难》其二)

纵观中国古代文学作品,"士不遇"的主题可谓贯穿始终,甚至可以说一部中国文学史就是一部"士不遇"而慷慨悲歌的文学史。为什么会如此呢？原因主要有以下几点:

（一）"士"天生具有强烈的救世与忧患意识

士,古代专指读书人。士的起源很早,春秋时代,学在官府,下层百姓没有接受教育的机会,但随着周王朝的分崩离析,有一批受过较高教育的人沦落到了社会下层,他们靠讲学以维持生存,形成了一个特殊的阶层"士",我们所熟知的著名人物,比如孔子、孟子、庄子等等,就是其中的著名人物。中国的"士"自产生之日起,就以自己的立场为立场,以自己的思想为思想,以建立新型的帝王制度的"道"为己任,并以理想化的"道"与统治者的"势"（权力）相抗衡,并自觉地将"道"放在"势"之上,"从道不从君",以保护自我的人格尊严。在战国时代,士的选择权比较大,"合则留,不合则去","士无定主"是当时"士"生活的写照,士一旦遇到了"知己"明君,就死心塌地、想方设法为人君服务,这即是"士为知己者死"。当时的士人阶层,无论是显赫的儒、道二家,还是阴阳、墨、名、法、纵横、杂、农各家之士,都具有强大的自信心和强烈的社会责任感,都以救世为己任。

汉代"罢黜百家,独尊儒术",儒家思想成为"士"的主导思想。在儒家思想的影响下,中国文人,也就是"士",积极地入世进取,以天下为关注对象。"安社稷""济苍生""立德、立功、立言"是历代士人共同的追求。他们"疾没世而名不称"(《论语·卫灵公》),陆游说"千年史策耻无名,一片丹心报天子"(《金错刀行》),辛弃疾说"了却君王天下事,赢得生前身后名"(《破阵子·为陈同甫赋壮词以寄之》),文天祥说"人生自古谁无死,留取丹心照汗青"(《过零丁洋》)。他们都把建功立业、报效国家、青史留名作为自己的人生抱负与终生追求。

在这种功名观念之下,中国士人具有强烈的忧患意识。人生如此短暂,如白驹过隙一样,他们念天地之悠悠,哀人生之须臾,感到时光匆匆,生命苦短,却功业未建,于是强烈的焦虑感油然而生,文人们也就更加珍惜生命,想用有限的时光,实现理想抱负,但实际情况往往是志向、愿望、理想、抱负都在蹉跎岁月中化为一种美好的憧憬,成了一种无可奈何的叹息。

（二）诗人性情天生与官场黑暗无法苟合

中国士人虽然壮心不已,但诗人的气质、禀赋、志趣、性情都决定了他们只能成为诗人而不能成为政治家,诗人性格中"真"的本性同政治场合中尔虞我诈的"假"的做法格格不入。诗人若被政治同化,沦落为政客,那么诗人也就不复存在,可他们却既不想失却"真我"与"真想",又要极力干预社会生活,真是左右为难,最终诗人还是诗人,不容易成为政客。中国古代文人基本上都具有一种共同的人生矛盾:"入世"与"独立"。因为"入世",所以他们对现实人生有着刻骨铭心、浸透血泪的生命体验,有着对于美好境界的执著追求;因为他们"独立",所以他们终究不失心灵的自由,不失真实的美学追求,以至各自成就了独具品格的艺术境界。可是,恰因为他们的独立人格追求与现实环境间的不适应或者矛盾,所以往往又使他们多半落于自身不容于时、见弃于世的境遇。于是人生青春转瞬即逝却无收获,心中的凄楚与悲哀便使怀才不遇的歌唱比较凄惨。

（三）士人在专制制度下没有选择权

专制制度下,"普天之下,莫非王臣;率土之滨,莫非王土"(《诗经·小雅·北山》)。天子君临天下,万事万物尽属天子所有,臣民没有自由意志。汉顺帝警告士人樊英说:"朕能生君,能杀君;能贵君,能贱君;能富君,能贫君。君何以慢朕命?"(范晔《后汉书》)在高压政策下,士人对"人主"非常畏惧。汉人贾山曰:"雷霆之所击,无不摧折者;万钧之所压,无不糜灭者。今人主之威,非特雷霆也;势重,非特万钧也。"(贾山《至言》)皇帝就像天上的雷霆一样,其击打之处,无不摧折,无不消灭,甚至皇帝的威严比雷霆更有威力!

在选官制度上,汉武帝以后,实行察举制,但贤明的人往往不能被选拔出来,"台阁失选用于上,州郡轻贡举于下"(葛洪《抱朴子》)。魏晋实行"九品中正制",特设"中正"这个职位,从家世、道德、才能几个方面考察人,把人分成九个品级来推荐选拔人才。但这种制度,到了东晋以后,被门阀士族把持,以至于"上品无寒门,下品无世族"。而从隋朝开始的科举制度虽是相对最公平的人才选拔制度,但科举考试却又将士人束缚在统治者的精神枷锁中,一部中国科举史充满了士人的辛酸。虽然有一些人通过科举考试成功地步入了仕途,表面上是幸运儿,但实质上往往难脱悲剧命运,士大夫多有"伴君如伴虎"的恐惧。韩非子在《说难》中早就指出,士人伴君有"七种身危八种猜疑",每个人无时无刻不被置于降黜、贬谪、流放、杀头,以至籍家灭族的危险之中。在专制制度下,诗人们人生理想能否实现,在很大程度上取决于皇帝的态度。假如皇帝是一个明君,那么天下可以唯才是举;假如皇帝是一个昏君,那么一定奸臣弄权,小人得势,而君子只能沉沦下僚。诗人在社会现实中,最终是不可能真正"遇"的。

于是，这些封建知识分子感到生不逢时，壮志难酬，他们借助于诗歌抒发这种悲愤情绪，又使痛苦进一步发酵，天赋才情与沉痛情感相互激荡，于是一篇篇饱含痛苦的文字则会应运而生。

司马迁早就认识到了"士不遇"与杰出作品产生的关系，他在《报任安书》中说："盖西伯拘而演《周易》；仲尼厄而作《春秋》；屈原放逐，乃赋《离骚》；左丘失明，厥有《国语》；孙子膑脚，《兵法》修列；不韦迁蜀，世传《吕览》；韩非囚秦，《说难》《孤愤》。《诗》三百篇，大抵圣贤发愤之所为作也。此人皆意有所郁结，不得通其道，故述往事，思来者。"周文王因为被拘禁而推演八卦为六十四卦，孔子因为仕途不顺才写了《春秋》，屈原因为被流放才写出了《离骚》，左丘因为眼睛不好，才写了《国语》，孙子受了膑刑，才写了《兵法》，吕不韦被谪迁到蜀地，才写了《吕览》，韩非子因为被秦国囚禁，才写了《说难》《孤愤》。连《诗经》大部分都是圣贤内心有所感愤而创作的作品。这些人都是内心情感郁结，没有通道发抒，所以才在著述中表达。所以说，"士不遇"是中国文学非常重要的主题之一。

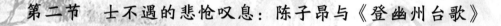

第二节　士不遇的悲怆叹息：陈子昂与《登幽州台歌》

登幽州台歌[1]

陈子昂
前不见古人[2]，后不见来者[3]。
念天地之悠悠[4]，独怆然而涕下[5]。

注释：

[1]幽州：古代十二州之一。幽州台：即黄金台，又称蓟北楼，是燕昭王为招纳天下贤士而建。

[2]前：过去。古人：古代那些能够礼贤下士的圣君，如燕昭王。

[3]后：未来。来者：后世那些重视人才的贤明君主。

[4]念：想到。悠悠：形容时间的久远和空间的广大。用《楚辞·远游》"惟天地之无穷兮，哀人生之长勤"之诗意。

[5]怆（chuàng）然：悲伤凄恻的样子。涕：古时指眼泪。

这是一首很短小的诗歌,作者是唐代诗人陈子昂。陈子昂,字伯玉,生于661年,卒于702年,梓州射洪(今四川射洪)人。因曾任右拾遗,后世称陈拾遗。他出身四川豪族,是一位贵公子,任侠尚义,轻财好施。21岁来到京城长安,24岁考中了进士。关于他的成名还有一段传说,说有一天陈子昂在街上,遇到一个卖琴的人,他的琴要价百万,问的人很多,但无人愿买。陈子昂当即购买了这把琴,当时围观的人很多,大家都想听听陈子昂的弹奏,但陈子昂说,要想听,第二天把你们的亲戚朋友都带来才行。第二天,来了很多人,陈子昂把琴捧起来,说:"我是四川陈子昂,有文章百轴,来到京城求取功名,无人赏识。这是乐工干的贱玩意,我怎么能做?"说罢,摔碎了手里的琴,并把自己写的文章遍赠给所有在场的人。陈子昂也一天之内,名声大噪。此事最早见于李昉《太平广记》卷一七九"陈子昂"条。

《太平广记》为宋初文献,离唐代已很久远,故事杜撰的可能性较大,但从中我们可以看到陈子昂任侠豪爽、敢作敢为的性格。中进士后,他先为麟台正字,再迁为右拾遗。为官期间,曾多次向朝廷提出自己的政治主张,但很少被采纳。29岁时,他曾向武则天上过《答制问事八条》,主张减轻刑罚,任用贤才,延纳谏士,劝功赏勇,减轻徭役等。在他26岁和36岁之间,曾经两次从军出塞。《登幽州台歌》作于万岁通天二年,即公元697年,当时陈子昂35岁,在他第二次从军出塞期间。据陈子昂的好朋友卢藏用《陈氏别传》记载,前一年,因契丹叛乱,武则天派建安王武攸宜率军出征,子昂为武攸宜的随军参谋。由于武攸宜不懂军事,战争刚开始,先锋王孝杰等全军覆没,陈子昂作为随军参谋,向武攸宜进言,武不听,他又请求带领万人为前锋,去遏制敌人,武攸宜也不听,不仅不听,还非常不高兴,将陈子昂降为军曹。建议未被采纳,反而被降了职,陈子昂内心非常愤懑抑郁,"因登蓟北楼,感昔乐生、燕昭之事,赋诗数首,乃泫然流涕而歌曰:'前不见古人……',时人莫之知也。"38岁时,因父老解官回乡,不久父死。陈子昂居丧期间,权臣武三思指使射洪县令段简罗织罪名,加以迫害,42岁时冤死狱中。

陈子昂的诗文集为《陈伯玉集》,共存诗100多首,其诗歌多壮伟豪侠之作,如《感遇》三十八首、《蓟丘览古》七首、《登幽州台歌》等。"前不见古人",古人,指燕昭王那样的贤明君主。公元前311年,燕昭王为燕国国君,他想广纳天下贤才,振兴燕国,但是却没人来投奔。燕昭王很苦恼,就去拜访郭隗。郭隗给他讲了"千金市马骨"的故事。燕昭王于是在城外筑了一个高台,并在高台上放了好多黄金。这就是有名的黄金台,于是天下有才干的名人贤士纷纷前来投奔,著名的有乐毅、邹衍。在这些贤人的辅佐下,燕国大治,赢来了国家中兴的大好局面,成为"战国七雄"之一。这里陈子昂说"前不见古人"就是指燕昭王这样的一代明君已经不可见,"后不见来者"指后来即使有像燕昭王这样的不惜重金招纳天下贤士的效仿者，但是我陈子昂也无缘遇到了，感慨自己生不逢时。"念天地之悠悠"，想到历史是如此悠长，天地是如此广阔，在漫漫宇宙长河里，我陈子昂的出路何在？我的人生价值与意义将如何实现？想到此，他非常痛苦，于是"独怆然而涕下"，不禁涕泗滂流。

　　陈子昂是一个有积极入世理想的人，他在《感遇》第三十五篇中说："本为贵公子，平生实爱才。感时思报国，拔剑起蒿莱。"可见，报国之志常常在他的内心激撞，他需要报国立功的机会。在写《登幽州台歌》之前，他还写了《蓟丘览古》七首，其中《燕昭王》一首云："南登碣石馆，遥望黄金台。丘陵尽乔木，昭王安在哉？霸图怅已矣，驱马复归来。"意思是说：我登上了南方的碣石馆，远远地眺望黄金台。丘陵被树木与草所覆盖，燕昭王在哪儿呢？惆怅自己的雄图大略将不能实现，只能骑着马独自回家。诗歌非常明白地抒发了对燕昭王这样善于识人用人的贤君的呼唤与渴望。另有一首《郭隗》诗云："逢时独为贵，历代非无才。隗君亦何幸，遂起黄金台。"意思是说：历朝历代并不是没有有才能的人，只有部分人遇到了好机遇，获得了发展机会，郭隗是多么幸运遇到燕昭王啊！《蓟丘览古》一共七首，作于《登幽州台歌》前一年，从中处处可见诗人怀才不遇的悲愤与辛酸。清人翁方纲说："伯玉《蓟丘览古》诸作，郁勃淋漓，不减刘越石。"(《石洲诗话》)我们把《蓟丘览古》七首与《登幽州台歌》放到一起读，就更能感受到陈子昂当时的悲愤与忧伤。《蓟丘览古》是《登幽州台歌》的前奏，《登幽州台歌》则是陈子昂政治生涯中最悲愤、最忧伤的一次集中爆发，是他一次最畅快淋漓、最痛心疾首的宣泄，是身处痛苦之中人惊心动魄的呼喊，是一个深受压抑的志士之孤独、悲愤和悲凉。清代黄周星说："胸中自有万古，眼底更无一人，古今诗人多矣，从未有道及此者，此二十二字，真可以泣鬼！"(《唐诗快》)

　　陈子昂的悲哀与痛苦也是古今才士共有的悲哀与痛苦。清人陈沆《诗比兴笺》卷三云："先朝之盛时，既不及见；将来之太平，又恐难期。不自我先，不自我后，此千古遭乱之君子所共伤也。"曾经的繁荣兴盛，我未见到，将来的太平，又很难期盼，这是自古以来遭逢乱世的君子所共同伤感的。清人宋长白《柳亭诗话》也说："阮步兵登广武城，叹曰：'时无英雄，遂使竖子成名。'眼界胸襟，令人捉摸不定。陈拾遗会得此意，《登幽州台歌》曰：'前不见古人，后不见来者。念天地之悠悠，独怆然而涕下'，假令陈、阮邂逅路歧，不知是哭是笑。"意思是说陈子昂的感慨和魏晋时候的阮籍一样，假如他们相遇在路口，该是多么伤感啊！

　　当然，这首诗之所以有巨大的艺术感染力，一代又一代传诵不衰，还在于人们认为它不仅仅是陈子昂作为生命个体抒发怀才不遇的佳篇，还在于它传达了伟大心灵在宇宙中强烈的孤独感与个体的渺小感。天地悠悠，生命短暂，生命个体何以能够显示出存在的价值？中国儒家认为要通过"立德、立功、立言"来实现人生的不朽,陈子昂抱有绝大志向,却沉沦下僚,功业无成,当他登高之时,感怀古今,在无限的历史时间与无垠的空间交叉的坐标点上,深刻地感觉到了自我的渺小,深刻地感受到了自我在茫茫宇宙中的无能为力,这种孤独感、渺小感,不仅属于陈子昂,还属于所有古代欲有所作为的读书人。杜牧诗《登乐游原》说:"长空澹澹孤鸟没,万古消沉向此中。"长空中,一只孤独的鸟慢慢消失了,千古以来,所有的人和事都像这只消失的鸟一样。陈子昂《感遇》诗也说"群物从大化,孤英将奈何?"所有的事物都随着自然规律在宇宙中消失,孤英又能如何呢?只能独立苍茫,怅然浩叹而已!

陈子昂是由初唐转入盛唐的一座里程碑,他结束了统治诗坛一百多年的齐梁诗风,为盛唐诗歌创作高潮的到来拉开了可喜的序幕。韩愈在《荐士》中赞叹曰:"国朝盛文章,子昂始高蹈。"刘克庄在《后村诗话》中也大赞:"独陈拾遗首倡高雅冲淡之音,一扫六代之纤弱,趋于黄初、建安矣。"陈子昂虽然仕途不达,但其在文学史上的地位却令人瞩目。

第三节 士不遇的壮怀难抑:李白《行路难》

行路难

李 白

金樽清酒斗十千[1],玉盘珍羞直万钱[2]。
停杯投箸不能食,拔剑四顾心茫然[3]。
欲渡黄河冰塞川,将登太行雪满山[4]。
闲来垂钓碧溪上,忽复乘舟梦日边[5]。
行路难!行路难!多岐路,今安在?
长风破浪会有时[6],直挂云帆济沧海[7]。

注释:

[1]金樽(zūn):古代盛酒的器具,以金为饰,指酒杯精美华贵。清酒:经过过滤、除去杂质的美酒。斗十千:一斗值十千钱(即万钱),形容酒美价高。曹植《名都篇》:"归来宴平乐,美酒斗十千。"这里用其成句。

[2]珍羞:珍贵的菜肴。羞,同"馐",美味的食物。直:通"值",价值。《北史·韩晋明传》:"(晋明)好酒诞纵,招饮宾客,一席之费,动至万钱,犹恨俭率。"

[3]箸(zhù)：筷子。顾：望。二句用鲍照《行路难》：“对案不能食，拔剑击柱长叹息”诗意。

[4]太行(háng)：山名，绵延于山西高原与河北平原之间。

[5]“闲来”二句：姜太公吕尚80岁在渭水的磻溪(今陕西宝鸡东南)上钓鱼，得遇周文王，助周灭商；伊尹曾梦见自己乘船从日月旁边经过，后被商汤聘请，助商灭夏。此二句暗用典故表达诗人对从政仍有所期待之心情。

[6]长风破浪：意谓远大的抱负终有机会得以施展。据《宋书·宗悫传》载：宗悫少年时，叔父宗炳问他的志向，他说：“愿乘长风，破万里浪。”

[7]云帆：高耸入云的船帆。济：渡。沧海：大海。

图 3-1　清·苏六明绘《太白醉酒图》

著名的大诗人李白也是“士不遇”大军中重要的一员，他一生都想做管仲、乐毅那样能辅佐帝王成就功业的人，但一生也没机会，所以怀才不遇的悲愤在他的诗歌里随处可见，此首《行路难》就是其中最著名的一篇。

李白人生理想是“申管、晏之谈，谋帝王之术，奋其智能，愿为辅弼。使寰区大定，海县清一”(《代寿山答孟少府移文书》)。希望自己能成为像管仲、晏子那样,充分发挥自己的才华辅佐帝王,使天下安定,政治清明,人民安居乐业。理想很丰满,现实却非常骨感。公元742年,经过唐玄宗妹妹玉真公主的推荐,42岁的李白来到长安,见到了唐玄宗。唐玄宗非常赏识李白的才华,待以隆重的礼遇,据李阳冰《草堂集序》记载:"皇祖下诏,征就金马,降辇步迎,如见绮皓。以七宝床赐食,御手调羹以饭之,谓曰:'卿是布衣,名为朕知,非素蓄道义,何以及此。'置于金銮殿,出入翰林中。问以国政,潜草诏诰,人无知者。"皇帝亲自下辇迎接,就像当年的汉高祖刘邦见到商山四皓一样,让李白坐在七宝床上,亲自调好羹汤给李白吃,并让他在翰林苑供职。刚进京的李白感觉非常之好,也非常自信,在应召入京时,他曾在《南陵别儿童入京》诗中说:"仰天大笑出门去,我辈岂是蓬蒿人!"我李白天生就不是一般人啊!非常自信!非常踌躇满志!但是翰林学士是个虚职,只是皇上的文学侍从,没有实权,李白"济苍生""安社稷"的理想根本无法实现。另一方面,由于他平交王侯,不低调做人,很快得罪了高力士等一批朝廷官员,这些人在背后不断谗毁他,连唐玄宗最后都说他:"此人固穷相,非廊庙器"(段成式《酉阳杂俎》),也越来越不喜欢他。公元744年,即天宝三载,李白被赐金放还,等于说被唐玄宗撵走了,他只好闷闷不乐地离开了长安。《行路难》三首就是李白在离开长安后盘桓梁宋一带所作,今天我们选择第一首来感受一下李白此时此刻痛苦的心境。

"金樽清酒斗十千,玉盘珍羞值万钱",金樽,精美华贵的酒杯,言酒器之美。清酒,言酒之好,是美酒。斗十千,说酒很贵,一斗值十千钱。玉盘,玉做的盘子,言盛菜器具之美。珍羞,指珍贵的菜肴。值万钱,指菜很好,价值万钱。这两句诗,上一句言酒之美之好,下一句言菜之美之好,以夸张的笔墨写宴会的豪华。李白好酒爱酒,正常情况下,应该开怀畅饮,而实际上诗人却是"停杯投箸不能食",把杯子、筷子放下来,食难下咽,没有心情吃饭,不仅没有心情吃饭,还"拔剑四顾心茫然",拔出自己身上的剑四处环顾,内心茫然,由"停杯投箸""拔剑四顾",可见诗人内心非常痛苦!

"欲渡黄河冰塞川,将登太行雪满山。"意思是说自己想要渡黄河,但黄河却被冰冻所封,无法渡越,自己想要登上太行山,太行山却被大雪覆盖,难以攀登。这里,作者以黄河冰塞川与太行雪满山作为代表性的典型事件,写自己的人生道路处处受阻,没有出路,前途黑暗一片,看不见任何希望。

"闲来垂钓碧溪上,忽复乘舟梦日边。"前一句暗用姜尚的典故,姜尚,即我们熟知的姜太公,他八十岁在渭水之滨钓鱼,遇到了周文王,后来辅佐武王建立了大周王朝。后一句用伊尹的典故,伊尹是商朝初年的丞相,在他被商汤聘请的前夕,曾梦见自己乘舟经过日月旁边,后来辅佐商汤灭了夏朝,并建立了商朝。李白用姜尚与伊尹这两个建立了不朽功业的著名历史人物故事,抒发自己对未来的期望与幻想。在前途一片渺茫最黑暗的时候,他没有放弃希望,始终相信自己还会有来到皇上身边的机会，还会有建功立业的机会。但这个机会到底在何处呢？李白在幻想之中，又落到了现实，所以不禁感慨"行路难！行路难！多歧路，今安在？"人生的路实在是太难走了，那么多的歧路，我的人生方向到底在何处呢？痛苦不堪！"长风破浪会有时，直挂云帆济沧海。"在最痛苦的时候，诗人依然自信，依然相信自己可以乘长风，驾万里浪，直济沧海，一展鸿图。

这首诗是李白的内心独白，面对美酒佳肴，难以下咽，环视宇内，展望未来，黑暗一片，茫然一片，但在最黑暗茫然的时候，他始终没有放弃希望，没有放弃追求，仍然相信自己会有一展鸿图的机会，诗歌情感跌宕起伏，诗人痛苦的心灵鲜明可见。

李白对自己的人生期望值很高，具有恢宏的人生抱负，他可不希望做一个小官，要做就做宰相，希望自己能像管仲、晏婴一样，发挥自己的聪明才智，辅佐帝王，使天下安定，百姓安居乐业。他25岁离开家乡四川，以隐逸与诗才天下知名，被唐玄宗赏识，供奉翰林。当年在长安时，"入侍瑶池宴，出陪玉辇行"（《秋夜独坐怀故山》）"昔在长安醉花柳，五侯七贵同杯酒。气岸遥凌豪士前，风流肯落他人后。"（《流夜郎赠辛判官》）和皇帝一同出行，和王侯权贵一起喝酒，很是春风得意。本可一展鸿图之志，但是由于他不愿低眉俯首的性格，得罪了高力士之流，仅仅三年，就被玄宗赐金放还，其内心的痛苦可想而知。这次离开长安，诗人也深深认识到可能此生休矣，所以这首诗极度痛苦，感情非常激烈，我们仿佛可以看到处于山穷水尽的诗人痛苦的呼喊，也仿佛看到一颗动荡不安的灵魂！

清高宗乾隆敕编的《唐宋诗醇》卷二云："冰塞雪满，道路之难甚矣。而日边有梦，破浪济海，尚未决志于去也。……此篇被放之初，述怀如此，真写得'难'字意出。"李白虽然发现前途黑暗，但依然没有放弃希望，这首诗真是把行路之难写得太到位了。的确，当我们读这首诗时，我们都能感觉到李白的心痛。

李白一生不遇，常借酒浇愁。杜甫曾在《赠李白》诗中慨叹："秋来相顾尚飘蓬，未就丹砂愧葛洪。痛饮狂歌空度日，飞扬跋扈为谁雄？"可以说，杜甫是李白真正的知音，他在另一首《不见》诗中说得更加痛惜："不见李生久，佯狂真可哀。世人皆欲杀，吾意独怜才。"不遇是中国读书人难以摆脱的宿命，杜甫也是如此。

【附】

《行路难》其二

大道如青天，我独不得出。

羞逐长安社中儿，赤鸡白狗赌梨栗[1]。

弹剑作歌奏苦声[2]，曳裾王门不称情。

淮阴市井笑韩信，汉朝公卿忌贾生[3]。

君不见昔时燕家重郭隗，拥篲折节无嫌猜[4]。

剧辛乐毅感恩分，输肝剖胆效英才。

昭王白骨萦蔓草，谁人更扫黄金台[5]？

行路难，归去来[6]！

注释：

[1]社：《周礼》以二十五家为一社。此泛指里巷。

[2]弹剑：据《战国策·冯谖客孟尝君》记载，战国时齐公子孟尝君门下食客冯谖曾多次弹剑作歌诉说处境，希望孟尝君提高待遇。

[3]韩信：汉时淮阴人，少时被市井无赖欺负，遭受胯下之辱，后辅佐刘邦建立汉朝，与萧何、张良同称为"兴汉三杰"，刘邦封其为淮阴侯，最后被吕后设计杀害。贾生：贾谊，汉文帝时博士，因同朝大臣忌妒其才不断进献谗言被贬长沙，英年早逝。

[4]郭隗：战国中期燕国人。昭王为复兴燕国，拜访郭隗，尊其为师，并依其之策筑黄金台求贤纳士，乐毅、邹衍、剧辛等有才之人纷纷归附，燕国因此强大。拥篲：燕昭王亲自扫路，恐灰尘飞扬，用衣袖挡帚以礼迎贤士邹衍。折节：一作"折腰"。

[5]黄金台：燕昭王在城外筑台，放置黄金以求贤纳士，因而称之。

[6]归去来：指隐居。语出东晋陶渊明《归去来兮辞》。

《行路难》其三

有耳莫洗颍川水[1]，有口莫食首阳蕨[2]。

含光混世贵无名[3]，何用孤高比云月？

吾观自古贤达人，功成不退皆殒身。

子胥既弃吴江上[4]，屈原终投湘水滨。

陆机雄才岂自保[5]？李斯税驾苦不早[6]。

华亭鹤唳讵可闻[7]？上蔡苍鹰何足道[8]？

君不见吴中张翰称达生，秋风忽忆江东行[9]。

且乐生前一杯酒，何须身后千载名？

注释：

[1]"有耳"句：典故，源自汉蔡邕《琴操·河间杂歌·箕山操》。许由是尧时的隐士，尧要把帝位让给许由，许由认为污染了自己的耳朵，遂至颍川洗耳朵，人们以"洗耳翁"称许由。

[2]"有口"句：反用伯夷、叔齐典故。据《史记·伯夷列传》："武王已平殷乱，天下宗周，而伯夷、叔齐耻之，义不食周粟，隐于首阳山，采薇而食之……遂饿死于首阳山。"

《史记索引》："薇，蕨也。"薇、蕨本来是两种草，古人误以为是一种。

　　[3]"含光"句：言不露锋芒，随世俯仰之意。贵无名，以无名为贵。

　　[4]子胥：伍子胥，春秋末期吴国大夫。《吴越春秋·夫差内传》："吴王闻子胥之怨恨也，乃使人赐属镂之剑，子胥……遂伏剑而死。吴王乃取子胥尸，盛以鸱夷之器，投之于江中。"

　　[5]陆机：西晋文学家，西晋时的一代名士，其年轻时常与弟弟游于家乡华亭墅中，河桥兵败后，为卢志所谗，被诛。临刑叹曰："欲闻华亭鹤唳，可复得乎！"

　　[6]李斯：秦国统一六国的大功臣，任秦朝丞相，后被杀。《史记·李斯列传》载：李斯喟然而叹曰："……斯乃上蔡布衣……今人臣之位无居臣上者，可谓富贵极矣。物极则衰，吾未知所税驾也？"《索引》："税驾，犹解驾，言休息也。"

　　[7]"华亭"句：用陆机典故。见注释[5]。

　　[8]"上蔡"句：用李斯典故。《史记·李斯列传》："二世二年七月，具斯五刑，论腰斩咸阳市。斯出狱，与其中子俱执，顾谓其中子曰：'吾欲与若复牵黄犬俱出上蔡东门逐狡兔，岂可得乎！'"《太平御览》引《史记》曰："李斯临刑，思牵黄犬、臂苍鹰，出上蔡东门，不可得矣。"

　　[9]"秋风"句：用张翰典故。《晋书·张翰传》："张翰，字季鹰，吴郡吴人也。……为大司马东曹掾。……因见秋风起，乃思吴中菰菜、莼羹、鲈鱼脍，曰：'人生贵得适志，何能羁宦数千里以要名爵乎？'遂命驾而归。……或谓之曰：'卿乃可纵适一时，独不为身后名邪？'答曰：'使我有身后名，不如即时一杯酒。'时人贵其旷达。"

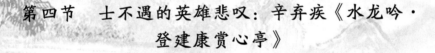

第四节　士不遇的英雄悲叹：辛弃疾《水龙吟·登建康赏心亭》

水龙吟·登建康赏心亭[1]

辛弃疾

　　楚天千里清秋，水随天去秋无际。遥岑远目，献愁供恨，玉簪螺髻[2]。落日楼头，断鸿[3]声里，江南游子[4]。把吴钩[5]看了，栏干拍遍，无人会，登临意。

　　休说鲈鱼堪脍，尽西风季鹰归未[6]？求田问舍，怕应羞见，刘郎才气[7]。可惜流年，忧愁风雨，树犹如此[8]！倩何人唤取，红巾翠袖，揾英雄泪[9]？

注释：

[1]建康：今江苏南京。赏心亭：《景定建康志》载，"赏心亭在（城西）下水门之城上，下临秦淮，尽观览之胜"。

[2]遥岑（cén）：远山。唐韩愈《城南联句》："遥岑出寸碧，远目增双明。"玉簪（zān）：玉做的簪子。螺髻（jì）：像海螺形状的发髻。这里比喻高矮和形状各不相同的山岭。韩愈《送桂州严大夫同用南字》："江作青罗带，山如碧玉簪。"皮日休《缥缈峰》诗："似将青螺髻，撒在明月中。"周邦彦《西河》词："山围故国绕青江，髻鬟对起。""遥岑"三句意为：远处的山峰看起来很像美人头上的碧玉簪、青螺髻，却惹人愁思。

[3]断鸿：失群的孤雁。

[4]江南游子：作者自称。辛弃疾为北方人（今山东济南），建康在宋时属江南东路，所以称之。

[5]吴钩：古代吴地制造的一种弯形宝刀。唐李贺《南园》："男儿何不带吴钩，收取关山五十州。"这里用吴钩自喻，意思是说自己空有一身才华，但是得不到重用。

[6]"鲈鱼堪脍"三句：用西晋张翰典。季鹰：张翰，字季鹰。《晋书·张翰传》："翰因见秋风起，乃思吴中菰菜、莼羹、鲈鱼脍，曰：'人生贵得适志，何能羁宦数千里以要名爵乎？'遂命驾而归。"后来文人将思念家乡称为莼鲈之思。脍：细切的鱼肉。

[7]"求田问舍"三句：典出《三国志·魏书·陈登传》。许汜与刘备并在荆州牧刘表坐，表与备共论天下人，汜曰："陈元龙湖海之士，豪气不除。"备谓表曰："许君论是非？"表曰："欲言非，此君为善士，不宜虚言；欲言是，元龙名重天下。"备问汜："君言豪，宁有事邪？"汜曰："昔遭乱过下邳，见元龙。元龙无客主之意，久不相与语，自上大床卧，使客卧下床。"备曰："君有国士之名，今天下大乱，帝主失所，望君忧国忘家，有救世之意，而君求田问舍，言无可采，是元龙所讳也，何缘当与君语？如小人（刘备自称），欲卧百尺楼上，卧君于地，何但上下床之间邪？"求田问舍：置地买房。刘郎：刘备。才气：胸怀、气魄。此典是说辛弃疾不愿像许汜那样求田问舍，而是希望像刘备一样胸怀天下，为国解难。

[8]"可惜流年"三句：典出《世说新语·言语》。桓公（温）北征，经金城，见前为琅邪时种柳，皆已十围，慨然曰："木犹如此，人何以堪！"攀枝执条，泫然流泪。北周庾信《枯树赋》："昔年种柳，依依汉南。今看摇落，悽怆江潭。树犹如此，人何以堪？"这几句意思是说自己美好的年华在国势飘摇中逝去，正无异于树木在风雨中哀愁老去，抒发自己不能抗击敌人、收复失地、虚度时光的感慨。流年：流逝的时光。风雨：比喻飘摇的国势。

[9]倩（qìng）：请，求。红巾翠袖：女子装饰，代指女子，这里指侑酒佐欢的歌女。揾（wèn）：擦拭。"倩何人"三句自伤英雄抱负不能实现，心头郁结，得不到慰藉。

李白的《行路难》让人读后会心痛良久，而辛弃疾的痛苦也不亚于李白，实际上比李白更厉害。我们通过他的《水龙吟·登建康赏心亭》一起来感受一下。

辛弃疾在北方起义失败后，手刃叛徒并投奔南宋朝廷。他惊人的勇敢和果断，使他名重一时，"壮声英慨，儒士为之兴起，圣天子一见三叹息"（洪迈《稼轩记》）。宋高宗任命他为江阴签判，从此开始了他在南宋的仕宦生涯，这时他才二十三岁。

辛弃疾初到南方，一心想要一展宏图，收复北方山河，但南宋朝廷偏安一隅，并无心收复失地，只是把他派到江西、湖北、湖南等地担任转运使、安抚使等地方官，这显然与辛弃疾的理想大相径庭，随着岁月流逝，他越来越感觉到人生短暂而壮志难酬，内心也越来越压抑和痛苦。

另一方面，由于他出色的才干、豪迈倔强的性格和执着北伐的热情，很多官员不喜欢他，如他自己所说"刚拙自信，年来不为众人所容"（《论盗贼札子》），淳熙八年（1181）冬，辛弃疾四十二岁时，因受到弹劾而被免职，归居上饶。此后二十年间，他除了有两年一度出任福建提点刑狱和安抚使外，大部分时间都在乡闲居。朱熹认为辛弃疾可以"股肱王室，经纶天下"（谢枋得《祭辛稼轩先生墓记》载朱熹言），清代陈廷焯认为"辛稼轩，词中之龙也"（《白雨斋词话》），这样一位既有文韬又有武略的大英雄，在其人生最美好年纪只能在家闲居，就像一只大老虎被关在笼子里一样，英雄无用武之地，"却将万字平戎策，换得东家种树书"，其内心痛苦可见一斑。怀才不遇，心里的痛苦太多了，只好借助词来表达了，所以他的词就是他最痛苦情感的自然流露与宣泄。

《水龙吟·登建康赏心亭》是我国文学史上的著名词篇。关于这首词的写作时间有两种主要说法：一说是孝宗乾道五年（1169）任建康通判时；二说是孝宗淳熙元年（1174）在建康任江东安抚司参议官时。据著名历史学家邓广铭所作的《稼轩词编年笺注》，认为这首词"充满牢骚愤激之气，且有'树犹如此'语，疑非首次官建康时所作。盖当南归之初，自身之前途功业如何，尚难测度，嗣后乃仍复沉滞下僚，满腹经纶，迄无所用，迨重至建康，登高眺远，胸中积郁乃不能不以一吐为快矣。"邓先生根据词作感情的激愤程度，判断这首词一定不是辛弃疾29岁第一次在建康做官时作，应该是作于淳熙元年（1174），时稼轩35岁，为江东安抚使参议官，来到南宋已经超过十二年了。

建康又名"金陵"，赏心亭是南宋建康城中的风景名胜。据《景定建康志》记载："赏心亭在（城西）下水门之城上，下临秦淮，尽观览之胜。"本来登亭是为了欣赏秦淮美景，怡情悦志，不想词人登高望远，却勾起汹涌的时世感慨与功业无成的激愤。

词上片写景：由水写到山，由无情之景写到有情之景，很有层次。开头两句，"楚天千里清秋，水随天去秋无际"是作者在赏心亭上所见的江景：清秋时节，极目楚天千里，浩荡的长江水无边无际，好像一直流到了天边。以极阔大笔墨极写楚天之阔，长江水之无垠，秋天之清。下面"遥岑远目，献愁供恨，玉簪螺髻"三句写山。词人放眼望去，那一层层、一叠叠的远山，有的很像美人头上插戴的玉簪，有的很像美人头上螺旋形的发髻，可是这些远山都好像在向词人进献着忧愁与愤恨。"遥岑"即远山，指长江以北沦陷区的山。"玉簪"是碧玉做的簪子。"螺髻"指古代妇女一种螺旋形发髻，这里是化用韩愈的诗句"江作青罗带，山如碧玉簪"（《送桂州严大夫同用南字》），以拟人手法写高矮形状各异的山。在作者眼里远山愈美，它引起的愁绪就愈深重，这些美丽的山水都属于敌人，何时能够从敌人手里夺回来呢？明明是作者恨，但却不直写，而说远山献愁供恨，这是移情手法，是"我见青山多妩媚，料青山见我应如是"（辛弃疾《贺新郎》"甚矣吾衰矣"）。

"落日楼头，断鸿声里，江南游子"三句，落日，本是自然景物，辛弃疾用"落日"二字含有比喻南宋朝廷日薄西山、国势危殆的意思。原来宋孝宗继位后，一度起用主战派的张浚主持军政，张浚在隆兴元年（1163）对金发动军事攻势，不幸在符离被金军打败，于是主和派的势力和舆论又在南宋政府中占上风。辛弃疾这时登上建康赏心亭，面对着衔山的落日，想起南宋君臣在符离战败中又陷入一片消沉的气氛之中。"断鸿"是指失群的孤雁，辛弃疾用这一意象来比喻自己飘零的身世与孤寂的心境。"游子"是辛弃疾，直指自己。辛弃疾从山东来到江南，当然是游子。但是辛弃疾渡江淮归南宋，原是以南宋为自己的故国，以江南为自己的家乡的。可是南宋统治集团不把辛弃疾看作自己人，对他一直采取猜忌排挤的态度，致使辛弃疾觉得他在江南真的成了游子。

"把吴钩看了，栏干拍遍，无人会，登临意"三句，直抒胸臆。作者选用具有典型意义的动作，淋漓尽致地抒发自己报国无路、壮志难酬的悲愤之情。吴钩，春秋时期流行的一种弯刀，它以青铜铸成，是冷兵器里的典范，充满传奇色彩，因被历代文人写入诗篇，成为驰骋疆场、励志报国的精神象征。唐代李贺说："男儿何不带吴钩，收取关山五十州。"（《南园十三首》其五）吴钩本来应该随作者上疆场杀敌立功，现在却只能没事时拿出来看看，就像作者一样，英雄无用武之地，所以下句才说"栏干拍遍"。据《渑水燕谈录》记载，一个"与世龃龉"的刘孟节，他常常"凭栏静立，怀想世事，吁唏独语，或以手拍栏干"，尝有诗曰："读书误我四十年，几回醉把栏干拍。"栏干拍遍是表示胸中那说不出来的抑郁苦闷之气，借拍打栏干来发泄的意思，把作者徒有杀敌报国的雄心壮志而又无处施展的急切悲愤的情态表现得淋漓尽致。辛弃疾一腔热忱，满腹悲愤，但是不被南宋当权者所理解，所以他接着写道："无人会，登临意"，慨叹自己空有恢复中原的抱负，而南宋统治集团中没有人是他的知音，表达了英雄深沉的孤独感。

下片"休说鲈鱼堪脍"几句，连用了三个典故，借古人来表明自己的人生态度。"休说鲈鱼堪脍"用东晋张翰典故，《晋书·文苑·张翰传》记载："齐王冏辟为大司马东曹掾。冏时执权，翰谓同郡顾荣曰：'天下纷纷，祸难未已。夫有四海之名者,求退良难。吾本山林间人,无望于时。子善以明防前,以智虑后。'荣执其手,怆然曰:'吾亦与子采南山蕨,饮三江水耳。'翰因见秋风起,乃思吴中菰菜、莼羹、鲈鱼脍,曰:'人生贵得适志,何能羁宦数千里以要名爵乎!'遂命驾而归。"张翰觉得政权动荡,还是及时归隐家乡田园为妙,遂以思念家乡的菰菜、莼羹为理由,辞官归隐。辛以此典表明自己不是明哲保身之人,不愿归隐江湖保全自己。"求田问舍,怕应羞见,刘郎才气"三句用刘备典故,据《三国志·魏书·陈登传》记载,三国时,许汜碰到刘备,说陈登这个人不行,刘备问为什么这样说,许汜说我在陈登家,他自己睡在大床上,让我睡在下床上,太没有待客的礼节了。刘备说现在天下大乱,有志之士都在担心国家存亡,而你却只知道经营积聚家产,要是我就睡百尺高楼上,让你睡在地上。作者用这个典故表明自己不会像许汜一样只知道求田问舍,而是会像刘备一样以国家存亡为己任。俞平伯《唐宋词选释》分析此句云:"盖谓当时朝士,贪恋爵禄,只知道'求田问舍',固无若张翰其人者,如碰见刘备当然要看不起他们。语意广泛,不泥定自己,却引起自己的忧愁寂寞。"认为此句辛弃疾非仅说自己惭愧功业无成,而是批评当时整个南宋朝廷官员无所作为,此理解也可。

　　"可惜流年,忧愁风雨,树犹如此"用东晋大将军桓温的典故。桓温是东晋明帝时大将军,当他北伐时,在琅邪山种了柳树,等十年之后北伐回来,树已经十围,树已长大,人儿已老,所以感慨树犹如此,人何以堪?辛用此典是感慨国事飘摇,而时光无情流逝,自己日益衰老,恢复中原的愿望应该是无法实现了。此三句是全首词的核心,作者的感情经过层层推进,已经发展到最高点,最伤心处,最不能承受处,只能请歌女过来为他擦去痛苦的泪水,感情极其痛苦无助。陈廷焯《词则·放歌集》卷一赞曰:"雄劲可喜。一结风流悲壮。"

　　此词借登高望远所见山水抒发作者壮志难酬、报国无门的抑郁悲愤之情,悲歌慷慨,痛苦至极!

第四章

中国古代文学主题之四

乡愁

第一节　乡愁的历史文化内涵与书写模式

　　自《诗经》《楚辞》开端，中国古典诗歌就形成了一个源远流长的文学主题：乡愁。不同身份、不同个性的诗人一起组成一个反复缠绵、旋律单纯的大合唱，那浑厚、深沉、简单、重复、恒久而共通的生命旋律扣动着千古诗人的心弦，在中国古典诗歌领域里回旋鼓荡，产生了深远的影响。

　　中国是农耕社会，非常重视家人团聚，人们一旦辞别故土，孤独在外，飘荡无所，就会感慨"在家千日好，出门万事难"，想起承欢膝下之时，"靡瞻匪父，靡依匪母"（《诗经·小雅·小弁》），自己尊敬的父亲与依恋的母亲都在身边，而一旦人在天涯，登高怀远，不禁悲从中来。从先秦诗歌的"陟彼屺兮，瞻望母兮"（《诗经·魏风·陟岵》），"岂不怀归，是用作歌，将母来谂"（《诗经·小雅·四牡》），"曼余目以流观兮，冀一反之何时？鸟飞反故乡兮，狐死必首丘。信非吾罪而弃逐兮，何日夜而忘之"（屈原《哀郢》），唐代的"日暮乡关何处是？烟波江上使人愁"（崔颢《黄鹤楼》），到当代余光中"乡愁是一枚小小的邮票"，无不表明，文学作品说尽的是故乡，说不尽的也是故乡。如果把故乡作为人的生命与精神的起源与归宿，那么，离开了故乡的人只能永远"在路上"，于是抒写乡愁的文学作品，代复一代，层出不穷。那么，乡愁文学的文化内蕴究竟是什么，它反映了人类一种什么样的共同的本质特征呢？我们从乡愁的基础、核心、模式等几方面进行探讨。

　　一、乡愁产生的基础是农耕文化。千百年的乡愁文学与人类的"文明之母"农业不无关系。农耕文化孕育了家庭和家园意识，中国最早的农事诗《诗经·豳风·七月》记载的"同我妇子，馌彼南亩，田畯至喜"，反映了春秋时代以家庭为单位从事农业生产的景象。到了成熟的封建时代，"男耕女织"则是家家户户的理想和生产生活模式。农耕文化集了儒家文化及各类宗教文化为一体，形成了自己独特的文化内容和特征，其主体包括国家管理理念、人际交往理念，以及语言、戏剧、民歌、风俗及各类祭祀活动等，是世界上存在最为广泛的文化集成。农耕文化决定了汉族文化的特征。中国的主导文化儒家文化就是以家庭为基本出发点，孔子的"仁""孝悌"为根本，从孝敬父母、尊重兄长开始，培养"仁"的伦理道德修养，推及社会与国家。可以说，没有农耕文化，就没有与土地紧密结合在一起的"家"。"家"的观念在中国人的头脑中根深蒂固,这与中国历史悠久的农耕文化与儒家文化有着不可分割的关系。

二、乡愁的核心是亲情和爱情。乡愁表面看是思念家乡,思念故乡的一切,但其核心却是家,包括对父母孩子的亲情和对妻子的爱情。早在《诗经》时代,《小弁》的作者虽然孝敬父母却被莫名其妙地放逐,但他仍然一往情深地呼喊:"维桑与梓,必恭敬止。靡瞻匪父,靡依匪母。"作者被放逐在外,但见到桑树与梓树就想起父母,就会生起毕恭毕敬之心。而行役在外的《陟岵》作者,则想象父母对自己的深情召唤:"陟彼岵兮,瞻望父兮。父曰:嗟!予子行役,夙夜无已。上慎旃哉,犹来无止!""母曰:嗟!予季行役,夙夜无寐。上慎旃哉,犹来无弃!"作者行役在外,登上高山,想象父母的叮咛嘱咐,抒发作者对父母的思念之情,非常动人。汉乐府《悲歌》则唱出了动乱时代人们痛苦的心声:"悲歌可以当泣,远望可以当归。思念故乡,郁郁累累。"作者思念家乡,只能远望故乡,聊以解忧,反映了动乱时代人们有家不能归的乡愁和无奈。乡愁还包括对兄弟和儿女的思念。杜甫身历乱离,经常思家恋土,思念亲人。他的名篇《月夜忆舍弟》:"露从今夜白,月是故乡明。有弟皆分散,无家问死生。"写的是唐代"安史之乱"中,家园被毁,诗人与兄弟因战乱各漂泊辗转一方,无法相见,也无法知道对方生与死,是战乱中对兄弟的挂念。他思念幼子的佳作,情深意切,即使千载之下也常使读者动容,如:"骥子好男儿,前年学语时。问知人客姓,诵得老夫诗。世乱怜渠小,家贫仰母慈。"(《遣兴》)写乱世思子,缠绵悱恻。又如:"骥子春犹隔,莺歌暖正繁。别离惊节换,聪慧与谁论?涧水空山道,柴门老树村。忆渠愁只睡,炙背俯晴轩。"(《忆幼子》)写其至德二载(757)身在长安,却想念"柴门老树村"的幼子宗武,满腹愁思,以至于晴轩炙背,昏昏欲睡,道出了人父对子女的深厚感情。

留守家园的爱妻,是游子一份深深的眷恋,也是游子孤苦心灵憩息的港湾。《诗经·小雅·东山》中的士兵在战争结束的归途中,满怀深情地回忆与妻子的新婚场景:"仓庚于飞,熠耀其羽。之子于归,皇驳其马。亲结其缡,九十其仪。其新孔嘉,其旧如之何?"想象当年结婚时黄莺舒展着美丽的翅膀在天上飞,作者骑着骏马迎娶新娘。结婚典礼多么隆重,一切好像还在昨天。现在马上又要久别重逢了,多么令人期望啊!这时,作者对故乡的思念,以妻子为核心,乡愁就是爱情,是士兵战胜恐惧、伤病和死亡的动力。

三、乡愁的模式。古人离别家乡有各种缘故,而触发乡愁的诱因也各不相同。大致说来,可以归纳为如下几种模式。

(一)登高思乡。登高行为源于上古社会望祭山川的宗教祭祀仪式,在世世代代的审视中,原本对于山川的崇敬逐渐褪去其宗教性的神秘色彩。登高远眺,空旷辽远,引发人们在广阔天地中的渺小、孤独感,空间的广远亦使敏感的诗人联想到时间的永恒,产生人生易逝的感伤,其中既有怀古的感慨,又有思乡怀远的悲叹。自从汉末王粲在荆州的楼上"凭轩槛以遥望",抒发"情眷眷而怀归"的乡愁(《登楼赋》),登高思乡就成为游子的心结。杜甫在兵荒马乱的安史之乱中感慨:"万里悲秋常作客,百年多病独登台。艰难苦恨繁霜鬓,潦倒新停浊酒杯。"乡关万里,抱病登高,满面尘霜,何日归去? 苏轼被贬途经镇江,"试登绝顶望乡国,江南江北青山多"(《游金山寺》),姑且登上金山之顶再望一眼自己的家乡,可是家乡遥远,只见青山一片,彼时苏轼的心情大概与王粲一样悲哀。

(二)望月思乡。月亮是乡愁的媒介。古人常把月亮的圆缺和人世的聚散联系起来,诗歌就常常以月亮的阴晴圆缺变化来抒写人世的悲欢离合之情,以月亮之"圆"寄托人之"团圆"的美好愿望。其中最著名的莫过于李白"举头望明月,低头思故乡"和杜甫的"月是故乡明"了。在中国文化中,月亮是团圆温馨的象征。承载着乡愁的月亮,成为古老而悠久的原型意象,形成了丰富悠久的"月亮文化"。白居易《望月有感》曰:"时难年荒世业空,弟兄羁旅各西东。田园寥落干戈后,骨肉流离道路中。吊影分为千里雁,辞根散作九秋蓬。共看明月应垂泪,一夜乡心五处同。"小序说"自河南经乱,关内阻饥,兄弟离散,各在一处",一轮明月,五处乡心,乱离之人唯有借月怀人,聊解乡思之苦。清代诗人张问陶《月夜书怀》诗说:"静忆家人皆万里,独看帘月到三更。"家人都在万里之外,自己只能透过帘子望月至三更,以寄托对家乡的深切思念了。

(三)佳节思乡。古代节日众多,其中不少是与家庭或团圆有关,如元日、立春、元宵、寒食、清明、端午、七夕、中秋、重阳、腊日、除夕等,几乎都寄托了古人欢聚重逢的情怀。王维的《九月九日忆山东兄弟》是佳节思乡的代表,"每逢佳节倍思亲"也是人们共同的心理情感。佳节,可能是除夕,也可能是重阳节,也可能是中秋节,也可能是冬至之时。比如高适的《除夜作》"旅馆寒灯独不眠,客心何事转凄然? 故乡今夜思千里,霜鬓明朝又一年。"诗人在除夕之夜,孤馆寒灯之下,想到自己孤身在外,而故乡在千里之遥,自己有家难回,心情分外凄凉! 再比如白居易的《邯郸冬至夜思家》:"邯郸驿里逢冬至,抱膝灯前影伴身。想得家中夜深坐,还应说着远行人。"在冬至之夜,诗人在邯郸的一个宾馆里,与孤灯相伴,非常孤独,想家里人一定非常想他吧,他们今天晚上聚会时,一定也会挂念我的,以家人的思念聊以安慰自己。

(四)日暮思乡。日暮思乡是我国古典诗词传统的抒情母题。在农耕文化里,日出而作,日落而息,日落暗喻回归,因此黄昏来临之际,万物与太阳一同回归家园,大地安宁平和、静穆沉静,一切喧嚣似乎都在日落中沉寂,日沉西山、倦鸟返林,牛羊归圈,人们也结束一天的劳作回庐室中休息,因此黄昏日暮又总是与归家、与家庭意识联系在一起,如"鸡栖于埘,日之夕矣,羊牛下来。君子于役,如之何勿思!"(《诗经·君子于役》)这是居家者对远行者的思念。而在外的游子面对暮霭升起,思乡之情就滔滔汩汩,不可收拾了。崔颢《黄鹤楼》说:"日暮乡关何处是？烟波江上使人愁。"孟浩然《途次望乡》曰:"客行愁落日,乡思重相催。况在他山外,天寒夕鸟来。"《秋登兰山寄张五》云:"愁因薄暮起,兴是清秋发。"宋代的李觏《乡思》曰:"人言落日是天涯,望极天涯不见家。已恨碧山相阻隔,碧山还被暮云遮。"这些诗都抒发了日落怀归的心态。

(五)秋日思乡。秋风吹拂,万物肃杀,自然勾起游子对故乡的温馨记忆。秋日怀归并不仅仅是文人作诗的专利,它是古代中国人所共有的一种文化心态。《礼记·祭义》中言:"霜露既降,君子履之,必有凄怆之心,非其寒之谓也。"郑玄曰:"非其寒之谓,谓凄怆及怵惕皆为感时而念亲也。霜露既降,《礼》说在秋,此无秋字,盖脱尔。"可见秋冬季节与念亲之心、凄怆之情在很早就已经联系在一起。如汉代古诗"白杨多悲风,萧萧愁杀人！思还故里闾,欲归道无因"(《古诗十九首·去者日以疏》),或唐代张籍的"洛阳城里见秋风,欲作家书意万重"(《秋思》)就是证明,当洛阳城里的秋风又起时,作者对家乡的思念之情就被牵引出来了。柳宗元在秋天里想念故乡时,甚至觉得眼前的海山就像剑一样割着自己的肠子,非常痛苦:"海畔尖山似剑铓,秋来处处割愁肠。若为化得身千亿,散上峰头望故乡。"(《与浩初上人同看山寄京华亲故》)想象自己化身千万个自己登上高山,遥望故乡,以慰思乡之苦。

(六)闻声思乡。自然物候作为诗人情感的触发点,主要以昆虫鸟兽、草木落叶为主,诗人或以其自比、或以其自伤,总之将自身的情感投射于这些自然景物之上,使思乡的表达更加自然混融,营造出情景交融的诗境。昆虫类尤其是像草虫、斯螽、阜螽、良蜩、蟋蟀等常见的昆虫,最易勾起游子的乡愁:"凛凛岁云暮,蝼蛄夕鸣悲。凉风率已厉,游子寒无衣。……徙倚怀感伤,垂涕沾双扉。"(《古诗十九首·凛凛岁云暮》)而鸟儿周期性的迁徙和往返,自然也直接撩拨游子的心弦。人们甚至想象自己化身为飞鸟返还故乡,来获得心理上的慰藉。乌孙公主面对异域,凄苦地抒情曰:"吾家嫁我兮天一方,远托异国兮乌孙王。……居常土思兮心内伤,愿为黄鹄兮归故乡。"(《悲愁歌》)张衡看到天上雄飞雌从的鸟儿,不禁悲从中来:"惊雄逝兮孤雌翔,临归风兮思故乡。"(《观舞赋》)韦应物听到远处的雁声,立即动起故园之思:"故园眇何处？归思方悠哉。淮南秋雨夜,高斋闻雁来。"(《闻雁》)淮南秋天的雨夜,凄清寂寞,大雁的叫声勾起作者浓厚的思乡之情。羌笛悠扬,也会触动士卒的乡愁,如范仲淹《渔家傲》:"浊酒一杯家万里,燕然未勒归无计。羌管悠悠霜满地,人不寐,将军白发征夫泪。"笛声悠悠,哀婉缠绵,在羌笛的声音里,将军与征人都因思乡而泪流满面。再如李益的《夜上受降城闻笛》:"不知何处吹芦管,一夜征人尽望乡。"不知道哪儿传来的芦管声,触动了征人们的思乡之情,让他们情难以禁。

（七）梦回故乡。乡愁至极，只能在梦里回乡。元朝诗人张可久《清江引·秋怀》说："西风信来家万里，问我归期未。雁啼红叶天，人醉黄花地，芭蕉雨声秋梦里。"秋天到了，雁儿叫了，枫叶红了，诗人还不能回家，那对故乡的思念只能在雨打芭蕉的秋梦里实现了。元朝侯正卿《菩萨蛮·客中寄情》则曰："家书端可驱邪祟，乡梦真堪疗客饥。"说家书真正可以赶走那些邪祟之物，乡梦可以使人暂时忘了饥饿。清代著名词人纳兰性德《长相思》说："风一更，雪一更，聒碎乡心梦不成，故园无此声。"塞外的风雪搅乱了诗人的乡梦，让人情何以堪！

　　家园情结的根深蒂固，使中国古典诗歌从一开始就同乡愁建立了联系，并逐渐扩展演化成为一个亘古不变的文学主题。它展示着中国诗人天涯漂泊、踽踽独行的疲惫心灵，抒发异乡游子孤独难耐、故土难忘的乡思。

第二节　乡愁的无望哭泣：汉乐府《悲歌》

悲　歌

悲歌可以当泣[1]，远望可以当归。
思念故乡，郁郁累累[2]。
欲归家无人，欲渡河无船。
心思不能言，肠中车轮转[3]。

注释：
[1] 可以：这里是"聊以"的意思。当（dāng）：代也。
[2] 郁郁累累（léiléi）：重重积累之貌，形容忧思很重。郁郁、累累，均郁积厚重貌。
[3] "肠中"句：形容内心十分痛苦。司马迁《报任安书》："肠一日而九回。"

　　汉诗多悲歌。《毛传》说："曲和乐曰歌，徒歌曰谣。"朱熹《诗集传序》解释说："凡诗之所谓讽者，多出于里巷歌谣之作。"这就点出了汉代民歌"饥者歌其食，劳者歌其事"的本质特征。与《诗经》许多背景鲜明的乡愁诗不同的是，汉乐府《悲歌》并无明显的时代和背景，但因其巨大充沛的乡愁情感成为了文学史上的著名篇章。

　　"悲歌可以当泣，远望可以当归"。悲歌一曲，可以当着痛快淋漓的哭泣，登高望远可以当着回到了家乡，聊以安慰漂泊的心灵。"悲歌可以当泣"，说明游子对故乡魂牵梦绕，日思夜想，大概早已哭干了眼泪，只好悲哀高歌，代替哭泣。"远望可以当归"，但远望毕竟不是归去，只是聊胜于无地对着故乡的方向远远一瞥，安慰自己。这个游子孤身在外，归心似箭，满怀乡愁，却又无可奈何！早在《诗经》时代，人们就已经在诗歌中抒发远望当归的情感。如《河广》诗："谁谓河广？一苇杭之。谁谓宋远？跂予望之。"这是春秋时代侨居卫国的宋人思乡心切的诗歌，卫国和宋国虽只是一条黄河之隔，但在上古时代，如同天堑般不可逾越。但在作者看来，谁说黄河宽又广，一片苇筏就能渡过！谁说宋国很遥远，踮起脚尖就望见！诗歌语言虽然朴素，但情感却非常浓烈。《河广》诗以突兀而来的发问，奇特夸张的答语，抒写客旅之人不可遏制的思乡之情。在这首《悲歌》诗中，作者思乡情切，欲哭无泪，只能靠"远望可以当归"来安慰自己了。

"思念故乡，郁郁累累"，如同白话，简明通俗。"郁郁累累"是指思乡的情感堆结在心中，日复一日，都垒结成块了，心里就像压着大石头。乡愁或忧伤等心理活动本来是无形的，但作者以"郁郁累累"四字把它转化成了具体可触、可视、可感的内容，类似的表达方式在《诗经》中也有很多，如"忧心如焚""我心忧伤，怒焉如捣"，说忧伤好似燃烧、好似杵捣；又如"心之忧矣，如匪澣衣"，说心里好忧伤啊，好像没有浣洗的衣服。

"欲归家无人，欲渡河无船"，两句表面上是说思乡而未还乡的原因，恐怕更是"悲歌当泣""远望当归"的原因。一般的乡愁诗，都是写父母望归，乡愁与亲情是一体的，如《陟岵》想象父母和兄弟的独白，情感炽热，催人泪下。但此诗的作者更为悲惨，不仅不能回去，即使回去也无亲人可见，比一般的乡愁诗更为凄凉。为什么会造成这种局面？因为此诗可能是汉末动乱年代的作品。我们联系汉乐府的《十五从军征》就明白为何会"欲归家无人"了。《十五从军征》说："十五从军征，八十始得归。道逢乡里人：家中有阿谁？遥看是君家，松柏冢累累。"八十老兵九死一生回到故土，可家中亲人都成了累累坟冢中的尸骨，家里已经没有亲人了。"白骨露于野，千里无鸡鸣。生民百遗一，念之断人肠。"（曹操《蒿里行》）这种灭门绝户的惨剧，唯一合理的解释只能是产生于汉末蜩螗沸羹的乱世凶年。

即使亲人故去，但乡情依旧，作者依然想着回去，可"欲渡河无船"，回乡之途十分艰难。类似的困境在诗歌中曾多次出现，如汉末《古诗》："步出城东门，遥望江南路。前日风雪中，故人从此去。我欲渡河水，河水深无梁。愿为双黄鹄，高飞还故乡。"秦嘉《赠妇诗》其二："河广无舟梁，道近隔丘陆。"或者王粲《登楼赋》："路逶迤而修迥兮，川既漾而济深。"所谓"欲渡河无船"，一方面是指眼前无船可渡，行路艰难，写回到故乡之难；另一方面实际上也有所喻指，是说自己处处受阻，前途坎坷，走投无路，寄托着作者深沉的人生感慨。

末句"心思不能言,肠中车轮转",写自己心内的痛苦,痛苦得肠中就好像有车轮在转一样。"心思不能言"意思是言语难以说明乡愁之重,"肠中车轮转"正是乡愁之重的写照。我们形容忧愁,一般说愁肠百结、愁肠九转,或者如《诗经》中所说的"忧心忡忡""忧心如醉""中心如噎",可还是没有车轮这样形象而沉重,这也正是前句"郁郁累累"的说明。

故乡是安土重迁的古人之精神家园,不管什么原因,不能回乡永远是无法抹去之痛。本诗的价值,就在于提供了有家难回的范本,这种万念俱灰的绝望,令人过目难忘。悲歌当泣、远望当归,这两句因为概括了许许多多人相通的生活体验,引起了历代读者共鸣,成为千古名句。

第三节　乡愁的书信传递：张籍《秋思》

秋　思

张　籍

洛阳城里见秋风,
欲作家书意万重[1]。
复恐匆匆说不尽,
行人[2]临发又开封[3]。

注释：

[1]家:一作"归"。意万重:各种纷繁复杂的思绪。

[2]行人:指送信的人。

[3]开封:把封好的信拆开。

这首诗是唐代诗人张籍所写,他在做官前曾寄居在洛阳,这首《秋思》就是他当时真实心境的写照。

首句"洛阳城里见秋风",点明作诗的地点和时间。张籍家在和州乌江,就是今天的安徽和县乌江镇,在洛阳当然是客居,是在他乡作客。诗人客居他乡,见秋风起,于是非常思念家乡,所以"欲作家书"。这就产生一个问题,为何"见秋风"而"作家书"呢?因为一叶落而知秋,当秋风又起,那么一年就即将要过去了,时序更迭,游子又在外一年,自己如何?家里情况又如何?种种情感会因秋风起而引逗出来，于是不仅盼望家人来信告知家中的情况，也担忧家人牵挂自己，所以要迫不及待地寄信回家。

次句"欲作家书意万重"，想告诉家人自己的近况，可是万千情思，从何说起呢？一方面担忧家人，父母年老体衰，弟妹尚未成人，家里各种事情涌上心头，让人担心；另一方面自己作客他乡，仕途不顺，种种辛酸与悲苦，但却不能告诉家人，因为只会徒增家人烦恼，于是只有强作欢颜以慰藉家人。如此种种，尽在"意万重"三字中。这一句写的是人人意中常有之事，却非人人所能道出，写得非常好！

三四句"复恐匆匆说不尽，行人临发又开封"，这是一个细节描写。本来信已经给了捎信的人了，可是作者担心匆忙之中有什么遗漏，于是在捎信人刚要出发时又把信要过来，打开了信封，再添补几句。前句是作者的心理，他担心什么呢？无非还是一些家常之事，家里人、家乡事、家园景。因为担心遗漏，所以末句写"临发又开封"，再补上几句，这个细节描写进一步地强化了作者对家乡亲人的挂念，形象地表达了诗人对家园的思念。在行人临别之时，作者再一次打开信封，再次挥毫，再次涂封，交给行人，无限牵挂尽在其中。上句说"匆匆说不尽"，下句说"临发又开封"，渲染足了"匆匆"的气氛，所以俞陛云评论说："已作家书，而长言不尽，临发重开，极言其怀乡之切。……此类之诗，皆至情语也。"（《诗境浅说续编》）

中国是农业社会，古时交通不便，书信是游子和家人沟通的主要工具，所以家书对游子来说非常重要，如孟浩然《登万岁楼》说："万岁楼头望故乡，独令乡思更茫茫。……今朝偶见同袍友，却喜家书寄八行。"作者对故乡的思念正排山倒海茫茫无际时，忽然遇到了自己的老朋友，老朋友竟然带来了家书，这太令作者喜出望外了。家书是游子在外的渴慕与追求，如中唐诗人费冠卿久居长安，感慨"家书十年绝"（《久居京师感怀诗》）；杜牧在旅馆中哀叹"家书到隔年"（《旅宿》）；许浑求仕多年不得，怨嗟"数程山路长侵夜，千里家书动隔秋"（《东游留别李丛秀才》）；宋人李纲因抗金被贬，亦抱怨说："谁信家书，三月不曾通"（《江城子》）。南宋诗人刘克庄久客回乡，享受天伦之乐，回忆当年家书迟迟不到，感觉不堪回首："儿童娱膝下，母子话灯前。却忆江湖上，家书动隔年。"（《乍归九首》其二）南宋王炎看到喜鹊叫，预感好事将近，原来是家书到了："乌鹊绕屋鸣，有客停征騑。问客何自来，君家寄家书。"（《门有车马客》）范成大根据昨夜的灯花，预测今天将有家书到来："今朝合有家书到，昨夜灯花缀玉虫。"（《客中呈幼度》）家书是游子的希望，也是乡愁的慰藉，所以他们常将家书比作万金，如杜甫被安史乱军虏至长安，感慨："烽火连三月，家书抵万金。"（《春望》）李绅作客端州得到家书，喜不自禁："开拆远书何事喜，数行家信抵千金。"（《端州江亭得家书》）苏辙说："重因佳句思樊口，一纸家书百镒轻。"（《次韵王适上元夜二首》）戴复古说："家书忽在眼，一纸直千金。"（《临江军新岁呈王幼学监簿》）大概说的都是此意。

接到家书后，心情往往有喜有惧："每报家书至，心如喜惧何。欲开疑有故，已读幸无他。"（方回《再读存心书》）打开之初担心家中变故，读后庆幸一切皆好，道出了游子的普遍心态。游子接到家书一般都是迫不及待地打开，司空图《渡江》诗说："秋江共僧渡，乡泪滴船回。一夜吴船梦，家书立马开。"南宋卷刚中《偶书》诗说："三年客梦随天远，万里家书对酒开。"家书承载了游子对家人家乡的渴望和絜思，简直是游子干涸心灵的"及时雨"。

得知内容后，有的泪流满面。"雪满衣裳冰满须，晓随飞将伐单于。平生意气今何在，把得家书泪似珠。"（令狐楚《塞下曲二首》）作者在边塞征战，生死难卜，突然收到家书，不禁慷慨淋漓，泪下如珠。有的如痴如醉，晚唐的李频说自己"读着家书坐欲痴"（《感怀献门下相公》）。有的夜不能眠："喜得家书睡不成，拥衾欹枕数寒更。"（曾丰《京都旅卧》）有的愁眉苦脸，戴复古说："岁事朝朝迫，家书字字愁。"（《岁暮呈真翰林》）有高兴事，则会反复阅读，如南宋张师锡收到儿子科举及第的家书，反复读，反复看，心花怒放，而且大宴宾客："贺客留连饮，家书反覆看。"（《喜子及第》）

得到家书悲喜交加，书写家书也往往五味杂陈，不知该从何说起。晚唐的章碣科举落第，曰："故乡朝夕有人还，欲作家书下笔难。"（《下第有怀》）虽然故乡天天都有人回去，自己也想报个消息给家里，但由于自己落第了，想写家书却难以下笔，不知如何告诉家人这个沮丧的消息。另一个晚唐人李咸用因为久举不第，不敢回家："手欠东堂桂一枝，家书不敢便言归。"（《投所知》）有的在秋夜深沉时字斟句酌："月淡梧桐雨后天，萧萧络纬夜灯前。谁怜古寺空斋客，独写家书犹未眠。"（高启《夜写家书》）有的即使写好也不忍寄出："家书作得不忍封，北风吹断阶前雨。"（长孙佐辅《南中客舍对雨送故人归北》）

临寄时，有的则拆开再封："家书言不尽，重拆又重缄"（朱继芳《十暑》）、"家书拆又封"（陆龟蒙《江墅言怀》）。寄出后，心比信快，早已飞回家乡："此书未到心先到，想在孤城海岸头。"（韩偓《家书后批二十八字》）或者预测书信抵达日期："临寄家书道苦长，南州山迥水茫茫。细将驿堠从头数，准拟今朝到故乡。"（孔武仲《书怀》）思乡之心插上翅膀，伴随着家书飞越千山万水，此情此景，如何不令人动容！

交通不便，乡愁难消，因此古人幻想空中有大雁传书，水中有鲤鱼传书，陆地有黄犬传书。大雁传书来自《汉书·苏武传》，苏武被囚匈奴十九年，汉朝使节为救苏武，编造苏武将书信绑扎于雁足，大雁飞至上林苑，恰巧被汉天子射中，天子因而获知苏武尚存人间的故事，使节并以此迫使匈奴释放了苏武，所以书信又被称作"飞鸿""鸿书"等。从《西洲曲》"仰首望飞鸿"，到宋代秦观"过尽飞鸿字字愁"，无不寄托了古人美好的希望。鲤鱼传书来自汉乐府《饮马长城窟行》："客从远方来，遗我双鲤鱼。呼儿烹鲤鱼，中有尺素书。"这个鲤鱼实际上是木头做的像鱼形的盒子，用来盛书信，并不是真的鱼，因为这首诗，所以书信又称尺素、尺鲤、鱼中素、素鳞书等。古人常将大雁和鲤鱼二者融合，所以王昌龄有诗曰："手携双鲤鱼，目送千里雁"（《独游》）；杜甫说"凉风新过雁，秋雨欲生鱼"（《得家书》）；晏几道说："欲尽此情书尺素，浮雁沉鱼，终了无凭据"（《蝶恋花》），都是使用鱼雁传书的典故表达乡愁。黄犬传书见于《述异记》，传说陆机有黄耳犬，曾为其长途传递书信，因此黄庭坚说："白云行处应垂泪，黄犬归时早寄书。"（《次韵寅庵》）元代张翥说："家信十年黄耳犬，乡心一夜白头乌。"（《余伯畴归浙东简郡守王居敬》）马致远说："天涯自他为去客，黄犬信音乖。"（《集贤宾》）都是借用这个典故抒写对家乡的思念。

　　一封小小的书信，承载了古人丰富复杂的悲欢离合，记载了游子感人肺腑的乡愁别绪，而张籍《秋思》是其中优秀的代表。

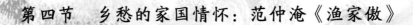

第四节　乡愁的家国情怀：范仲淹《渔家傲》

渔家傲[1]

范仲淹

塞下秋来风景异[2]，衡阳雁去无留意[3]。四面边声连角起[4]。千嶂里[5]，长烟落日孤城闭。

浊酒一杯家万里，燕然未勒归无计[6]。羌管悠悠霜满地[7]。人不寐[8]，将军白发征夫泪。

注释：

[1]渔家傲：词牌名，又名"渔歌子""渔父词"等。双调六十二字，前后段各五句，五仄韵。

[2]塞下：边界要塞之地，这里指西北边疆。

[3]衡阳雁去：衡阳（今属湖南）城南有回雁峰，相传秋天北雁南飞，至湖南衡阳回雁峰而止，不再南飞。宋王象之《舆地纪胜》卷五五《荆湖南路·衡州·景物下》："回雁峰，在州城南。或曰雁不过衡阳，或曰峰势如雁之回。"

[4]边声：边塞特有的声音，如风吼、号角、羌笛、马啸的声音。萧统《文选》卷四一

李陵《答苏武书》:"凉秋九月,塞外草衰。夜不能寐,侧耳远听。胡笳互动,牧马悲鸣。吟啸成群,边声四起。晨坐听之,不觉泪下。"角:本为乐器,后多用作军号。连角起,伴和着军中号角声响起。

[5]千嶂(zhàng):绵延而峻峭的山峰,崇山峻岭。嶂,像屏障一般的山峰。

[6]燕然:即燕然山,今名杭爱山,在今蒙古国境内。据《后汉书·窦宪传》记载,东汉窦宪率兵追击匈奴单于,去塞三千余里,登燕然山,刻石勒功而还。勒:刻。"燕然未勒",是说抗击西夏的战争尚未取得决定性胜利,自己功业未成。归无计:无法回家乡。

[7]羌(qiāng)管:即羌笛,古代西部羌族的一种管乐器。

[8]不寐:睡不着。

有的乡愁是游子他乡漂泊不能回家,有的乡愁是官员在异地为官不能回家,有的乡愁却是因为保家卫国不能回家,范仲淹《渔家傲》即属于最后一种。历代统治者为了巩固政权,维护边疆安定或扩张疆域领土,经常发动战争,致使许多人不得不背井离乡。自《诗经》中"昔我往矣,杨柳依依。今我来思,雨雪霏霏"(《小雅·采薇》)起,征夫思归的作品就成为乡愁主题的重要部分。汉乐府横吹曲《关山月》,内容多写边塞士兵征戍不归的伤离怨别,以后自魏晋至唐宋,代有仿作,形成边塞诗歌系列。范仲淹《渔家傲》以词的形式,为这一古老的题材赋予了新的内涵。

范仲淹少时父亲早逝,因母改嫁,随母由苏州迁至山东朱姓人家。他读书非常勤奋,据宋释文莹《湘山野录》记载:"范仲淹少贫,读书长白山僧舍,作粥一器,经宿遂凝,以刀画为四块,早晚取两块,断齑数十茎啖之,如此者三年。"中进士入仕为官后,推进改革,是"庆历新政"的核心成员。他文韬武略,心忧天下。北宋康定元年(1040)至庆历三年(1043)间,任陕西经略副使兼延州知州,承担起北宋西北边疆的防卫重任。这首词就作于他任陕西经略副使兼延州知州时期。

上阕写景。"塞下秋来风景异,衡阳雁去无留意",首二句概述边塞的秋天荒凉之景。塞下,即边塞。唐代乐府有《塞下曲》,歌辞多写边塞军旅生活。首句突出边塞秋天过后风光之"异",异在何处呢?作者未说,却说"衡阳雁去无留意","衡阳雁",大雁是候鸟,深秋要向南方过冬,传说大雁飞到衡阳就不再往前飞了,所以衡阳有回雁峰。向衡阳飞去的大雁连一点留下来的意思都没有,表面写雁,实际上写边塞秋天之荒凉,荒凉到连大雁都没有一点留下来的意思,是为了衬托"将军"和"征夫"处境的艰难。

"四面边声连角起,千嶂里,长烟落日孤城闭。"从听觉和视觉两个角度具体描写边景。所谓"边声",是边疆特有的声响,包括风号、马鸣、羌笛、号角之声,这些声音互为呼应,回荡在群山之间,动人心魄。"千嶂"是说群山如屏障一般,从视觉上写山的巍峨险峻。"长烟落日孤城闭"一句,化用高适《燕歌行》

"孤城落日斗兵稀"的意思，暮霭漫漫，落日余晖，一座孤城，城门紧闭，景象极其雄浑苍凉。清先著、程洪《词洁》卷二云："一幅绝塞图，已包括于'长烟落日'十字中。唐人塞下诗最工、最多，不意词中复有此奇境。"

下阕抒情，写征人思乡之情。"浊酒一杯家万里，燕然未勒归无计"，浊酒一杯，故园万里，以酒浇愁，征人内心的苦闷与对家园的思念，均在无言之中。汉代大将军窦宪大败匈奴，在燕然山刻石记功，得胜而归。今天北宋的将士们也希望能早日打败敌人，刻石记功，但战争没有结束，所以"归无计"，无法回去。"羌管悠悠霜满地"，羌管即羌笛，是边塞诗经常出现的意象，如庾信《拟咏怀》其七"羌笛断肠歌"，王之涣诗说"羌笛何须怨杨柳"等，可见羌笛的声音非常悲怆哀怨，悠悠羌管与满地白霜一起，营造了一个极其凄怨冷清的意境，表达了将帅与士兵的无尽思乡之情。

因此词写景苍茫雄壮，言情苍凉悲伤，欧阳修曾称其为"穷塞主之词"。据宋魏泰《东轩笔录》卷十一云："范文正公守边日，作《渔家傲》乐歌数阕，皆以'塞下秋来'为首句，颇述边镇之劳苦。欧阳公常呼为'穷塞主之词'。"但明人不同意，沈际飞《草堂诗余正集》辩云："希文道德未易窥，事业亦不可笔记。""'燕然未勒'句，悲愤郁勃，穷塞主安得有之。"近人龙榆生则认为此词自显范仲淹"英雄本色"，其《唐五代宋词选》云："（范仲淹）词激壮沉雄，虽写离情，亦变大笔振迅，不作一软媚语，自是英雄本色。亦苏、辛派之先河也。"

诚如沈氏、龙氏所言，这首词不同于一般乡愁之作，虽写乡愁，却并不低迷，自是英雄本色，是其忧国忧民情怀的自然流露。此词既写征人对家乡的思念，也抒写保家卫国与回家团聚两者之间的矛盾冲突。这种矛盾冲突早在《诗经》中就有反映，如《采薇》与《东山》等。盛唐诗人在蓬勃向上的时代氛围感召下，具有强烈的功名心与事业感，对待边塞征战，大多数诗人满怀爱国之情，礼赞大唐王朝的赫赫武功，抒发"不破楼兰誓不还"的豪迈感情，乡愁让位于国家利益，诗人很少思索征战的负面影响与沉痛代价。随着安史之乱的爆发，唐王朝由盛转衰，中晚唐诗人从军出塞、好战颂战的热情大大减退，他们对边塞征战也进行了深刻反思，边塞诗中歌咏怀乡的成分大为增加，如写战士垂乡泪、盼乡信、借酒浇愁、借梦归乡等。与唐代的开边战争不同的是，宋代的边战多是保家卫国的自卫战争，其正面的积极意义远胜于负面影响。因此在戍边与乡思这对矛盾中，作者认识到报国是主要矛盾，乡思是次要矛盾。范仲淹此次出征，是在宋军一败于延州、再败于好水川、三败于定川寨的情况下临危受命。他以国事为重，身体力行，作为边防军事副长官，抵御西夏长达四年之久，功劳很大，威望很高。当时西夏人相戒说："小范老子胸中有数万甲兵"，在范仲淹镇守边疆时，西夏人根本不敢轻举妄动、任意侵扰。边塞民谣也有赞誉："军中有一范，西贼闻之惊破胆。"但另一方面，北宋王朝与燕然勒铭的东汉不同，它从建国开始就实行"安内虚外"的政策,而北方西夏贵族军事集团的威胁日益加剧,民族矛盾异常尖锐。宋在战争中常常失利,被迫割地赔款,忍辱求和,以图苟安;对内防范极严,横征暴敛,人民生活困难。政治革新派范仲淹主张实行富国强民的政策,力图扭转这个危险的局面,可是事与愿违,这些政策遭到当权保守派的极力阻挠与破坏。范仲淹虽然戍边多年,却无法实现报国大志,因此这将军白发、征夫之泪,也是作者忧国忧民情怀的生动反映。

第五章

中国古代文学主题之五

相思

第一节　相思之历史文化意蕴

　　古今中外,爱情是文学的永恒主题,而相思则是永恒主题中的核心。异性相吸,两情相悦,因时空阻隔而不能相见,发自心灵深处的渴慕与恋想则会油然而生。

　　早在《诗经》时代,《秦风·蒹葭》即描写了一位男子上下求索,追寻"在水一方"女子的相思情怀,诗云:"蒹葭苍苍,白露为霜。所谓伊人,在水一方。溯洄从之,道阻且长。溯游从之,宛在水中央。蒹葭萋萋,白露未晞。所谓伊人,在水之湄。溯洄从之,道阻且跻。溯游从之,宛在水中坻。蒹葭采采,白露未已。所谓伊人,在水之涘。溯洄从之,道阻且右。溯游从之,宛在水中沚。"《诗经·王风·采葛》中的"一日不见,如三月兮……一日不见,如三秋兮……一日不见,如三岁兮"的表白直接而炽烈,现在仍是我们表达相思情怀最动人的诗句。伟大的爱国诗人屈原作品中也不乏相思之作,如《山鬼》中写山鬼对心上人的思念:"采三秀兮于山间,石磊磊兮葛蔓蔓。怨公子兮怅忘归,君思我兮不得闲。山中人兮芳杜若,饮石泉兮荫松柏。君思我兮然疑作。"两汉时有"相去日已远,衣带日已缓"(《古诗十九首》),"行役在战场,相见未有期。握手一长叹,泪为生别滋。……生当复来归,死当长相思"(苏武《留别妻》)。到了魏晋,有曹丕《燕歌行》:"群燕辞归雁南翔,念君客游思断肠。……贱妾茕茕守空房,忧来思君不敢忘,不觉泪下沾衣裳。"

　　到诗歌大盛的唐代,李白有《秋风词》:"秋风清,秋月明。落叶聚还散,寒鸦栖复惊。相思相见知何日,此时此夜难为情。"直接大呼相思之苦、相思之痛。晚唐李商隐则是著名的描写相思恋情的高手,他的《无题》之作多是抒发相见无期的悲苦怨抑,如:"相见时难别亦难,东风无力百花残。春蚕到死丝方尽,蜡炬成灰泪始干。晓镜但愁云鬓改,夜吟应觉月光寒。蓬山此去无多路,青鸟殷勤为探看。""昨夜星辰昨夜风,画楼西畔桂堂东。身无彩凤双飞翼,心有灵犀一点通。""梦为远别啼难唤,书被催成墨未浓。""刘郎已恨蓬山远,更隔蓬山一万重。""春心莫共花争发,一寸相思一寸灰。"这些相思爱情诗深情绵邈、缠绵悱恻,直击人心,读之令人魂销意尽。

　　宋代,词体大盛,因为词最擅长表现人内心幽约难言的情思,所以相思爱情在宋词中蔚为大观,清代谢章铤在《赌棋山庄词话》中说:"夫词多发于临远送归,故不胜其缠绵恻悱。即当歌对酒,而乐极哀来,打心渺渺,阁泪盈盈,其情最真,其体亦最正矣。"当词人登高临远、离别分手之时,分离之苦触动心灵,词的情感自然缠绵悱恻,即使在对酒当歌的欢乐之时,词人也会感觉到乐极哀来,内心的伤感与眼中的泪水一齐涌出,使词的情感特别真挚动人。著名的如李之仪《卜算子》:"我住长江头,君住长江尾。日日思君不见君,共饮长江水。　此水几时休,此恨何时已。只愿君心似我心,定不负相思意。"写长江两头的相思与忠贞,深情感人。再比如姜夔《踏莎行》:"燕燕轻盈,莺莺娇软,分明又向华胥见。夜长怎得薄情知,春初早被相思染。"夜里又梦见莺莺燕燕了,薄情之人怎么知道黑夜是多么漫长,早春景色全部染上了作者刻骨的相思。柳永的"衣带渐宽终不悔,为伊消得人憔悴"(《凤栖梧》)也早已成为恋人们的最佳誓言。

相思得过于厉害,往往成病。自古以来,少有不害相思病的诗人。他们的相思对象不但有异性恋人,更有同性友人。相思病的初步症状是消瘦。汉代无名氏《古诗》云:"相去日已远,衣带日已缓。"李清照因想念异乡为官的赵明诚而"新来瘦,非干病酒,不是悲秋"(《凤凰台上忆吹箫》)。柳永是"衣带渐宽终不悔,为伊消得人憔悴"(《蝶恋花》)。崔莺莺的消瘦则在和张生分别的刹那瞬间完成,"听得一声'去也',松了金钏;遥望见十里长亭,减了玉肌","昨宵今日,清减了小腰围"。

相思的第二个症状是常常流泪,甚至是流血。陆机《赠弟士龙》诗之九云:"抚膺涕泣,血泪彷徨。"姜夔《小重山令》云:"相思血,都沁绿筼枝。"崔莺莺和张生分别时感慨道:"晓来谁染霜林醉,总是离人泪。"离人泪怎么能让霜林变红? 当然是因为泪中带血的缘故。董解元《西厢记》中的张生泣别莺莺时更是说得明白:"莫道男儿心如铁,君不见满川红叶,尽是离人眼中血。"《红楼梦》中的《红豆词》直接说:"滴不尽相思血泪抛红豆。"

相思病的极致是肝肠寸断。晋宋《子夜歌》云:"别后涕流连,相思情悲满。忆子腹糜烂,肝肠尺寸断。"李白则惊呼:"天长路远魂飞苦,梦魂不到关山难。长相思,摧心肝。"(《长相思》)范仲淹说:"愁肠已断无由醉。"(《御街行》)

相思时,古人常赠物以相慰藉。有的以自然之物相赠,如《诗经·卫风·木瓜》:"投我以木桃,报之以琼瑶。匪报也,永以为好也!"男子爱上了女子,就赠女子以木桃,女子就回赠给他琼瑶,不是为了报答,而是为了想要永远相好。《诗经·邶风·静女》:"静女其娈,贻我彤管。……匪女之为美,美人之贻。"美女送给男子一根红管草,男子就高兴不得了,不是因为你美,而是因为美人赠的呀! 屈原《九歌》中一首描写人神恋爱的《山鬼》诗也说山鬼"折芳馨兮遗所思",要折一枝芳草赠给自己所思念的人。《古诗十九首》中也说:"涉江采芙蓉,兰泽多芳草。采之欲遗谁? 所思在远道。"诗中女主人公在长江里想采折芙蓉赠给远方之人。

有的喜欢互相赠以钗、簪、珠、镜等物品。曹植《洛神赋》的"愿诚素之先达兮,解玉佩以要之",为了表达自己的忠心,把玉佩解下来赠给对方以表达自己的忠心。白居易的《长恨歌》写唐明皇和杨贵妃的相思也是通过寄金钗等表达的:"惟将旧物表深情,钿合金钗寄将去。钗留一股合一扇,钗擘黄金合分钿。但教心似金钿坚,天上人间会相见。"

在所有赠物中红豆最具相思特性,也成了相思的代表性物品。据清钮琇《觚剩》记载:"红豆名相思子,……相传有怨妇望夫树下,血泪染枝,旋结为子,斯名所由昉也。"意思是红豆还有一个名字叫相思子,相传古时候有一个女子丈夫出征了,她非常想念,天天在村口树下盼望丈夫归来,因相思太深,眼中流血,血落在地上,后来就长出了一棵树,上面结的果子就称为红豆。在所有以红豆寄托相思的作品中,王维的《红豆》最为著名:"红豆生南国,春来发几枝。愿君多采撷,此物最相思。"晚唐温庭筠《新添声杨柳枝词》也非常深情:"井底点灯深烛伊,共郎长行莫围棋。玲珑骰子安红豆,入骨相思知不知?"女子为了寄托自己入骨的相思,就把红豆嵌在骰子里,相当感人。《红楼梦》第二十八回直接以《红豆词》抒发强烈的相思之情。

古人描写相思时,也有一些经典的渲染环境的物象,如月、柳、雁等等。以月寄相思的,比如唐代张九龄《望月怀远》云:"海上生明月,天涯共此时。"唐代张泌《寄人》云:"多情只有春庭月,犹为离人照落花。"宋代苏轼《水调歌头》云:"不应有恨,何事长向别时圆。"宋代杨万里《寄陆务观》云:"花落六回疏信息,月明千里两相思。"以柳寄相思的,比如唐代王之涣《凉州词》云:"羌笛何须怨杨柳,春风不度玉门关。"李白《春夜洛城闻笛》云:"此夜曲中闻折柳,何人不起故园情。"宋代欧阳修《踏莎行》云:"候馆梅残,溪桥柳细。草薰风暖摇征辔。"柳永《雨霖铃》云:"今宵酒醒何处?杨柳岸,晓风残月。"以雁寄相思的,比如宋代李清照《一剪梅》云:"云中谁寄锦书来?雁字回时,月满西楼。"李清照《蝶恋花》云:"好把音书凭过雁。"宋代程垓《忆秦娥》云:"有书无雁,寄谁归得?"清代纳兰性德《采桑子·九日》云:"南雁归时更寂寥。"

相思主题也有固定的表达思路与话语模式。一是物我同化。如柳宗元《寄漳汀封连四州刺史》:"岭树重遮千里目,江流曲似九回肠。"诗人因想念和他一起被贬的朋友,眼前的江水弯弯曲曲,就好像他弯弯曲曲百愁凝结的柔肠。再如柳宗元《与浩初上人同看山寄京华亲故》:"海畔尖山似剑铓,秋来处处割愁肠。若为化得身千亿,散上峰头望故乡。"当他思念亲朋故旧时,眼前的尖山就像一把把剑一样,到了秋天处处在割他的愁肠。再比如晚唐杜牧的《赠别》诗:"多情却似总无情,唯觉樽前笑不成。蜡烛有心还惜别,替人垂泪到天明。"本来无生命的蜡烛燃烧时融化成液体流下,在为相思所苦的诗人看来就像在哭泣

流泪。二是幻觉外化。相思太深，则会出现幻觉，如南朝诗人王僧孺《夜愁》诗
云："谁知心眼乱，看朱忽成碧"，因为想念对方心都乱了，眼睛也不好使了，把
红颜色看成绿色了。唐代卢全因想念朋友，把窗前的梅花当作了含笑而立的对
方，其《有所思》说："相思一夜梅花发，忽到窗前疑是君。"有时候幻觉也表现为
梦幻。梦幻让诗人超越时空，实现梦寐以求的夙愿，如唐代诗人岑参《春梦》
云："洞房昨夜春风起，遥忆美人湘江水。枕上片时春梦中，行尽江南数千里。"
意思是说我昨天想你了，想得太深了，夜里就梦见你了，并且度过了江南的千里
山水，来到了你的身边。苏轼《水龙吟》云："梦随风万里，寻郎去处，又还被、莺
呼起。"这个女子命就不是太好，好不容易在梦中越过万里来到心上人的身边，
却被外边不识趣的黄莺儿吵醒了。南宋的罗公升甚至说双方会同时做梦，并在
梦中相逢："只应两处秋宵梦，万一关头得暂逢。"(《戍妇》)

　　相思是中国文学的一大主题，诗人们一咏再咏，一叹再叹，真正是"滴不尽
的相思血泪抛红豆"。

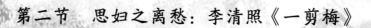

第二节　思妇之离愁：李清照《一剪梅》

一剪梅[1]

李清照

　　红藕香残玉簟秋[2]。轻解罗裳，独上兰舟[3]。云中谁寄锦书来[4]？
雁字回时[5]，月满西楼。

　　花自飘零水自流[6]。一种相思，两处闲愁[7]。此情无计可消除，才
下眉头，却上心头[8]。

注释：

　　[1]一剪梅：词牌名，双调小令，六十字，有前后阕句句用韵者，而李清照此词上下
阕各三平韵，应为其变体。每句并用平收，声情低抑。此调因李清照这首词而又名"玉
簟秋"。

　　[2]红藕：红莲，红色荷花。玉簟(diàn)：光滑如玉的竹席。簟，竹席。

　　[3]兰舟：木兰所作的船，船的美称。南朝任昉《述异记》卷下："木兰洲在浔阳江
中，多木兰树。昔吴王阖闾植木兰于此，用构宫殿也。七里洲中，有鲁班刻木兰为舟，
舟至今在洲中。诗家云'木兰舟'，出于此。"

[4]锦书:书信的美称。《晋书·窦滔妻苏氏传》云:"前秦秦州刺史窦滔被徙流沙,其妻苏氏思之,织锦为回文旋图诗以赠窦滔,可宛转循环以读之,词甚凄婉,共八百四十字。"这种用锦织成的字称锦字,又称锦书。

[5]雁字:雁群飞行时,常排列成"人"字或"一"字形,因称"雁字"。相传雁能传书。

[6]飘零:凋谢,凋零。唐李涂《春夕》:"水流花谢两无情。"

[7]闲愁:无端无谓的忧愁。

[8]"此情"三句:化用宋范仲淹《御街行》:"都来此事,眉间心上,无计相回避。"无计:没有办法。

这首词为宋代著名女词人李清照所作。李清照是我国文学史上极为少见的优秀女作家,有人称之为"卓越的女作家""婉约之宗",有人尊之为"古今才妇第一""中国词史上最杰出的女词人",特别是她的词"尤一首不工",清人李调元《雨村词话》叹其"盖不徒俯视巾帼,直欲压倒须眉"。

李清照(1084—约1151),号易安居士,济南(今属山东)人,有《漱玉词》。其父李格非是学者兼散文家,母亲王氏出身于官宦人家,也有文学才能,因此,她小时候受到非常好的教育。她多才多艺,能诗词,善书画。王灼《碧鸡漫志》说她"自少年即有诗名,才力华赡,逼近前辈"。苏轼的学生晁无咎,也常常向人称赞李清照。据朱弁《风月堂诗话》记载:"善属文,于诗尤工,晁无咎多对士大夫称之。"李清照十八岁时嫁给太学生赵明诚,赵明诚爱好金石之学,也有很高的文化修养,两人志趣相投,感情极好!据《金石录后序》记载:"(明诚)每朔望谒告出,质衣取半千钱,步入相国寺,市碑文果实归,相对展玩咀嚼,自谓葛天氏之民也……余性偶强记,每饭罢,坐归来堂烹茶,指堆积书史,言某事在某书、某卷、第几叶、第几行,以中否角胜负,为饮茶先后。中即举杯大笑,至茶倾复怀中,反不得饮而起。"他们刚结婚时,赵明诚还是太学生,他每次周末回家都会在市场上买一些古玩字画,再买一些果子小吃之类的,回家和李清照边吃边欣赏古玩字画,两人也经常猜书页,比谁读书多,比谁记性好,经常是李清照获胜,胜出了,她太高兴,就捧着茶大笑,往往使茶洒到身上。

《一剪梅》就是李清照写给赵明诚的相思词。这首词的写作时间一直有争论。元伊世珍《琅嬛记》卷中引《外传》说:"易安结缡未久,明诚即负笈远游。易安殊不忍别,觅锦帕书《一剪梅》词以送之。"认为这首词是李清照与赵明诚结婚不久后,因为赵明诚出去远游,李清照在家非常想念,所以才写的这首词。但这种说法并没被认可,王学初先生编的《李清照集校注》卷一说:"清照适赵明诚时,两家俱在东京,明诚正为太学生,无负笈远游事。此则(指本辑评'一')所云,显非事实。而李清照之父(李格非)称为李翁,一似不知其名者,尤见芜陋。《琅嬛记》乃伪书,不足据。"认为李清照嫁给赵明诚时,赵明诚还是太学生，并没有负笈远游的事，另外王先生认为《琅嬛记》一书是伪书，不值得信任。虽然我们不能认定李清照是在何种情况下与赵明诚暂时别离的，但是这是一首李清照想念赵明诚的词作则毫无疑问。

"红藕香残玉簟秋"写秋日之景，荷花已经凋零，只有一些残余的香味，床上的竹席到了秋天已经感觉到凉意。作者选择凋零的荷花入词，既表明了季节，又含蓄地表明了自己的高洁。簟，席子，以玉形容之，可见席之清凉，有一种仿佛可以触摸到的冰冷感，使普通的物事增添了很多美感，同时也渗透出一种温润如玉的美好与高洁，也暗暗地透露了自己的寂寞与孤独。清梁绍壬《两般秋雨庵随笔》卷三："易安《一剪梅》词起句'红藕香残玉簟秋'七字，便有吞梅嚼雪，不食人间烟火气象。"评价非常到位，也非常有眼光。"轻解罗裳，独上兰舟"写词人脱下罗裙，孤独地上了兰舟。兰舟，即兰木做的船，是船的美称，是作词时的惯用写法。"独上"点明孤独，承前启后，是整个词情感抒发的起点。"云中谁寄锦书来？雁字回时，月满西楼"，李清照独上兰舟，本为排遣寂寞，谁知仰望云天，见大雁飞过，又勾起更多的思念之情。鸿雁传的是谁的书信呢？那一定是丈夫写给自己的吧！锦书，指满载相思之情写在锦帕上的书信，据《晋书·窦滔妻苏氏传》记载，窦滔被贬到边远的地方，苏蕙在家非常想念丈夫，就用织布机在锦缎上织了一首回文诗寄给窦滔，诗写得非常深情凄凉，回环宛转，后来我们把夫妻之间倾诉深情的书信称为锦书。鸿雁捎来赵明诚的书信，这是李清照登上兰舟仰望云天的幻想与盼望。作者把这种盼望写得很美，以圆圆的月亮照西楼来呈现词人内心的喜悦与快乐！人不能相见，以书信传情，以书信寄意，也能聊慰相思之苦了！

下阕，"花自飘零水自流"，呼应上阕，借眼前景起兴。作者登上兰舟，看凋零的荷花随水流去，落花有意，流水无情，只是水流花谢而已，就像自己的相思，无法停留，无处安放。"一种相思，两处闲愁"，由此及彼，由自己的相思想到赵明诚也应该在想念自己吧，此句对仗极好，极为巧妙地道出了夫妇情深，也与上阕的鸿雁传书互相勾连。"此情无计可消除，才下眉头，却上心头"是写相思之情无处不在，无时不在，难以挥去，根植于心，写情之浓、情之长、情之厚。这一句化用了范仲淹的《御街行》："都来此事，眉间心上，无计相回避。"但李清照化用得好，化用得妙！范仲淹的这句是一个陈述句，是说这个事放在心上，放在眉间，无法逃避。虽然说得也不错，但只是平面的陈述，缺少动感，缺少情致，缺少意味。李清照点化后则赋予了这句词以动感，以情致，以意味。"此情无计可消除"，感情极其浓烈，已经直接说这种感情完全无法消除，紧接着以"才下""却上"两个动词，接以"眉头""心头"，写情感的无处不在，无时不在。相当之妙！青出于蓝而胜于蓝。清王士禛《花草蒙拾》感慨说："俞仲茅小词云：'轮到相思没处辞，眉间露一丝。'视易安'才下眉头，却上心头'，可谓此儿善盗矣。然易安亦从范希文'都来此事,眉间心上,无计相回避'语脱胎,李特工耳。"明代俞彦《长相思》词有"轮到相思没处辞,眉间露一丝"这是化用李清照的,李清照的"才下眉头,却上心头",又是化用范仲淹的,两人都是用别人句子,但相较之下,很显然李清照比俞彦要高明得多。

这首词写李清照秋天里孤独一人所见河边之景,所作之事,所思之情,既借景言情,又直抒胸臆,两相融合,恰到好处地抒发了李清照对赵明诚深深的思念,浓烈而不落俗套。明李廷机《草堂诗馀评林》卷二评价:"此词颇尽离别之情,语意超逸,令人醒目。"

李清照的相思词著名的还有《醉花阴》,其词云:"薄雾浓云愁永昼,瑞脑销金兽。佳节又重阳,玉枕纱厨,半夜凉初透。　　东篱把酒黄昏后,有暗香盈袖。莫道不销魂,帘卷西风,人比黄花瘦。"上阕借时令、环境抒写词人重阳佳节独居的冷清寂寞,下阕写黄昏东篱赏菊把酒的黯然销魂,表达了对赵明诚的深深思念。元伊世珍《琅嬛记》卷中引《外传》:"易安以《重阳·醉花阴》词函致明诚。明诚叹赏,自愧弗逮,务欲胜之。一切谢客,忘食忘寝者三日夜,得十五阕,杂易安作,以示友人陆德夫。德夫玩之再三,曰:'只三句绝佳。'明诚诘之,答曰:'莫道不销魂,帘卷西风,人似黄花瘦。'正易安作也。"

著名的还有《凤凰台上忆吹箫》,其词云:"香冷金猊,被翻红浪,起来慵自梳头。任宝奁尘满,日上帘钩。生怕离怀别苦,多少事、欲说还休。新来瘦,非干病酒,不是悲秋。　　休休! 这回去也,千万遍阳关,也则难留。念武陵人远,烟锁秦楼。唯有楼前流水,应念我、终日凝眸。凝眸处,从今又添,一段新愁。"关于这首词的写作时间也无定论,中国社会科学院陈祖美先生的《李清照简明年表》云:"公元 1118 至 1120 年(重和元年至宣和二年),这期间赵明诚或有外任,清照独居青州。是时明诚或有蓄妾之举。作《点绛唇》《凤凰台上忆吹箫》等。"而中国人民大学的刘忆萱先生在《李清照诗词选注》中则认为此词作于赵明诚赴莱州任职之际,时间约为公元 1121 年(宣和三年)。不管此词作于何时,但词作抒发了对赵明诚凄婉缠绵的思念之情则毫无疑问,是相思词的上乘之作。

词由唐到晏殊、欧阳修、柳永、周邦彦,共同的缺点是以男子的感受去体验、描摹女子的感情世界,所谓"男子而作闺音"。男词人们以高妙的艺术技巧描写女子的喜怒哀乐,佳作迭出,虽然如此,男子作闺情词始终只是一种揣摩,不是真情实感的抒发。李清照则是以词抒写自己的爱与忧郁,是"真"的情感之抒发,从而结束了情词的模仿、揣摩阶段,成为第一流的词作高手,成为婉约词继秦观之后的又一个高峰。"轻解罗裳,独上兰舟",那一种淡淡的孤独;"才下眉头,却上心头",那一种无法挥去的思念;"帘卷西风,人比黄花瘦",那一种高雅脱俗的相思,男性作者恐很难体会得到。但这种情感的自由高妙之抒写却被南宋王灼攻击，称其"闾巷荒淫之语，肆意落笔，自古缙绅之家能文妇女，未见如此无顾藉也"。（《碧鸡漫志》）这真是迂腐荒谬，也尤见李清照词之难能可贵。谭正璧在《中国文学进化史》中曾评价道："中国文学史上很少有女性文学作家。汉之蔡琰，唐之薛涛、鱼玄机已属凤毛麟角，但不能占第一流的地位，只有女词人李清照却在有宋一代词人中占了个首要地位，独自博得个大作家的荣名。"诚哉斯言！

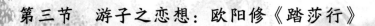

第三节　游子之恋想：欧阳修《踏莎行》

踏莎行[1]

欧阳修

候馆梅残[2]，溪桥柳细，草薰风暖摇征辔[3]。离愁渐远渐无穷，迢迢不断如春水[4]。

寸寸柔肠[5]，盈盈粉泪[6]，楼高莫近危阑倚[7]。平芜尽处是春山[8]，行人更在春山外。

注释：

[1]踏莎（suō）行：词牌名。双调五十八字，仄韵。

[2]候馆：旅舍。《周礼·地官司徒》："五十里有市，市有候馆，候馆有积。"

[3]草薰：小草散发的清香。薰，香气。征辔（pèi）：行人坐骑的缰绳。辔，缰绳。"草薰风暖"化用南朝梁江淹《别赋》"闺中风暖，陌上草薰"而成。

[4]迢迢：形容遥远的样子。

[5]寸寸柔肠：柔肠寸断，形容愁苦到极点。

[6]盈盈：泪水充溢眼眶之状。粉泪：泪水流到脸上，与粉妆和在一起。

[7]危阑：也作"危栏"，高楼上的栏杆。

[8]平芜：平坦地向前延伸的草地。芜，草地。

这是宋代著名文学家欧阳修写的一首离别相思词作，词分上下两阕，上阕写游子行路相思，一共五句，前三句写沿途所见之景，宾馆外的梅花已经凋零残败，小溪桥边杨柳正抽出细细的枝条，路边的小草在暖风中散发着香味，这一切让骑在马上的游子心意摇荡。这三句选择了残梅、细柳、小草三种景物，由这三种景物我们知道现在是初春，春天刚刚来临。这三句是游子所见，既点明时令，同时也隐含着游子浓烈的离情别绪,何以见得?

先来看梅残,梅花一直是友情的寄托物。南北朝时陆凯思念好朋友范晔,就折一枝梅花寄给他,曾有诗说:"折梅逢驿使,寄与陇头人。江南无所有,聊赠一枝春。"(《赠范晔》)非常具有魏晋风流的韵味,后来人们常折梅寄远以慰相思。南朝乐府《西洲曲》写一个女子思念心上人,就说:"忆梅下西洲,折梅寄江北。"折梅寄远,本来也是聊表相思,但现在梅残,说明连折梅寄远也不可能了,可见游子此时内心的失落。

图 5-1　清孝思堂刻本《欧阳文忠公全集》

柳细,一方面,柳谐音"留",另一方面,二月春风似剪刀,裁出万千细叶,随风飘拂,正似有情人分别时的举手长劳劳,依依惜别,不忍离去。《诗经·采薇》写即将出征的战士临出发时依恋家乡即以"昔我往矣,杨柳依依"形容,折柳赠别也是中国古人分别时的共同行为。宋人周邦彦《兰陵王·柳》词说:"长亭路,年去岁来,应折柔条过千尺。"李白的《劳劳亭》诗也说:"天下伤心处,劳劳送客亭。春风知别苦,不遣柳条青。"

草薰,青草生长发出的香味。草薰风暖,作者化用了南朝梁江淹《别赋》里的句子"闺中风暖,陌上草薰",给人的感觉非常美妙!草也与离别相关。西汉时淮南小山《楚辞·招隐士》中已经有"王孙游兮不归,春草生兮萋萋",开了古诗中以草抒发离思的先河,后来一直不绝如缕。如汉乐府《饮马长城窟行》:"青青河边草,绵绵思远道。"唐代著名大诗人李白《灞陵行送别》:"送君灞陵亭,灞水流浩浩。上有无花之古树,下有伤心之春草。"南唐冯延巳《南乡子》:"细雨湿流光,芳草年年与恨长。"古代最著名的是唐白居易《赋得古原草送别》:"离离原上草,一岁一枯荣。野火烧不尽,春风吹又生。远芳侵古道,晴翠接荒城。又送王孙去,萋萋满别情。"近代最著名的则是李叔同的《送别》:"长亭外,古道边,芳草碧连天。晚风拂柳笛声残,夕阳山外山。"这首《送别》曲既出现了草,也出现了柳,草与柳都是人们表达离别相思时最经典的事物,也是最能渲染环境表达情愫的意味深长的物象。

这首词前三句写游子行旅途中所见之景,既交代了时令气候,也非常含蓄地抒发了游子的情思。于是"离愁渐远渐无穷,迢迢不断如春水"则自然而然地顺势流出,离别的愁绪随着漫漫长路越来越多,越来越浓,连绵不绝就像眼前的春水一样。前三句是含蓄地暗示,这两句则是以具象的春水比喻抽象的离愁,比喻符合眼前景色,也切合当时心情,非常自然妥帖。

下阕写游子设想中的思妇之相思离愁。游子在路上想佳人,佳人则在家里思游子。"寸寸柔肠,盈盈粉泪"写女子在家思念游子的情状,肝肠寸断,天天以泪洗面。"楼高莫近危阑倚",是游子劝说女子千万不要去倚高楼危栏啊!因为独倚高楼会更添愁绪,为什么呢? 一是因为登高望远令人生悲,二是因为"平芜近处是春山,行人更在春山外",即使女子登上高楼也无法看见游子的踪迹,游子还在春山之外呢!明代王世贞说:"'平芜尽处是春山,行人更在春山外。'此淡语之有情者也。"(《艺苑卮言》)明代李攀龙在《草堂诗余隽》中评价说:"春水写愁,春山骋望,极切极婉。"认为作者以迢迢不断的春水来比喻离愁,写女子登楼极目眺望,极其准确,也极其婉转,写尽了游子思妇的"一种相思,两处闲愁",写尽了他们之间深情的想念。

这首词的章法特别巧妙,一般离别相思之作都是由一方思念另一方,而这首词却上阕写游子思念佳人,下阕则以游子之角度设想佳人在家思念游子,可见游子思念女子之深之浓,一笔两人,章法安排别具匠心!近代俞陛云曾评价说:"唐宋人诗词中,送别怀人者,或从居者着想,或从行者着想,能言情婉挚,便称佳构。此词则两面兼写。前半首言征人驻马回头,愈行愈远,如春水迢迢,却望长亭,已隔万重云树。后半首为送行者设想,倚栏凝睇,心倒肠回,望青山无际,遥想斜日鞭丝,当已出青山之外,如鸳鸯之烟岛分飞,互相回首也。以章法论,'候馆''溪桥'言行人所经历;'柔肠''粉泪'言思妇之伤怀,情同而境判,前后阕之章法井然。"(《唐五代两宋词选释》)

词与诗相比,"诗之境阔,词之言长",词特别擅长描写人内心深处最为幽约细微的情感,最贴近个体情思,也特别适合用来描写爱情,所以"词为艳科""诗庄词媚",当宋人写词时,则会展现他们多情公子的一面,欧阳修这首《踏莎行》可以让我们窥视到这样一位文坛、政坛宗主内心隐秘的情感生活状态。宋代俞文豹也曾就此大发议论:

> 杜子美流离兵革中,其咏内子云:"香雾云鬟湿,清辉玉臂寒。何时倚虚幌,双照泪痕干。"欧阳文忠、范文正,矫矫风节,而欧公词云:"寸寸柔肠,盈盈粉泪。楼高莫近危阑倚。"又:"薄幸辜人终不愤。何时枕上分明问。"范文正词:"都来此事,眉间心上,无计相回避。"又:"明月楼高休独倚。酒入愁肠,化作相思泪。"……情之所钟,虽贤者不能免,岂少年所作耶?惟荆公诗词未尝作脂粉语。(《吹剑录》)

认为欧阳修、范仲淹都是当时读书人风节人格的代表,但他们都有这么多情缠绵的词作,看来钟情之事,即使是贤达的人也在所不免啊!从俞文豹的议论中,我们也可以看出,这首词在相思离愁作品里的地位。

欧阳修是一位极富情感的词人,是写相思爱情的高手,优秀作品比比皆是。再如他的《玉楼春》词:

> 尊前拟把归期说。未语春容先惨咽。人生自是有情痴,此恨不关风与月。　　离歌且莫翻新阕。一曲能教肠寸结。直须看尽洛城花,始共春风容易别。

这首词写离别,所别之人当是一歌妓,写出两人的深情缱绻,词人为了告慰情人,想说出一个归期,却见对方猜中自己的心事,而"春容惨咽",因为实际上是一次永别的宴会。短短两句,写尽了两人的深情与相知。既已无话可说,词人转而深沉地感叹:"人生自是有情痴,此恨不关风与月。""有情痴"用典《世说新语·纰漏》:"任育长……尝行从棺邸下度,流涕悲哀。王丞相闻之曰:'此是有情痴。'"人是可以称为"有情痴"的生命,这种丰富的情感与外在的风月本来毫无关系。再如《蝶恋花》:

> 庭院深深深几许,杨柳堆烟,帘幕无重数。玉勒雕鞍游冶处,楼高不见章台路。　　雨横风狂三月暮,门掩黄昏,无计留春住。泪眼问花花不语,乱红飞过秋千去。

深院、柳烟、帘幕一重又一重地关闭着孤独的少妇,而她的丈夫正在她翘首高楼也难以望及的地方寻觅浪漫的艳遇;下阕宕开,以风雨中的暮春黄昏烘托伤春怀人的情绪,又暗示少妇美好年华被不幸的命运所摧残,而末二句写乱红飞去,不仅本身是撩人情思的景物,也是无法把握自身命运的弱小者的象征。这样一层层渲染,一步步暗示,十分深刻地表现出女主人公痛苦的内心。

《全宋词》收欧阳修词200多首，其中写相思爱情的不下140余首，在这些词中我们可以窥见欧阳修作为一代文宗的另一面。

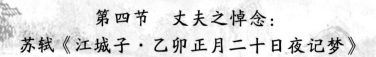

第四节　丈夫之悼念：
苏轼《江城子·乙卯正月二十日夜记梦》

江城子^[1]·乙卯正月二十日夜记梦^[2]

苏 轼

十年生死两茫茫^[3]，不思量^[4]，自难忘。千里孤坟^[5]，无处话凄凉。纵使相逢应不识，尘满面，鬓如霜^[6]。

夜来幽梦忽还乡，小轩窗^[7]，正梳妆。相顾无言^[8]，惟有泪千行。料得年年肠断处^[9]，明月夜，短松冈^[10]。

注释：

[1]江城子：词牌名。兴起于晚唐，来源于唐著词曲调，由文人韦庄最早依调创作，此后所作均为单调，直至北宋苏轼时始变单调为双调。

[2]乙卯(mǎo)：公元1075年，即北宋熙宁八年。

[3]十年：苏轼结发妻子王弗治平二年(1065)病逝于汴京，距此时已整整十年。

[4]思量(liáng)：想念。"量"按格律应念阳平。忘(wáng)：按律读阳平。

[5]千里：王弗治平三年迁葬故乡四川彭山父母墓旁，苏轼任所则在山东密州，相隔遥远，故称"千里"。孤坟：其妻王氏之墓。

[6]纵使：即使。尘满面，鬓如霜：形容饱经沧桑，面容憔悴。唐白居易《东南行一百韵寄通州元九侍御澧州李十一舍》："相逢应不识，满颔白髭须。"

[7]小轩窗：指小室的窗前。

[8]相顾：相看。

[9]料得：料想，想来。

[10]明月夜，短松冈：苏轼葬妻之地。短松，矮松。唐孟棨《本事诗·征异》载，唐开元中五兄弟遭继母虐待，哭诉于母亲坟前。母亲自坟中出，题诗白布巾赠丈夫，末二句云："欲知肠断处，明月照孤坟。"苏轼似化用此句。

这是宋代著名词人苏东坡写给妻子王弗的一首悼亡词。苏东坡是北宋文坛的领袖人物，是北宋文学最高成就的杰出代表。在散文方面，与欧阳修并称"欧苏"，是"唐宋八大家"之一；在诗歌方面，与黄庭坚并称"苏黄"，开有宋一代诗歌新面貌;在词方面,与辛弃疾并称"苏辛",是豪放词的创始人。他具有多方面的才能与成就,书法与米芾、黄庭坚、蔡襄并称"四大家";绘画,是以文同为首的"文湖州竹派"的重要人物,这在我国文学艺术史上极为罕见。宋仁宗赵祯嘉祐二年(1057),二十二岁的苏轼在汴京(河南开封)应试,就以他光彩夺目的才华为当时的文坛领袖欧阳修所激赏。欧阳修读了他的文章后说:"读轼书,不觉汗出,快哉,快哉!老夫当避路,放他出一头地也,可喜,可喜!"(欧阳修《与梅圣俞书》)并预言"三十年后世上人更不道着我也",(宋朱弁《风月堂诗话》)认为未来的文坛将属于苏轼。但是这位大艺术家却一生坎坷,其学生陈师道云:"一代苏长公,四海名未已。投荒忘岁月,积毁高城垒。"才高一世、名满朝野的苏轼,一生之中遭受的毁谤和打击太多太多!苏东坡十九岁时娶了王弗,当时王弗只有 16 岁。夫妻两人非常相得,非常恩爱。王弗多情聪慧,苏轼看书时,王弗在做家务,可是当苏轼问书中相关内容时,王弗全知道。王弗也能识人,东坡在家接待宾客,和人谈话聊天,客人走后,王弗就会告诉他何人可交,何人不可交。王弗可以说是东坡的人生知己,可惜王弗在 27 岁时就去世了。苏轼在《亡妻王氏墓志铭》里说:"治平二年(1065)五月丁亥,赵郡苏轼之妻王氏(名弗),卒于京师。六月甲午,殡于京城之西。其明年六月壬午,葬于眉之东北彭山县安镇乡可龙里先君先夫人墓之西北八步。"虽然只是客观地记录了妻子王弗的安葬过程,但我们能感受到他内心的悲痛与伤怀。公元 1075 年,也就是熙宁八年,苏东坡来到密州,这一年正月二十日,他梦见了妻子,于是写下了这首"有声当彻天,有泪当彻泉"(陈师道《妾薄命》)、传诵千古的悼亡词。

　　"十年生死两茫茫",作者写这首词时妻子王弗刚好去世十年。十年了,一生一死,幽冥两隔,"茫茫"既写两人无法相见的无奈,又写生死相隔的空幻,一种无可奈何的虚空与苍白。"不思量,自难忘","不思量"是退,从来不想,"自难忘"是进,却从来没有忘记。一退一进,可见对妻子的深情与想念,根植于心,一刻都难以忘怀!这是生者对死者须臾不能忘怀的思念!"千里孤坟",千里极写距离之远,空间之大,"孤坟"写墓之孤,写死者之孤,以"千里"之远之大来衬托坟墓之孤之小,益见死者之凄凉,也益见生者之惦念。"无处话凄凉",承接"千里孤坟",点明心情,极为沉痛,极为悲伤!"纵使相逢应不识,尘满面,鬓如霜",妻子在千里之外,本没有相见的机会,作者此处进一步作一假设,即使有机会相逢,也应该不会认识了吧?为什么呢?因为作者已经"尘满面,鬓如霜","尘"不是灰尘,而是指人生风尘,指宦海沉浮在作者身上留下的印迹。苏东坡 21 岁来到东京参加进士考试,深受主考官欧阳修赏识,和兄弟苏辙两人名满京师,仁宗皇帝认为为子孙得了两位宰相,才华横溢的东坡对人生期望值很高,希望能大展宏图,可是后来王安石在全国推行变法,苏东坡对王安石的一些

图 5-2　明　朱之蕃临李公麟画苏轼像
故宫博物院藏

作法非常不满,仕途也非常不得意,只能辗转地方为官,先是做杭州通判(相当于杭州市副市长),后又调至密州做知州(相当于密州市市长)。在妻子去世十周年的时候,东坡已经不再是当时意气风发的少年了,已经经历了很多人生风霜与政治斗争,已经风尘扑面,已经两鬓斑白。这几句蕴含着作者太多的人生感慨!

下阕记梦。"夜来幽梦忽还乡,小轩窗,正梳妆。"日有所思,夜有所梦,夜里又回故园旧家,妻子正对着窗子梳妆。作者选取了一个典型场景,以妻子临窗梳妆来凸显妻子之美与女性温婉的特质,更写出家庭当时的温馨与美好,也是东坡对妻子美丽的记忆。"相顾无言,惟有泪千行。"夫妻相见,惟以泪眼相对,无语凝咽。千言万语不知从何说起,十年的相思,十年的朝朝暮暮的思念,十年的人生沉浮,要诉说的太多太多。作者"计白当黑",以此时无声胜有声的手法写尽恩爱夫妻的刻骨相思与心意相通。王弗既是东坡的妻子,又是东坡的人生知己。不用说,什么都懂得。正是由于这种人生知己之感,使这首词超出了其他离别相思词,褪去了相思词的艳情色彩,增添了知己相知的厚重与深沉,整体上提高了相思词的格调与境界。"料得年年肠断处,明月夜,短松冈。"最后以凄清明月映照下的短松山冈作结,以景写情,以景的凄凉写人的断肠,写作者对已逝妻子魂牵梦萦的思念与怀想。著名词学大家唐圭璋先生在《唐宋词简释》中说:"此首为公悼亡之作。真情郁勃,句句沉痛,而音响凄厉,陈后山(陈师道)所谓'有声当彻天,有泪当彻泉'也。"认为这首词的感情相当真挚感人,相当沉痛,就像苏东坡的学生陈师道所说,假如哭出声来一定直达上天,假如有眼泪流出一定直达黄泉。的确,整首词用白描手法,娓娓道来,诉说自己的心情和梦境,抒发自己对亡妻的深情,情真意切,相当感人,不愧为千古传颂的名篇,是不可多得的佳作。同时,苏轼在词中把妻子当作可以互通衷曲的知音,在对亡妻一往情深的思念中抒发了自己宦海升沉的感慨,褪去了相思词的艳情色彩,提升了相思词的品位,开拓了相思词的境界。这也是宋词史上用词来悼亡的第一篇,在词史上具有特别的价值。

苏轼在中国词史上具有特殊的地位。清人在《四库全书总目·东坡词提要》中总结词风流变时指出:"词自晚唐五代以来,以清切婉丽为宗,至柳永而一变,如诗家之有白居易;至轼而又一变,如诗家之有韩愈,遂开南宋辛弃疾等一派。"从晚唐五代到北宋中叶,在文人的观念中,词始终被视为纯娱乐性的"末道小技",让歌妓唱来侑酒的风流小曲,写来写去转不出儿女情长、离合悲愁的圈子,其语言风格也因此难脱离柔媚纤巧的樊篱。直到苏轼以雄大的才力、开阔的胸襟进入词的创作领域,才大大开拓了词的题材、意境、风格与表现手法,使词进入一个新境界。

第六章

审美追求之一

中和之美

"中和之美"一直是中国古典诗词审美追求的典范。在探讨这个问题之前,我们先来看一段记载于《左传·昭公二十年》,发生在晏婴与齐侯之间的对话:

> 齐侯至自田,晏子侍于遄台,子犹驰而造焉。公曰:"唯据与我和夫!"晏子对曰:"据亦同也,焉得为和?"公曰:"和与同异乎?"对曰:"异。和如羹焉,水、火、醯(xī)、醢(hǎi)、盐、梅,以烹鱼肉,燀(chǎn)之以薪;宰夫和之,齐之以味;济其不及,以泄其过。君子食之,以平其心。君臣亦然。君所谓可而有否焉,臣献其否以成其可;君所谓否而有可焉,臣献其可以去其否。是以政平而不干,民无争心。……声亦如味,一气、二体、三类、四物、五声、六律、七音、八风、九歌,以相成也。清浊、小大、长短、疾徐、哀乐、刚柔、迟速、高下、出入、周疏,以相济也。君子听之,以平其心。心平,德和。……今据不然。君所谓可,据亦曰可;君所谓否,据亦曰否。若以水济水,谁能食之?若琴瑟之专一,谁能听之?同之不可也如是。"(杨伯峻编著《春秋左传注》)

这段话的大意是说:

齐景公打猎归来,晏子在遄台迎候,梁丘据也驱车赶来。

齐景公说:"还是据跟我和啊!"

晏子回答:"据与大王只是同,算不上和。"

齐景公问:"和与同,难道不一样吗?"

晏子回答说:"差别大了。和好比做羹,用水、火、醋、酱、盐、梅,来烹调鱼和肉,用柴禾烧煮;厨师加以调和,使味道适中;淡了就加料,浓了就加水。君子食用这样的羹,内心自然平和。君臣之间也如此。君认为可行,而其中有不可行处,臣应指出这不可行处,从而使可行者更加完备;反之亦然。这样,才能政事和平,不违背礼仪,百姓自然没有争斗之心。……声音也像味道一样,是由一气、二体、三类、四物、五声、六律、七音、八风、九歌互相组成的;是由清浊、小大、长短、疾徐、哀乐、刚柔、迟速、高下、出入、周疏互相调剂的。君子听了这样的音乐,内心平静;内心平静,德行就能达到'和'的境界。……可据不是这样。大王认为行的，据也说行；大王认为不行的，据就说不行。好比用清水去煮清水，有谁爱吃？如同琴瑟只弹一个音，谁会去听？'同'是要不得的啊！"

齐侯，即齐国国君齐景公；晏子即晏婴，齐国上大夫，历齐灵公、齐庄公、齐景公三朝，辅政长达50年，博闻善辩，今有专载其言行的《晏子春秋》一书行世，其中的"晏子使楚""二桃杀三士"，可谓尽人皆知；遄（chuán）台，在今天淄博市临淄区齐都镇。这个地方在过去是进入齐国都城临淄的最后一个驿站，故又称"歇马台"。传说当年孙膑指导田忌赛马也在这个地方，故又称"戏马台"。梁丘据，齐国大夫，因封地在梁丘，故以封地为姓，精通《易》学，因善于揣度上意，深受齐景公的赏识。

晏子"和""同"之辩，用饮食、音乐作譬喻，其取向在体现对立统一的"和谐"，而其指向则在治国理政要兼听。晏子所推崇的这种尚"和"思想，在先秦时代，最为儒家所重视，且指向范围更广，内涵亦更明晰。如孔子云："君子和而不同，小人同而不和。"（《论语·子路》）又云"礼之用，和为贵。"（《论语·学而》）《礼记》"中庸"篇云："喜怒哀乐之未发谓之中，发而皆中节谓之和。中也者，天下之大本也；和也者，天下之达道也。致中和，天地位焉，万物育焉。"明确"中和"的内涵，指出"中和"的关键在于情感发抒的节制与适度。由此出发，"中和之美"成了儒家文艺美学的核心范畴，成为人们进行艺术创造和思考时的主要价值取向。

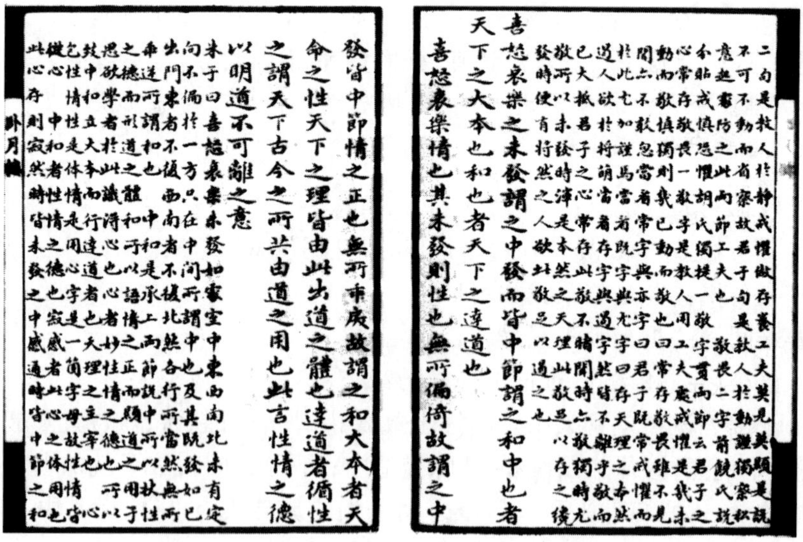

图6-1　清卧月楼本《中庸合注》，国家图书馆藏

而在儒家有关"中和之美"的众多表述中，最具代表性的，当数孔子的"《关雎》，乐而不淫，哀而不伤"（《论语·八佾》）和"质胜文则野，文胜质则史。文质彬彬，然后君子"（《论语·雍也》）这两则表述。有学者认为"'文质彬彬'说

与'乐而不淫,哀而不伤'说,都是中和之美的典型反映,并且后来都成了中国美学史上影响深远的美学原则。"(张国庆《论中和之美》)比如《文心雕龙》"宗经"篇云:"故文能宗经,体有六义:一则情深而不诡,二则风清而不杂,三则事信而不诞,四则义直而不回,五则体约而不芜,六则文丽而不淫。"唐代皎然的《诗式》提出"诗有四不",即"气高而不怒,怒则失于风流;力劲而不露,露则伤于斤斧;情多而不暗,暗则蹶于拙钝;才赡而不疏,疏则损于筋脉",更是对诗歌创作如何体现"中和之美"提出了明确要求。

第二节　乐而不淫,哀而不伤:《关雎》

关　雎

关关雎鸠[1],在河之洲[2]。窈窕淑女[3],君子好逑[4]。
参差荇菜[5],左右流之[6]。窈窕淑女,寤寐求之[7]。
求之不得,寤寐思服[8]。悠哉悠哉[9],辗转反侧[10]。
参差荇菜,左右采之。窈窕淑女,琴瑟友之[11]。
参差荇菜,左右芼之[12]。窈窕淑女,钟鼓乐之[13]。

注释:

[1]关关:象声词,雌雄雎鸠相互应和的叫声。雎鸠(jūjiū):也叫王雎,一种水鸟名,古人称其为贞鸟,雌雄有固定的配偶。《禽经》称为"鱼鹰",喜在江渚河边食鱼。宋朱熹《诗集传》说:"雎鸠,小鸟,状类凫鹥,今江淮间有之。生有定偶而不相乱,偶常并游而不相狎。"其文化意象同后代的鸳鸯相近。

[2]洲:水中的陆地。

[3]窈窕(yǎotiǎo):心灵美好、仪容娴静的样子。汉扬雄《方言》:"秦晋之间,美心为窈,美状为窕。"淑:品行纯洁善良。

[4]好逑(hǎoqiú):好的配偶。逑,"仇"的假借字,配偶。

[5]参差(cēncī):长短不齐的样子。荇(xìng)菜:水草类植物,别名金莲儿、水荷。圆叶细茎,根生水底,叶浮在水面,可供食用。

[6]左右流之:时而向左、时而向右地择取荇菜。这里是以勉力摘取荇菜,隐喻"君子"努力追求"淑女"。流,义同"求",这里指摘取。之:指荇菜。

[7]寤寐(wùmèi):醒和睡,指日夜。寤,醒觉。寐,入睡。又,马瑞辰《毛诗传笺注

通释》说："寤寐，犹梦寐。"也可通。

　　[8]思服：思念。服，想。《毛传》："服，思之也。"

　　[9]悠哉（yōuzāi）悠哉：形容思念深长。悠哉悠哉，犹言"想念呀，想念呀"。

　　[10]辗（zhǎn）转反侧：翻来覆去不能入眠，形容思念而不能入睡的样子。

　　[11]琴瑟友之：弹琴鼓瑟来亲近她。友，用作动词，此处有亲近之意。

　　[12]芼（mào）：择取，挑选。朱熹《诗集传》认为是放在水中煮熟。

　　[13]钟鼓乐之：用钟奏乐来使她快乐。乐，使动用法，使……快乐。

图6-2　（日）细井徇绘《诗经名物图解》

　　《关雎》作为《诗经》的首篇，在中国诗歌史上地位尊崇，影响深远。大致说来，它有三重身份：一是诗，二是歌，三是经。下面我们就这三个方面，分别说明。

　　（一）作为诗的《关雎》

　　就诗歌而言，分《关雎》为三章、四章、五章的都有。分五章者，每章四句；分四章者，一章首四句，二章次八句，余二章每章四句；分三章者，一章四句，二、三章各八句。先看首四句：

　　　　关关雎鸠，在河之洲。窈窕淑女，君子好逑。

　　开篇借关雎和鸣，兴起求偶之情。关关，叠字；雎鸠，双声；窈窕，叠韵；洲、逑押韵。情景交融，音韵和谐。清人方玉润说："此诗佳处，全在首四句，多少和平中正之音,细咏自见。"(《诗经原始》)诚哉是言!

> 参差荇菜,左右流之。窈窕淑女,寤寐求之。

荇菜是一种水生可食的植物,杜甫《曲江对雨》诗有"水荇牵风翠带长"句。清人多隆阿认为:"此章诗意,实以荇随活水,兴女在深闺,求者无定。"(《毛诗多识》卷一)这个解释是合乎实际的。

> 求之不得,寤寐思服。悠哉悠哉,辗转反侧。

"思""服"同义,即挂念、想念的意思;"辗转""反侧"亦同义,均指翻来覆去。"求之不得"是顶针,紧承上句"寤寐求之"而来。正因为如此,有人认为这四句与上四句应合为一章看,且从情思上讲,正好是孔子所云的"哀而不伤"。

> 参差荇菜,左右采之。窈窕淑女,琴瑟友之。
> 参差荇菜,左右芼之。窈窕淑女,钟鼓乐之。

清人胡文英《诗疑义释》卷上"钟鼓乐之"条云:"'钟鼓乐之'之'乐',应读如旱涝之'涝',乃西北土音也。顾氏(炎武)《诗本音》引唐陆德明音五教反,近之矣。第五教反仅得效音,不得涝音也。《孔疏》音洛,乃南音。此诗作于陕西,应用西北土音,不当用南方土音也。(王夫之)《诗稗疏》引王肯堂说亦音涝。"这个说法是可信的,"乐"在这里应该读"涝",与"芼"押韵。而这里"芼",并非通常所谓的"择取"之意,应该从朱熹"熟而荐之也"(朱熹《诗集传》)的说法,即放在水中煮熟)。

孔子的《关雎》,乐而不淫,哀而不伤",从诗义来说,通常看法是:"此诗歌咏君子思得淑女为配;求之不得,则辗转反侧,寤寐思之;求之既得,则钟鼓乐之,琴瑟友之。然其得之也,虽乐而不至淫;其未得之也,虽哀而不至伤。这才是发于情而止于礼义,故孔子称之。"(蒋伯潜《四书读本》)

(二)作为乐歌的《关雎》

《墨子·公孟》篇云:"诵《诗》三百,弦《诗》三百,歌《诗》三百,舞《诗》三百。"《史记·孔子世家》载:"三百五篇,孔子皆弦歌之。"可见《关雎》是可歌可奏的。

孔子云:"《关雎》,乐而不淫,哀而不伤。"(《论语·八佾》)又云:"师挚之始,《关雎》之乱,洋洋乎盈耳哉。"(《论语·泰伯》)后世多认为此亦是就音乐而言者。如南宋郑樵《关雎辨》云:"孔子言诗皆取诗之声,不曾说诗之义如何。如曰'《关雎》乐而不淫,哀而不伤'(夫子喜鲁太师之乐音节中度,故曰'乐矣而不及于淫,哀矣而不及于伤',皆从乐奏中言之),又曰'师挚之始,《关雎》之乱',皆乐之声也,非谓《关雎》之义如此。序诗者取以为《关雎》之义则非矣。大抵古人学诗最要理会诗之声。"(《六经奥论》卷三《诗经》)"序诗者"是指毛诗大、小序,也可指整个汉代的解经行为。云"乐而不淫,哀而不伤",我们都知道"哀"与"乐"是相反的,一首乐曲何以能同时兼有哀乐? 为此,我们有必要考察一下当时《关雎》的用乐情况。

《仪礼》"乡饮酒礼",关于用乐的记载是:"乐正先升,立于西阶东。工入,升自西阶,北面坐。相者东面坐,遂授瑟,乃降。工歌《鹿鸣》《四牡》《皇皇者华》。……笙入堂下,磬南,北面立,乐《南陔》《白华》《华黍》。……乃间歌《鱼丽》,笙《由庚》;歌《南有嘉鱼》,笙《崇丘》;歌《南山有台》,笙《由仪》。乃合乐:周南,《关雎》《葛覃》《卷耳》;召南,《鹊巢》《采蘩》《采蘋》。工告于乐正曰:'正歌备。'"《仪礼》"燕礼",所载与此略同,只是"乡饮酒礼"最后的"乃合乐:周南……",写作"遂歌乡乐,周南……"。

图 6-3　(日)细井徇绘《诗经名物图解》

合二者来看,《周南》《召南》在当时是配乐歌唱的,应该是整个礼仪的高潮部分。称之为"乡乐",是就其"风"诗身份而言,因为其他诗歌均属"小雅"。这里有一个现象,应引起我们的特别注意,即乐工不论是歌唱,还是演奏,均是三首一组。可以推测,当时的通例应该如此。

正是在这一认识的基础上,清人刘台拱在其《论语骈枝》中进一步指出:"《国语》曰'《文王》《大明》《绵》,两君相见之乐也';《左传》但曰'《文王》,两君相见之乐',不云《大明》《绵》。《仪礼》合乐:周南,《关雎》《葛覃》《卷耳》;召南,《鹊巢》《采蘩》《采蘋》。而孔子但曰'《关雎》之乱',亦不及《葛覃》以下,此其例也。乐亡而诗存,说者遂徒执《关雎》一诗以求之,岂可通哉?乐而不淫者,《关雎》《葛覃》也;哀而不伤者,《卷耳》也。《关雎》乐妃匹也,《葛覃》乐得妇职也;《卷耳》哀远人也。哀乐者,性情之极致,王道之权舆也。能哀能乐,不失其节,诗之教无以加于是矣。《葛覃》之赋女工,与《七月》之陈耕织,一也。季札闻歌《豳》而曰:'美哉! 乐而不淫。'即《葛覃》可知矣。"

由此可见,在日常表述或行文时,用组曲的第一首代称三首之整体,在当时也应该是通例。虽说后来"乐亡而诗存",但诗乐合一,诗之内容与曲之情感应该是大致相应的,《关雎》《葛覃》之乐得妇人、乐得妇职,及《卷耳》之哀远人,与孔子的"乐而不淫,哀而不伤"亦恰好对应。《左传》记载吴公子季札至鲁观乐,听"豳风"后有"乐而不淫"之叹,而"豳风"首篇《七月》与《葛覃》的内容又是差不多的,加上这一旁证,我们似乎有理由相信——孔子的"乐而不淫,哀而不伤",也许就是"《关雎》《葛覃》,乐而不淫;《卷耳》,哀而不伤"。

(三)作为《诗经》的《关雎》

"《诗》《书》《礼》《易》《春秋》",汉代以后,"诗三百"列于学官,成为"五经"之首。汉代传授《诗经》的有齐、鲁、韩、毛四家,齐、鲁、韩三家为今文经学,流行于西汉,三家解《关雎》篇,均主讽刺说,即南宋郑樵所云:"齐、鲁、韩三家之诗,皆以《关雎》为康王政衰之诗。……杨赐曰:'康王晏起,《关雎》见机而作。'"(《六经奥论》"关雎辨")而毛诗属古文经学,盛行于东汉,其解《关雎》篇,主赞美说,如《毛诗序》之"《关雎》,后妃之德也"。

其实,《关雎》中并没有康王的影子,西汉的儒生之所以如是说,是他们把《诗经》当作可以干预现实的工具,是想借讽刺康王晚起,将矛头指向西汉的后宫干政。当然,《关雎》中也不见文王和其王妃太姒的身影,毛诗的美"后妃之德",其目的在"所以风天下而正夫妇也"(《诗大序》)。之所以如此,与孔子"思无邪"的大基调,"温柔敦厚"的《诗》教观,以及"诗可以兴、可以观、可以群、可以怨"的功用说是分不开的。因此,有一点必须明确,那就是美也好,刺也罢,其所以能附会的基础,正是《关雎》本身所具有的"中和之美"。至于汉儒何以要如此"误读",想来是《关雎》作为"经"所必须承担的文化责任吧。

"乐而不淫,哀而不伤"的审美境界,并非中国古典诗歌的专利,法国著名浪漫主义诗人阿尔弗雷德·德·缪塞(Alfred de Musset)的《雏菊》诗云:

我爱着你,什么也不说,只看你在对面微笑;

我爱着,只要我内心知觉,不必知晓你心里对我的想法;

我珍惜我的秘密,也珍惜淡淡的忧伤,那不曾化作痛苦的忧伤;

我宣誓:我爱着放弃你,不抱任何希望,但不是没有幸福;

　　只要能够怀念，就足够幸福，即使不再能够看到，你在对面微笑。

　　这可算是一首典型的法兰西版"哀而不伤"。由此可见，对"中和之美"的追求，是古今中外诗歌都有的追求。

第三节　怨而不怒：班婕妤《怨歌行》

怨歌行[1]

班婕妤

新裂齐纨素[2]，皎洁如霜雪[3]。

裁为合欢扇[4]，团团似明月[5]。

出入君怀袖[6]，动摇微风发[7]。

常恐秋节至[8]，凉飙夺炎热[9]。

弃捐箧笥中[10]，恩情中道绝[11]。

注释：

[1]怨歌行：属乐府《相和歌·楚调曲》。

[2]新裂：刚从织机上扯下来。裂，截断。齐纨(wán)素：齐地(今山东省泰山以北及胶东半岛地区)出产的精细丝绢。纨、素都是细绢，纨比素更精致。汉代在齐设三服官，齐地产品质量好。素，生绢。

[3]皎洁：一作"鲜洁"，洁白无瑕。

[4]合欢扇：绘有或绣有合欢图案的团扇。合欢图案象征和合欢乐。

[5]团团：圆圆的样子。

[6]君：指意中人。怀袖：怀中和袖中，这里是说君子随身携带合欢扇，非常珍爱。

[7]动摇：摇动。

[8]秋节：秋季。节，节令。

[9]凉飙(biāo)：凉风。飙，疾风。

[10]捐：抛弃。箧(qiè)笥(sì)：盛物的竹箱。

[11]恩情：恩爱之情。中道绝：中途断绝。

　　从"乐而不淫，哀而不伤"（《论语·八佾》）到"怨而不怒"，似乎顺理成章。因为它们都遵循了儒家"中和之美"的基本法则。但在具体运用中，这个度并不好把握,需要作者具备高超的技艺和超然的情怀。

　　司马迁说屈原"信而见疑,忠而被谤,能无怨乎? 屈平之作《离骚》,盖自怨生也",并认为"《国风》好色而不淫,《小雅》怨诽而不乱,若《离骚》者,可谓兼之矣"(《史记·屈原贾生列传》)。在司马迁眼中,屈原的《离骚》体现的是典型的"中和之美"。然而班固却直截了当地指出:"今若屈原,露才扬己,竞乎危国群小之间,以离谗贼。然责数怀王,怨恶椒兰;愁神苦思,强非其人。忿怼不容,沉江而死,亦贬絜狂狷景行之士。……谓之兼诗风雅,而与日月争光,过矣。"(《离骚序》)唐代的孟郊亦认为屈原"名参君子场,行为小人儒。骚文衒贞亮,体物情崎岖。三黜有愠色,即非贤哲模。五十爵高秩,谬膺从大夫。胸襟积忧愁,容鬓复凋枯。死为不吊鬼,生作猜谤徒。吟泽洁其身,忠节宁见输。怀沙灭其性,孝行焉能俱"(《旅次湘沅有怀灵均》)。可见,在班固、孟郊等老夫子眼中,屈原不仅是怨而且怒;其投江自尽,以死明志,简直就是大逆不道。可见,对"怨而不怒"的体认,也还存在一个"仁者见仁,智者见智"的差异。

图6-4　清·上官周《晚笑堂竹庄画传》班婕妤像

　　但班婕妤的《怨歌行》,却是一首几乎没有争议的体现"怨而不怒"的好诗。在解析具体诗篇之前,先来了解一下班婕妤这个人。班婕妤是班彪的姑母,班固、班超与班昭的姑奶奶,婕妤是她作为汉成帝嫔妃的封号,其德行、文学皆为人称道。《汉书》有传,云:"(汉)成帝游于后庭,尝欲与婕妤同辇载,婕妤辞曰:'观古图画,贤圣之君皆有名臣在侧,三代末主乃有嬖女。今欲同辇,得无近似之乎?'上善其言而止。太后闻之,喜曰:'古有樊姬,今有班婕妤。'"(樊姬,楚庄王王后，贤德有令名）"赵氏姊弟骄妒，婕妤恐久见危，求供养太后长信宫，上许焉。"（《汉书·外戚传·班婕妤传》）虽说也曾得汉成帝宠爱，但班婕妤认识到终有一天，赵氏姐妹会对自己下手，于是向汉成帝请求，到长信宫去供养太后，汉成帝自然应允。于是就有了我们要讲的这首《怨歌行》。

关于这首诗的作者，是有争议的。除班婕妤外，至少还有南朝人颜延年，以及无名氏两说。其实"颜延年说"不可信，因为早在西晋，陆机《班婕妤》诗已经有"婕妤去辞宠，淹留终不见。寄情在玉阶，托意唯团扇"的表述，说明他是肯定《怨歌行》是班婕妤所作的。即使是无名氏所作，那这首诗的产生年代也应在西晋之前。而这也不是我们现在要讨论的话题，其"怨而不怒"的情感表达，以及它在后世的深远影响，才是我们关注的焦点。

整首诗以纨扇自况，构思巧妙，托意委婉，词虽淡而情甚浓。"新裂齐纨素"，纨是细绢；素是白绢；齐国的绢，又白又细，"皎洁如霜雪"。"新裂"，刚从织机上剪下来，好似才出深闺的佳人，洁净无瑕。这两句是说团扇的质地，也是在讲女子的出身。"合欢扇"，即团扇，其形似两个半圆的对合，喻有男女欢会之意；一说是团扇上有合欢图案。"似明月"，既是指团扇色彩的鲜洁，也是说男女生活的美满。"出入君怀袖"，正是李善注《文选》所云"此谓蒙恩幸之时也"。"动摇微风发"，既是说团扇之功，也是说两情相悦，难以割舍。"秋节至"，明面是说天气转凉，团扇不再需要了；"秋节至"，暗里还指时间流逝，人老珠黄。凉飙已至，秋扇见捐，是团扇必然的命运；年长色衰，恩驰爱移，失宠是女子的必然命运。君王的心，六月的天，说变就变，所以"恐"；而"常恐"，说明"恩情中道绝"会是必然的结局。已被抛弃后的"怨"，指向明确，可以呼天抢地，也可以设法挽回；可己身仍在恩爱之中，头悬达摩克利斯剑，不能未雨绸缪，也无法提前预测，是一种抓不着挠不着的"痒"，是一种如附骨之疽，挥之不去的"恨"。此种"已凉天气未凉时"（韩偓《已凉》）的心境，非身处其中者，难以体会。

此诗历代赞誉不绝，梁锺嵘在《诗品》中将之列在上品，并云："团扇短章，辞旨清捷，怨深文绮，得匹妇之致。"唐代皎然《诗式》云："至如'出入君怀袖，动摇随风发，常恐秋节至，凉飙夺炎热'，旨婉词正，有洁妇之节。"清沈德潜在《古诗源》卷二中评此诗曰："用意微婉，音韵和平。""怨深文绮""旨婉词正""用意微婉"，均是指向"怨而不怒"的。

班婕妤《怨歌行》开了"宫怨"诗的先河，"秋扇见捐"已成为佳人失时、士人失意的代名词；"秋扇""团扇"也成了后世诗人们习用的经典意象。如王昌龄的《长信秋词五首》其三云：

奉帚平明金殿开，且将团扇共徘徊。玉颜不及寒鸦色，犹带昭阳日影来。

前两句直接用班婕妤《怨歌行》事入诗，三句宕开一笔，写玉颜不及寒鸦色,实属反常,但四句的昭阳日影,却又使之变得合乎情理,因为乌鸦能飞到皇帝常去的昭阳殿,自己空有胜过乌鸦千百倍的绝世容颜,却只能幽居深宫。王昌龄袭用《怨歌行》的意象,也继承了其"怨而不怒"的神韵。

孟郊有一首《古怨》,亦具"怨而不怒"之致,其诗云:

> 试妾与君泪,两处滴池水。看取芙蓉花,今年为谁死。

此诗一反传统闺怨的写法,通篇不见凭栏望远,鱼雁传书之词,而是紧紧抓住思妇的心理活动,运动神思,精心结撰,在流泪这一典型细节上做文章,以芙蓉花先被谁的泪水浸死这一假想情节,分出究竟是谁的相思更苦,谁爱对方多一点。全诗虽平平道来,却自有一种震慑人心的力量。这样的效果,得力于孟郊所运用的这种异想天开,但却是无理而妙的奇特构思。

第四节　文质彬彬:高适《燕歌行》

燕歌行[1]

高适

开元二十六年,客有从御史大夫张公[2]出塞而还者;作《燕歌行》以示适,感征戍之事,因而和焉。

> 汉家烟尘在东北,汉将辞家破残贼[3]。
> 男儿本自重横行,天子非常赐颜色[4]。
> 摐金伐鼓下榆关,旌旆逶迤碣石间[5]。
> 校尉羽书飞瀚海[6],单于猎火照狼山[7]。
> 山川萧条极边土,胡骑凭陵杂风雨[8]。
> 战士军前半死生,美人帐下犹歌舞。
> 大漠穷秋塞草腓,孤城落日斗兵稀[9]。
> 身当恩遇常轻敌,力尽关山未解围[10]。
> 铁衣远戍辛勤久,玉箸应啼别离后[11]。
> 少妇城南欲断肠,征人蓟北空回首[12]。
> 边庭飘飖那可度,绝域苍茫更何有[13]。
> 杀气三时作阵云,寒声一夜传刁斗[14]。

相看白刃血纷纷，死节从来岂顾勋。

君不见沙场征战苦，至今犹忆李将军[15]。

注释：

[1]燕歌行：为乐府《相和歌辞·平调曲》名。魏文帝曹丕曾以此题写闺中秋思，后人多仿效。

[2]张公：指张守珪，开元二十三年（735）因与契丹作战有功，拜辅国大将军兼御史大夫。

[3]汉家：借指唐朝。烟尘：战地的烽烟和飞尘，指军事行动。开元十八年五月，契丹及奚族叛唐，此后唐与契、奚之间战事不断。汉将：指张守珪。东北：今辽宁省和内蒙古自治区南部，唐时为奚、契丹族聚居地区。残贼：残余的敌人。开元二十一年至二十三年，张守珪先后大破奚、契丹的精锐部队，故称奚、契丹的余党为残贼。

[4]横行：在敌阵中纵横驰骋，所向无敌。非常赐颜色：破格赐予荣耀。非常，不同寻常。开元二十三年，张守珪回东都献捷，玄宗赋诗褒美，拜他为辅国大将军、右羽林大将军兼御史大夫，还赐彩缎一千匹及金银器物等，给张守珪两个儿子封官，下诏在幽州立碑纪功。

[5]摐（chuāng）金伐鼓：军中鸣金击鼓。摐金，敲击金属乐器。榆关：山海关，唐时为东北军事要地。旌旆（jīngpèi）：旗帜。逶迤：曲折行进的样子。碣石：山名，在今河北昌黎北，此借指东北沿海一带。这二句写军队出征时声势甚壮。

[6]校尉：官阶次于将军的武官。羽书：羽檄，插有羽毛的紧急军事文书。瀚海：大沙漠。

[7]单于：秦汉时匈奴君主的称号，后通称北方少数民族首领。猎火：狩猎时所举之火，比喻作战。古代游牧民族在作战以前，往往举行大规模的狩猎，作为军事演习。狼山：即狼居胥山，阴山山脉西段，在今内蒙古自治区西北部。

[8]极边土：直到边境尽头。凭陵：仗势欺凌侵犯。杂风雨：形容敌军凶猛如风雨交加。

[9]穷秋：深秋。腓（féi）：草木枯萎变黄。隋虞世基《陇头吟》："穷秋塞草腓，塞外胡尘飞。"斗兵稀：战士伤亡惨重，能战斗者减少。

[10]"身当"二句：一写主帅受皇恩而轻敌；一写战士拼死苦战也未能冲破敌人的包围。

[11]铁衣：铁甲，借指将士。玉箸：玉做的筷子，比喻思妇泪水如注。刘孝威《独不见》："谁怜双玉箸，流面复流襟。"

[12]城南：唐代长安住宅区在城南，故云。沈佺期《独不见》："丹凤城南秋夜长。"蓟（jì）北：蓟州、幽州一带，今河北北部地区。此泛指东北战场。

[13]边庭飘飖（yáo）：指形势动荡、险恶。绝域：遥远的边陲。更何有：更加荒凉，一无所有。

[14]三时：早、午、晚，即一整天，也有人认为是指春、夏、秋三季。阵云：战云。刁斗：古代军中煮饭用的铜锅，夜晚用来敲击巡逻打更。

[15]李将军:指汉代将军李广。他善于用兵,爱惜士卒,守右北平,匈奴畏之不敢南侵,人称为飞将军。《史记·李将军传》:"广居右北平,匈奴闻之,号曰汉之飞将军,避之,数岁不敢入右北平。"又:"广之将兵,乏绝之处,见水,士卒不尽饮,广不近水;士卒不尽食,广不尝食。宽缓不苛,士以此爱乐为用。"李广的所作所为与诗中将军刚好成对照,感慨没有像李广那样体恤士卒、英勇善战的将军,讽刺意味很深。

子曰:"质胜文则野,文胜质则史。文质彬彬,然后君子。"(《论语·雍也》)孔子此语原意是指一种内外兼修的君子人格,但其追求文、质"中和"的理念,却直接启发了后人对文学作品内容与形式关系的思考。

唐李延寿《北史·文苑传序》云:"江左宫商发越,贵于清绮;河朔词义贞刚,重乎气质。气质则理胜其词;清绮则文过其意。理深者便于时用,文华者宜于咏歌,此其南北词人得失之大较也。若能掇彼清音,简兹累句,各去所短,合其两长,则文质彬彬,尽善尽美矣。"可以说,盛唐诗歌正是沿着这一思路发展起来的。

殷璠《河岳英灵集》是今天所见最能体现盛唐诗歌风貌的"唐人选唐诗"的选本,其《集论》云:"璠今所集,颇异诸家:既闲新声,复晓古体,文质半取,风骚两挟,言气骨则建安为传,论宫商则太康不逮,将来秀士,无致深慨。"这段话主要是说殷璠选诗的标准,其核心在"文质半取"。《河岳英灵集》选高适诗歌13首,并有评语云:"(高适)性拓落,不拘小节,耻预常科,隐迹博徒,才名自远。然适诗多胸臆语,兼有气骨,故朝野通赏其文。至如《燕歌行》等篇,甚有奇句。"下面,我们就来看看高适《燕歌行》,是如何体现殷璠的"文质半取",又是如何做到"兼有气骨",且"甚有奇句"的。

高适《燕歌行》诗前有小序云:"开元二十六年,客有从御史大夫张公出塞而还者,作《燕歌行》以示适。感征戍之事,因而和焉。"由此可知,高适这首诗是和作,可惜原作已难考,这位"客"也就不得而知了。

《燕歌行》是乐府古题,高适之前,最著名的当数曹丕的那首"秋风萧瑟天气凉",曹丕之后、高适之前的《燕歌行》,其内容基本不出征人(游子)思妇的范围。但高适的《燕歌行》,除沿袭这一传统外,在内容上做了充分拓展,热情歌颂了"身当恩遇常轻敌""死节从来岂顾勋"的广大戍边将士,更通过"战士军前半死生,美人帐下犹歌舞"的鲜明对比,和"君不见沙场征战苦,至今犹忆李将军"卒章显志式的呼告,深刻揭露了盛唐气象背后所隐藏的苦乐不均的现实。"战士军前半死生,美人帐下犹歌舞"也与杜甫"朱门酒肉臭,路有冻死骨"一样,成为警醒后世的千古名句。在盛唐诸多边塞诗中,就思想内容的丰富性而言,高适的《燕歌行》可谓独领风骚。严羽谈对盛唐边塞诗印象时,有"高、岑之诗悲壮,读之使人感慨"(《沧浪诗话》)的论断,其实,悲壮、感慨,更多是就高适而言,因为岑参的风格以雄奇、乐观著称。

　　以上是就高适《燕歌行》多"质"的特点而言，接下来我们再看看其有"文"的一面。学者周啸天认为："（此）诗虽为七言古体，却适当吸收了近体的骈偶和调声，……同时也继承了四杰体四句转韵，平仄互换的调式；……全诗既音调浏亮，又浑厚老成，纯乎唐音矣。"（《隋唐五代诗词鉴赏》）"四杰体"主要是指卢照邻、骆宾王的律化歌行，其特点是：句式整齐；有规律换韵；大量使用律句、偶句。就上述形式特征而言，高适《燕歌行》可谓"律化歌行"的典范，大有"论宫商则太康不逮"之势。这里我们仅就"少妇城南欲断肠，征人蓟北空回首"两句，略作说明。沈佺期《独不见》诗云："卢家少妇郁金堂，海燕双飞玳瑁梁。九月寒砧催木叶，十年征戍忆辽阳。白狼河北音书断，丹凤城南秋夜长。"高适的这一联，明显是从沈诗概括而来，不仅平仄合律，而且对偶极为精切。"少妇城南欲断肠"，写思妇牵念征夫，备受煎熬。而城南少妇本身还暗含了贫富不均的对比，沈佺期《独不见》诗中的"丹凤城"即长安城，唐代长安城的布局，最北宫城，其次皇城，北面是权贵所在，不用服兵役，自不会断肠；而长安城南居住的是平民，须服兵役，良人戍边在外，日久不归，闺中思妇怎不断肠。李白《子夜吴歌·秋歌》所云："长安一片月，万户捣衣声。秋风吹不尽，总是玉关情。何日平胡虏，良人罢远征。"写的也是此情境，只是语言风格不同而已。"征人蓟北空回首"，写征夫思乡，可战事不休，归期未卜，"空"字与上联的"欲"字，紧紧相扣，度越千里关山，将思妇、征人的失望情绪纠结在一起。最妙的是"蓟北"二字，由"汉家烟尘在东北，汉将辞家破残贼"可知，乃诗中战争实际发生之所，即古燕国之地，与诗题《燕歌行》水乳交融，此其一；其二，"蓟北"与"城南"不论是平仄，还是字义，又恰好是工对。此一联，令人油然而生"文章本天成，妙手偶得之"的感慨。

　　高适《燕歌行》在韵律浏亮、语言整饬中，贯注雄健慷慨之气，得文质兼美之致。自清代被选入《唐诗三百首》后，它更是"文质彬彬"地走进了千家万户，为人熟知。在王兆鹏《唐诗排行榜》中，排 22 名，并有解析云："诗人为情造文，时而慷慨、时而峻急，时而阴郁、时而沉痛，时而帐下、时而军中，时而沙场、时而城南，或叙述、或白描、或议论、或慨叹，变化多端的语势流露出诗人的磊落情怀，冷峻警醒的议论凸显出作者的深沉思想。……应该说达到了诗意与诗体的完美结合。"

第七章

审美追求之二

平淡自然

崇尚"平淡自然"之美,可以说是中国文学自诞生之初就开始的自发性审美追求,从"诗三百"到"汉乐府",凡取诸民间歌谣者莫不如此。其典型特征是:绝去雕饰,直指人心,语淡而情真。如果说"中和之美"是儒家美学的核心表达,那么"平淡自然"就是道家美学的经典概括。即以诗歌而论,第一次自觉地将"平淡自然"作为审美追求的,是被称为"古今隐逸诗人之宗"的陶渊明,其所开创的田园诗风,直接影响了唐代山水田园诗派的创作,形成了所谓"王孟韦柳"并称的局面。

第一节 平淡自然的鼻祖:陶渊明《归园田居》其一

《归园田居》其一

陶渊明

少无适俗韵[1],性本爱丘山。

误落尘网中[2],一去三十年[3]。

羁鸟恋旧林,池鱼思故渊[4]。

开荒南野际,守拙归园田[5]。

方宅十余亩[6],草屋八九间。

榆柳荫后园,桃李罗堂前[7]。

暧暧远人村,依依墟里烟[8]。

狗吠深巷中,鸡鸣桑树颠。

户庭无尘杂,虚室有余闲[9]。

久在樊笼里,复得返自然[10]。

注释:

[1]适俗:适应世俗。韵:气质、性情。意思是说自己从小时候开始就没有适应世俗的意愿。

[2]尘网:指尘世,官府生活污浊而又拘束,就像网罗一样。这里指仕途。

[3]三十年:有人认为是"十三年"之误(陶渊明做官十三年)。

[4]羁(jī)鸟:笼中之鸟。池鱼:池塘之鱼。此句以鸟恋旧林、鱼思故渊为比喻,表明自己对田园的眷念和对自由的向往。

[5]守拙(zhuō):意思是保持自身纯朴之本性,不同流合污。拙,相对世俗之机巧

而言。

　　[6]方宅:宅地四周。

　　[7]荫(yìn):荫蔽。罗:罗列。

　　[8]暧(ài)暧:昏暗,模糊。依依:轻柔而缓慢的飘升。墟里:村落。

　　[9]户庭:门庭。尘杂:尘俗杂事。虚室:空室。余闲:闲暇。

　　[10]樊(fán)笼:蓄鸟工具,这里比喻官场生活。樊,藩篱,栅栏。返自然:自然而然,非人为的自在状态。

　　《宋书·隐逸传》说:"潜不解音声,而畜素琴一张,无弦,每有酒适,辄抚弄以寄其意。"此后萧统《陶渊明传》、《晋书·隐逸传》、《南史·隐逸传》均本此记载,稍有出入者,《晋书·隐逸传》在这之后缀了句"(渊明)曰:'但识琴中趣,何劳弦上声。'"关于陶渊明懂不懂音律的问题,后世一直有争议,苏轼被贬海南时还专门做了篇《渊明无弦琴》的文章,认为:"旧说渊明不知音,蓄无弦琴以寄意,曰:'但得琴中趣,何劳弦上声。'此妄也。渊明自云:'和以七弦。'(陶渊明《自祭文》)岂得不知音,当是有琴而弦弊坏,不复更张,但抚弄以寄意,如此为得其真。"陶渊明当然是懂音律的,但观其诗文,自然明了。那么陶渊明蓄无弦琴一事,何以被史书、传记屡屡提及?《晋书·顾恺之传》云:"尝图裴楷象,颊上加三毛,观者觉神明殊胜。"顾恺之为裴楷画像,在其脸颊上多添了三根胡须,益发凸显了裴楷的名士风流。陶渊明传中的"畜素琴一张",正类顾恺之的"颊上添毫"一事,这张琴怎么来的不重要,重要的是他能令陶渊明神情生动,能标识出陶渊明的身份背景。李白到底是道教徒,他说"陶令去彭泽,茫然太古心。大音自成曲,但奏无弦琴"(《赠临洺县令皓弟(时被讼停官)》)。从老子"大音希声"出发,在道家思想中求解,虽不中的,亦必不远。东坡以"有琴而弦弊坏,不复更张"来圆陶渊明"蓄无弦琴"一事,实在是胶柱鼓瑟。东坡一生追慕渊明,和遍陶诗,晚年却钻了个牛角尖。

　　其实,从陶渊明抚无弦琴以寄意的举动中,我们很容易就联想到嵇康的"目送归鸿,手挥五弦。俯仰自得,游心太玄"(《赠秀才入军》其十四),进而想到嵇康的"越名教而任自然"(《释私论》),进而再想到虽主张清静无为,却整日纵酒酣歌的"竹林七贤"。

　　陈寅恪即认为:"渊明之思想为承袭魏晋清谈演变之结果,及依据其家世信仰道教之自然说而创设之新自然说。惟其为主自然说者,故非名教说,并以自然与名教不相同。但其非名教之意仅限于不与当时政治势力合作,而不似阮籍、刘伶辈之佯狂任诞。盖主新自然说者不须如主旧自然说之积极抵触名教也。……惟求融合精神于运化之中,即与大自然为一体。因其如此,……自不至与周孔入世之名教说有所触碍。故渊明之为人实外儒而内道,舍释迦而宗天师者也。"(《陶渊明之思想与清谈之关系》)陶渊明虽非名教,但不佯狂,盖因其所崇尚的自然是质朴率真故也。陈寅恪认定陶渊明是道教天师一派的信徒,可以商榷;但其指出陶渊明思想"实外儒而内道",还是可信的。我们知道,陶渊明《桃花源记》写的就是道家返朴归真、小国寡民的社会理想。了解了陶渊明的思想渊源,我们再来看他的这首《归园田居》其一。

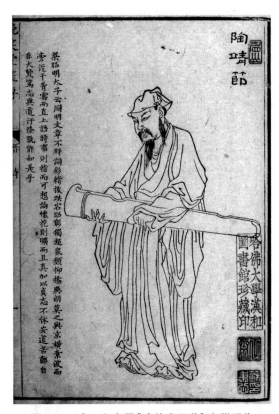

图7-1　清　上官周《晚笑堂画传》陶渊明像

　　《归园田居》组诗,作于陶渊明辞去彭泽令,写下《归去来兮辞》之后的第二年春夏之交。题目应读作"归——园田居","园田居"是陶渊明的住所。陶渊明今天可确知的住所,有三处:一是上京里老宅,在浔阳柴桑栗里,是陶渊明早年和出仕前所居;二是"园田居",是陶渊明辞官归隐后的耕读之所,正是在这里,陶渊明创作了大量的田园诗;三是南村村舍,是陶渊明在"园田居"遇火,烧得"一宅无余宇"后,卜居于此。

　　在分析这首诗之前,先讲三处异文,一处争议。三处异文,一是"少无适俗韵"之"韵"一作"愿",当以"韵"为优,"韵"作性情讲,与下文的"性本爱""守拙归"一气而下,均指其天性自然,与世事相违。二是"方宅十余亩"之"宅"一作"泽",唐人编《艺文类聚》引陶渊明诗作"方泽十余亩",但一直不为人注意。近来有人提及，并断定其"是陶诗的原文"①，当然也有人做了商榷②。陶诗用语虽平白如话，但细细品味，每每能咂摸出点经史子集中似曾相识的味道。锺嵘说他"笃意真古，辞兴婉惬"（《诗品》），东坡指其诗"初看若散缓，熟读有奇趣。……又曰：'蔼蔼远人村，依依墟里烟。犬吠深巷中，鸡鸣桑树颠。'才高意远，造语精到如此"（宋·阮阅《诗话总龟》前集卷九），均是针对渊明诗这一特点而发。当然东坡后来又用了更为形象的说法来概括这一特点——"质而实绮，癯而实腴"（《与苏辙书》）。东坡举"暖暖远人村，依依墟里烟。犬吠深巷中，鸡鸣桑树颠"为例，正是因为前者有《离骚》的味道，后者更是《汉乐府》的成句。另外读"羁鸟恋旧林，池鱼思故渊"，总让人想到《古诗十九首》中的"胡马依北风，越鸟巢南枝"和陆士衡《赠从兄车骑》诗"孤兽思故薮，羁鸟悲旧林"；而"虚室有余闲"明显是取意《庄子》的"虚室生白"。仅从读陶渊明诗所形成的语感来说，也应作"方宅十余亩"，因为读此句自然会出现《孟子》的"五亩之宅，树之以桑，……"三是"榆柳荫后园"之"园"一作"檐"，当以"园"为优，前人已论之甚详。此处后园与堂前，前面方宅与草屋，后面的村与墟，均为大体相当，且不重复之物，故不可前面已有"屋"，此处再举"檐"。

一处争议：是"一去三十年"还是"一去十三年"。从版本考察，较早的宋元本陶集，均做"三十年"。后来之所以出现"十三年"的争议，是因为有人计算，从陶渊明出为州祭酒，至辞去彭泽令，中间刚好十三年。于是袁行霈也算了笔账，指出陶渊明"约二十五岁离开'园田居'再未返回，至五十五岁辞彭泽令始'归园田居'，此正所谓'一去三十年'"（《陶渊明集笺注》）；但袁行霈的结论是建立在他修订的陶渊明年谱中陶渊明活了 76 岁基础之上，相比他人所作陶渊明年谱的享年 63 岁，多出来整整 14 年。如果不从考据的角度来做判断，应当是"三十年"的，因为诗中云"久在樊笼里"，"三十年"比"十三年"更久，此其一；其二，从语感上说，"一去三十年"也较"一去十三年"有顿挫。

整首诗紧紧围绕《归园田居》这个题目展开，"少无适俗韵"至"池鱼思故渊"是讲"归"之缘由。"守拙归园田"，"守拙归"三字承上，总结概括归隐缘由在"守拙"，即与世不合，又不愿委顺；"园田"二字启下，至此方才点清题面。"方宅十余亩"至"虚室有余闲"，紧扣"园田居"三字，房屋草树，远村近舍，狗吠鸡鸣，娓娓道来，如话家常，用"无尘杂""有余闲"两句作一小结，既是总结园田居的自然环境干净整洁，也是在说远离世俗污秽后的愉快心情，虽是"结庐在人境"，但无异心中"桃花源"。承此心境，"久在樊笼里，复得返自然"仿佛脱口而

---

① 范子烨：《诗意地栖居与沉静的激情——对陶渊明〈归园田居〉五首的还原阐释》，《文学遗产》2011年第 5 期。

② 葛志伟：《"方宅"还是"方泽"——与范子烨先生商榷陶诗的一处异文》，《淮阴师范学院学报》（哲学社会科学版）2016 年第 4 期。

出，却还照应前面的"羁鸟恋旧林"，至此收束全篇，自然而然，真真是"绛云在霄，舒卷自如"（宋·敖陶孙《臞翁诗评》）。作为《归园田居》组诗的第一首，它可说是个总纲，下面的几首诗，正是围绕着"返自然"三字逐层展开的。

陶渊明"返自然"之"自然"，表面上是远离世俗社会的大自然，具体点说，就是眼前的"园田居"；但更深一层看，则是指一种自在自为的，自然而然的人生状态，是一种没有内外负担的理想境界，或者说是一种诗意的栖居范式。它在陶渊明身上的表现，一是我们大家都熟悉的"不为五斗米折腰"——任性而为，不屈己，不强人。二是率真，萧统《陶渊明传》云："（颜）延之临去，留二万钱与渊明，渊明悉遣送酒家，稍就取酒。……贵贱造之者，有酒辄设。渊明若先醉，便语客：'我醉欲眠，卿可去'。"李白说"惟有饮者留其名"，不无道理，你看大凡名士都离不开酒，所谓"酒后吐真言"——"我醉欲眠，卿可去"，真是率真的可以。三是归隐田园，以躬耕为乐，成"古今隐逸诗人之宗"。

朴素本身不一定是美，自然万物本不是诗，用质朴语言写田园生活的，未必都能得"自然"之致。关键是要诗中有真人、有真情、有真趣。锺嵘的《诗品》将陶渊明列在中品，今人多有异议，但他对陶诗"每观其文，想其人德"的感受却是不刊之论——陶渊明就是诗，诗就是陶渊明——诗如其人。叶嘉莹认为陶诗的自然，与渊明的率真自得的本性有直接关系。"因为一般人作诗，都难免有一个'为人'之心。所谓'为人'，还不是说要讲仁义道德或治国安邦，而是说考虑到别人对诗之好坏的评价。如果心中不能够排除这样的念头，那就是庄子所说的'有待'。很多大诗人作诗也难免如此，例如杜甫就曾说过'语不惊人死不休'（《江上值水如海势聊短述》）这样的话。有了这种念头，总想与人争胜，总想让自己的诗在千百年之后仍然受到人们的赞美，在写诗的时候就不免逞才使气，雕琢矫饰，有时候就失去了自然真率之美"（《汉魏六朝诗讲录》）。

元好问《论诗绝句》其六云："心画心声总失真，文章宁复见为人。高情千古闲居赋，争信安仁拜路尘。"西晋诗人潘岳写过一首《闲居赋》，满是清高淡泊之趣。然而潘岳却是个热衷功名利禄之人，为了逢迎权贵贾谧，居然到了望尘而拜的地步。元好问在谴责潘岳之流为文造情的同时，也发出了"心画心声总失真，文章宁复见为人"的慨叹。以此相形，越发见得元好问在《论诗绝句》其四中评价陶诗"一语天然万古新，豪华落尽见真淳"，是发自内心的赞赏。

因此，要论陶诗，平淡只是其表，而自然方是其神。其最可贵处在诗如其人。后之慕陶、学陶、和陶者，其最看重的，也在渊明之为人。苏轼赞陶渊明："欲仕则仕，不以求之为嫌；欲隐则隐，不以去之为高。饥则扣门而乞食，饱则鸡黍以延客。古今贤之，贵其真也。"（《东坡题跋·书李简夫诗集后》）认为"自

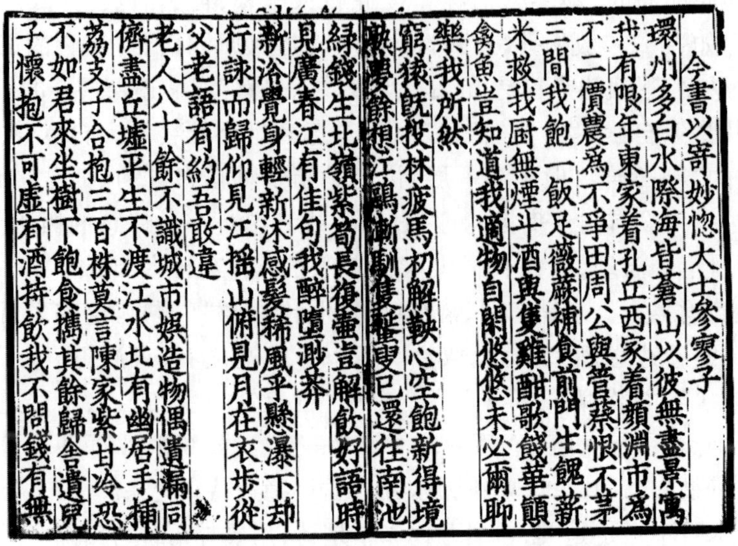
今書以寄妙惣大士參寥子
環州多白水際海皆蒼山以彼無盡景寓
我有限年東家着孔丘西家着顔淵市為
不二價農為不爭田周公與管蔡恨不茅
三間我飽一飯足薇蕨補食前門生餽薪
米救我廚無煙斗酒與隻雞酣歌餞華顛
禽魚豈知道我適物自閑悠悠未必爾聊
樂我所然
窮猿既投林疲馬初解鞅心空飽新得境
熟夢餘想江鷗漸馴集蜑叟已還往南池
綠錢生北嶺紫筍長提壺豈解飲好語時
見廣春江有佳句我醉墮渺莽
新浴覺身輕新沐感髮稀風乎懸瀑下却
行詠而歸仰見江摇山俯見月在衣步從
父老語有約吾敢違
老人八十餘不識城市娛造物偶遺漏同
儕盡丘墟平生不渡江水北有幽居手插
荔支子合抱三百株莫言陳家紫甘冷恐
不如君來坐樹下飽食攜其餘歸舍遺兒
子懷抱不可虛有酒持飲我不問錢有無

图 7-2　苏轼《东坡先生和陶渊明诗》，宋刻本，国家图书馆藏

曹、刘、鲍、谢、李、杜诸人，皆莫及也”（《与苏辙书》）其着眼点也在一个“真”字。其和陶渊明《归园田居》其一诗云：

> 环州多白水，际海皆苍山。以彼无尽景，寓我有限年。
> 东家着孔丘，西家着颜渊。市为不二价，农为不争田。
> 周公与管蔡，恨不茅三间。我饱一饭足，薇蕨补食前。
> 门生馈薪米，救我厨无烟。斗酒与只鸡，酣歌饯华颠。
> 禽鱼岂知道，我适物自闲。悠悠未必尔，聊乐我所然。

东坡这首和陶诗，采用的是中唐元白以来常用的“步韵”，即用原诗韵脚字，且位置次序亦与原诗相同，因其所受限制大，故少有佳作。“环州多白水，际海皆苍山”为惠州美景，以“有限年”对此“无尽景”，烈士暮年，被贬南荒，不免苍凉。接下来仿陶渊明描写园田居娓娓道来之法，东坡从礼乐传统、淳朴民风、门生救济等方面，叙写此地可以栖居。“我适物自闲”，即“此心安处是吾乡”，这是东坡和陶、学陶的终极目标，也是东坡一生苦寻的心灵归宿。“悠悠未必尔，聊乐我所然”，是说我虽未能达到渊明“自然澄明”之境，但乐我所乐，随遇而安吧。

其实，东坡曾发过“我谢江神岂得已，有田不归如江水”（《游金山寺》）的誓言——江神有知，我苏轼置有田产后，若不归隐，如同此江水。对于遍和陶诗，追慕渊明，却终身不曾归隐的东坡，黄庭坚曾有“渊明千载人，子瞻百世士。出处固不同，风味亦相似”（宋·惠洪《冷斋夜话》卷七）的辩解，结果遭到朱熹的断然否定，其云“渊明诗所以为高，正在不待安排，胸中自然流出。东坡乃篇篇句句依韵而和之,虽其高才,似不费力,然已失其自然之趣矣。"①

叶嘉莹说:"在中国诗歌史上,只有陶渊明是真正达到了'自我实现'境界的一个诗人。"(《汉魏六朝诗讲录》)换句话说,陶渊明是真的"返自然"了。而贴上陶渊明标签的"自然"之美,也成了后世诗人难以企及的高标。

第二节　淡到看不见诗:孟浩然《过故人庄》

过故人庄[1]

孟浩然

故人具鸡黍[2],邀我至田家[3]。

绿树村边合[4],青山郭外斜[5]。

开轩面场圃[6],把酒话桑麻[7]。

待到重阳日[8],还来就菊花[9]。

注释:

[1]过:拜访。故人庄:老朋友的田庄。庄,田庄。

[2]具:准备,置办。鸡黍:指农家待客的丰盛饭食。黍(shǔ),黄米,古代认为是上等的粮食。《论语·微子》:"子路从而后,遇丈人,以杖荷蓧……止子路宿,杀鸡为黍而食之。"

[3]邀:邀请。至:到。

[4]合:环绕。

[5]郭:古代城墙有内外两重,内为城,外为郭。这里指村庄的外墙。斜(xiá):倾斜。因古诗需与上一句押韵,所以应读 xiá。

[6]开:打开,开启。轩:窗户。面:面对。场圃:场,打谷场、稻场;圃,菜园。

[7]把酒:端着酒具,指饮酒。话桑麻:闲谈农事。桑麻:桑树和麻。这里泛指庄稼。

[8]重阳日:农历九月初九。古人以九为阳数,所以称为重阳,在这一天有登高、饮菊花酒的习俗。

[9]还来:再来。就菊花:指饮菊花酒,也是赏菊的意思。

---

① 《陶渊明研究资料汇编》,中华书局 1962 年版。

前人认为："渊明诗胸次浩然，天真绝俗，……唐人祖述者，王右丞得其清腴，孟山人得其闲远，储太祝得其真朴，韦苏州得其冲和，柳柳州得其峻洁。"（清·沈德潜《唐诗别裁集·凡例》）唐人学陶已成潮流，且名家辈出，尤其是山水田园一脉。但要说得渊明风神，承其衣钵者，则非孟山人浩然莫属。接下来，我们从三个方面略作说明。

（一）先看其率真的天性

《新唐书·文艺传》载："采访使韩朝宗约浩然偕至京师，欲荐诸朝。会故人至，剧饮欢甚，或曰：'君与韩公有期。'浩然叱曰：'业已饮，遑恤他！'卒不赴。朝宗怒，辞行，浩然不悔也。"荆州采访使韩朝宗可不是一般人，他就是我们今天熟知的成语"无缘识荆"中的"荆"。其任官时喜欢提拔后进，曾推荐过崔宗之、严武等人，有知人识人之名，时人有"生不用封万户侯，但愿一识韩荆州"的美誉。李白曾《上韩荆州书》，希求汲引而未果。能得韩朝宗引荐入朝，在当时是多少人梦寐以求而不得的事。韩朝宗青睐孟浩然，说明他对孟浩然出众拔萃的德行和才学是有了解的，但偏偏忘了考察孟浩然率真自然的天性。虽说已"与韩公有期"，功名指日可待，但恰逢故人来访，把酒临风，其乐融融之际，如陶渊明一般，感觉自己便是羲皇上人，人生意义已尽在此。于是什么功名富贵、似锦前程，立马都成了浮云。"业已饮，遑恤他"，冲口而出，不假思索；"浩然叱曰"，宋祁在这里用了一个"叱"字，更是将孟浩然的率真天性表露得淋漓尽致，可谓神来之笔；而后文"朝宗怒，辞行，浩然不悔也"，也实在是多余，可直接删掉。看来，中国古代的名士风流，都是离不开酒的，"酒后吐真言"也很有几分道理。

（二）次看其归隐之行

孟浩然《仲夏归南园寄亲道旧游》诗云："尝读《高士传》，最嘉陶征君。日耽田园趣，自谓羲皇人。"字里行间充满了对陶渊明退隐田园，耕读自娱生活的羡慕之情。孟浩然不仅是心向往之，也是身体力行的。虽说处盛明之世，孟浩然却几乎一生隐居在襄阳鹿门山。为更好地说明这个问题，我们不妨拿他与王维做个比较。

王维与孟浩然不仅私交甚好，而且诗风接近，世称"王孟"。王维《与魏居士书》云："近有陶潜，不肯把板屈腰见督邮，解印绶弃官去，后贫。《乞食》诗云：'叩门拙言辞。'是屡乞而多惭也。尝一见督邮，安食公田数顷；一惭之不忍，而终身惭乎。"王维这封书信，用意是在劝魏徵的后人魏居士出山做官，对陶渊明的评价也许是为了服从题旨的需要，但他"半官半隐"的生活方式，以及"晚年惟好静，万事不关心"（《酬张少府》）的人生态度，足以说明他与陶渊明之间的距离。即以王维那首被王世贞称作"田家本色，无一字溷杂，陶诗后少见"（《唐诗选脉会通评林》卷三）的《渭川田家》而论，其描述"斜光照墟落，穷巷牛羊归。野老念牧童，倚杖候荆扉。雉雊麦苗秀，蚕眠桑叶稀。田夫荷锄至，相见语依依"的田园风光,可谓深得陶诗之趣,但接着"即此羡闲逸,怅然吟式微"的慨叹,又明白无误地告诉我们,王维还是站在田园生活之外的。

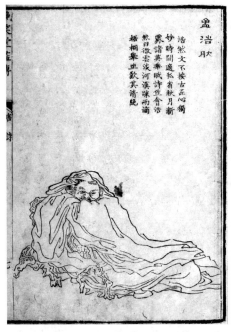

图7-3　清　上官周《晚笑堂画传》孟浩然像

"飘然思不群"(杜甫《春日忆李白》)的李白,是很少赞誉人的,同时代诗人中更是少所许可者。就比如王维,今天我们在李白的集子里就未看到。而李白对孟浩然却是青睐有加,其《赠孟浩然》诗云:"吾爱孟夫子,风流天下闻。红颜弃轩冕,白首卧松云。醉月频中圣,迷花不事君。高山安可仰,徒此揖清芬。"对前面我们所引《新唐书》有关孟浩然率真自然的天性,做了形象生动的概括,歆慕之情,溢于言表。

(三)看其诗歌创作

在孟浩然众多的田园诗中,这首《过故人庄》,可谓耳熟能详。过,是前往拜访的意思。首联点题。"具鸡黍"三字,说明是早就约好的;"鸡黍"虽是眼前田家待客之物,但总还让人不由自主想到《论语·微子》里"子路从而后,遇丈人,……止子路宿,杀鸡为黍而食之"的记载;《后汉书·独行传》中"范张鸡黍"的典故;甚至陶渊明诗中的"只鸡招近局"(《归园田居》其五)。就本诗而言,此亦非特例。"把酒话桑麻",自是农家之事,也是眼前实景,但你如是熟读渊明之诗的人,你难道不想起"相见无杂言,但道桑麻长"(《归园田居》其二)这两句陶诗?读到"还来就菊花"时,你难道不想起"采菊东篱下,悠然见南山"的诗句?而这正是孟浩然学陶渊明得其真髓之处。钟嵘和东坡对渊明诗的"笃意真古,辞兴婉惬"(《诗品》)和"初看若散缓,熟读有奇趣"(宋·阮阅《诗话总龟》前集卷九)的评价,我看可以同样移评孟浩然。都说孟浩然诗"淡",不假,但其"淡"是渊明诗"质而实绮,癯而实腴"(《与苏辙书》)的"淡"。

"绿树村边合,青山郭外斜"是写村庄外之实景,俞陛云《诗境浅说》结合自己亲身经历云:"余昔年行役数千里,每于平畴浩莽中,遥见绿树成丛,其中必有村屋,知三句'合'字之妙。"而笔者每次读到这个"合"字,总会想起陶渊明描写桃花源入口的那几句——"忽逢桃花林,夹岸数百步,中无杂树,芳草鲜美,落英缤纷"。而进了这个入口之后的"开轩面场圃,把酒话桑麻。待到重阳日,还来就菊花",则更加坚定了笔者的想法。其淳朴浑厚、亲切自然的上古之风,融洽和谐、与世无争的人际关系,不正是陶渊明所描绘的世外桃源吗?

语淡情真,诗中有人,是孟浩然赢得后世赞誉的关键之处,也是后人纷纷模仿却难以超越的根本所在。杜甫云:"复忆襄阳孟浩然,清诗句句尽堪传。"(《解闷》)黄庭坚说他:"赋诗真可凌鲍谢,短褐岂愧公卿尊。"(《题孟浩然画像》)可做定评。

第三节　人工锻造与自然之美

皎然《诗式》"取境"篇曰:"或云诗不假修饰,任其丑朴,但风韵正,天真全,即名上等。予曰不然,无盐阙容而有德,曷若文王太姒有容而有德乎?又云,不要苦思,苦思则丧自然之质,此亦不然。夫不入虎穴,焉得虎子?取境之时,须至难至险,始见奇句。成篇之后,观其气貌,有似等闲,不思而得,此高手也。有时意静神王,佳句纵横,若不可遏,宛如神助。不然,盖由先积精思,因神王而得乎!"

人要有德有容,秀外慧中。诗须苦思,才能佳句纵横;经过锻炼,才会有若等闲。故"自然"之境,也可人工而至。这是皎然对古典诗学的一大贡献,也是开启唐人普遍苦吟的号角。孟郊的《游子吟》就是这种"有似等闲,不思而得"的苦思佳构,其诗云:

> 慈母手中线,游子身上衣。临行密密缝,意恐迟迟归。谁言寸草心,报得三春晖。

对于一首上乘之作而言,精湛之思与深挚之情往往是成正比的。孟郊这首感动百代,流传深广的小诗,同样得力于作者在选材、谋篇、修辞等方面的良苦用心,只是这种苦心经营因其高妙的手法与强烈的情感而为人们所忽视,往往被目之为质朴自然,纯是天成。选择一个恰当典型的细节,对于诗歌,尤其是小诗而言,是其成功的关键。对于"长为路傍食,著尽家中衣"(孟郊《远游》)的孟郊而言,常年在外,吃,可以乞讨于人;住,可以寄人篱下;而穿的,却始终是母亲缝制的那件,针脚绵密,宽窄合身。饥寒失意、形单影只之时,寄托思亲念归之情的也只有母亲缝制的这身已是"岁新月改色,客久线断衣"(孟郊《寄卢虔使君》)的游子衣,自然它也就成了几乎所有念亲思归的游子们记忆中最深的印痕和情感之中最真的感念,选择慈亲缝衣这样一个场景,是极易形成读者情感上的共鸣的。在结构上,前四句具体写实,后两句凝练概括,在密度上前紧后疏,密者写足缝衣事象,疏者引出孝子情怀。"谁言寸草心,报得三春晖",这宕开的一笔,极大地拓展了诗歌的思维空间,使得情感意绪的表达完成了由点到面、由具体到普遍的升华。能在短短六句中写出波澜变化之态,臻于情蕴丰足之境,实非口占而能。在修辞上此诗亦颇多讲究,前四句用赋法,后二句用比兴,通篇流水对仗,一气盘桓而下,以反问作结,生出无穷言外之意。总之,此诗张弛有节,过渡自然,深得古诗之神理。或云:"此诗从苦吟中得来,故辞不烦而意尽,务外者观之,翻似不经意。"(岳端《寒瘦集》,康熙三十八年红兰室刻朱墨套印本)持论颇为中肯。其实从"手中线""身上衣""密密缝""迟迟归""寸草心""三春晖"等精当难移的选言属对中,我们还是多少能够看出诗人苦吟的痕迹。

苦吟而以平淡出之,平淡而有深远之意。孟郊的好友张籍也算一位,其《秋思》诗云:

> 洛阳城里见秋风,欲作家书意万重。复恐匆匆说不尽,行人临发又开封。

因有"意万重"要表达,而时间又"匆匆",自然要担心"说不尽",故"临发又开封"的细节,既是对生活的真实反映,更是对思乡之情的深描透写。张籍之前,宋之问《渡汉江》诗云:"岭外音书断,经冬复历春。近乡情更怯,不敢问来人。"杜甫《述怀》诗云:"去年潼关破,妻子隔绝久。……寄书问三川,不知家在否。比闻同罹祸,杀戮到鸡狗。……自寄一封书,今已十月后。反畏消息来,寸心亦何有?"其中的"近乡情更怯"与"反畏消息来",写的也是这种反常合道的特殊心理。在消息传达不便的过去,这是漂泊游子的常情,但一经诗人提炼,极平常的小事就具有了典范意义。后人每每读到此处,便会不胜唏嘘感叹,说张籍"专以道得人心中事为工"(宋·张戒《岁寒堂诗活》卷上)。

张翰"因见秋风起,乃思吴中菰菜、莼羹、鲈鱼脍,曰:'人生贵得适志,何能羁宦数千里,以要名爵乎?'遂命驾而归"(《晋书·张翰传》)。"洛阳城里见秋风"是说秋风乍起，一年将尽，本就勾起游子无限思乡之情；再加之有张翰率性而归的典故，更是让人情有不堪。清人黄叔灿说"首句羁人摇落之意已概见，正家书中所说不尽者。'行人临发又开封'，妙更形容得出。试思如此下半首如何领起，便知首句之难落笔矣。"(《唐诗笺注》)这个分析好，倒过来逆推，才发现起句之难，写下这"洛阳城里见秋风"，其实心中已不知百转千回过多少遍。王安石"看似寻常最奇崛，成如容易却艰辛"(《题张司业诗》)的评价，可谓深得三昧之言。而张籍"耕耘自辛苦，章句已流传"(《赠殷山人》)的夫子自道，透露的正是其苦思求奇，人工而至天然的心路历程。

第八章

审美追求之三

含蓄蕴藉

第一节 含蓄蕴藉与言意之辨

儒家思想崇尚含蓄、中庸。《中庸》曰："喜怒哀乐之未发,谓之中。发而皆中节,谓之和。"这种"中""和"以培养"温柔敦厚"的理想人格为出发点,而"诗教"又是其得以实施的主要途径之一,孔子所云"乐而不淫,哀而不伤"正是这一要求的集中体现。这种含蓄、中庸的思想对文学作品的要求就是"意在言外""怨而不怒""发乎情,止乎礼义"等诗教观念。《文心雕龙》整个理论体系主要以儒家思想为基础,其《隐秀》篇认为:"隐也者,文外之重旨者也;秀也者,篇中之独拔者也。隐以复意为工,秀以卓绝为巧。"又云:"夫隐之为体,义生文外,秘响傍通,伏采潜发,譬爻象之变互体,川渎之韫珠玉也。"认为要"文外之重旨""义生文外","隐"是意义产生在文辞之外,含蓄的内容可以使人触类旁通,提出了含蓄蕴藉的文学理念。

含蓄蕴藉是中国文学的审美追求之一,它要求文学以尽可能精练的语言,表达丰富的意涵,留给读者充裕的想象空间,以达到辞约意丰、言近旨远的效果。例如《诗经·采薇》"昔我往矣,杨柳依依;今我来思,雨雪霏霏",是古今称颂的佳句,诗句表面上写过去与现在的两种景物,但实际上却是抒发两种心情,即昔日的依依不舍和今日的满怀忧伤,但作者只是写景,并未明白说出自己的心情,心情是读者自己阅读并仔细体会出来的,这种尽在不言却又不言而言的方式,就达到了含蓄蕴藉的艺术效果。

之所以能够形成含蓄蕴藉的艺术效果,实际上是巧妙地处理言辞和意念之间的关系问题。在"言"和"意"之间,古人早就进行了充分讨论,这在中国哲学史上是一个非常重要的命题,参与讨论的人很多,持续的时间也很长。概括而言,"言""意"之间的关系,古人认为主要有三种,即:言不尽意、得意忘言、言可尽意。

言不尽意论最早是古人讨论哲学问题的产物,早在春秋战国时代即被提出。老子说:"道可道,非常道。"(《老子》)庄子说:"大道不称"(《庄子·齐物论》),又说"可以言论者,物之粗也;可以意致者,物之精也。"(《庄子·秋水》)《周易·系辞上》说:"子曰:'书不尽言,言不尽意。然则圣人之意其不可见乎?'子曰:'圣人立象以尽意,设卦以尽情伪,系辞焉以尽其言。'"这段话主要是孔子发表对周易的看法,孔子说文字不能完全表达言语,言语不能完全表达人的思想。那么圣人的意思是不是无法充分地呈现?孔子认为是可以充分呈现的,通过什么方法呢?通过卦像来充分地表达思想,通过设置卦爻来辨别真伪,用文辞来充分地表达言语。到了魏晋时期,"言意之辨"是玄学的重要论题,主要探讨的是言辞和意旨之间的关系。以荀粲为代表的言不尽意说,认为言可达意,但是不能尽意,语言在表达意义时是存在局限的。荀粲认为:"盖理之微者,非物象之所举也。今称立象以尽意,此非通于意外者也。系辞焉以尽言,此非言乎系表者也;斯则象外之意,系表之言,固蕴而不出矣。"(陈寿《三国志·魏书》注引何劭《荀粲传》)这里不仅仅是哲学和语言学范畴的问题,还与文学艺术有着千丝万缕的关联,它提出了文学语言不能完全表达意涵感情的概念,也就是言不尽意的问题。

言与意之间的另外一种关系是得意忘言。得意忘言是道家哲学的命题之一。《庄子·外物》篇说:"荃者所以在鱼,得鱼而忘荃;蹄者所以在兔,得兔而忘蹄。言者所以在意,得意而忘言。"荃,指捕鱼的工具,若捕到鱼了,捕鱼的工具就可以不要了。兔网是为了捕捉兔子,若得到了兔子,网也可以不要了。言语是为了表达意思,得到了真实的意思就可以忘记言语了。这段话是一个类比,把"言"比成"荃"与"蹄",比成捕鱼与捕兔子的工具,把"意"比成"鱼"与"兔",我们制造工具的目的是捕鱼与兔,得到了鱼和兔,工具就可以丢掉了,我们的言语是为了表达我们的"意",若得到"意"了,那"言"就可以忘记了。这就是得意忘言。

言可尽意是西晋的欧阳建提出的,他说:"非物有自然之名,理有必定之称也。欲辨其实,则殊其名;欲宣其志,则立其称。名逐物而迁,言因理而变。此犹声发响应,形存影附,不得相与为二矣。苟其不二,则言无不尽矣;吾故以为尽矣。"(欧阳建《言尽意论》)认为言和意之间的关系就像名和物的关系,言和理的关系,就好像声和响、形和影一般,不能分割开来。既然不能分开,所以言就没有不尽意的了。这个观点在古代比较具有代表性,如孔子就说"辞达而已矣"(《论语·阳货》),范晔认为:"常谓情志所托,故当以意为主,以文传意。以意为主,则其旨必见;以文传意,则其词不流。"(《狱中与诸甥侄书》)到唐代杜牧明确提出"凡为文以意为主,气为辅,以辞采章句为之兵卫。"(《答庄充书》)肯定语言可以表达情志。宋代苏轼提出:"辞至于能达,则文不可胜用矣。"(《答谢民师书》)明代胡应麟以白居易诗为例,认为:"若语浅意深,语近意远,则最上一乘。"(《诗薮》)主张以浅近质朴的语言达到尽意的目的。

可以看出,所谓三种理论,其实就是两种,一种是言不尽意,一种是言能尽意。通过辩论,言不尽意论被人们广为接受。

但言辞真的不能准确地穷尽意思吗?这要看言辞的用途。比如两人之间一问一答的对话,此时的语言虽然也会产生一定的不确定性和歧义性,但毕竟是少数。大多数情况下,环境和对话者都很确定,对话内容也确定为某个问题。在这个时候,言说者是可以表达自己的意思的。因此可以说,在特定的语境下,言能尽意的情况是比较普遍的。另外在科学言语或政府文件层面,通过复杂而精密的科学名词和限制词,言语是可以而且必须明确表达作者的意图的。因此,在大多实用层面,言语或言辞是可以尽意的。

但在哲学和文学层面,二者的关系要复杂得多。哲学层面,从本体论角度看,"意"为"体","言"为"用","言"本应体现"意",展示"体",可事实又似乎不是这样,老子说"为学日益,为道日损",庄子曰:"绝圣弃智,大盗乃止",荀粲说六经典籍是"糠秕",嵇康说"世之所患,祸之所由,常在于智用"(《答难养生论》),这都是从不同层面表明,"言"不但不能体现"意",反而有害于"意"。文学层面,因为言与意有两次以"象"为桥梁的传递过程。第一次传递,是作者传向文字。作者要将胸中的无限情思表达出来,就必须借助于文字,但文学之所以是文学,就是因为它不仅要作一般的叙述、描写和议论,更重要的是传情达意,而传情达意的最佳方法就是"立象",即通过一个意象来承载作者的意图。在此过程中,作者的思想本身就有损耗或增添。第二个传递,文字传向读者,也就是读者的解读。在此过程中,读者会根据作者所立的"象"进行解读,这种解读是读者按照自我的阅历和理解进行增减甚至扭曲的过程,使得作者的"意"变得更加模糊和多义。因此,如何让读者准确理解作家的本意,一直是考验作家的重要问题。陆机在《文赋》中说"恒患意不称物,文不逮意",担心自己不能准确表达自己的意图,就是这个意思。因此言不尽意的主要领域发生在人文领域,即文学和艺术等。作家常常感到言辞不能表达自己丰富的意图和情感,即使优秀作家也常有这种困惑。

解决言辞和意念的矛盾有两种途径。第一种途径就是锤炼言辞。它要求作家增强语言表现力,尽可能表达准确,使读者清晰地理解作品所表达的思想内容。贾岛"二句三年得,一吟双泪流"(《题诗后》)、杜甫"为人性僻耽佳句,语不惊人死不休"(《江上值水如海势聊短述》)等都是说诗人在创作过程中如何用尽心力地锤炼语言。文学语言尤其强调字词的锤炼,目的就是增加语言的表现力。但同时也应该看到,雕琢字句一定不是文章写作的最终目的,它只是达到最佳艺术效果的手段之一。古代很多诗人之所以没有到达诗作的高水平、高境界,就在于他们只停留在雕琢字句的层面上,而没能更进一层,完成创作思想的质变,达到"极炼如不炼"的境界。

第二种途径是增加作品的"言外之意",使语意表达更加丰富。创作者在创作时尽可能少说话,增强作品的张力,保持语言的多义性和含糊性,从而激发读者的内心情感和联想,以四两拨千斤,产生意在言外的含蓄蕴藉的审美效果。

第一节 含蓄蕴藉与言意之辨

言外之意是要充分调动读者在阅读作品中的积极性，作者未尽之意，由读者来补充和完善。庄子说"知者不言，言者不知"，就是这个意思。李白听蜀僧弹琴，联想到万壑古松；杜甫看了刘少府画的山水障，仿佛听到山上的猿声，都是看出了作品的"言外之意"，而这正是作者希望达到的目的。与其喋喋不休地倾诉，还不如言简意赅，看似退让一步，其实海阔天空。

中国古代诗学理论和诗歌创作显然倾向于第二种做法。"言尽意尽"是中国诗学的大忌，中国诗学所追求的正是"言不尽意"。换句话说，也就是要求诗歌达到"言有尽而意无穷"的含蓄蕴藉的境界。中国古典艺术论认为可传达的都是表面的、肤浅的、有限的，而最深刻、最本质的东西则不可传达。这样的论述很多，如刘勰以"隐秀"论文，强调"隐也者，文外之重旨者也"，"隐以复意为工"（《文心雕龙·隐秀》），认为好的文章要"隐"，什么是"隐"呢？隐就是文外还有更深一层的意思，能达到两种意思才是好作品。锺嵘以"滋味"论诗，要求"干之以风力，润之以丹彩，使味之者无极，闻之者动心"，"文已尽而意有余"（《诗品·序》），强调诗文内要有风力，外要有准确的文辞，这样品味它的人才能感觉到有无穷的韵味，才会动心。司空图在《与极浦书》中言："戴容州云：'诗家之景，如蓝田日暖，良玉生烟，可望而不可置于眉睫之前也。'象外之象，景外之景，岂容易可谈哉？"认为好的诗歌意象如"蓝田日暖，良玉生烟"，是可以望见但却又不可以看得真切的意象，是象外之象，景外之景，这样的意象含蕴才是丰富的。《二十四诗品》中，司空图将诗格细分为二十四种，其中他非常推崇"不著一字，尽得风流"的含蓄韵味。此后，宋代梅尧臣主张诗歌"状难写之景，如在目前；含不尽之意，见于言外，然后为至矣"（欧阳修《六一诗话》引）。司马光说："古人为诗，贵于意在言外。"（司马光《温公续诗话》）吕本中说："思深远而有余意，言有尽而意无穷。"（吕本中《吕氏童蒙训》）苏轼《书黄子思诗集后》提出"远韵"，并引用司空图论诗之语："梅止于酸，盐止于咸；饮食不可无盐梅，而其美常在咸酸之外。"说梅子我们知道它酸，盐我们知道它咸，但最美的味道常常在咸酸之外。姜夔说："东坡云：'言有尽而意无穷者，天下之至言也。'山谷尤谨于此。清庙之瑟，一唱三叹，远矣哉。后之学诗者，可不务乎？若句中无余字，篇中无长语，非善之善者也；句中有余味，篇中有余意，善之善者也。"（姜夔《白石道人诗说》）南宋严羽强调诗歌要如"羚羊挂角，无迹可求"（《沧浪诗话·诗辨》），要一点痕迹都不要留下。清代王士禛的神韵说、叶燮的"诗之至处，妙在含蓄无垠"、王国维的"无我之境"等，都在追求"言有尽而意无穷"的艺术效果。

含蓄作为诗歌表达的基本原则，与直露、一览无余相对立，意味着一种富于暗示性的、有节制的表达。这种特征发轫于《诗经》，到唐诗臻于炉火纯青的境地。北宋僧景淳《诗评》云："夫缘情蓄意，诗之要旨也。一曰高不言高，意中含其高;二曰远不言远,意中含其远;三曰闲不言闲,意中含其闲;四曰静不言静,意中含其静。"(见张伯伟《全唐五代诗格汇考》)可见,处理好"言"与"意"之间的关系,直接关系到文学作品的成败,直接关系到文学作品情思表达的有效性与丰富性,而含蓄蕴藉永远是评价好作品的重要标准,也是作家的主要追求。[①]

第二节　含蓄蕴藉与禅宗：王维《辛夷坞》

辛夷坞[1]

王　维

木末芙蓉花[2],山中发红萼。
涧户寂无人[3],纷纷开且落[4]。

注释:

[1]辛夷坞(wù):辋川地名,因盛产辛夷花而得名,在今陕西蓝田县内。坞:周围高而中央低的谷地。

[2]木末:树梢、枝头。芙蓉花:辛夷花,落叶乔木。其花初出时尖如笔锥,故又称木笔,因其初春开花,又名应春花。花有紫白二色,大如莲花。白色者名玉兰。紫者六瓣,瓣短阔,其色与形似莲花,莲花亦称芙蓉。

[3]涧(jiàn)户:一说指涧边人家;一说山涧两崖相向,状如门户。

[4]且:又。

禅宗直觉观照、机锋棒喝等非理性思维,物我两忘、我心即佛的精神境界,随缘任运、平淡从容的生活态度,浸渍一代又一代的知识分子,为他们提供了一个理想的精神王国。同时,中国禅宗在发展中,逐渐改变了"不立文字"的禅风,采用诗歌等文人雅士所喜爱的形式来"绕路说禅",在语言文字上下功夫,对隋唐以后诗歌创作追求意境产生了深远的影响。含蓄蕴藉的审美追求和禅宗关系密切,两者在审美精神上多有相通之处,下面我们以王维的《辛夷坞》为例进行说明。

这首《辛夷坞》是王维《辋川集》二十首之第十八首。诗题为《辛夷坞》,但作者却没有写这里的风景,而是在咏物,咏叹辛夷花。辛夷花的颜色与形状都

---

① 此部分参考蒋寅:《不说破——"含蓄"概念的形成及其内涵增值过程》,《中国学术》2002年第3期。

和莲花非常相似，《九歌·湘君》"搴芙蓉兮木末"的芙蓉，就是辛夷花。诗歌前二句，描述辛夷花在寂静无人的山涧里，悄悄开放，绽放着红色的花朵。后二句，写山涧寂寥无人，辛夷花纷纷开了，又悄悄地纷纷落去。诗句看上去极其简单，就是写山涧中的辛夷花开花落的过程，营造的意境也极清幽安静。

对于此诗，有两种解读方法。

一种是世俗的解读。王维是盛唐时人，他一生既经历了贤相张九龄执政时期，也经历了奸相李林甫执政时期，所以人们认为这首诗作于李林甫一派得势之际，当时朝政黑暗，社会矛盾日趋尖锐，而王维倾向于开元时代张九龄的开明政治，对现实十分不满而又无能为力，因此以辛夷花的自生自灭寄托自己被压抑埋没的感伤情绪。这种解读当然没错，王维早期和后期诗歌风貌不同，也正说明了政治环境对他创作的影响。

另一种是禅宗的解读。这种观点以为此诗不仅有诗意，而且也表达了禅意。在诗人看来，世事正如花开花落般虚幻不实，人们生活中的烦恼，其实都由自己内心所造成。一旦拥有内心的平静，一切喧嚣都归于寂静，既无生之欢心，亦无死之悲哀，平静而自然，澄净而空灵，随缘任运，不喜不惧。《辛夷坞》以辛夷花"花开花落"为象征，含蓄地寓示了作者对大千世界的看法。应该说这种解读更符合王维创作的本意。因为他是一个虔诚的佛教徒，是禅宗的信仰者。

禅宗是中国佛教一大宗派。禅是"禅那"（dhyāna）的简称，汉译为静虑，是静中思虑的意思，一般叫做禅定。禅宗的教义是将心专注在一法境上，一心参究，以期证悟本自心性，这叫参禅，所以名为禅宗。禅宗的一个核心教义是"无念为宗"。《坛经》说："先立无念为宗，无相为体，无住为本。"无念、无相、无住是禅宗教义的宗旨、本体、根本。意思是说人心不受外物的迷惑，要认识到"自性真空"，一切都是空的。但"无念"不是"百物不思"，万念除尽，对任何事物都不想，而是说人在与外物接触时，心不受外境的任何影响，心不执著在外境上，对任何事物都不留恋，念过即过。了脱生死大事也是佛教禅宗的最基本目的，以"无生"思想来泯灭生死界定，"几回生，几回死，生死悠悠无定止。自从顿悟了无生，于诸荣辱何忧喜。"（《永嘉证道歌》）禅宗又提倡"顿悟"，反对烦琐的经义。

禅宗在唐代由六祖慧能正式创立，发展很快，信众极多。禅宗的出现和发展对唐代的文士影响很大，唐代文士普遍有习禅风气，佛教对唐人或多或少的影响也自然而然地反映到诗人的诗歌创作中，因此唐代诗歌中直接运用禅宗语言的情况相当普遍。王维正处于禅宗逐步兴盛的时代。他自幼就随母吃斋奉佛，坐禅诵经，通晓音律。其名维，字摩诘，就来源于佛教一个著名人物维摩诘的名字。三十岁以后，其妻病故，以后他一直未再娶，孤处一室，不吃肉，不穿华丽的衣服，居室中仅有茶臼、经案、卧床等简单的家具设施，完全过着禅僧的生活。每当退朝之后,焚香独坐,以禅为乐,与佛门僧侣、信佛居士交往酬赠。创作上,他的许多诗篇富有禅味,淡远空灵,禅机悟境常流于字里行间。他中年后所作的以《辋川集》组诗和《皇甫岳云溪杂题》为代表的山水诗,诗情画意和哲理禅趣浑融一体,呈现出空灵凄清的意象、幽深静谧的氛围、孤寂悠闲的情趣,而《辛夷坞》正是其代表之一。

诗与禅是两种不同的意识形态,一属文学,一属宗教。诗的作用在于帮助人认识世界和人生;禅的作用在于引导人否认客观世界的真实性,泯灭人生的意义(袁行霈《诗与禅》)。虽然二者的归趣不同,但禅与中国古典诗歌确实有着千丝万缕的联系,因为诗和禅都需要敏锐的内心体验,都重启示和象喻,都追求言外之意。因此某种程度上,禅趣与诗情殊途同归,相互渗透。"诗为禅客添花锦,禅是诗家切玉刀",禅宗以明心见性、直指人心为旨归,重视自我内心的解脱,从审美的角度看,就是要做到心性的空寂和清凉。在空寂冷漠的寂静之境,阐发出禅心安定、澄澈空明、清幽虚静、玄妙高远的审美情趣。在禅的影响下,唐代以后文人的审美情趣发生了变化,向着静、幽、淡、雅,向着适意澹泊,向着物我两忘的境界发展,雪景寒林、烟岚萧寺、寒江独钓、幽涧寒松,不但是写意画家喜爱的题材,也是诗人迷恋的意象。

这种随缘任运的态度,在王维诗中随处可见。他借禅说事、借禅说理、借禅静心、借禅养心。如《过香积寺》直接借山水自然宣扬佛法,诗云:"不知香积寺,数里入云峰。古木无人径,深山何处钟。泉声咽危石,日色冷青松。薄暮空潭曲,安禅制毒龙。"写禅宗修行者以戒定之功、般若智慧之力,降服心中的毒龙,驱除由毒龙引起的种种迷惑和妄想。其中的"毒龙",就是佛经中的一个故事:在西方世界的一个深水潭中,有一条毒龙藏身其中,常常害人。佛门中的高僧以无边法力制服了这条毒龙,使它离开水潭,去往他方,而且从此以后永不伤人。在王维看来,人的身上也有很多毒龙,只要安禅,认真修炼佛法,也一定能让自己进入般若境界,降服身上的"贪""嗔""痴"三毒。但此诗较为生硬,禅和诗未能融合无间。而《辛夷坞》诗不著禅语,却让人感受到了禅宗自性虚空的境界。不仅《辛夷坞》是这样,类似的情感表达还很多,"空"字、"寂"字、"独"字等也十分常见,如:

《竹里馆》诗:独坐幽篁里,弹琴复长啸。深林人不知,明月来相照。

《鹿柴》诗:空山不见人,但闻人语响。返景入深林,复照青苔上。

《鸟鸣涧》诗:人闲桂花落,夜静春山空。月出惊山鸟,时鸣春涧中。

这些诗歌都是描写空寂之作,让人惊讶于诗人情怀的幽寂与安静。前人早已经看出这些诗的禅意,如宋末诗人刘辰翁评价《辛夷坞》云:"其意不欲着一字,渐可语禅。"(《王孟诗评》)明代胡应麟《诗薮》说《辛夷坞》是"入禅"之作,"读之身世两忘,万念俱寂"。清代人刘宏煦《唐诗真趣编》曰:"摩诘深于禅,此是心无挂碍境界。虽在世中,脱然世外,令人动海上三山之想。"王士禛称赞王维的《辋川绝句》"字字入禅"。王维诗在静谧清寂又充满生机的自然中,达到物我融通,流露出了无牵挂的自然真情,创造了一种言可尽而意无穷的虚幻空寂的境界,是诗情禅趣的有机融合,是前所未有的新型诗歌。我们评价陶渊明的古诗,认为其平淡自然,含蓄有味,而王维的诗继承陶诗,又具有鲜明的禅宗特色,更为空明、清澈。

另外,《辛夷坞》以花悟道,也是特色之一。禅宗认为一切无情物皆具佛性,"一色一香,无非中道",而花是无情物的代表,因此禅师喜欢以花说禅,如唐代龙牙禅师曰:"朝看花开满树红,暮看花落树还空。若将花比人间事,花与人间事一同。"早晨花还满树红,一片生机盎然,到晚上花就落了,树也空了,人间事正与树上花一样,最后都是一场空。文士则喜欢以花解禅,尤其是莲花,出污泥而不染,与禅宗有不解之缘,据传当年佛祖释迦牟尼说法,不发一语,仅以手拈莲花,下面他的大弟子伽叶立刻心领神会,面露微笑,所以"拈花微笑"是禅宗最好的境界之一。在清静的禅者看来,春花、秋叶、树木、翠竹、溪流、清泉,花开花落,世间万物都是自己本心的显现,无不充满着慧光灵性,生命的律动也都是那么的安详、自然、和谐,缘起缘灭,法尔如是。

王维这些清新优美的具有禅味的诗歌,对中国后来的诗歌审美趣味产生了很大影响,禅宗在中国诗歌"含蓄蕴藉"的审美趣味形成过程中起了重要作用。

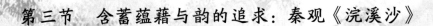

第三节　含蓄蕴藉与韵的追求：秦观《浣溪沙》

浣溪沙[1]

秦　观

漠漠轻寒上小楼[2],晓阴无赖似穷秋[3]。淡烟流水画屏幽。

自在飞花轻似梦,无边丝雨细如愁。宝帘闲挂小银钩[4]。

注释:

[1]浣溪沙:唐玄宗时教坊曲名,后用为词调。正体双调四十二字,上片三句,三平韵,下片三句,两平韵。

[2]漠漠:薄而广的样子。轻寒:指薄寒,一点点的寒冷。

[3]无赖:无聊,无意趣。穷秋:晚秋,秋天的尽头。

[4]宝帘:指缀着珠宝的帘子。闲挂:很随意地挂着。

含蓄蕴藉又和中国文人对"韵"的追求密切相关。"韵"作为一个批评范畴,经历了一个较长的历史发展和理论积累过程,由人及画,由画及诗。"韵"字最早用来论人,《宋书·王敬弘传》中以"神韵冲简,识宇标峻"形容王敬弘。作为艺术批评术语,"韵"最早出现于我国六朝画论中,南齐谢赫《古画品录序》言:"画有六法……六法者何? 一气韵生动是也;……。"以"韵"论诗,一般认为以北宋范温为最早,范温曰:"有余意谓之韵",且认为所谓"韵"即"于简易闲淡之中,而有深远无穷之味。"(郭绍虞《宋诗话辑佚》)我们下面以秦观《浣溪沙》为例说说含蓄蕴藉和"韵"的关系。

该词是宋代著名词人秦观所写,描写一个女子在初春时候登楼的淡淡情怀,曾被誉为《淮海词》中小令的压卷之作。上阕的前二句写女子登楼所见之景。她在无边而淡淡的寒意中登上小楼,春晓阴阴,却似深秋。漠漠,指寒气淡淡的,却又无处不在。初春的春意尚不明显,甚至有些肃杀,所以将其比作穷秋。末句"淡烟流水画屏幽",是说眼前淡淡的烟雾萦绕静静流淌的河水,好似画屏,幽雅淡泊。

下阕写女子的情思,用了两个比喻和一个细节描写。"自在飞花轻似梦,无边丝雨细如愁"是用飞花比梦,以丝雨比愁。一般诗人比喻,都是用具象的东西比喻抽象的东西,将抽象的东西具象化,好让读者具体可感,比如李煜写愁:"问君能有几多愁? 恰似一江春水向东流",是以奔腾不息的春水比愁,以见出愁之广、之多、之绵延不绝。再比如贺铸写愁是"试问闲愁都几许? 一川烟草,满城风絮,梅子黄时雨",以一川烟草写愁之到处都是,以满城风絮写愁之纷繁杂乱,以梅子黄时雨写愁之永无尽期。而秦观这里却一反常态,以抽象的不可见的东西"梦"与"愁"来写飞花与丝雨,以见出飞花似幻,丝雨之轻与细,比喻非常奇特新颖。沈祖棻《宋词赏析》分析这两句时,说:"它的奇,可以分两层说。第一,'飞花'和'梦','丝雨'和'愁',本来不相类似,无从类比,但词人却发现了它们之间有'轻'和'细'这两个共同点,就将四样原来毫不相干的东西联成两组,构成了既恰当又新奇的比喻。第二,一般的比喻,都是以具体的事物去形容抽象的事物,或者说,以容易捉摸的事物去比譬难以捉摸的事物。但词人在这里却是反其道而行之。他不说梦似飞花,愁如丝雨,而说飞花似梦,丝雨如愁,也同样很新奇。"还有一点沈先生没有分析到,"飞花"和"丝雨"也是初春的特点。末句"宝帘闲挂小银钩"写闺房陈设,虽仅一句,但暗示极多。宝帘、银钩,皆大家闺秀家闺房的用品,暗示其富丽堂皇。"闲"字表面写帘布无聊而无力地挂在银钩上,实则暗示女主人的娇慵无聊。

整首词以轻浅的色调、幽渺的意境,描写女子在春阴的清晨里所生发的淡淡哀愁和轻轻寂寞。全词意境怅惘悠闲，含蓄有味。

　　人们评价秦观词时总是喜欢用"韵"来评价。张炎《词源》认为其："体制淡雅……清丽中不断意脉，咀嚼无滓，久而知味。"认为秦观的词淡雅清丽，细细咀嚼，一点渣滓都没有，时间长了才能真正品味出它的味道。清代著名词人和词论家周济在《宋四家词选序论》中说秦观词："最和婉醇正。……意在含蓄，如花初胎。"认为秦观的词就像花骨朵，含蓄新鲜，和婉醇正。今人杨海明说得更为明确："少游的那些优秀之作，在语言的雅美和意境的深婉这两方面，却都是够得上有'韵味'的资格的。"（杨海明《论秦少游词》）为什么人们一致认为秦观的词有"韵味"呢？什么是"韵"呢？宋人在议论文章时特别强调"韵"，李廌认为："凡文章之不可无者有四：一曰体，二曰志，三曰气，四曰韵。……文章之无韵，譬之壮夫，其躯干枵然，骨强气盛，而神色昏瞢，言动凡浊，则庸俗鄙人而已。"（《答赵士舞德茂宣义论宏词书》）李廌是"苏门六君子"之一，他认为文章必须具备"体、志、气、韵"，尤其是"韵"，若文章无韵，那就好像一个壮汉一样，虽然躯干很庞大，但是神气昏沉，言行平凡又浑浊，始终不过是一个粗鄙的人而已。范温则在《潜溪诗眼》中对"韵"的主要内涵作了具体阐述，说："王偁定观好论书画，常诵山谷之言曰：'书画以韵为主。'予谓之曰：'夫书画文章，盖一理也。然而巧，吾知其为巧，奇，吾知其为奇；布置关阖，皆有法度；高妙古澹，亦可指陈。独韵者，果何形貌耶？'……乃告之曰：'有余意之谓韵。'定观曰：'余得之矣。盖尝闻之撞钟，大声已去，余音复来，悠扬宛转，声外之音，其是之谓矣。'"范温认为"有余意之谓韵"，就好像人们撞大钟，宏大的声音远去，便是余音袅袅，悠扬宛转，这就是"韵"。"韵"是超越于风格之上的最高境界。柳永也是宋代著名词人，但在宋代词评家看来，柳永的词就无韵。如吴曾《能改斋漫录》载晁补之语说："张子野与柳耆卿齐名，而时以子野不及耆卿。然子野韵高，是耆卿所乏处。"认为张先的词比柳永好，张先的词有韵而柳永没有。李之仪在《跋吴思道小词》中说得更加明确："至柳耆卿，始铺叙展衍，备足无余，形容盛明，千载如逢当日，较之《花间》所集，韵终不胜。"柳永词为什么会没有韵呢？是因为柳永在描写事物与情感时太淋漓尽致了，他把事物说得太"尽"了，太"尽"则无余味，无余味则无韵。清代陈洵《海绡说词·通论》说："词笔莫妙于能留，盖能留则不尽而有余味。"所谓"能留"，就是有所保留，不必写尽说尽，方有余味。

　　秦观的这首《浣溪沙》词没有一字言情，纯是写景，却情在景中，不言而言。在景物选择上，他选择了一些轻淡、纤柔的自然景物：阁楼"小"巧，寒气"清"冷，烟云"淡"薄，画屏清"幽"，晓梦"轻"柔，愁绪纤"细"，用这些景物来表现细美幽约的情感，景物暗寓词心，凄美柔弱的自然景物与悲哀感伤的情感糅合在一起，就构成了一种凄迷朦胧的意境，造成含蓄蕴藉的审美特征，达到了意不浅露、语不穷尽,句中有余味、篇末有余韵的艺术效果,真正是"淡语皆有味,浅语皆有致"(冯煦《宋六十一家词选例言》)。

第四节　含蓄蕴藉与意象选择:李煜《捣练子令》

捣练子令[1]

李　煜

深院静,小庭空,断续寒砧[2]断续风。

无奈夜长人不寐,数声和月到帘栊[3]。

注释:

[1]捣练子令:词牌名,单调二十七字,五句三平韵。

[2]砧(zhēn):捣衣的垫具。古人将布帛铺在砧上,用木棒敲平,以求柔软熨帖,好裁制衣服,称为"捣衣"。捣衣多在秋天,故砧杵声又称为"寒砧"。

[3]栊:窗户。

含蓄蕴藉和意象的选择也有很大关系,前文说过"圣人立象以尽意",言语不能穷尽,则以意象暗示。下面以李煜《捣练子令》和李煜的其他作品说说含蓄蕴藉和意象选择之间的关系。

词牌《捣练子令》,是歌咏妇女捣衣的小词。练是古代一种丝织品,制作中要经过在砧石上用木棒捶捣的工序,一般由妇女来完成。小词二十七字,十分简短。词中人物身份,可能是游子,可能是思妇,也可能是作者自己。词着力表现的是秋夜捣练声给一个因孤独苦闷而彻夜难眠者带来的内心感受,传达了一种难言的情绪和气氛。

词起首写庭、院,从视觉与听觉两方面写小院的寂寥。院"深"且"静",庭"小"且"空",一"静"一"空",铺展开一幅极为寂寥幽静的空间。夜已深,人群散,万籁俱寂,院宇寥落,主人公一人独居,寂寞孤独,对环境的"静"的感受自然十分敏锐。起首二句着重展开画面背景,第三句则以声响节奏给这一画面注入了一些生气。"断续寒砧断续风",寂静的夜空中,风声和捣衣声断断续续地传了过来。此处的"寒砧"有特殊的含义,古时妇人为外出的游子或征人赶制寒衣,常把练帛放在石块上用杵捶打。因而捣衣寄寓了男女的相思离别之情。

这断续的风声砧声，敲打着不眠人的心。

于是最后二句，词情又递进一层，直接描绘人物神态："无奈夜长人不寐，数声和月到帘栊"。漫漫长夜，深幽庭院，耳听阵阵砧声和风声，主人公难以入眠，在惨白月光的映照下，更是让人凄凉伤悲，情难自禁！作者巧妙地将砧声、风声与月光这几种极易触发人们伤感情绪的意象相互交融，把整个诗歌情感推向悲伤的顶点。

这首词的妙处也在于通过场景的刻画、气氛的渲染，使主人公那点而未明的思恋之苦、别离之恨，借助于客体对象的感情"载体"，委婉含蓄地表现出来。词人借助一系列意象的选取，含蓄蕴藉地表达了难以言说的情思。

李煜后期词含蓄蕴藉，感慨颇深，这和其后期词意象的选择有相当大的关系。其后期词的意象可分成四大类：

其一为概括性的泛指意象，如家国河山、南国小楼以及无限江山等，这些意象开阔宏大，具有冲击力。至于凤阁龙楼、雕栏玉砌、玉树琼枝等，也绝非定指一时一地或某一具体的殿堂楼宇、草木节气，而是泛指整个家园，是美好事物的象征。意象的意义十分宽泛，无一是眼前的具体实景；所展现的氛围情景，也不再是富丽堂皇，而是苦恨悲慨的反衬和比照了。最典型的莫过于《破阵子》："四十年来家国，三千里地山河。凤阁龙楼连霄汉，玉树琼枝作烟萝。几曾识干戈。"几十年的家国，广袤的山河，自己曾是风光无限的主人，如今只剩下痛苦的回忆。《虞美人》："小楼昨夜又东风，故国不堪回首月明中。雕栏玉砌应犹在，只是朱颜改。"故国的雕栏玉砌，只是加重了自己的愁怨和自责。

其二是梦的意象。李煜词梦的意象极为突出，在其现存的三十余首词中，三分之一都有梦的意象。他喜欢用梦表达物是人非的情感，因为梦最符合他的个性气质，同时也为其提供了畅所欲言的抒情场所，适合他的独特身世和处境。梦中的上苑春光、车水马龙、小船管弦，向往中江南的千里江山、玉楼瑶殿，虽然热闹繁华，却是可望不可即的意念之物了。如《子夜歌》："人生愁恨何能免，销魂独我情何限。故国梦重归，觉来双泪垂。　　　高楼谁与上，长记秋晴望。往事已成空，还如一梦中。"今日囚徒，只能在梦中亲近那昔日的荣耀与辉煌，醒来却往事成空，恍如隔世，暗自泪垂。《浪淘沙》上阕："帘外雨潺潺，春意阑珊，罗衾不耐五更寒。梦里不知身是客，一晌贪欢。"帘外春意阑珊，雨声淅沥，寒意逼人，只有在梦里能暂时忘记亡国破家的悲苦，寻找一时的快乐。《望江南二首》其一说："多少恨，昨夜梦魂中。还似旧时游上苑，车如流水马如龙。花月正春风。"车水马龙的热闹，花月春风的得意，如今都化作苦涩和悔恨。

其三是月亮的意象。李煜词的月意象主要有两类，一类是表达两情相思。如《捣练子令》"无奈夜长人不寐，数声和月到帘栊"，就是通过月亮寄托思妇对征人的相思之情。《谢新恩》："樱花落尽阶前月，象床愁倚薰笼。何处相思苦？

纱窗醉梦中",阶前明月,寄寓了女子多少的相思之苦。另一类是寄托故国之思。明月象征团圆,游子望月自然牵动故国之思。《浪淘沙》"晚凉天净月华开。想得玉楼瑶殿影,空照秦淮",月光见证了作者的今昔,在作者的想象中,那照耀秦淮的月亮,更勾起今日阶下囚的痛苦回忆。

其四是"落花""流水"意象。落花象征美好事物的逝去,《浪淘沙》"流水落花春去也,天上人间",词人看到"落花",想到旧时拥有的大好江山,不禁无限伤感。今昔对比,往日如梦,自己的命运犹如落花,随波逐流,一去不返。《相见欢》叹息"林花谢了春红,太匆匆",美好时光总是短暂的,"惜春长怕花开早,何况落红无数"(辛弃疾《摸鱼儿》),春光"太匆匆",总是一场空。

李煜还以"水"喻愁、喻恨,如《虞美人》"问君能有几多愁? 恰似一江春水向东流",《乌夜啼》"自是人生长恨水长东"。历来的评论多认为其比喻新颖,可仔细想想,为何李煜如此青睐流水的意象,是因为水波东逝,永不回头,它暗寓了韶光难再,命运无常,正是李煜命运陵谷沧桑的写照。

可以发现,这几类美好的意象与李煜囚徒的处境、难堪的心情形成巨大反差,造成了神奇的艺术魅力。而意象外延的宽泛性,更把具有通常意义的家愁国恨输入读者的感官,引起联想,激起强烈的共鸣和同情心,取得了"换我心,为你心,始知相忆深"的效果。

第九章

艺术技巧之一

章法安排

第一节　起承转合：王昌龄《出塞》

《出塞》其一

王昌龄

秦时明月汉时关，万里长征人未还[1]。

但使龙城飞将在[2]，不教胡马度阴山[3]。

注释：

[1]"秦时"与"汉时"、"明月"与"关"互文见义，意指秦汉时的明月与关塞。二句意思是说秦汉时早就修筑了防胡的关塞，但士卒至今仍苦于征战，依旧不能归还。

[2]但使：只要。龙城飞将：指汉李广。李广为右北平太守，匈奴称其为"汉之飞将军"，不敢入塞侵略。此处泛指扬威北方边地的名将。龙城：一作"卢城"，指卢龙县（今河北喜峰口一带），汉时为右北平，唐时为平州（北平郡）治所。

[3]不教：不叫，不让。胡马：指侵扰内地的外族骑兵。度：越过。阴山：在今蒙古中部，汉时匈奴常越过此处侵扰内地。

　　大抵吟诗作文都讲究起承转合，这是诗文的逻辑顺序问题，是人们在创作实践中总结的一般规则。起，即从什么地方开始说，一般比较平稳，也有突兀而来者；承，接着往下说，更进一步说；转，转换一个方向说，引出你的主要观念，有转折才能扩大诗文的容量；合，综合全篇，深化主题。①

　　当代学者蒋寅先生说过："起承转合是中国传统诗学中关于本文叙述结构的一个基本理论，从元代以来一直在蒙学诗法中主宰着人们对作品结构的理解。"（蒋寅《古典诗学的现代诠释》）的确，在元明清以迄民国的大量"诗法"类著作中，大凡论及诗歌结构、章法者，不出"起承转合"这四字真言。如元代杨载《诗法家数》"律诗要法"一节，首先提及的就是"起承转合"。其云：

　　破题（按，即我们通常所说的首联）：或对景兴起，或比起，或引事起，或就题起。要突兀高远，如狂风卷浪，势欲滔天。

　　颔联：或写意；或写景；或书事，用事引证。此联要接破题，要如骊龙之珠，

---

① 参考张应中：《怎样写古诗词》，商务印书馆2015年版。

抱而不脱。

颈联：或写意、写景、书事、用事引证，与前联之意相应相避。要变化，如疾雷破山，观者惊愕。

结句（按，即我们通常所说的尾联）：或就题结，或开一步，或缴前联之意，或用事，必放一句作散场，如剡溪之棹，自去自回，言有尽而意无穷。

"剡溪之棹"，出自《世说新语》"任诞"篇："王子猷居山阴，夜大雪，眠觉，开室，命酌酒。四望皎然，因起彷徨，咏左思《招隐诗》。忽忆戴安道，时戴在剡，即便夜乘小船就之。经宿方至，造门不前而返。人问其故，王曰：'吾本乘兴而行，兴尽而返，何必见戴？'"用在这里，是说结尾要自然，符合诗歌意脉走向。对于这一普遍存在的按"起承转合"安排章法的现象，也有人持否定态度，认为：

> 俗士论诗，全不知法。而讲法者，又往往画地为牢，自投死网。如起承转合四字，贻误后学不小。起承转合四字，只有一处用之，今之幕下宾代人捉刀，赠贺寿挽之章，援笔立就。于七律尤便，此四字一生吃著不尽。
> （清·阮葵生《茶余客话》）

其实，中国古代的各种"诗法"，始盛于唐，再兴于元，与诗话在宋与明清的繁盛成交替之势。论"诗法"的专书，伴随格律诗的定型而后产生，其重点在声律与格式的归纳，目的在教人们如何作诗。故其首要任务在示人门径。初学乍练，自当不离起承转合这个基本规则。因此，诗法中大谈起承转合，是情理之中事。"起承转合"的章法安排，在只有四句诗的绝句中表现得尤为明显。杨载《诗法家数》认为：

> 绝句之法，要婉曲回环，删芜就简，句绝而意不绝，多以第三句为主，而第四句发之。有实接，有虚接，承接之间，开与合相关，反与正相依，顺与逆相应，一呼一吸，宫商自谐。大抵起承二句固难，然不过平直叙起为佳，从容承之为是。至如宛转变化工夫，全在第三句，若于此转变的好，则第四句如顺流之舟矣。

南京师范大学钟振振教授曾经用打排球来比喻七言绝句的起承转合，他说七绝的前二句好比一传，三句好比二传到位，末句须是扣球得分。以此说诗，可谓深入浅出，形象透辟，超越古人多矣。（周啸天转述，见《周啸天谈艺录》）接下来，我们以王昌龄七绝《出塞二首》其一为例，来领略唐人绝句是如何安排章法的。

起句互文见义，点出题目中的"塞"字；承句"万里长征"交代题目中的"出"字。起、承二句用"时空并驭"之法，秦汉，时之久远也；万里，地之辽阔也，合在一起，则一倍增其久远、辽阔也。此法杜甫惯用，且常用常新，如"万里悲秋常作

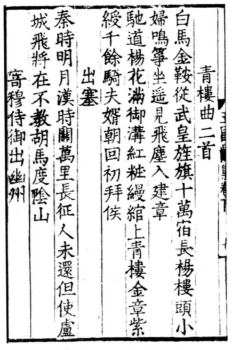

图 9-1　《王昌龄集》，明刻本，国家图书馆藏

客，百年多病独登台"（《登高》）、"百年同弃物，万国尽穷途"（《舟出江陵浦》）、"窗含西岭千秋雪，门泊东吴万里船"（《绝句》）等。一起一承，虽说已经说清题面，也烘托出一番苍凉之境，有了一个大背景，但立意，即诗人究竟想说什么，剑指何方，尚不清晰。第三句用"但使……在"这一假设，轻轻一转，将注意力从久远、辽阔的时空收拢起来，集中投放在了"龙城飞将"——李广——这一个点上。但李广身上可圈可点的东西太多了，如李广善射，卢纶《塞下曲》有"平明寻白羽，没入石棱中"的特写；李广善战，在匈奴军中赢得了"汉之飞将军"的称号；李广爱兵，史称其"得赏赐辄分其麾下，饮食与士共之。……广之将兵，乏绝之处，见水，士卒不尽饮，广不近水，士卒不尽食，广不尝食"；李广一生未能封侯，"冯唐易老""李广难封"，几乎成了后世失意之人的口头禅，凡此种种，不一而足。此时不仅二传手的球已高高垫起，即主攻手也已腾空挥臂，就差那最后一榔头了。正是"将军欲以巧伏人，盘马弯弓惜不发"（韩愈《雉带箭》）。第四句"不教胡马度阴山"，即匈奴不敢越过阴山，则边塞自然安定，而征人也可回家。以此作合，既"如顺流之舟"，承第三句转折而下；又关合第二句之"万里长征人未还"，至此，诗人对边烽经久不息的隐忧，对士卒远戍不归的同情，以及对朝廷用人失策的不满，和盘托出，箭中靶心，扣球得分。

　　王昌龄这首《出塞》，特色鲜明：一是以少总多，寥寥 28 字，可做高适一篇《燕歌行》读；二是境界宏阔；三是慷慨悲壮。明代杨慎、李攀龙等人推举其为唐人七绝压卷之作，可谓有眼光！

唐代诗人中，擅长七绝的还有杜牧，其《赤壁》诗云："折戟沉沙铁未销，自将磨洗认前朝。东风不与周郎便，铜雀春深锁二乔。"其章法安排也是典型的起承转合。

第二节　送行诗的章法安排：大历诗人的创作

宋钱易《南部新书》载："升平公主宅即席，李端擅场；送王相之镇，韩翃擅场；送刘相巡江淮，钱起擅场。"所谓"擅场"，即压倒全场。李端擅场的事，唐李肇《国史补》卷上有详细记载：升平公主是唐代宗女儿，下嫁郭子仪的儿子郭暧，二人常盛集文士，即席赛诗。李端先成，被钱起等人怀疑是提前做好的，建议用钱起之"钱"为韵，结果李端又获优胜。其胜在一是用典贴切，二是反应敏捷。另外，韩翃送王缙的"擅场"诗，题为《奉送王相公缙赴幽州巡边》；钱起送刘晏的"擅场"诗，题为《奉送刘相公江淮催转运》。

李端、韩翃、钱起同属于一个诗人群体——"大历十才子"。初盛唐，诗人们多活跃在宫廷举办的赛诗会上，故多应制诗；中唐，肃、代之际，大乱初平，身经安史之乱，饱受流离之苦的达官显贵们，感到人生苦短，何不及时行乐，一时宴会不断，"大历十才子"就是这样一个活跃在各种宴会上的"贵游"诗人群体，故其诗多为应酬、应景之作。当时人有"自丞相已下，更出作牧，二公（钱起、郎士元）无诗祖饯，时论鄙之"（高仲武《中兴间气集》）的说法。可见钱起的送行诗在当时是具有典范意义的。接下来，我们就一起来欣赏钱起的这首"擅场"之作——《奉送刘相公江淮催转运》。

> 国用资戎事，臣劳为主忧。
> 将征任土贡，更发济川舟。
> 拥传星还去，过池凤不留。
> 唯高饮水节，稍浅别家愁。
> 落叶淮边雨，孤山海上秋。
> 遥知谢公兴，微月上江楼。

五言六韵，为唐人应试诗定式。其通例"首联、次联即应将题中眉目点清，下数联发挥，方有根蒂"（陈訏《唐省试诗》卷一）。第一联，"资戎事"是说战乱尚未平息，"国用""为主忧"，切刘晏吏部尚书、同中书门下平章事、领度支盐铁转运租庸使的宰相身份，而"臣劳""主忧"还化用了《国语》中的"为人臣者，君忧臣劳，君辱臣死"和《史记》中的"臣闻主忧臣劳，主辱臣死"之典，自然贴切，不露痕迹。第二联，"土贡"即各地贡赋，发"济川舟"，既是点明题目中"江淮催转运"事，又可看作是切刘晏宰相身份，用《尚书》"若济巨川，用汝作舟楫"的典故，一语双关，高明之至。第三联，星传、凤池用典，古代帝王使者称为星使，传为符信，凤凰池乃指宰相的熟典，曰星，曰凤，非常切合眼前刘晏"相公催转运"的身份，此联仍是点题，而"还去""不留"，则更近一层，写刘晏为国操劳，马不停蹄。第四联，"饮水"用《晋书·良吏·邓攸传》典：说太守载米赴任，只饮当地之水，暗喻刘晏的清廉，亦切其理财宰相的身份，"稍浅别家愁"一句承上启下，何以"浅愁"，是因为接下来的沿途风光与抵达后的赏心乐事。第五联，设想刘晏赴江淮行程中的特别景致，"落叶""孤山""淮边雨""海卜秋"，对仗工稳，切合时地。第六联，以"遥知"领起对刘晏到江淮后登楼赏月的推想。

其实，送行宴上，为文造情，即席赋诗，并非易事。没有速成的法门是不行的，更不要说又快又好，压倒众人了。蒋寅通过排比分析，还真就发现了大历诗人速成送行诗的法门——"就是一个以现时为起点的想象中的时间流程：大致先写送别的时间、地点，或行人前往的目的地、事由，赞扬其家世、功名、才干；然后描写与节令、气候有关的风景，常用雁的意象——一方面以春来秋往暗示季节变换，一方面也以其南北迁转象征游子的征行；接着是必不可少的想象中行人沿途所历地理、景物；最后结束于设想的行人到达目的地后的种种乐事"（蒋寅《大历诗人研究》）。这一固定程式可简单归纳为：赞所送之人点题——写别时景色——状行程风物——设想对方美好生活。通过对照，不难发现，章法安排上，钱起的这首《奉送刘相公江淮催转运》，前面四韵八句，紧贴宰相身份交代事由，点明题旨；第五韵两句，写景；第六韵两句，设想对方。基本按照"以现时为起点的想象中的时间流程"这一模型展开。难得的是，他能通篇用典贴切，句句符合刘晏的身份和此行的目的，且做到诗中有人，真实可感。当时"擅场"，理固宜然。

接下来，我们再看看另一位"大历十才子"——卢纶，他的一首《送李端》，其诗云：

> 故关衰草遍，离别自堪悲。（点题）
> 路出寒云外，人归暮雪时。（写景）
> 少孤为客早，多难识君迟。（说事）
> 掩泪空相向，风尘何处期。（期望）

"故关衰草遍"，交代送别的地点在"故关"，送别的时间是"衰草遍"的冬天；"离别"点题；"自堪悲"既是承"离别"而来，也是对上句故关遍地衰草、四野一片茫茫之景的呼应。此地此景，更增离愁。

第二联写送别情景，"寒云""暮雪"承接上联"衰草遍"的时令。这里运用了"时空并驱"之法，两句应该合在一起看，寒云密布，暮雪纷飞，望着伸向远方的去路，想着踏雪而行的你我，内心越发悲凉。这两句还用了上一下四的句法，应读作：路/出寒云外，人/归暮雪时；它增加的不仅仅是声韵的拗折，更增加了情感上的抑郁。

安史之乱爆发时，卢纶才八岁，举家避难，不久其父亡故，卢纶成了孤儿。就年岁论，李端比卢纶要大十来岁，因年辈相差，故"识君迟"，"多难"二字用得好，既是对上句"少孤为客早"的概括，又是在说明"识君迟"的原因，更含有对二人患难之交、相逢恨晚的感伤。十个字，家事，国事；自己，对方；说事，言情，内涵极为丰富。再加上"少孤为客早，多难识君迟"，形式上，既是工对，又似流水，甚是巧妙。

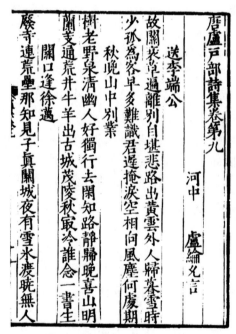

图 9-2　广十二家唐诗本《唐卢户部诗集》，明嘉靖刻本

在经历了黯然销魂的送别场面，回忆起伤怀的往事之后，越发觉得依依不舍，不禁潸然泪下，回望来时路，空留马行处，人已不见，徒然掩泣，不知何时才能再见。无限伤感，溢于言表。杨载《诗法家数》归纳的"送别题材"的律诗作法是：

第一联叙写题意起；

第二联合说人事，或叙别或议论；

第三联合说景，或带思慕之情，或说事；

第四联合说何时再会,或嘱托,或期望。

于中二联,或倒乱前说亦可,但不可重复,须有次第;

末二句要有规警,意味渊永为佳。

总而言之,卢纶《送李端》全诗的章法安排为:首联点题,交代送别地点、时间;二联写别时之景;三联写往日情事;四联问何时再会。将之与杨载《诗法家数》作对照,发现卢纶的《送李端》原来就是律诗"起承转合"的模板。大历诗留连光景,内容疲弱,历来评价不高,但"大历十才子"在送行诗上的成就与经验,影响后世深远。从大历诗人送行诗的"一个以现时为起点的想象中的时间流程",到杨载《诗法家数》的固定章法,其间的草蛇灰线、马迹蛛丝还是可以探寻得到的。

第三节　章法安排与思想意蕴:李白《蜀道难》

蜀道难[1]

李　白

噫吁嚱[2],危乎高哉! 蜀道之难,难于上青天!

蚕丛及鱼凫[3],开国何茫然[4]! 尔来四万八千岁[5],不与秦塞通人烟[6]。西当太白有鸟道[7],可以横绝峨眉巅[8]。地崩山摧壮士死[9],然后天梯石栈相钩连[10]。

上有六龙回日之高标[11],下有冲波逆折之回川[12]。黄鹤之飞尚不得过[13],猿猱欲度愁攀援[14]。青泥何盘盘[15],百步九折萦岩峦[16]。扪参历井仰胁息[17],以手抚膺坐长叹[18]。

问君西游何时还[19]? 畏途巉岩不可攀[20]。但见悲鸟号古木[21],雄飞雌从绕林间。又闻子规啼夜月[22],愁空山。蜀道之难,难于上青天,使人听此凋朱颜[23]。

连峰去天不盈尺[24],枯松倒挂倚绝壁。飞湍瀑流争喧豗[25],砯崖转石万壑雷[26]。其险也如此,嗟尔远道之人胡为乎来哉[27]?

剑阁峥嵘而崔嵬[28],一夫当关,万夫莫开[29]。所守或匪亲,化为狼与豺[30]。朝避猛虎,夕避长蛇;磨牙吮血,杀人如麻[31]。锦城虽云乐[32],

不如早还家。蜀道之难,难于上青天,侧身西望长咨嗟[33]!

注释:

[1]蜀道难:南朝乐府旧题,属《相和歌·瑟调曲》。

[2]噫(yī)吁(xū)嚱(xī):惊叹声,蜀方言,表示惊讶的声音。宋祁《宋景文公笔记》卷上:"蜀人见物惊异,辄曰'噫嘻嚱'。"

[3]蚕丛、鱼凫(fú):传说中古蜀国两位国王的名字。汉扬雄《蜀王本纪》:"蜀王之先,名蚕丛、柏灌、鱼凫、蒲泽、开明。……从开明上至蚕丛,积三万四千岁。"

[4]何:多么。茫然:混沌不清的样子。

[5]尔来:从那时以来。四万八千岁:极言时间之漫长,夸张而大约言之。

[6]秦塞(sài):秦的关塞,指秦地,今陕西关中一带。秦地四周有山川险阻,故称"四塞之地"。通人烟:互相交往流通。古蜀国本与中原不相交通,战国时秦惠王灭蜀(前316),蜀地始与秦地交通。

[7]西当:向西面对。太白:太白山,又名太乙山,在长安西(今陕西眉县、太白县一带),为秦岭主峰,终年积雪,望之皓然,故名太白。鸟道:指连绵高山间的低缺处,只有鸟能飞过,人迹所不能至。

[8]横绝:横渡,跨越。峨眉巅:峨眉顶峰。峨眉,山名,在今四川峨眉山市,有山峰相对如蛾眉,故名。二句意思是说长安西有太白山,只有飞鸟可从太白山飞到峨眉山顶上。

[9]地崩山摧壮士死:《华阳国志·蜀志》载,相传秦惠王想征服蜀国,知道蜀王好色,答应送给他五个美女。蜀王派五位壮士去接人,壮士回到梓潼(今四川剑阁之南)的时候,看见一条大蛇进入穴中,一位壮士抓住了它的尾巴,其余四人也来相助,用力往外拽。不多时,山崩地裂,壮士和美女都被压死。山分为五岭,入蜀之路遂通。这便是有名的"五丁开山"的故事。摧,倒塌。

[10]天梯:非常高而陡峭的山路。石栈(zhàn):在峭壁上凿石架木筑成的通道。

[11]六龙回日:《淮南子》注云,"日乘车,驾以六龙,羲和御之。日至此而薄于虞渊,羲和至此而回六螭"。意思就是传说中的羲和驾驶着六龙之车(即太阳),到此处便迫近虞渊(传说中的日落处)。高标:指蜀道上成为标志的最高峰。此句写仰视,极言山高。

[12]冲波:水流冲击腾起的波浪,这里指激流。逆折:水流回旋。回川:回旋的川流。此句写俯视,极言谷深水急。

[13]黄鹤:即黄鹄(hú),善飞的大鸟。尚:尚且。得:能。

[14]猿猱(náo):身体便捷、最善于攀援的猴类动物。

[15]青泥:青泥岭,在今甘肃徽县南、陕西略阳县北。《元和郡县志》卷二十二:"青泥岭,在县西北五十三里,接溪山东,即今通路也。悬崖万仞,山多云雨,行者屡逢泥淖,故号青泥岭。"盘盘:曲折回旋的样子。

[16]百步九折:百步之内拐九道弯。萦(yíng):盘绕。岩峦:山峰。此句形容山路曲折盘旋,转弯极多。

[17]扪(mén)参(shēn)历井:参、井是二星宿名。古人把天空中星宿的位置与地理区划相对应,并以天象卜地区吉凶,叫做分野。参星是蜀之分野,井星是秦之分野。扪,摸。历,经过。胁息:屏住气不敢呼吸。此句写山高近天,行者伸手可摸到参宿,抬脚已越过井宿,仰望有屏息之感。

[18]膺(yīng):胸。

[19]西游:成都在长安西南,故自秦入蜀,可称"西游"。

[20]畏途:可怕的路途。巉(chán)岩:险恶陡峭的山壁。

[21]但见:只听见。号(háo)古木:在古树木中大声啼鸣。

[22]子规:鸟名,即杜鹃,又叫杜宇,蜀中最多,相传古蜀国望帝死后魂魄化为子规,春暮即鸣,夜啼达旦,啼声哀怨动人,似说"不如归去"。

[23]凋朱颜:青春的容颜为之变老。凋,使动用法,使……凋谢。

[24]连峰:连绵的山峰。去:距离。盈:满。

[25]飞湍(tuān):飞奔而下的急流。喧豗(huī):喧闹声,这里指急流和瀑布发出的巨大响声。

[26]砯(pīng)崖:水撞击石头发出的声音。转:使滚动。壑(hè):山谷。此句意思是说急流撞击山崖,卷动石头,发出的轰响在千山万壑中回荡如雷。

[27]嗟(jiē):感叹声。尔:你。胡为:为什么。来:指入蜀。

[28]剑阁:又名剑门关,在四川剑阁县北,是大、小剑山之间的一条栈道,长三十余里,是三国时诸葛亮率众所开,是秦蜀间的交通要道,唐代于此设剑门关。峥嵘、崔嵬(cuīwéi):都是形容山势高大雄峻的样子。

[29]"一夫"两句:典出左思《蜀都赋》"一人守隘,万夫莫向",张载《剑阁铭》"一人荷戟,万夫趑趄。形胜之地,匪亲勿居"。一夫,一人。当关,守关。莫开,不能打开。

[30]所守:指把守关口的人。或匪(fěi)亲:倘若不是可信赖的人。匪,同"非"。此句意思是说剑阁形势险要,若非亲信防守,一旦叛变,将会发生像豺狼吃人那样的祸患。

[31]朝(zhāo):早上。吮(shǔn)血:吸血。猛虎、长蛇:比喻据险叛乱者。这四句是设想叛乱发生后的可怕场景。

[32]锦城:锦官城的简称,故址在今四川成都南。三国蜀汉时管理织锦之官驻此,故名。《元和郡县志》卷三十一"剑南道成都府成都县":"锦城在县南十里,故锦官城也。"

[33]咨(zī)嗟:叹息。

唐代孟棨《本事诗·高逸》载:

李太白初自蜀至京师,舍于逆旅。贺监知章闻其名,首访之。既奇其姿,复请所为文。出《蜀道难》以示之,读未竟,称叹者数四,号为谪仙。解金龟换酒,与倾尽醉,期不间日,由是称誉光赫。

五代王定保《唐摭言》卷七云:"知章览《蜀道难》一篇,扬眉谓之曰:'公非人世之人，可不是太白星精耶？'""太白星精"下凡，就是"谪仙"。两家所记，均借贺知章之口盛称李白《蜀道难》，其来源当本自李白《对酒忆贺监二首序》中"太子宾客贺公于长安紫极宫一见余，呼余为谪仙人，因解金龟换酒为乐"的记载。此诗后入选《唐诗三百首》，在王兆鹏《唐诗排行榜》中位列第十，是一首在后世影响和争议均较大的经典名篇。

图 9-3　李白《蜀道难》卷，明　韩道亨书，故宫博物院藏

　　说李白《蜀道难》影响大，人所共知，毋须多言；说李白《蜀道难》争议大，是指其主题而言，而这又涉及李白此诗系年的问题。第一是早年说，以孟棨、王定保为代表者，认为《蜀道难》为李白早年进京拜谒贺知章时所进之作。以主旨论，早年说又分两种：一种说法认为李白是为讽刺剑南节度使章仇兼琼而作的，以北宋沈括《梦溪笔谈》、洪刍《洪驹父诗话》、南宋洪迈《容斋随笔》为代表。一种说法认为是古代相和歌曲，如明代胡震亨认为："《蜀道难》自是古相和歌曲，……白蜀人，自为蜀咏耳。"（《李诗通》卷四）

　　第三说是晚年说：传闻严武镇蜀，性情暴戾，李白好友房琯、杜甫为其下属，李白作《蜀道难》是忧心房、杜。唐范摅《云溪友议》卷二、《新唐书·严武传》均主是说。按严武首次镇蜀为剑南节度使在肃宗上元二年，次年李白卒。

　　第四说：元萧士赟《分类补注李太白诗》卷三："尝以全篇诗意与唐史参考之，盖太白初闻禄山乱华，天子幸蜀时作也。……太白此时盖亦深知幸蜀之非计，欲言则不在其位，不言则爱君忧国之情不能自已，故作是诗以达意也。"此一说，沈德潜《唐诗别裁集》卷六称"为得其解"，陈沆《诗比兴笺》卷三赞其"迥出诸家之上"。

　　编定于天宝十二载的殷璠《河岳英灵集》选有李白此诗，其评曰："其为文章，率皆纵逸。至如《蜀道难》等篇，可谓奇之又奇。自骚人以还，鲜有此体调也。"如此一来，则所谓忧严武伤友、讽玄宗幸蜀之说均不足信矣。

　　四种说法去掉一半，这一来，问题看似简单了，但李白《蜀道难》的主题究竟是"刺章仇兼琼"，还是"自为蜀咏"，仍旧是难以定夺。我们不妨换个思路，暂且放下诗歌内容和写作背景，转而来看看《蜀道难》的章法安排。其实这首诗在结构上有一个非常显著的特点，即"蜀道之难，难于上青天"的慨叹，在头、

中、尾反复出现,而在用"蜀道之难,难于上青天"分隔成的两个板块中间,又各插入一个反问句。如果将他们集中起来,就是:

> 蜀道之难,难于上青天。……
>
> 问君西游何时还?……
>
> 蜀道之难,难于上青天,使人听此凋朱颜。……
>
> 其险也如此,嗟尔远道之人胡为乎来哉?……
>
> 蜀道之难,难于上青天,侧身西望长咨嗟。

如以此作为标志,这首长诗就被大致均匀地分成四个单元。下面,我们就来看看这四个单元分别写了哪些内容。

第一部分:

> 蚕丛及鱼凫,开国何茫然。……扪参历井仰胁息,以手抚膺坐长叹。

借神话传说,从时间、空间两个维度来渲染蜀道之难。

第二部分:

> 畏途巉岩不可攀。……蜀道之难,难于上青天,使人听此凋朱颜。

此与第一部分视角相同,仍是化用传说:一为《古诗为焦仲卿妻作》(《孔雀东南飞》),二为望帝啼鹃,来进一步渲染蜀道的悲凉氛围,其实仍是归结到"难"字上。

第三部分:

> 连峰去天不盈尺,……嗟尔远道之人胡为乎来哉?

这部分换了一个视角,转而从自然地理入手,用常人无法揣度的想象力,从向上和向下两个方面,极写千山万壑之险阻,虽则四句,却有惊天地泣鬼神的效果。

第四部分:

> 剑阁峥嵘而崔嵬,……侧身西望长咨嗟。

这一部分,从地理位置之险要,以"所守或匪亲"假设,自然转到人事险恶上来,又换一个角度来铺排"蜀道之难"。当然,也正是因为这部分的内容,导致了后来对李白《蜀道难》题旨的种种猜测。这首诗的创作方法,完全是赋体,而承载思想内容的部分,恰好就是上面我们所列出的五句话。它们才是李白在章法安排上的筋骨所在,是构筑诗歌大厦的框架,余皆皮肉、砖块而已。胡震亨认为:"《蜀道难》自是古曲,梁、陈作者,止言其险,而不及其他。白则兼采张载《剑阁铭》'一人荷戟,万夫趑趄,形胜之地,匪亲弗居'等语用之,为恃险割据与羁留佐逆者著戒。惟其海说事理,故苞括大,而有合乐府讽世立教本旨。若第取一时一人事实之,反失之细而不足味矣。诸解者恶足语此?"(《唐音癸签》卷二十一)其说良是,可为定评。

面对《蜀道难》这样的章法结构,当你剥开它的皮肉,抽出它的筋骨,你会清楚地发现,李白是"自为咏蜀",别无寓意。

第四节　章法奇特与情怀抒写：李商隐《泪》

泪

李商隐

永巷长年怨绮罗[1],离情终日思风波[2]。

湘江竹上痕无限[3],岘首碑前洒几多[4]。

人去紫台秋入塞[5],兵残楚帐夜闻歌[6]。

朝来灞水桥边问[7],未抵青袍送玉珂[8]。

注释:

[1]永巷:宫中囚禁有罪宫女的地方。《三辅黄图》:"永巷,宫中长巷,幽闭宫女之有罪者。汉武帝时改为掖庭,置狱焉。"《史记·吕后本纪》:"乃令永巷囚戚夫人。"

[2]终日:整天。风波:风浪。《楚辞·九章·哀郢》:"顺风波以从流兮,焉洋洋而为客。"

[3]湘江句:指娥皇、女英为舜哭泣,泪落竹上成斑的故事。李衎《竹谱详录》卷六:"泪竹生全湘九疑山中……《述异记》云:'舜南巡,葬于苍梧,尧二女娥皇、女英泪下沾竹,文悉为之斑。'亦名湘妃竹。"

[4]岘首碑:指魏晋时著名的战略家、政治家、文学家羊祜的故事。据《晋书》载:"羊祜卒,百姓于岘山建碑。望其碑者莫不流涕。"

[5]人去紫台:紫台,即紫宫、宫阙。此用王昭君故事,王昭君为汉元帝时宫女,她远赴匈奴和亲,病逝于匈奴。这里用杜甫《咏怀古迹五首》之三"一去紫台连朔漠,独留青冢向黄昏"诗意。

[6]兵残句:此用楚汉时楚霸王项羽别姬故事。据《史记·项羽本纪》记载:"项王军壁垓下,兵少食尽。汉军及诸侯兵围之数重。夜闻汉军四面皆楚歌。项王乃大惊曰:'汉皆已得楚乎?是何楚人之多也!'项王则夜起,饮帐中。有美人名虞,常幸从……于是项王乃悲歌慷慨,自为诗曰:'力拔山兮气盖世,时不利兮骓不逝。骓不逝兮可奈何?虞兮虞兮奈若何?'歌数阕,美人和之。项王泣数行下。左右皆泣,莫能

仰视。"

[7]灞水桥:灞水是渭河支流,源出蓝田东秦岭北麓,流经长安东,入渭河。灞桥在长安东灞水上,是出入长安的要路之一,唐人常以此为送别饯行之地。

[8]青袍:指寒士。玉珂:珂是马鞍上的玉石类饰物,此代指达官贵人。这里意思是穷困的寒士送发达的贵胄,寒士心里自然蕴含很多辛酸之泪。

明代高棅《唐诗品汇》"七言律诗"部分,李商隐入"正变",充分肯定了李商隐在晚唐诗坛的杰出地位。李商隐七言律诗最大的特点就是用典,且艺术技巧高超,虽说"诗家总爱西昆好",但也丛生"独恨无人作郑笺"的感慨。这首《泪》诗,虽通篇用典,但因章法奇特,所以并不晦涩。

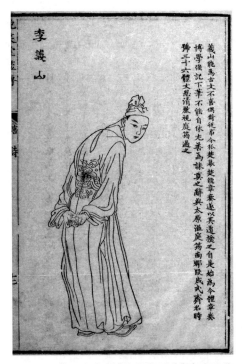

图9-4　清　上官周《晚笑堂画传》李商隐像

题目是《泪》,一起直下六句,句句是泪,不知何处起,何处承,何处转,一口气铺排了六种泪,"永巷长年怨绮罗"是深宫失宠的泪;"离情终日思风波",是闺中思妇的泪;"湘江竹上痕无限",是孀妇思夫的泪;"岘首碑前洒几多",是怀德感激的泪;"人去紫台秋入塞",说的是王昭君远嫁匈奴的泪;"兵残楚帐夜闻歌"写的是霸王别姬,英雄末路的泪。虽说有排闼而入之势,但并非全无层次可言,"一二先虚写,一是宫娥,二是思妇。此二种人也,最善于泪,故用以发端。中二联皆泪之典故,然各有不同。三四是为人而泪者,五六是为己而泪者;送终、感恩、悲穷、叹遇,尽于此矣"(赵臣瑗《山满楼笺注唐诗七言律》)。但这许多滋味的泪中,独独少了一味,那就是眼前这离别的泪。从"朝来灞水桥边问"可知这是一首送行诗。灞桥位于长安城东,春秋时期,秦穆公称霸西戎,将滋水改为灞水,并修"灞桥"。灞桥在唐代设有驿站,当年灞桥两岸筑堤五里,植柳万株,一到春天,柳絮飘舞,宛若飞雪,形成了"灞桥风雪"的景观;凡送人东去,多在这里分手,折柳相赠,故李白《忆秦娥》有"年年柳色,灞陵伤别"之句,而灞桥也被叫做"销魂桥",盖取意江淹《别赋》"黯然销魂者,惟别而已矣"。从章法安排看,这一句其实是转,"朝来灞桥"已点出"别"字,但不是所有的分别都会有"泪",二传手的球已经高高垫起,一记重锤扣在了"青袍送玉珂"上。当然问题也随之而来。俞陛云《诗境浅说》云:"末句言灞桥送别,挥手沾巾,纵聚千古伤心人之泪,未抵青袍之湿透。玉溪所送者何人?乃悲深若是耶!"是啊,下僚著青衫,显贵鸣玉珂,义山所送者究竟是个什么样的显贵之人?而这全部滋味的泪加在一起都"未抵"的"泪",又究竟是何味道?是不舍?还是酸楚?抑或是其他?叶葱奇《李商隐诗集疏注》云:"主旨只在结处,说若问灞桥饯送显达的寒士心情,那么上面六种泪都比不上他内心的痛苦了。"这个痛苦的"饯送显达的寒士心情",究竟是失去靠山的痛苦,还是在内心孤傲与卑躬屈膝间备受煎熬的痛楚,其实并未说清楚。陆昆曾《李义山诗解》云:"结言凡此皆可悲可涕之处,然终不若灞水桥边,以青袍寒士而送玉珂贵客,抱穷途之恨为尤甚也。"这里的"穷途之恨",明确指向义山有失去奥援之痛,此玉珂贵客对义山当有知遇之恩或提携之功。目前所见,此为主流观点,如胡以梅《唐诗贯珠》所云:"起二句总说世间堕泪不休之人,下四句道古来滴泪之事,是由虚而实之法。结归到作者见在实事,谓终于青袍流落长安矣。"讲的也是这个意思。

这首诗在章法结构上的独特安排,带来了另一个认识上的问题,即这首诗究竟是赋体,还是兴体。叶葱奇《李商隐诗集疏注》说:"这完全是将《恨赋》《别赋》的章法运用到律诗上来。"以江淹《恨赋》为例,其"至如秦帝按剑,……若乃赵王既虏,……至如李君降北,……若夫明妃去时,……至乃敬通见抵,……及夫中散下狱,……"一口气列举了秦始皇、赵王迁、李陵、王昭君、冯衍、嵇康六个人的恨事,再水到渠成地得出"自古皆有死,莫不饮恨而吞声"的结论。章法安排上,李商隐一口气列举六种泪的做法,与江淹《恨赋》如出一辙,叶葱奇所言不虚。但有意思的是:就全篇而言,这首诗前六句纯赋体,可这六句作为一个整体时,却与后边二句,恰好构成了"先言他物,以引起所咏之物"的关系。因此,程梦星说:"此篇全用兴体,至结处一点正义便住。不知者以为咏物,则通章赋体,失作者之苦心矣。"(朱鹤龄注,程梦星删补《重订李义山诗集笺注》)

宋初,杨亿、刘筠、钱惟演等人学李商隐诗,号为"西昆体"。义山的这首《泪》,因其独特的章法安排,曾被杨亿、钱惟演、刘筠等人纷纷效法,就中稍有影响的《泪》诗是杨亿"锦字梭停掩夜机"一首。

其实,李商隐《泪》诗的独特章法,在黄庭坚、苏轼等人的词中也曾出现过,以东坡《虚飘飘》词为例,其云:

> 虚飘飘,画檐蛛结网,银汉鹊成桥。尘渍雨桐叶,霜飞风柳条。露凝残点见红日,星曳余光横碧霄。虚飘飘,比浮名利犹坚牢。

宋周紫芝《太仓稊米集》云:"元祐间山谷作《虚飘飘》,盖乐府之余,当时诸公皆有和篇。黄鲁直原作诗云:'虚飘飘,花飞不到地,虹起漫成桥。入梦云千叠,游空丝万条。蜃楼百尺横沧海,雁字一行书绛霄。虚飘飘,比人身世犹坚牢。'秦少游次韵诗云:'虚飘飘,风寒吹细浪,春水暖冰桥。势缓双垂线,声干叶下条。雨中沤点随流水,风里彩云横碧霄。虚飘飘,比时富贵犹坚牢。'"包括东坡在内的三首《虚飘飘》,均是先列举一系列轻飘、脆弱、不坚牢的事象,在既是承,又是转,也是合的结句,用"比……犹……"的对比,将难把握的"人生命""浮名利""时富贵",化为可感受的"不坚牢"。在章法安排上它们与李商隐《泪》诗可说是一般无二。

关于诗歌的章法安排这一问题,可用沈德潜的话做个总结,其云:"诗贵性情,亦须论法,乱杂而无章,非诗也。然所谓法者,行所不得不行,止所不得不止,而起伏照应,承接转换,自神明变化于其中。若泥定此处应如何,彼处应如何,不以意运法,转以意从法,则死法矣。"(《说诗晬语》)

第十章

艺术技巧之二

琢字炼句

第一节　琢字炼句与意境生成

　　中国古代文学创作向来有琢字炼句的传统。古人在这方面留下不少宝贵的经验,值得我们用心体会和借鉴。所谓琢字炼句,是指古人在创作文学作品时对文中字句进行仔细推敲和创造性的搭配,使其简练精美、形象生动、意蕴含蓄。古人进行创作时非常重视琢字炼句,义学史上留下不少佳话。晚唐诗人卢延让《苦吟》诗云:"莫话诗中事,诗中难更无。吟安一个字,捻断数茎须。"吟诗时为了使一个字用得妥帖到位,诗人绞尽脑汁,甚至把胡子都捻断几根。这种情形是古人作诗勤于琢字炼句之真实写照。宋代大诗人王安石也曾感慨道"看似寻常最奇崛,成如容易却艰辛"(《题张司业诗》)。那些好的诗句,表面看起来很平常,但实际上却内涵深厚,表面看起来好像是信手写出,实际上却是费了很多艰辛! 它们都是古人苦心孤诣的艺术品。

　　琢者,雕刻玉石也。《礼记》云:"玉不琢,不成器。"(《礼记正义》卷十一)炼者,以火冶制也。就诗文创作而论,"琢"与"炼",实为同义语。所以"琢字炼句",亦可称为"琢句炼字"。如清代陈廷焯《白雨斋词话》云:"炼字琢句,原属词中末技,然择言贵雅,亦不可不慎。"陈氏认为琢句炼字是填词中的雕虫小技,但是词的语言尚雅,因此人们在作词时也不得不慎重地选词用句! 据我们今天对古代文学作品的解读,琢字炼句当然不是陈廷焯所说的"词中末技"。相反,它是一种非常有效的文学创作技艺。它不仅是一种严肃谨慎的文学创作方式,也是精益求精的创作态度,更是作者追求立言不朽的创作心理的折射。琢字炼句所指向的,绝不仅限于追求字句的新奇与贴切,而是为了追求全篇进入化境,通过字句的雕琢使诗歌达到浑然一体的艺术境界。宋代张表臣《珊瑚钩诗话》说:"诗以意为主,又须篇中炼句,句中炼字,乃得工耳。"意思是说诗歌最重要的在于"意"的表达,但"意"必须要通过炼句、炼字才能真正达到好的效果。又如宋代陈应行《吟窗杂录》云:"诗有四炼。一曰炼句,二曰炼字,三曰炼意,四曰炼格。炼句不如炼字,炼字不如炼意,炼意不如炼格。"陈氏认为,写诗时必须炼字、炼句、炼意、炼格,四者程度不一,尤以炼格为高。众所周知,字句是文学作品的基本构成要素。字句的雕琢锤炼,对于文学作品意境的提升、美学风格的养成,无疑具有十分积极的影响。兹举数例证之。

《易传·文言》说"修辞立其诚"，古人多奉之为圭臬警句。这里的修辞虽然不等同于文学创作，但从意义上看无疑将其囊括其中。辞谨义丰的字句，能使文学作品的意境向纵深拓展，增加感动人心的力量。如唐代诗人王维《送元二使安西》云：

> 渭城朝雨浥轻尘，客舍青青柳色新。劝君更尽一杯酒，西出阳关无故人。

图 10-1　傅抱石绘《王维渭城曲诗意图》

此诗写诗人客中送客，非常感伤。其中第三句"劝君更尽一杯酒"，就是琢字炼句的绝好例证。前两句"渭城朝雨浥轻尘，客舍青青柳色新"，简要交代了离别的时间和地点。诗人的送别之情主要在后两句，但限于绝句体制，已没有多少抒发情感的空间了。因此诗人在三、四两句通过对字句的锤炼，将送别宴前、宴中的全部场景，浓缩成一个最富情感的瞬时："劝君更尽一杯酒，西出阳关无故人"。"更"字用得尤为精彩。"更"说明酒已经喝了很多，但诗人情深意重，还在不停劝饮，这真是"酒逢知己千杯少"啊。阳关之外，岂无烈酒，但少心心相印的老朋友啊！诗人千言万语，都寄托在这临别的最后一杯酒中。这两句诗，前者是富有情感特征的动作，后者是脱口而出的内心表白，使主客双方的惜别之情达到极点，诗歌意境也因之提升，远超一般的送别诗。因此历代曲家为此诗谱曲传唱时，对这两句都加倍强调，反复咏叹，如元代《大石调·阳关三叠》，把"劝君更尽一杯酒"在曲中重复三遍。据说，当笛子吹到最后一叠高音时，"管为之破"。

盛唐诗人刘方平的名篇《月夜》，也是公认的以琢字炼句来开拓诗歌意境的佳作。其诗云：

> 更深月色半人家，北斗阑干南斗斜。今夜偏知春气暖，虫声新透绿

窗纱。

此诗前两句点出时间是半夜,写法上中庸平和,并没有什么特别之处。后两句为精华所在,其中"偏""透"二字,尤见雕琢之功。诗中说"春气暖"自"今夜"始,这种体验充分表明诗人深夜难眠,故能十分敏感地捕捉到了气候的细微变化。"偏"者,独也。"偏知",独知,意思是只有我一个人知道。为何我能独知,是因为隔窗听到虫声的原因。虫声何来? 一个"透"字,将全诗写活,给人以微弱渺小却生机勃发的力度感。虫声本已清脆悦耳,再让它通过"绿窗纱",将它再过滤一遍,把那些不规整的杂音全都净化,剩下的当然全是沁人心脾的天籁之音。清代文学家顾贞观评价此诗说:"其'透'一字妙甚,故言唐人村田之诗善者当此绝句。"(霍雷《唐诗总评》引)顾氏认为"透"字用得相当好,因为这个"透"的运用使这首诗变俗为雅,充满生机,成为唐代田园诗歌中的第一流作品。

在中国古典文学演进的长河中,通过琢字炼句来提升作品意境的例子,可谓不胜枚举。如李白《与夏十二登岳阳楼》云:"雁引愁心去,山衔好月来。"这二句通过"引""衔"二字将雁和山全部赋予了人的情感,似乎连这些飞雁、青山都能成为知己,带去诗人之所憎而送来诗人之所爱,从而产生激动人心的艺术魅力。再如宋代词人宋祁《玉楼春》中的名句"绿杨烟外晓寒轻,红杏枝头春意闹",张先《天仙子》中的名句"云破月来花弄影"等,都是胜在炼字炼句,由此而上,达到炼意的艺术效果。对此,王国维先生在《人间词话》中评价说,"著一'闹'字境界全出","著一'弄'字而境界全出"。为什么会有这样的艺术效果呢? 因为通过"闹"字和"弄"字,作者把春意和花枝变得好像具有知觉,给人以动态感和生命青春的感受,作者与读者的情感体验与生活憧憬在此交融,进而唤起人们对美好生活的联想和想象。

第二节　杜甫的琢字炼句艺术追求

杜甫(712—770),字子美,自号"杜陵野老",唐代伟大的现实主义诗人,与李白齐名,合称"李杜"。杜甫在中国文学史上有着非常深远的影响。他被后人尊称为"诗圣",其诗歌因深刻地记录了唐代社会的重大事件与日常生活,被后人称为"诗史"。杜甫之所以能成为"诗圣""诗史",除了他"一饭未尝忘君"

的爱国主义情怀和关怀民生疾苦的仁者情怀外，遣词造句之苦心孤诣，语言修辞之形象生动，情感表达之沉郁顿挫，也是非常重要的原因。

图 10-2　杜甫像

杜甫作诗向来讲究对字句的锤炼，并将之升华为自觉的艺术追求。在这方面，他既有精辟的理论阐述，亦有大量的创作实践。他在《江上值水如海势聊短述》一诗中说：

> 为人性僻耽佳句，语不惊人死不休。老去诗篇浑漫与，春来花鸟莫深愁。新添水槛供垂钓，故着浮槎替入舟。焉得思如陶谢手，令渠述作与同游。

杜甫晚年生活虽充满艰辛，但他对自己此时期的诗歌创作却充满自信，自称"老去诗篇浑漫与"，并坚信自己的作品可与陶渊明、谢灵运等中古一流诗人比肩。这种颇为自得的艺术心理，源自诗人对作品字句雕琢锤炼的自信。诗人不轻易为诗，为诗必反复思量，苦心经营，所谓"为人性僻耽佳句，语不惊人死不休"。意思是说，自己平生为人与众不同，性有所好，喜欢细细琢磨苦苦寻觅好的诗句，诗句的锤炼若达不到让世俗之人惊讶不已的地步，诗人就决不罢休。正是由于诗人在创作上的一丝不苟、勇于创新，因此暮年诗歌才臻于出神入化之极境。诗人在《咏怀古迹》中曾评价"庾信平生最萧瑟，暮年诗赋动江关"，虽然说的是庾信诗赋创作，但实际上也可以看作诗人的夫子自道。

　　杜甫在大量创作实践中，尤其是晚年的诗歌创作，确实达到了此艺术境界。如诗人于唐代宗永泰元年（765）离开四川成都草堂后，在旅途中所作的名篇《旅夜书怀》诗云：

> 细草微风岸，危樯独夜舟。星垂平野阔，月涌大江流。名岂文章著，官

应老病休。飘飘何所似,天地一沙鸥。

诗人作此诗时离其生命终点还有6年时间。此诗颔联"星垂平野阔,月涌大江流"两句,就很见琢字炼句的功力:正是因为"平野阔",不辨首尾,横无涯际,才可以看到星星遥挂如垂。一个"垂"字又反衬出平野的无边广阔;正是因为"大江流",故江中月影随之浮沉,流动如涌。一个"涌"字又烘托出大江奔流浩浩荡荡、不可抗拒之雄伟气势。通过"星垂"二句,诗人给读者塑造出一个波澜宏阔而又宁静孤寂的江边夜景。清代金圣叹《杜诗解》云:"看他眼中但见星垂月涌,不见平野大江;心头但为平野大江,不为星垂月涌。千锤万炼,成此奇句。使人读之,咄咄呼'怪事'矣!"

此外,诗人《咏怀古迹》其三"群山万壑赴荆门,生长明妃尚有村"句中的"赴"字,逼真地描摹出群山万壑随着险急江流,奔赴荆门山的雄奇壮丽图景。清人吴瞻泰《杜诗提要》说:"发端突兀,是七律中第一等起句。"又《春夜喜雨》"随风潜入夜,润物细无声"二句中,一个"潜"字与一个"细"字,把春雨写得有知有感有情有义。此二字既描写了春雨的动态,又传出其润物的神态。因为好雨下在夜里,故诗人着重是从"听觉"上去描绘雨景的。雨细而不能骤,随夜色而逐渐隐没,它悄悄而来,默默无声,不为人们所觉察,故称为"潜入夜"。这样不声不响的雨,当然是滋润万物的细雨。"细无声"正好恰当地表现了它的可贵精神。"潜""细"二字都用得非常准确,前者透露出风很微弱,后者说明了雨极细小。恰如仇兆鳌《杜诗详注》所说:"曰潜、曰细,写得脉脉绵绵,于造化发生之机,最为密切。"再如《奉酬李都督表丈早春作》中的"红入桃花嫩,青归柳叶新",用"入""归"二字,把红、青颜色写成动态,不仅是从无到有,而且是从外到内,不说红色是由桃花生出来的,也不说青色是由柳叶生出来的,而说红色、青色是由外部归入其中的,这样写就颇富情趣,而且紧扣题目"早春"二字,把桃花初开和柳叶新生这瞬间的景物征象表现出来,写出春归大地的盎然生机。

杜甫的炼字水平出神入化,一般文人根本达不到。据传北宋有位文人,名叫陈从易,一次他偶然得到一本杜甫诗集的旧抄本,喜出望外;可是粗粗翻阅一下,发现其中漏字错字颇多,不免有些扫兴。一天他读杜甫《送蔡希曾都尉》这首五律,其中第五、六句为"身轻一鸟□,枪急万人呼",第五句"鸟"字后头缺了个字。陈从易便请来几位读书人试着补这个字。有人说用"疾",有人说用"起",有人说用"下",还有人说用"落"。大家各执己见,莫衷一是,只好作罢。不久,陈从易得到一部杜诗的善本,发现杜甫在那里用了个"过"字,他细细品味,觉得这个"过"字用得的确很高明,它准确而又形象地描绘出蔡都尉的武艺精湛,身轻如燕,矫健非常,当你闻声抬头观望,他已经飞越而过了。

还有一个类似的传说。据《历代诗话》记载,说一天黄山谷、苏东坡、秦少游、佛印四位名士结伴春游。他们走到一座寺院,看见壁上题有杜甫的《曲江春雨》一诗。年代虽久,字迹依旧,唯其中"林花著雨胭脂□"一句的最后一个字看不清了。四位名士决定为这句诗补缺字。苏东坡补"润",黄山谷补"老",秦少游补"嫩",佛印补"落"。后来寺中老僧拿出《杜工部集》,找到《曲江春雨》一诗,原来此句最后一字是个"湿"字。品味一番后,四才子对"诗圣"无不叹服。因为,一个"湿"字,将"润"的形表,"老"的衰情,"嫩"的色质,"落"的态势尽收其中,使形、情、色、态浑然一体,非常准确、鲜明、凝练、生动地表现了"林花著雨"的诗情画意。

这些故事未必经得起严谨的考证,但陈寅恪先生有句名言,叫"虽无个性的真实,但有通性的真实"(《陈寅恪集·讲义及杂稿》)。为什么这些故事都发生在杜甫身上?这是值得关注的现象。应该说跟他热衷于琢字炼句的作诗方式有关。或者说,在后世读者看来,杜甫正是琢字炼句这种诗歌技艺的典范诗人。

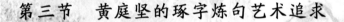

第三节　黄庭坚的琢字炼句艺术追求

杜甫是唐代诗人琢字炼句的典范,而黄庭坚则是宋代诗人中琢字炼句的大家。与此同时,杜甫也是黄庭坚诗歌创作非常推崇的偶像。黄庭坚与杜甫关系密切,在方回《瀛奎律髓》排定江西诗派之"一祖三宗"后,更是坚定了人们的这一认识。[1]

黄庭坚(1045—1105),字鲁直,号山谷道人,晚号涪翁,洪州分宁(今江西修水县)人,北宋时期著名的文学家、书法家,曾与张耒、晁补之、秦观等游学于苏轼门下,合称为"苏门四学士"。据《宋史·黄庭坚传》记载,苏轼认为黄庭坚的诗文"超逸绝尘,独立万物之表",呈现出与众不同的特质。《宋史·黄庭坚传》还记载说:"庭坚学问文章,天成性得。陈师道谓其诗得法杜甫,学甫而不为者。"认为黄庭坚学问文章所取得的成就,一部分归功于黄庭坚的天分,另一部分归功于他向杜甫学习。

黄庭坚对杜甫诗歌在炼字、造句、谋篇等方面的艺术特点,有过许多细致的探究,尤其倾倒于晚期杜甫诗歌的艺术境界。这种艺术感悟力与杜甫本人如出

---

①　参考莫道才:《黄庭坚论杜甫》,《中国韵文学刊》1997 年第 1 期。

一辙。他曾对一位青年诗人说：

> 但熟观杜子美到夔州后古律诗，便得句法，简易而大巧出焉。平淡如山高水深，似欲不可企及。文章成就，更无斧凿痕，乃为佳作耳。（《与王观复书》之二）

黄庭坚说只要熟读杜甫至夔州以后的律诗，会发现其诗歌句法虽然很简易，但是其中却有大巧。表面平淡，实际上却山高水深，内蕴丰富，精彩纷呈，好像完全不可企及。文章最好的境界是明明经过精心锤炼，但在表面上却看不出一点痕迹，他认为杜甫晚年夔州的诗歌就是这样，对杜甫晚年在夔州的诗歌非常推崇。黄庭坚在琢字炼句方面也有许多佳话。如据洪迈《容斋随笔》记载，其《登南禅寺怀裴仲谋》有"归燕略无三月事，高蝉正用一枝鸣"句，"用"字初曰"抱"字，又改为"占"、改为"在"、改为"带"、改为"要"，一直到"用"字才开始最终确定下来。

黄庭坚认为，诗歌境界是无限的，但一个人的才能却是有限的。以有限之才追逐无限之境不大可能达到，即使是李白、杜甫这样的大诗人，也不例外。唯一的方法就是多读书，向古人学习，如能将古人名言佳句，融入自己作品之中，就像灵丹一粒，能点铁成金，那就非常好了。他在《答洪驹父书》中说：

> 不易其意而造其语，谓之换骨法。规模其意形容之，谓之夺胎法。
> 古人之为文章，真能陶冶万物，虽取古人陈言入翰墨，如灵丹一粒，点铁成金也。

意思是说我们在继承古人遗产时有两种方法，一种是换骨法，一种是夺胎法。什么是换骨法呢？就是不改变古人的意思而改造古人的语言。什么是夺胎法呢？就是改造古人的意思，使其呈现出新的意味。他不仅是这样说的，也是这样做的。他雕琢新句的第一个做法就是，直接化用前人陈句，但构思上更为新巧，表达上更加出奇，如晋代王褒的《僮约》用"离离若缘坡之竹"来形容髯奴的胡子，新巧而形象别致。黄庭坚借来形容一位诗人吟咏时的潇洒之姿和清越之声："王侯须若缘坡竹，哦诗清风起空谷"（《次韵王炳之惠玉版纸》），说王侯的胡子就像山坡上的竹子一样，诗人一旦吟诗，就好像清风从空谷里升起吹动竹林。用古人的语言，改造了古人的意思，不仅新巧形象，也更能衬托出诗人儒雅的气质。比起王褒的《僮约》，黄庭坚的诗句已经从对人物外在形象的勾勒，转入到内在气质的表现。我们知道，汉代李延年有首《佳人歌》："北方有佳人，绝世而独立。一顾倾人城，再顾倾人国。宁不知倾城与倾国，佳人难再得"！从此，"倾国倾城"就变成了美人的代称。到了宋代，用倾国倾城来形容美人已变得庸俗，但黄庭坚却能翻空出奇，化腐朽为神奇，用此来形容诗人刘景文的诗歌价值和影响："公诗如美色，未嫁已倾城"（《次韵刘景文登邺王台见思》），说刘景文的诗歌如美女一样，还未出嫁就已经倾国倾城，这样的改变，诗歌不但在意思上深了一层，而且也符合文人雅趣。他的另一首诗《和陈君仪读太真外传五首》之二："扶风乔木夏阴合，斜谷铃声秋夜深。人到愁来无处会，不关情处总伤心"。曾季狸在《艇斋诗话》中指出此诗"全用乐天诗意"，因为白居易《和〈思归乐〉》有句云："峡猿亦无意，陇水复何情？为入愁人耳，皆为肠断声。"

　　黄庭坚雕琢新句的第二个重要方法，就是从世人熟知的典故中推陈新意。黄鲁直一直认为，"诗词高胜要从学问中来"（胡仔《苕溪渔隐丛话》），因此大量用典是其诗歌的重要特色，也是其传授后学的学诗门径。他不仅追求大量用典，而且要用得新奇，要不落俗套方显英雄本色。例如他在《观王主簿家酴醾》中有"露湿何郎试汤饼，日烘荀令炷炉香"一联，以汉魏时期的荀彧、何晏等美男子比喻酴醾之花，实为别开生面的古今奇语；又如在《寄题荣州祖元大师此君轩》中有"程婴杵臼立孤难，伯夷叔齐采薇瘦"一联，诗人以程婴、杵臼、伯夷、叔齐等志士仁人喻竹之孤高特质，一语双关，令人警悟。以上两个例子都是用典故作喻，且都是以人喻物而不像通常那样以物喻人，手法极为生新，艺术效果十分明显。黄庭坚用典密度既大且精，稳妥而不失灵活，向读者展示出高超的雕琢技巧。后来江西诗派承其余绪，壮其波澜，别开生面。

第四节　黄庭坚的琢字炼句艺术范例赏析：以《寄黄几复》为例

寄黄几复[1]

黄庭坚

我居北海君南海[2]，寄雁传书谢不能[3]。
桃李春风一杯酒，江湖夜雨十年灯。
持家但有四立壁[4]，治病不蕲三折肱[5]。
想得读书头已白，隔溪猿哭瘴溪藤[6]。

注释：

[1]黄几复：名介，字几复，南昌人，是黄庭坚少年时的好友。

[2]北海：黄庭坚时监德州德平镇，在今山东省北部，地近渤海湾，接近汉代北海郡。南海：黄几复当时任四会县（今属广东）令，地近南海。《左传·僖公四年》载："齐侯以诸侯之师侵蔡，蔡溃，遂伐楚。楚子使与师言曰：'君处北海，寡人处南海，惟是风

马牛不相及也。'"此句既是用典,也是写实,极言两人相距之远。

　　[3]"寄雁"句:传说大雁南飞,至多至衡阳回雁峰就不飞了,四会在衡阳之南,所以大雁要婉言谢绝捎信了。

　　[4]四立壁:家徒四壁的意思。《史记·司马相如传》:"文君夜奔相如,相如驰归成都,家徒四壁立。"

　　[5]蕲(qí):通"祈",祈求。肱(gōng):上臂,手臂由肘到肩的部分,古代有三折肱而为良医的说法。《左传·定公十三年》:"三折肱,知为良医。"意思是说,经过三次折臂之后,就成高明的医生了。这里"治病"比喻行政才能。

　　[6]瘴(zhàng)溪:瘴气蒸腾的溪水。古代岭南山水多弥漫着一种于人体不利的湿闷郁热之气,称瘴气。这两句是说,遥想友人此时一定在发愤读书,头发也过早地白了;隔着瘴气弥漫的山溪,那丛林密密的藤萝中,传来阵阵猿猴的悲啼。

　　黄庭坚雕字琢句方面的成就可以《寄黄几复》这首诗为代表。此诗作于宋神宗元丰八年(1085)。当时黄庭坚41岁,已过不惑之年,正担任德州德平镇的监镇压官。黄几复名介,与黄庭坚少年交游。黄庭坚先后为黄几复写过不少诗,如《留几复饮》《再留几复饮》《赠别几复》等,可以推测二人友谊深厚。此时黄几复担任四会县县令。两人可谓分处天南海北。黄庭坚遥想友人,悲从中来,遂写下了这首七律。

　　首联,起势突兀。作者自跋此诗云:"几复在广州四会,予在德州德平镇,皆海滨也。""我居北海君南海",写彼此所居之地相隔辽远,已露望而不见之意,再各缀一"海"字,更显海天茫茫,非人力可以达到。"寄雁传书"是古人的一种美好形象,只此四字,平淡无奇,但继之以"谢不能",则立刻变陈言为新语。"谢"字有两种理解:一则为用言辞委婉地推辞或拒绝;二则为认错、道歉的意思,指诗人因路途遥远不能正常书信往来而对黄几复表示的些许歉意。两种意思都不影响对诗歌的理解,这个"谢"字用得非常绝妙,自古以来人们抒发相思之情,多以鸿雁传书,这里作者却说鸿雁拒绝了,化腐朽为神奇,赋予鸿雁传书以新的内涵,更写出了他与黄几复各在天一涯的遥远。

　　颔联为一篇之警策。二句所写皆为人人习见之意象,但同是苏门四学士的张耒,却称之为"奇语"(《王直方诗话》引)。此句"奇"在何处,张耒并没有讲,我们一起来探讨下。"一杯酒",这是非常普通的话语,南朝诗人沈约《别范安成》云:"勿言一樽酒,明日难重持。"杜甫《春日忆李白》云:"何时一樽酒,重与细论文?"诗人还用了"桃李""春风"两个意象,这两个意象也很陈熟。"江湖""夜雨""十年灯"也都很普通。但这些意象被诗人放置在一起,却具有了丰富的内涵。"桃李春风一杯酒"以平常意象写他与黄几复年轻时相会的快乐与踌躇满志的青春激情。据《黄几复墓志铭》所载,黄几复于熙宁九年(1076)"同学究出身,调程乡尉",距作此诗刚好十年。结合诗意来看,"十年"不是虚语。用以和"江湖夜雨"相联,能激发读者一连串的想象:两个朋友,各自漂泊,每逢夜雨,独对孤灯,思念竞起,夜深不寐。这般情景,已延续了整整十年。"桃李春风"与"江湖夜雨",这是"乐"与"哀"的对照;"一杯酒"与"十年灯",这是"一"与"多"的对照。"桃李春风"而共饮"一杯酒","江湖夜雨"而各对"十年灯"。昔日交往与眼前思念,从时、地、景、事、情的强烈对照中表现出来,令人寻味无穷。张耒评为"奇语",并非偶然。

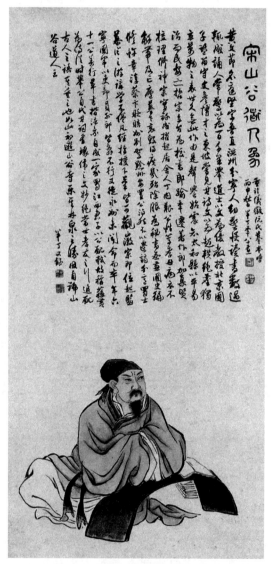

图 10-3　陈半丁绘《宋山谷先生像》

颈联两句,相互对照。作为一县之长,黄几复家中只有站立在那儿的四堵墙壁。这既说明他清正廉洁,又说明他把全部精力和心思用于"治病"和"读书"上面,无心也无暇经营自己的安乐窝。"治病"句化用《左传·定公十三年》记载的一句古代成语:"三折肱,知为良医。"意思是:一个人如果三次跌断胳膊,就可以培养自己成为一个好医生,因为他必然积累了治疗和护理的丰富经验。在这里,当然不是说黄几复会"治病",而是说他善"治国",《国语·晋语》里就有"上医医国,其次救人"的说法。黄庭坚在《送范德孺知庆州》诗里也说范仲淹"平生端有活国计,百不一试埋九京"。作者称黄几复善"治病"但并不需要"三折肱",言外之意是为他的怀才不遇打抱不平:他已经显露出治国救民的才干,为什么还得不到朝廷重用呢?

尾联以"想见"领起,与首句"我居北海君南海"相照应。"想见"者,皆为诗人的揣测之辞。然而这种揣测,却不是凭空而来。这与诗人对这位故友的深入了解有关。在作者的想象里,十年前,京城"桃李春风"的日子里,把酒畅谈的好友,如今已经在边远小城里垂垂老矣地做着一个小官,估计也就是靠读书来排遣他孤寂的情怀了。对于这位故友,黄庭坚的不平之鸣,怜才之意,思念之切,全都蕴含在诗中,读之令人动容。

黄庭坚作诗,还喜欢使用拗句,主张"宁律不谐而不使句弱",意思是说字可格律不协,也不能使句子没力量。清代方东树就说他"于音节尤别创一种兀傲奇崛之响,其神气即随此以见",认为他在音节上具有一种兀傲奇崛的气势,读他的诗歌时能让人感受到作者的神气。这首《寄黄几复》也是这样。"持家但有四立壁"句两个平声字,五个仄声字,"治病"句也顺中带拗,其兀傲的句法与奇峭的音响,正有助于表现黄几复廉洁干练、刚正不阿的性格。

第十一章

艺术技巧之三

比兴寄托

《诗经》有"六义"，比、兴居其二。屈原《离骚》"托芳草以怨王孙，借美人以喻君子"（朱鹤龄《笺注李义山诗集序》），后世沿袭，已成传统。刘勰《文心雕龙》第三十六，专论"比兴"。"比兴"作为我国传统文学创作的主要艺术手段，也反过来深刻影响了我们的思维方式，抱定"诗必有意义"的信条，沿着"言在此，而意在彼"的路径，去发掘文字背后的意义，去把握作者的深刻寄托，然而，不小心也易过度阐释和深文周纳。

第一节　风骨兴寄与士子叹息：陈子昂《感遇》

元好问用"论功若准平吴例，合著黄金铸子昂"（《论诗绝句》其八）来高度评价陈子昂在唐诗，乃至中国诗歌史上的地位。之所以对陈子昂评论如此之高，和陈子昂的《与东方左史虬修竹篇序》有关，其云：

> 文章道弊五百年矣。汉、魏风骨，晋、宋莫传，然而文献有可征者。仆尝暇时观齐、梁间诗，彩丽竞繁，而兴寄都绝，每以永叹，思古人，常恐逶迤颓靡，风雅不作，以耿耿也。一昨于解三处见明公《咏孤桐篇》，骨气端翔，音情顿挫，光英朗练，有金石声，遂用洗心饰视，发挥幽郁。不图正始之音，复睹于兹，可使建安作者，相视而笑。

陈子昂提炼出"风骨""兴寄"这两个关键词，作为文学复兴的目标与口号，可谓慧眼识真，振聋发聩。单就"兴寄"，即"比兴寄托"而言，汉、魏以来，阮籍的《咏怀》、左思的《咏史》已经确立了典范，这是"文献有可征"的。可惜的是这个传统并未得到健康的发展，几乎被后起的形式主义诗风消解殆尽。正如唐卢藏用在《陈伯玉文集序》中所言："宋齐之末，盖憔悴矣。逶迤陵颓，流靡忘返。至于徐、庾，天之将丧斯文也。后进之士，若上官仪者，继踵而生，于是风雅之道扫地尽矣。"

陈子昂不仅提出了要恢复汉魏风骨、正始之音的口号，更以 38 首《感遇》诗，身体力行，率先垂范。下面，我们就来看看陈子昂的《感遇》诗是如何恢复和体现"兴寄"传统的。先来看其《感遇三十八首》的第二首，其诗云：

> 兰若生春夏，芊蔚何青青。幽独空林色，朱蕤冒紫茎。迟迟白日晚，袅袅秋风生。岁华尽摇落，芳意竟何成。

　　这首诗的字面意思很好理解。说的是兰花、杜若在春夏发生，长得非常茂盛，遗憾的是，却因长在人迹罕至的树林中，一天天无人问津，春去秋来，西风乍起，零落成泥，碾作尘土。虽说陈子昂早年即名动京城，也曾得到女皇武则天的赏识，但却因武氏一门的排挤，生不得志。其《登幽州台歌》云："前不见古人，后不见来者。念天地之悠悠，独怆然而涕下。"抒发的是其强烈的怀才不遇之感，这是我们大家所熟知的。其实陈子昂的这首《感遇》诗，抒发的也是这一情感，只是采用了"比兴寄托"的表达方式而已。兰花、杜若是屈原"香草美人"系统中的常客，以喻君子，以比贤人。"女为悦己者容，士为知己者死"，陈子昂需要的是一个真正赏识他的明君。

　　《感遇三十八首》其四云：

　　　　乐羊为魏将，食子殉军功。骨肉且相薄，他人安得忠。吾闻中山相，乃属放麑翁。孤兽犹不忍，况以奉君终。

　　这首诗的字面意思也很简单。"乐羊食子"和"秦西巴放麑"的典故，都为人熟知。乐羊是魏文侯的大将军，此人很会打仗，拜燕国上将军的乐毅就是他的后代子孙。史载："乐羊为魏将以攻中山。其子在中山，中山县其子示乐羊，乐羊不为衰志，攻之愈急。中山因烹其子而遗之羹，乐羊食之尽一杯。中山见其诚也，不忍与其战，果下之。遂为魏文侯开地。文侯赏其功而疑其心。"（刘向《说苑·贵德》）故事是说乐羊替魏国攻打中山国，中山国拿乐羊身在中山的儿子相要挟，乐羊不为所动，加紧攻打。于是中山人就烹杀了乐羊的儿子，并用他儿子的肉作成羹，送了一杯给乐羊，结果乐羊竟把它全吃了。前文曾言，先秦的羹不是我们今天所吃的糊状东西，而是煮熟了的带汁的肉块。能吃下从儿子身上剐下来的，也许还带着他儿子胎记的一块肉，这人的心得有多狠！中山人傻眼了，不久中山国就被乐羊拿下。魏文侯虽然以军功赏赐了乐羊，但其狠心之举，也让魏文侯起了防范之心——儿子的肉都能吃得下，国君的肉就更不要说了。至于"秦西巴放麑"的事，前人的记载是："孟孙猎而得麑，使秦西巴持归烹之。麑母随之而啼，秦西巴弗忍，纵而予之。孟孙归，求麑安在。秦西巴对曰：'其母随而啼，臣诚弗忍，窃纵而予之。'孟孙怒，逐秦西巴。居一年，取以为子傅。左右曰：'秦西巴有罪于君，今以为子傅，何也？'孟孙曰：'夫一麑不忍，又何况于人乎？'"（《淮南子·人间训》）大意是说孟孙氏打猎，活捉了一头小鹿，就让其家臣秦西巴先送回去，结果秦西巴因母鹿尾随哀鸣，心有不忍，就给放了。孟孙氏一气赶走了他，但隔了一年，又把他请回来做他儿子的老师。理由是：这个人连一头小鹿都不忍心伤害，还能害人吗？

　　这两个故事都很简单，寓意也很明确。且将二者放在一起比较，也不是陈子昂首创，韩非子已然先行一步，并得出了"巧诈不如拙诚"（《韩非子·说林上》）的结论。难道陈子昂也是要重复韩非子的做法？

要弄清这个问题还是得沿着"借古讽今"的惯例,来看看陈子昂所处的那个时代。武则天为了夺取政权,杀了许多唐朝的宗室,甚至杀了太子李弘、李贤、皇孙李重润。上行下效,满朝文武大臣为了效忠于武则天,作了许多自以为"大义灭亲"的残忍事。如大臣崔宣礼犯了罪,武后想赦免他,而崔宣礼的外甥霍献可,却坚决要求判处崔宣礼以死刑,并以头触殿阶至流血不止,以表示他不私其亲。陈子昂对这种残忍奸伪的政治风气十分厌恶。但是又不能正面谴责,因而写了这首诗。清陈沆《诗比兴笺》说它是"刺武后宠用酷吏淫刑以逞也",虽未必就是,但其判断方向完全正确。

明胡震亨《唐音癸签》卷五称:"子昂自以复古反正,于有唐一代诗,功为大耳。正如夥涉为王,殿屋非必沉沉,但大泽一呼,为群雄驱先,自不得不取冠汉史。"照这个说法,如果为中国文学也编写一部"史记"的话,陈子昂是应该放在"世家",而不是"列传"中。

第二节　佳人境遇与士子不遇:
秦韬玉《贫女》

《唐才子传》载:"韬玉,字明仲,京兆人。父为左军将军。韬玉少有词藻,工歌吟……然险而好进,谄事大阉田令孜。……令孜引为擢工部侍郎。韬玉歌诗,每作人必传诵。"因其依附阉党,故其为人在当时及后世,均不为人所重;但其工于辞藻,故其诗歌在当时及后世均为人传诵。他究竟是个什么样的诗人,带着这个困惑,我们先来看一首他的诗歌,题目叫《贫女》,其诗云:

> 蓬门未识绮罗香,拟托良媒益自伤。谁爱风流高格调,共怜时世俭梳妆。敢将十指夸纤巧,不把双眉斗画长。苦恨年年压金线,为他人作嫁衣裳。

首联用"蓬门未识绮罗香",点题目"贫女"二字,而用"自伤"二字奠定感情基调,并引起下文。二、三两联,通过与整天只知道梳妆、画眉捯饬自己的富家女作对比,反衬贫女的天生丽质与心灵手巧。尾联上承第三联"敢将十指夸纤巧"而来,说自己虽空有丽质,却只能天天在家里为别人缝制嫁衣。结句"为他人作嫁衣裳"用了一个三一三的句式,用拗折的声韵形式,表达内心的抑郁不平。整首诗塑造了一个鲜明的贫女形象,留下了一句"为人作嫁"的千古慨叹。

这首诗的字面意思很好理解。但是有了前面我们分析陈子昂《感遇》诗

"比兴寄托"的经验，越是这样的诗，越是要引起我们的注意，在其平凡的外表下，隐藏的也许是颗火热的心。清赵臣瑗认为："此盖自伤不遇而托言也。贫士贫女，古今一辙，仕路无媒，何有自拔，所从来久矣。"（《山满楼笺注唐诗七言律》）这段话说得很有道理，指出了秦韬玉借贫女不嫁，寄托自己仕途失意的苦闷，进而指出这种情感是"所从来久矣"，而这也是"为人作嫁"的成语能够深入人心的心理基础。

秦韬玉托"贫女"以自况，所表露的是他"怀才不遇"的强烈情感。怀抱如此强烈的仕进之心，再加之其"少有词藻"，又较早成名。于是就有了他在后人看来，不择手段谄事阉宦的举动。但这并不妨碍我们欣赏秦韬玉这首《贫女》诗。

与秦韬玉托"贫女"以自况的手法类似，我们还可以举出张籍的《节妇吟》和朱庆馀的《闺意》。张籍《节妇吟》云：

> 君知妾有夫，赠妾双明珠。感君缠绵意，系在红罗襦。妾家高楼连苑起，良人执戟明光里。知君用心如日月，事夫誓拟同生死。还君明珠双泪垂，恨不相逢未嫁时。

这首诗从字面上看也很好理解，是写一位忠于丈夫的妻子，经过思想斗争后终于拒绝了一位多情男子的追求，归还了明珠，守住了妇道，保全了名节。难道张籍的用意就是为了塑造一个贞洁烈女，歌颂三从四德？非也！其实，在《节妇吟》的诗题下还有"寄东平李师道司空"一句话，这才是解开这首诗题旨的钥匙。中晚唐后，强藩大镇屡有不臣之心，甚至公然与朝廷抢夺人才。这个东平李师道司空，就是其中之一。李师道是淄青节度使，与其父李正己、其兄李师古相继盘踞平、卢、淄、青一带达40年，后因造反被杀。张籍与韩愈、孟郊友善，是个"立身如礼经"（张籍《赠别孟郊》）的人，他一生忠于朝廷，自然不会被藩镇高官拉拢收买。全诗用"比兴寄托"的手法，委婉地表明了自己拒绝聘请的态度。

当然，对于张籍所塑造的这个"节妇"形象，后人也不是没有异议。清贺贻孙就认为："然既系在红罗襦，则已动心于珠矣，而又还之；既垂泪以还珠矣，而又恨不相逢于未嫁之时。柔情相牵，展转不绝，节妇之节，危矣哉。"（《诗筏》）意思是说：你已将人家的明珠系在自己的腰上，还给人家的时候又泪流满面地说什么"恨不相逢未嫁时"，节妇的"节"字恐怕要打折扣。更有意思的是，还有不满者，索性对张籍的诗进行了改作，其《续还珠吟》诗云：

> 妾身未嫁父母怜，妾身既嫁家室全。十载之前父为主，十载之后夫为天。平生未省（xǐng）窥门户，明珠何由到妾边。还君明珠恨君意，闭门自咎涕涟涟。（瞿佑《归田诗话》卷上）

其实，明眼人一看就知道，张籍这首《节妇吟》乃是从汉乐府《陌上桑》脱胎而来,《陌上桑》中"使君自有妇,罗敷自有夫""东方千余骑,夫婿居上头"的影子在《节妇吟》中呼之欲出。盖张籍只是借此耳熟能详之诗,信手拈来,作为拒绝李师道延聘的托词,切不可深究。

朱庆馀《闺意》诗云:

> 洞房昨夜停红烛,待晓堂前拜舅姑。妆罢低声问夫婿,画眉深浅入时无?

这首诗字面意思同样好理解。作为新嫁娘,想到第二天一早要去给公公婆婆请安,内心自然是忐忑不安的,不知道公公婆婆会如何看待自己,但"丑媳妇总要见公婆",一夜无眠,于是起来化妆,但自己化的妆公公婆婆会不会喜欢?是浓了?还是淡了?只有问问眼前人了,因为他是公公婆婆的儿子,应该是熟悉公公婆婆的评判标准的。行文到此,活泼泼一个小娘子的形象已经跃然纸上了。朱庆馀要表达的"闺意"也已再清楚不过了。但是当我们读了诗题《闺意》后面的"近试上张水部"后,即可解读出,朱庆馀原来是想借行卷之机,向张籍打探自己本次科考,有没有中举的可能。其别有怀抱的"寄托"也就立马显露无疑。当然张籍的回复也很好,也用了首诗,也用的是"比兴寄托",其《酬朱庆馀》诗云:

> 越女新妆出镜心,自知明艳更沉吟。齐纨未是人间贵,一曲菱歌敌万金!

一问一答,不经意间,已为唐代文坛留下了一段千古佳话。

第三节　佳人境遇与家国之忧:
辛弃疾《摸鱼儿》

摸鱼儿

辛弃疾

淳熙己亥,自湖北漕移湖南,同官王正之置酒小山亭,为赋。

更能消几番风雨?匆匆春又归去。惜春长怕花开早,何况落红无数。春且住。见说道天涯芳草迷归路。怨春不语。算只有殷勤,画檐蛛网,尽日惹飞絮。

长门事，准拟佳期又误。蛾眉曾有人妒。千金纵买相如赋，脉脉此情谁诉？君莫舞。君不见玉环飞燕皆尘土！闲愁最苦。休去倚危栏，斜阳正在，烟柳断肠处。①

淳熙己亥，即公元 1179 年，此年稼轩 40 岁，在湖北转运副使任。春三月，改湖南转运副使。王正之时为湖北转运判官，置酒替稼轩送行。小山亭就在湖北转运副使厅内。

考察稼轩的仕宦履历：宋高宗绍兴三十二年（1162），是年稼轩 23 岁，南归后，被授江阴签判；三年后，江阴签判任满，改官广德军通判；又三年，广德军通判任满，改官建康府通判；一年后，迁司农寺主簿；一年后，出知滁州；宋孝宗淳熙二年（1175），夏四月，出为江西提刑，节制诸军，进击茶商军，是年稼轩 36 岁；两年后，即宋孝宗淳熙四年差知江陵府，兼湖北安抚使，是年稼轩 38 岁；淳熙五年，在江西安抚使任，春二月，召为大理少卿，秋，出为湖北转运副使；淳熙六年（1179）稼轩 40 岁，在湖北转运副使任，春三月，改湖南转运副使。

应该说，看稼轩这份履历，其迁转还是正常的，甚至可以说是不错的。尤其是在其 38 岁时，已经是一路的最高军政长官。应该说距离他北伐中原，恢复河山的距离又近了一步。但是就在这之后的两三年中，辛弃疾就开始了频繁迁转，用辛弃疾自己的话概括，就是"聚散匆匆不偶然，二年遍历楚山川"（《鹧鸪天·离豫章别司马汉章大监》）。不停的迁转，主要是防止辛弃疾在一处待长了，会干出点什么政绩来。所以就隔三岔五在同一级别、大致相似的官职上不停地折腾他，从而使其无法实现恢复中原的壮志。湖北转运副使治所在鄂州，从地点看，距离抗金前线不远，而湖南则是后方。对于主张抗金的稼轩来说，内心自然是不舒服的；再加上，这几年虽说官也做得不小了，但却总是在这个圈圈里打转，每一次改官，自己总是在希望、失望中循环。所以当面对再一次的失望时，"长门事，准拟佳期又误"，自然就冲口而出了。此词的矛头本是指向朝中进自己谗言的小人，当然也会顺便捎带上皇帝。据说，宋孝宗看到这首词，是很不高兴的。

"蛾眉曾有人妒"，稼轩是主战派，在南宋不是主和就是主战的情况下，这就是稼轩的政治立场。因此，也必然会遭到主和派的排挤、陷害。更何况稼轩还是个很有能耐的人。稼轩可谓文武全才。文的方面，他曾经向宋孝宗上过《美芹十论》，全面分析了抗金的敌我利弊，条陈十事，深入全面地阐述了抗金复国的战略战术，充分展现了其政治家的才干与军事家的谋略。武的方面，他早年曾深入敌军，活捉叛徒张安国；在江西提刑任上，平定过茶商军；在湖南还

①　注释见第二章《伤春》

创立过飞虎军。"蛾眉曾有人妒",慨叹的同时,多少也还有点自信、自负在里边。

在用完陈阿娇长门赋的典故后,稼轩以"君莫舞。君不见,玉环飞燕皆尘土"的斥责语气,对朝中得宠的、不遗余力打压自己的反对派们发出了严正警告。虽说是义正辞严,满腔怒火,但掩藏不住的,仍是满满的辛酸悲苦。不由自主地发出"闲愁最苦。休去倚危栏,斜阳正在,烟柳断肠处"的无限伤感,照应前文惜春之情作结。

稼轩这首词运用"比兴寄托"之法,在哀怨愁苦、柔美委婉的外表之下,掩藏的是喷涌如火的热情,寄托的是坚忍不拔的意志,其精神内涵远非一般婉约词可比。夏承焘先生称此词为"肝肠似火,色貌如花"(《唐宋词欣赏》),真是独得三昧之言。

对于上阕结尾的"画檐蛛网",有人说是"指张浚、秦桧　流人",其实未必。稼轩此词上阕主要是写眼前景色,抒发惜春之意,慨叹自身年华老去。下阕才是议论所在。不能因为蜘蛛的名声不好,就将之比附成秦桧一流人。其实画檐蛛网,只是指一种不坚牢。有东坡《虚飘飘》词为例,其云:"虚飘飘,画檐蛛结网,银汉鹊成桥。尘渍雨桐叶,霜飞风柳条。露凝残点见红日,星曳余光横碧霄。虚飘飘,比浮名利犹坚牢。""画檐蛛结网"与上阕写春光易逝之景,可谓是水乳交融。不必深文周纳,做一一对应式的比附。

李商隐也是"比兴寄托"的高手,如其《登乐游原》诗云:

> 向晚意不适,驱车登古原。夕阳无限好,只是近黄昏。

这首诗,宋杨万里认为是"忧唐之衰"(《诚斋诗话》);清施补华认为"叹老之意极矣"(《岘佣说诗》);而程梦星则认为:"盖为武宗忧也。武宗英敏特达,略似汉宣。其任李德裕为相,克泽潞,取太原,在唐季世,可谓有为,故曰'夕阳无限好'也。而内宠王才人,外筑望仙台,封道士刘玄静为学士,用其术以致身病不复自惜。识者知其不永,故义山忧之,以为'近黄昏'也。"(《李义山诗集笺注》)如此等等不一而足。

古人将一天分为夜半、鸡鸣、平旦、日出……日入、黄昏、人定等十二个时辰。其中"黄昏"是指今天 19 点至 21 点这段时间。以 2017 年西安日落时刻表为准,夕阳最近黄昏的时间,一年中,分别在 3 月下旬和 9 月中旬,大致可以推断,李商隐《登乐游原》是在阴历初春或仲夏。这个季节的夕阳很美,但是这么美好的东西却是转瞬即逝,让人不由自主地会兴起一种莫名的慨叹,这是我们每个人都会有的自然反应。义山这首小诗,就是这种爱惜光景的一时感慨。不必做过多阐释,更不要将之附会到一人一事上去。那样的话,这首兴象空灵的小诗就被完全破坏了。

第四节 孤雁处境与士子情操：
苏轼《卜算子·黄州定慧院寓居作》

卜算子^[1]·黄州定慧院寓居作^[2]

苏 轼

缺月挂疏桐，漏断人初静[3]。时见幽人独往来[4]，缥缈孤鸿影[5]。
惊起却回头，有恨无人省[6]。拣尽寒枝不肯栖[7]，寂寞沙洲冷[8]。

注释：

[1]卜算子：词牌名，北宋时盛行此曲。双调，四十四字，上下阕各两仄韵。

[2]定慧院：一作"定惠院"，一作"定惠寺"。在今湖北省黄冈东南。苏轼初贬黄州时寓居于此。

[3]漏断：铜壶滴水计时称漏，壶中水滴尽为漏断，表明夜深了。

[4]幽人：幽居的人。《周易·履》："履道坦坦，幽人贞吉"。此为苏轼自指，黄州地处偏僻，苏轼初贬至此，感觉似幽居之人。另一解为囚禁之人，引申为含冤之人，与苏轼的谪宦身份亦相吻合。

[5]缥缈：隐隐约约，若有若无。

[6]省(xǐng)：理解，明白。

[7]拣尽寒枝：宋、金人关于此句多有争议。有人说鸿雁本不栖息于木，故此句有语病；有人说鸿雁不栖于木而云"不肯栖"，并无语病；有人说作者明知鸿雁不栖于木而谓其"不肯"，意在嘉许良禽择木而栖，别有寄托；有人说鸿雁并非不栖于木。

[8]沙洲：江河中由泥沙淤积而成的陆地。

定惠院在今天的湖北黄冈东南，这首词是苏轼被贬黄州团练副使时作，时间在宋神宗元丰五年(1082)十二月至元丰六年(1083)初。要读懂这首《卜算子》，先要了解"乌台诗案"。

汉代，因负责弹劾官吏的御史台种有柏树，而树上有很多乌鸦栖息，故以"乌台"代称御史台。"乌台诗案"是宋代典型的文字狱，与宋代改革派与保守派的斗争密切相关。改革派，以王安石为首，主要人物有吕惠卿、曾布、章惇、韩绛等人，史称新党；保守派，主要人物有韩琦、司马光、欧阳修、苏轼，史称旧党。在王安石主持变法的整个熙宁年间，苏轼与变法派虽有矛盾，因连续在外地做官，故未受打击。但在王安石罢相之后，吴充、王珪继任宰相，这些人热衷于结党营私,倾轧报复,耿直敢言的苏轼就成了他们打击的主要对象。

今天我们所见有关"乌台诗案"的记载,一是朋九万的《乌台诗案》,其对御史台审讯所得的东坡口供有详细记载;二是明刻本《重编东坡先生外集》第八十六卷,其于大理寺、审刑院关于此案的判决文字有完整的抄录。"乌台诗案"发生于元丰二年(1079),先是御史何正臣上表弹劾苏轼,说苏轼在移知湖州到任后谢恩的上表中讥刺朝政。随后,监察御史舒亶花了四个月时间潜心钻研苏轼刚刚出版的诗集,罗织罪证,上表弹劾说:"至于包藏祸心,怨望其上,讪渎漫骂,而无复人臣之节者,未有如轼也。盖陛下发钱(指青苗钱)以本业贫民,则曰'赢得儿童语音好,一年强半在城中';陛下明法以课试郡吏,则曰'读书万卷不读律,致君尧舜知无术';陛下兴水利,则曰'东海若知明主意,应教斥卤变桑田';陛下谨盐禁,则曰'岂是闻韶解忘味,尔来三月食无盐';其他触物即事,应口所言,无 不以讥谤为主。"舒亶首先给苏轼定性为包藏祸心,攻击新法与皇上,没有一点大臣的礼节,这是个很大的罪名;然后,在苏轼的诗集里搜集了很多的罪证,以证明苏轼处处与朝廷对着干。接着,御史李定又上表弹劾苏轼犯有四大该杀之罪:第一大罪,苏轼不学无术,不过是运气好暴得大名,陛下对他宽宏大量,他却始终不知道悔改;第二大罪,苏轼太骄傲,经常说一些狂傲之语;第三大罪,苏轼写了很多毁谤性的诗文,这些诗文蛊惑人心,坏了风气;第四大罪,苏轼因为个人私利不能满足,而公然讥刺朝廷,不合人臣礼节。国子博士李宜之也递了状子,摘抄苏轼所撰《灵璧张氏园亭记》"古之君子不必仕,不必不仕。必仕,则忘其身;必不仕,则忘其君。譬之饮食,适于饥饱而已。然士罕能蹈其义,赴其节。处者安于故而难出,出者狃于利而忘返。于是有违亲绝俗之讥、怀禄苟安之弊"数语,参奏苏轼"有废君臣之道""显涉讥讽"。于是宋神宗下旨,让御史台传苏轼进京核查,此时苏轼刚刚履新湖州知州才三个多月。

进京后,苏轼就被投入监牢,新党想尽办法欲置苏轼于死地。苏轼《双桧诗》云:"凛然相对敢相欺?直干凌空未要奇。根到九泉无曲处,世间惟有蛰龙知。"此诗咏双桧劲挺正直,寄寓苏轼自己的理想节操。谁知政敌却在"蛰龙"一词上大做文章,副相王珪上奏宋神宗云:"陛下飞龙在天,轼以为不知己,而求地下一蛰龙,非不臣而何?"神宗听后云:"诗人之词,安可如此论?彼自咏桧,何预朕事?"好在皇帝还算英明,不至于让苏轼死于这种下三滥的中伤。虽然如此,苏轼在狱中还是备受折磨,从《狱中寄子由》诗中"与君世世为兄弟,更结人间未了因""梦绕云山心似鹿,魂飞汤火命如鸡"的哀鸣,不难想见其时东坡内心的绝望。

自苏轼被抓后,退职宰相张方平和范镇等元老重臣纷纷出来营救,宫中的曹太后也为苏轼求情,甚至连变法派的王安石、章惇也为他说情,已经退职的王安石说:"岂有圣世而杀才士者乎?"据说犹豫不决的宋神宗为了试探苏轼,曾

图 11-1 《重编东坡先生外集》卷八十六，明刻本

秘密派了一个小宦官去狱中考察苏轼。有一天晚上，苏轼的大牢里突然来了一位大汉，戴着斗笠，大汉来到狱中，就倒头呼呼大睡。苏轼看了看大汉，自己也呼呼大睡了。宦官回去后把情况汇报神宗后，神宗觉得苏轼睡得如此踏实，说明心怀坦荡，并无不臣之心，于是从轻发落，贬往黄州（今湖北黄冈）为团练副使。从《乌台诗案》的档案来看，这则据说出自东坡之口的故事可信度并不高。虽说御史台的审理罗织了苏轼大量罪状，但宋代实行的是"鞫谳分司"制度，大理寺在判决量刑时按律只"合追两官勒停"，再结合当时各项赦恩、德音，最终判了个"原免释放"。但神宗皇帝却下了圣旨，"特责授检校水部员外郎充黄州团练副使，本州安置"。苏轼从七月十八日被捕入狱，至十二月二十八日出狱，总共被关押了一百三十天。这就是历史上有名的"乌台诗案"。在多年后的《谢量移汝州表》中，苏轼流露出的仍是"只影自怜，命寄江湖之上；惊魂未定，梦游缧绁之中"的惊魂未定之状，足见"乌台诗案"对东坡影响之大。

苏轼编管黄州，"不得金书公事"，有点类似于今天的监视居住。其《别文甫子辩》中说："以元丰三年二月一日至黄州，时家在南都，独与儿子迈来，郡中无一人相识者。时时策杖至江上，望云涛渺然。"到黄州后，只有儿子苏迈陪同他，黄州一个认识的人都没有，他常常拄着拐杖到长江边上，看长江烟水迷茫。刚至黄州的苏轼不仅内心孤独，人际关系上也被疏远。其《与参寥子书》云："平生亲识，亦断往还。"《与章子厚参政书》云："虽骨肉至亲，未肯有一字往来。"《答李端叔书》云："平生亲友无一字见及，有书与之亦不答。"《与陈朝请书》云:"罪废屏居,交游皆断绝。纵复通问,不过相劳愍而已。"好友陈季常写信邀他去武汉,苏轼回以"又恐好事君子,便加粉饰,云'擅去安置所,而居于别路',传闻京师,非细事也",婉言谢绝。《卜算子·黄州定慧院寓居作》正是苏轼此种心境下的产物。

首两句"缺月挂疏桐,漏断人初静"写孤鸿所处的环境。漏声断,夜已深,缺月初升,斜挂梧桐,这一切共同构成了一种萧瑟、冷清、静寂的氛围,暗含有孤高出尘的意味。而孤鸿的状态则是"惊起却回头,有恨无人省"。在"惊起""恨""无人省"等语词中,充满了孤独与恐惧。在夜深人静的时候,这只落了单的孤鸿,充满着恐惧不安的孤鸿,又如何选择自己的栖息之所呢?

"拣尽寒枝不肯栖,寂寞沙洲冷。""拣"无疑是有选择之意在的,而"拣尽寒枝",则说明这只孤鸿虽身处困境,却不愿随意栖息,有着自己的抉择与坚持,那就是将寂寞又冷清的沙洲作为安身之地。至此,苏轼为我们呈现了一个充满恐惧与不安,却又能自甘寂寞、孤寂清高的孤鸿形象。

"时见幽人独往来"之"幽人",通常指幽居隐逸之人,联系苏轼初到黄州时的心境,亦可作孤独之人解。词人被贬黄州,内心郁闷,长夜难眠,月下盘桓,"独往来",可见其内心的彷徨失落与苦闷忧郁。苏轼在黄州时经常在文学作品中以"幽人"自称,如在《定慧院寓居月夜偶出》诗中就称自己"幽人无事不出门"。

"时见幽人独往来,缥渺孤鸿影",幽人与孤鸿在深夜邂逅,这里作者用笔非常巧妙,以"时见"两字极自然地把幽人与孤鸿连接起来,孤鸿从空中滑过,

图 11-2 《诗馀画谱》,明万历四十年刻本,国家图书馆藏

悄无声息；幽人在深夜徘徊，独来独往。这里的孤鸿就是幽人，幽人就是孤鸿。一只处在寒冷、寂寞环境里的孤鸿，虽内心充满孤独与恐惧，却宁愿选择清冷寂寞的沙洲，也不愿栖息高高的枝头。凄清与清高，是孤鸿与幽人在境遇与精神上的高度统一。

　　清黄苏在《蓼园词选》中评价这首词说："语语双关，格奇而语隽，斯为超诣神品。"认为这首词每一句话都语带双关，词表面上写孤鸿，实际上是写人，写自己的清高，写自己对理想的坚持和追求。作者以孤鸿为喻，抒写了他贬谪黄州后的孤独、恐惧、寂寞与苦闷，表达了他不愿与世浮沉的人生态度。

　　宋张炎《词源》云："诗难于咏物，词为尤难。体认稍真，则拘而不畅；模写差远，则晦而不明。"认为咏物诗很难作，咏物词更难作。若认真地描写事物本身，那么则太拘泥；要是离事物太远，那么事物又没描写清楚。最好的状态是所吟咏的事物清清楚楚在眼前，却又超脱了事物本身。苏轼这首《卜算子》所达到的"不即不离，不粘不脱"的境界，堪称咏物词典范，实开南宋咏物词的先河。

第十二章

艺术技巧之四

越出常理

第一节 夸张手法：李白《望庐山瀑布》

望庐山瀑布

李　白

日照香炉生紫烟[1]，遥看瀑布挂前川[2]。

飞流直下三千尺[3]，疑是银河落九天[4]。

注释：

[1]香炉：指香炉峰，庐山北部的著名山峰，因水气郁结峰顶，云雾弥漫如香烟缭绕而得名。晋释慧远《庐山记略》："东南有香炉山，孤峰秀起。游气笼其上，则氤氲若香烟。"生紫烟：阳光照射下呈现的紫色烟雾。

[2]遥看：从远处看。挂：悬挂。前川：一作"长川"。川：平野。

[3]直：笔直。三千尺：这里是夸张的说法，不是实指。

[4]疑：似乎。银河：古人指银河系构成的带状星群。九天：极言天高。古人认为天有九重，九天是天的最高层，此句极言瀑布落差之大。

古人作诗为了达到一定的艺术效果，往往通过一定的艺术手法，使表现的对象超越我们平时生活中的感知，从而造成惊人的艺术效果。这些手法包括夸张、比喻、拟人、凭空设想等几个常用手段，先来说说夸张手法。《文心雕龙·夸饰》是一篇关于夸张的研究专题，它说："夫形而上者谓之道，形而下者谓之器。神道难摹，精言不能追其极；形器易写，壮辞可得喻其真。才非短长，理自难易耳。故自天地以降，豫入声貌，文辞所被，夸饰恒存。虽《诗》《书》雅言，风格训世，事必宜广，文亦过焉。是以言峻则嵩高极天，论狭则河不容舠；说多则子孙千亿，称少则民靡孑遗；襄陵举滔天之目，倒戈立漂杵之论：辞虽已甚，其义无害也。"它首先借用《周易·系辞上》中的"形而上者谓之道，形而下者谓之器"，认为"形器易写，壮辞可得喻其真"，"故自天地以降，豫入声貌，文辞所被，夸饰恒存"，自从开天辟地，凡是涉及声音状貌的，只要通过文辞表达出来，就有夸张和修饰的方法存在，即使《诗经》《尚书》这样庄重的经典文籍也不例外。夸张手法实在是作家们最喜欢用的手法之一。

《望庐山瀑布》是李白五十岁左右隐居庐山时写的一首风景诗，它形象地描绘了庐山瀑布雄奇壮丽的景色。首句"日照香炉生紫烟"中的"香炉"，指庐山的香炉峰。据《太平寰宇记》记载："（香炉峰）在庐山西北，其峰尖圆，烟云聚散，如博山香炉之状"，首句是说太阳照在香炉峰上，日光伴随水汽，形成紫色的烟雾。次句"遥看瀑布挂前川"，是说远远望去，一道瀑布悬挂在前面的旷野中。这瀑布像什么呢？"飞流直下三千尺，疑是银河落九天"，这瀑布是如此气势非凡，如此壮观，就好像天上飞来的流水一样，有三千尺之长，就好像银河水从九天之上掉落到了人间。

这是一首七言绝句，几乎尽人皆知，主要原因就在于出人意表的极度夸张。诗人前两句是实写，很平常，到第三句突然平地突起，先是说瀑布有"三千尺"高，这已经很震撼了，接着更是大胆想象，说它似乎是银河之水从九天之上倾泻下来的，这个想象将瀑布与银河联系起来，超出常人思维，也只有"谪仙人"才敢这样想。

李白是浪漫主义诗人的典型，又生活在盛唐时代，他的诗歌往往通过极度的艺术夸张，表现大自然磅礴的气势和内在的生命张力，展现盛唐诗人热情豪放的个性。李白可以说是最善于艺术夸张的诗人，他曾经认为自己的诗是"兴酣笔落摇五岳，诗成笑傲凌沧洲"（《江上吟》），当他兴致来时，下笔写诗，那么五岳都会被摇动，自己则是笑傲沧洲，无人能敌。非常自信！这种自信在极度的夸张中得到了淋漓尽致的展现。

夸张按表现方式看，可分为夸大夸张和缩小夸张两类。刘勰说："言峻则崇高极天，论狭则河不容舠，说多则子孙千亿，称少则民靡孑遗。"（《文心雕龙·夸饰》）这段话实际上已经涵盖了夸张的两种基本类型。他所举的后三个例子，都来自《诗经》，《卫风·河广》诗说："谁谓河广？曾不容舠。"这是一个缩小夸张，意思是说黄河很窄，窄得连舠（形如刀的小船）都容不下。《大雅·假乐》诗说："千禄百福，子孙千亿。"《大雅·云汉》说："周余黎民，靡有孑遗。"前一个是夸大的夸张，后一个是缩小的夸张。这样的例子在李白诗歌中不胜枚举，如《北风行》中的"燕山雪花大如席，片片吹落轩辕台"，燕山的雪花，比席子还大。再如《寄王屋山人孟大融》诗中说："亲见安期公，食枣大如瓜"，安期公吃的枣子比瓜还大，这些都是夸大的夸张。而《西岳云台歌送丹丘子》中说的"西岳峥嵘何壮哉，黄河如丝天际来"，说黄河像丝线一样从天上来了，这是缩小夸张。

以上是从大小分类的，较为简单。其实李白诗歌中夸张的类型丰富多姿，还可分为如下几种：

一是对比式夸张。"蜀道之难，难于上青天"，翻越蜀道之艰难，似乎天才如李白也无法用语言来形容了，而只能以登天作参照了。《蜀道难》以这一对比式夸张开篇，给读者带来很大的冲击，一下子就能产生突兀震撼的审美效果。但李白还意犹未尽，在篇中又具体描写蜀道的险绝："黄鹤之飞尚不得过，猿猱欲度愁攀援",黄鹤是飞禽中最善于飞行的,猿猱是走兽中最善于跳跃的,它们尚且为飞度蜀道而发愁,那么其他人就可想而知了。

二是数字夸张。李白诗中的数字夸张,不仅数量多,而且用得圆熟自如。言多则有"三十六万人,哀哀泪如雨"(《胡关饶风沙》),言贵则有"金樽清酒斗十千,玉盘珍羞值万钱"(《行路难》其一),言远则有"一击九千仞,相期凌紫氛"(《赠郭季鹰》),言深则有"桃花潭水深千尺,不及汪伦送我情"(《赠汪伦》),言愁则"白发三千丈,缘愁似个长"(《秋浦歌》),叹速则"君不见高堂明镜悲白发,朝如青丝暮成雪"(《将进酒》),都是以超乎寻常的数字来冲击人的心理感受,以达到诗意的表达效果。

三是动作夸张。如《古风》中描写那些得势的小人气焰熏天,就说:"鼻息干虹霓,行人皆怵惕",说这些人鼻孔喘出来的气息,一直冲到天上的彩虹上,作者以超乎寻常的夸张动作,将得幸小人的焰赫气势、轻薄丑态刻画得入木三分,鲜明传达出诗人的讽刺态度。《蜀道难》描写蜀道之高,说人们想要穿越蜀道,必须"扪参历井仰胁息",极言山之高峻,几乎上与天齐,人们要摸着天上的星星,屏住呼吸,才能翻越蜀道,过去后则"以手抚膺坐长叹",每个人都会用手抚摸着自己的胸口长叹,后怕不已!以一连串的动作夸张来表现蜀道的难以度越。

当然,诗人们在运用夸张时一定要注意这几点。

一是要抓住事物的主要特征,即所谓的"饰穷其要"(《文心雕龙·夸饰》)。比如元曲《醉太平·讥贪小利者》描写一个贪小利者,就夸张地说:"夺泥燕口,削铁针头,刮金佛面细搜求。无中觅有,鹌鹑嗉里寻豌豆,鹭鸶腿上劈精肉,蚊子腹内刳脂油,亏老先生下手。"燕子衔泥筑巢,口里的泥很少,但这个人要到燕子嘴里夺泥。针本来就很小,但这个要在针头上削点铁下来。佛像神圣,但此人全然不顾,要在大佛的脸上刮点金子。鹌鹑是极小的鸟,可是此人要在鹌鹑的嗉子里搜寻豌豆。鹭鸶腿很细很细,根本无肉,可是这个人要在鹭鸶腿上劈些精肉下来。蚊子靠吸血为生,肚里根本没脂油,这个人要在蚊子肚里弄点油出来。这首元曲抓住了各种对象的主要特征,通过极度夸张,将"贪小利者"贪婪残忍、欲壑难填的本质特征,刻画得入木三分。

二是要有分寸。包括两个方面,一方面不能无限度地夸张,即所谓的要"夸而有节"(《文心雕龙·夸饰》)。如《史记·廉颇蔺相如列传》描写蔺相如拿着和氏璧和秦王对峙,说"相如持璧睨柱,怒发上冲冠",蔺相如太怒了,头发都把帽子撑起来了。但若说"冠为之裂"(《晋书·王逊传》),却反而过犹不及,过分地夸张了怒的程度,使人难以接受。另一方面,夸张的"度"也不能太低,要与现实有一定距离,让人一眼看去就知道所说的是"夸张"。如"白发三千丈",显然是夸张;若说成"白发三尺长"就变得模棱两可,分不清楚是夸张还是事实,而且也失去了那种李白式的浪漫主义情调，让人觉得索然无味。

三是要有事实依据，不能毫无根据地夸张，即所谓的要"饰而不诬"（《文心雕龙·夸饰》）。对此，鲁迅先生有一段相当精当的叙述："虽有夸张，却还是要诚实。'燕山雪花大如席'是夸张，但燕山究竟有无雪花，就含有一点诚实在里面，就使我们立刻知道燕山原来就有这么冷。如果说'广州雪花大如席'，那就变成笑话了。"（《漫谈"漫画"》）"广州雪花大如席"之所以会成为笑话，是因为广州很少会有雪花，缺少构成夸张的事实基础。换句话说，没有事实基础的夸张往往是不能成立的，被夸张的事物尽管是主观想象的扩大，把现实生活中的人或事物扩大到千倍万倍，但它是生活真实的再现，是以客观现实为基础的。假如缺少事实基础，那么就会"夸过其理，则名实两乖"（《文心雕龙·夸饰》）。诗人在夸张时一方面要超越常理，另一方面也要照顾常理，否则就"名实两乖"，不伦不类了。

中唐诗人徐凝也写过一首《庐山瀑布》诗。诗云："虚空落泉千仞直，雷奔入江不暂息。今古长如白练飞，一条界破青山色。"场景虽也不小，但还是给人局促之感，原因大概是它转来转去都是瀑布，显得十分呆板，比起李白那种神想天外的夸张与先声夺人的气势，的确是相差太远。无怪苏轼说："帝遣银河一派垂，古来唯有谪仙词。飞流溅沫知多少，不与徐凝洗恶诗。"（《戏徐凝瀑布诗》）自古以来只有谪仙写的庐山瀑布诗，徐凝的诗歌只能相形见绌了。

第二节　比喻手法：
贺铸《青玉案》

青玉案[1]

贺　铸

凌波不过横塘路[2]，但目送、芳尘去[3]。锦瑟华年谁与度[4]？月桥花院，琐窗朱户[5]，只有春知处。

碧云冉冉蘅皋暮[6]，彩笔新题断肠句[7]。试问闲愁都几许[8]？一川烟草，满城风絮，梅子黄时雨[9]。

注释：

[1]青玉案：词牌名。张衡《四愁诗》："美人赠我锦绣段，何以报之青玉案"，因取以为调名。又名"横塘路"，双调六十七字，前后片各五仄韵，亦有第五句不用韵者。

[2]凌波:形容女子步履轻盈。曹植《洛神赋》:"凌波微步,罗袜生尘。"横塘:在今江苏苏州吴中区西南,贺铸筑馆于此,是作者隐居之所。

[3]芳尘去:指美人已去。

[4]锦瑟华年:指美好的青春年华。李商隐《锦瑟》:"锦瑟无端五十弦,一弦一柱思华年。"锦瑟,雕饰有彩纹的瑟。谁与度:用杜甫《有怀台州郑十八司户》"岁月谁与度"诗意。

[5]琐窗:雕刻或绘有连琐花纹的窗子。朱户:朱红的大门。

[6]冉冉:指云彩缓缓流动。蘅(héng)皋(gāo):长着香草的高地。此句暗用江淹《休上人怨别》:"日暮碧云合,佳人殊未来"诗意。

[7]彩笔:比喻有写作才华。《南史·江淹传》:"(淹)尝宿于冶亭,梦一丈夫自称郭璞,谓淹曰:'吾有笔在卿处多年,可以见还。'淹乃探怀中得五色笔一以授之。尔后为诗,不复成语。故世传江淹才尽。"断肠句:令人肠断的伤感诗句。

[8]试问:请问。闲愁:一说"闲情"。都几许:总计多少。

[9]一川:遍地,一片。梅子黄时雨:长江中下游一带,春末初夏梅子黄熟时多连绵之雨,俗称"梅雨"。《岁时广记》卷一:"后唐人诗云:'楝花开后风光好,梅子黄时雨意浓。'"

比喻堪称辞格之首,是一种古老又富有永恒生命力的修辞手法,通常由本体、喻体、比喻词构成。在古典诗歌中,比喻能巧妙地架起诗人主观情感与客观景物的桥梁。能突出事物特征,深入浅出,塑造鲜明的意象,使抽象、概念的事物形象化、生动化,具有不可替代的艺术审美价值。

古人很早就对比喻发表了深刻的论述。《礼记·学记》说:"不学博依,不能安诗。"意思是不懂得运用比喻,就等于不懂诗。至于《毛诗序》将"比"标为"六义"之一,更说明了比喻之于诗的重要。清人魏源在《诗比兴笺序》中说:"词不可以径也,则有曲而达焉;情不可以激也,则有譬而喻焉。"进一步强调诗不可直言,而应通过比喻来曲折地表达情意。古人也常常利用比喻来达到艺术化的表现效果。下面我们以贺铸《青玉案》为例来说说比喻手法的运用。

上片叙事,写自己所见,是"愁"之缘始。"凌波不过横塘路,但目送、芳尘去","凌波"出自《洛神赋》,此处代指美人。横塘在今天苏州市的西南,宋代词人贺铸晚年住在这个地方,这首词大概作于作者晚年隐居横塘之时。此句是说美人的脚步始终不越过横塘,作者只有遥遥地目送她的倩影渐行渐远。这里不仅以凌波写女子之窈窕,更有将女子比成洛神之意,暗寓了对女子的爱慕之情。

"锦瑟华年谁与度?月桥花院,琐窗朱户,只有春知处",是对女子的别后慕思。"锦瑟"化用李商隐"锦瑟无端五十弦,一弦一柱思华年"之句,"锦瑟华年"指美好的年华。这个女子与谁同度锦瑟华年呢?谁与度,亦即悬揣其无人共度之意,点出盛年不偶,必致"美人迟暮",暗暗关合到自己的遭际。她一定住在"月桥花院，琐窗朱户"这样美丽的地方吧？"月桥花院，琐窗朱户"极写女子住处之高雅幽净，宛如琼瑶仙境。"只有春知处"，只有春天才会知道她住在这样的地方吧！这个形象，显然已非人间的世俗女子，她是作者的愿景，寄托了作者的理想，也是美人香草传统的延展。

　　下片抒情，直接写"愁"情。"碧云冉冉蘅皋暮"，化用南朝诗人江淹的诗句"日暮碧云合，佳人殊未来"（《杂体诗》），晚霞满天，花草遍地，只是黄昏时刻，用极为绚烂的晚景，暗寓佳人未来的惆怅。"蘅皋暮"暗用曹植《洛神赋》"尔乃税驾乎蘅皋，秣驷乎芝田"，曹植就是中途在那儿休息，才遇到洛神宓妃的。可是自己呢，也在生长着杜蘅香草的泽边，徘徊已久，暮色已临，却佳人难遇。"彩笔新题断肠句"，虽才情富艳，有如江淹之胸中彩笔，而所能题的，也不过是令人伤感的诗句罢了，亦即本词的"闲愁"。于是有以下"试问"数句："试问闲愁都几许？一川烟草，满城风絮，梅子黄时雨。"用三种比喻描写闲愁，深受称赏，"人皆服其工，士大夫谓之贺梅子"（《竹坡诗话》卷一）。黄庭坚喜爱此词，赋绝句云："解道江南断肠句，只今惟有贺方回。"（《碧鸡漫志》卷二）贺铸用三组具体而生动的景物"烟草""风絮""梅子黄时雨"形成修饰上所说的博喻，表现了抽象的、无迹可求和难以捉摸的细腻"愁"情，令读者耳目一新。

　　这首词表现闲愁，那么作者的闲愁究竟是什么呢？沈祖棻《宋词赏析》说："表面似写相思之情，实则是抒发悒悒不得志的闲愁。"有美人迟暮的感慨。也就是说，此词借美人香草，抒发怀才不遇的情怀。即使直接将其视作情词，抒发对美人的爱慕之情，也未尝不可。当然，这种主题在宋词中十分常见，该词之所以风靡词林，主要还是末尾几句新鲜的比喻。

　　比喻产生于比较。诗歌中的比喻，正是创作者为了突出形象的某方面的特征而采用的一种比较方式，其目的在于引导欣赏者通过比较把握形象的特征，从而获得深刻的印象。《诗经·硕人》中有一段表现庄姜美貌的诗："手如柔荑，肤如凝脂，领如蝤蛴，齿如瓠犀，螓首蛾眉。巧笑倩兮，美目盼兮。"这段诗前五句通过一系列生动的比喻展示了庄姜的手、皮肤、脖子、牙齿、额头、眉毛等形象的美，给人以清晰深刻的印象。这种清晰而深刻的印象是通过比较把握了事物特征而获得的。刘勰在《文心雕龙·比兴》中说："故比类虽繁，以切至为贵，若刻鹄类鹜，则无所取焉。"所谓"切至为贵"，就是强调本体与喻体在某一点上应该极其相似，越像越好。至于整体上极不相似这一点，则在理论上虽少阐述，但在实际创作中却多有极为显著的表现。试看"余霞散成绮，澄江静如练"二句，分别写了何等不同的事物，然而它们之间却各有极为相似的一点，这一点由于比者与被比物在整体上的不同而得到了强化的表现。

　　唐宋诗词中关于愁的比喻很多。唐代诗人李颀"请量东海水，看取浅深愁"，以水的深浅来比喻愁，"愁"有了深度。唐代诗人赵嘏"夕阳楼上山重叠，未抵闲愁一倍多"，以重叠的山来比喻愁，"愁"有了数量。南唐后主李煜"问君能有几多愁？恰似一江春水向东流"，以一江春水来比喻愁，"愁"有了体积、长度。北宋词人秦观"无边丝雨细如愁"，以细雨来比喻愁，"愁"有了形状。北宋女词人李清照"只恐双溪舴艋舟，载不动，许多愁"，以船载物来比喻愁，"愁"有了重量。李清照另有"这次第，怎一个愁字了得"，以眼前无以名状的情景来比喻愁，使"愁"字有了无限的蕴含。其他如南唐词人冯延巳"撩乱春愁如柳絮，悠悠梦里无寻处"等。贺铸"试问闲愁都几许？一川烟草，满城风絮，梅子黄时雨"，则把如隐如现、忽明忽暗的漠漠春愁比喻得如此具体鲜明，贺铸也因此名声远扬，时人戏称之为"贺梅子"。罗大经认为，"诗人有以山喻愁者"，"有以水喻愁者"，而贺铸"试问闲愁"数句，"以三者比愁之多，尤为新奇，兼兴中有比，意味深长"（《鹤林玉露》卷七）。就是说，这三组景物，既是比喻，又是写景，是景语，亦是情语，情与景融为一体，即"比中有兴"。从空间上说，"一川烟草"与地，"满城风絮"写天，"梅子黄时雨"则天地不分，浑然一体。从时间上看，"烟草"是初春景色，"风絮"是暮春，"黄梅雨"为夏天。这三个比喻构成了一个连续的时间，同时又构成一个浑涵统一的空间整体，用来比喻无处不在，无时不有，遮天蔽地，茫茫无边的"闲愁"，所以明人沈际飞评价此词："叠写三句闲愁，真绝唱！"（《草堂诗余四集》）的确令人拍案叫绝。

刘勰《文心雕龙·比兴》曰："夫比之为义，取类不常：或喻于声，或方于貌，或拟于心，或譬于事。宋玉《高唐》云：'纤条悲鸣，声似竽籁。'此比声之类也。枚乘《菟园》云：'焱焱纷纷，若尘埃之间白云。'此则比貌之类也。贾生《鵩赋》云：'祸之与福，何异纠缠？'此以物比理者也。王褒《洞箫》云：'优柔温润，如慈父之畜子也。'此以声比心者也。"刘勰将比喻分为"喻于声""方于貌""拟于心""譬于事"四类，着眼于喻体的性质。现代一般从本体和喻体两个方面，将比喻类型分为明喻、暗喻、借喻、曲喻、博喻等。

一、明喻是本体和喻体同时出现，常用"如""似"等词语明确地显示出比喻关系。这类佳句有：

余霞散成绮，澄江静如练。（谢朓《晚登三山还望京邑》）

蜀道之难，难于上青天。（李白《蜀道难》）

日出江花红胜火，春来江水绿如蓝。（白居易《忆江南》）

人生到处知何似，应似飞鸿踏雪泥。（苏轼《和子由渑池怀旧》）

自在飞花轻似梦，无边丝雨细如愁。（秦观《浣溪沙》）

二、暗喻又称"隐喻"，主体和喻体都在句中出现，但不明确表示是在打比方，而是用"是""为""成"等词语来显示两者的关系。暗喻比明喻形式上显得更紧凑，相似点突出，联系也更密切。这类佳句有：

浮云游子意，落日故人情。（李白《送友人》）

波澜誓不起，妾心古井水。（孟郊《烈女操》）

便作春江都是泪，流不尽，许多愁。（秦观《江城子》）

山河破碎风飘絮，身世浮沉雨打萍。（文天祥《过零丁洋》）

三、借喻。其本体不出现，直接用喻体来代表本体。它比暗喻更深一层，本体和喻体融合在一起。例如：

骆宾王《秋日送尹大赴京》"竹叶离樽满，桃花别路长"，句中的"竹叶"喻酒，"桃花"喻马。

杜甫《将赴成都草堂途中有作先寄严郑公五首》其四"新松恨不高千尺，恶竹应须斩万竿"，"新松"喻善，"恶竹"喻恶，诗人借以抒发对人生的感悟。

王安石《木末》"缫成白雪桑重绿，割尽黄云稻正青"，"白雪"比喻丝，"黄云"比喻麦。

四、曲喻。从第一个喻体与本体相似的一方面，通过联想转移到第二个喻体或两个以上的喻体上去，使原不相似的后面喻体与本体产生比喻关系。其主要特征是后一个喻体必须在前一个比喻的基础上产生。钱钟书先生在《谈艺录》中说："夫二物相似，故以此喻彼，就彼此相似只有一端，非为全体。长吉乃往往以一端相似，推而及之于初不相似之他端。"

贺知章《咏柳》"碧玉妆成一树高，万条垂下绿丝绦。不知细叶谁裁出？二月春风似剪刀"，诗人先将柳条比成绿丝绦，再由"绿丝绦"而想到裁剪，又想到剪刀，由一个喻体而想到另一个喻体，后一个喻体产生在前一个喻体的基础上。

再比如李贺《天上谣》"银浦流云学水声"，先将云比成水，再由水流动而说云流动，进而好像云流动时也传出了声音。

五、博喻。是指三个或三个以上的喻体接连比喻一个本体，表现一件事物的一个方面或一种状态。从不同角度反复设喻，可以不断地强调主题，使诗歌气势流畅。语言也有鲜明的层次感、韵律感。如苏轼《百步洪》：

> 长洪斗落生跳波，轻舟南下如投梭。水师绝叫凫雁起，乱石一线争磋磨。有如兔走鹰隼落，骏马下注千丈坡。断弦离柱箭脱手，飞电过隙珠翻荷。

诗人描写一叶轻舟在一泻千里的洪流中飞驶，连用七种形象来比喻水波的冲泻，水势的汹涌湍急，说小舟行进在水间，就像投掷梭子一样，形容水势快就像狡兔的疾走，鹰隼的猛落，如骏马奔下千丈的险坡，这轻舟如断弦离柱，如飞箭脱手，如飞电之过隙，如荷叶上跳跃的水珠，比喻十分鲜明生动。贺铸《青玉案》也是使用博喻，取得巨大成功。

比喻创造了一个个情景交融的意境，大大增强了古典诗词曲的艺术审美张力。一个个深邃优美的比喻句子，有如玲玲振玉，晶莹剔透，散发着无穷的魅力。

第三节　拟人手法：杜甫《春夜喜雨》

春夜喜雨

杜　甫

好雨知时节[1]，当春乃发生[2]。
随风潜入夜[3]，润物细无声[4]。
野径云俱黑[5]，江船火独明。
晓看红湿处[6]，花重锦官城[7]。

注释：

[1]知：明白，知道。

[2]乃：就。发生：萌发生长。

[3]潜：暗暗地，悄悄地。

[4]润物：使植物受到雨水的滋养。

[5]野径：田野间的小路。

[6]晓：天刚亮的时候。红湿处：雨水湿润的花丛。

[7]花重(zhòng)：花因为饱含雨水而显得沉重。锦官城：故址在今成都市南，亦称锦城。三国蜀汉时管理织锦之官驻此，故名。后人有用作成都的别称。此句是说露水盈花的美景。

　　拟人是文学写作尤其是诗词创作中常用的一种修辞手法。诗人移情入物，运用拟人手法，将物当做人来表现其生命与性灵，借以抒发自我浓烈的情思。唐圭璋先生说："拟人句，以物拟人，使无情之物，化作有情之人，此修辞法也。用此法入词，饶有韵味。"（唐圭璋《梦桐词话》卷一）在《诗经》中就有一些以物拟人的篇章和诗句，如《周南·螽斯》："螽斯羽，诜诜兮。宜尔子孙，振振兮。"全篇三章，都作比拟体，颂扬蝗虫多子、后代昌盛、欢聚和乐，可以看作是后世咏物比拟体诗词的滥觞。到了汉代，拟人写法更加鲜明突出。无名氏《枯鱼过河泣》云："枯鱼过河泣，何时悔复及！作书与鲂鱮，相教慎出入。"通首以鱼拟人，写枯鱼被人捕捉后伤心哭泣，后悔莫及，并作书伙伴。想象新奇，感人至深。建安诗人王粲《七哀诗》（其二）曰："独夜不能寐，摄衣起抚琴。丝桐感人情，为我发悲音。"晋无名氏《子夜四时歌·春歌》说："春风复多情，吹我罗裳开。"皆以物拟人，使琴与春风能感人心志。杜甫的《春夜喜雨》是礼赞春雨的诗，也是使用拟人手法的佳作。它是杜甫在唐肃宗上元二年（761）所写，当时诗人在成都，刚刚结束三年颠沛流离的生活，有了暂时栖身的地方。

首联"好雨知时节，当春乃发生"，虽是概括性的叙述，却饱含深情。"好"字是全诗的核心，"知"字写活了春雨，春雨好似有知而又多情。首两句诗人已将春雨拟人化，春雨是多么知道人们的需要啊，它知道人们在春天时节最需要雨，所以在春天就光临人间了。

颔联"随风潜入夜，润物细无声"具体描写春雨如何光临人间。"潜"与"细"二个字非常传神。承接首联春雨人格化的特征，在诗人笔下，春雨是有生命的，是有感知能力的，是有情的。"潜"，偷偷地，它生怕惊扰了人们的梦境，好像要给人们一个惊喜，所以才在夜间悄悄地、偷偷地来到了人间。"细"字写出了春雨细若游丝、绵绵密密、悄无声息的特点。"潜"与"细"互相呼应，写出了春天的微风、细雨，写出了细雨的静静悄悄、泽润万物。仇兆鳌评论这首诗说："雨骤风狂，亦足损物。曰潜曰细，写得脉脉绵绵，于造化发生之机，最为密切。"（《杜诗详注》）沈德潜认为这两句诗能"传出春雨之神"。

颈联"野径云俱黑，江船火独明"，紧承颔联，从视觉来写野外江边雨夜之景。"云俱黑"写雨势正健，野外一片漆黑，"火独明"写江船上的一缕灯光，与野外黑漆漆的空间构成鲜明的对比，写雨夜的深沉、静谧，也写雨夜渔人的温馨。

尾联是诗人想象中的雨后景象。"红""湿""重"都是说的雨后花朵的状态。春雨打湿了花朵，洗去了灰尘，因而显得更红，又因饱含雨水所以显得更加重。作者借一斑以窥全豹，描绘春雨之后百花怒放更加鲜艳美丽的状态，进一步赞美春雨给人间带来的美丽。

杜甫诗集中写雨的诗有二十多首，如《秋雨叹三首》《曲江对雨》《雨过苏端》《雨晴》《梅雨》《朝雨》《大雨》等。其别有春雨、夏雨、秋雨、梅雨，有朝雨、晨雨、夜雨，有大雨、小雨、久旱之雨、不绝之雨，或写景，或述怀，或感时，不一而足。从感情上看，《春夜喜雨》虽通篇无一"喜"字，但诗人的喜悦之情跃然纸上。一场普通的春雨，在诗人看来是如此美好，如此珍贵。无论是"好雨知时节""润物细无声"，还是"花重锦官城"，都与农事有关，都对劳动人民有利，可见诗人的"喜"与人民密切相关。这种感情在其他诗篇里也经常表达。凡是对人民有利的雨，即使是大雨，哪怕自己的茅屋漏了，他照样喜悦："敢辞茅苇漏，已喜黍豆高。"（《大雨》）家里的房子漏不要紧，让人高兴的是庄稼已经长得很高很高了。而当久雨成灾时，他却遏止不住恼怒："吁嗟乎苍生，稼穑不可救。安得诛云师，畴能补天漏。"（《九日寄岑参》）一场春雨，折射了杜甫忧国忧民、民胞物与的高尚情怀。从艺术而言,该诗拟人化的手法非常生动。清人李文炜评价《春夜喜雨》中说:"小雨应期而发生,则知时节之当然矣。其随风也,知当昼则妨夫耕作,而潜入夜焉;其润物也,知过暴则伤性情,则细无声焉。"(《杜律通解》)这个分析非常好,可见杜甫笔下的春雨是一个通晓人情事理的精灵,在滋润万物的同时,还主动"配合"人类耕作,诗作展现了一幅天人合一、人与自然和谐相处的美好画面。

拟人可以增加诗歌的形象性和生动性。拟人把物当作人来写,赋予无生命的事物以生命。山川草木,具有人的特性,鸟兽鱼虫,能理解人类的情感,拟人手法使文学作品充满生趣和感染力。唐诗中的拟人现象比比皆是。如杜诗"四更山吐月,残夜水明楼"(《月》),"山吐月"便是拟人的手法。山本来无嘴,怎么能够说"吐"? 正是这"吐"字,点出了山势的奇峭,山峰的绵长。"苍崖吼时裂"(《北征》)把山间的裂缝想象成是囚吼而震裂。"群山力壑赴荆门,生长明妃尚有村"(《咏怀古迹》),一个"赴"字,使群山万壑都活动起来,千山朝拜,万壑推尊,有力烘托了昭君村的地势。杜甫笔下的自然界富于人情味,充满温暖的情调。"寒流江甚细,有意待人归"(《夜宿西阁》),本来是江水平缓,细细流淌,诗人却说是江流故意在等待人归,赋予江流以生命,使江流充满人情味。李白的名句"仍怜故乡水,万里送行舟"(《渡荆门送别》),"相看两不厌,只有敬亭山"(《独坐敬亭山》),"春风知别苦,不遣柳条青"(《劳劳亭》),无不流露出诗人以赤子之心感受自然美的脉脉深情。李贺的"芙蓉泣露香兰笑"(《李凭箜篌引》),将芙蓉带露和兰花招展,比拟为人之哭泣和欢笑,将无形的乐声形象化,增强了作品的浪漫色彩;"可怜日暮嫣香落,嫁与东风不用媒"(《南园》)则以大胆绮丽的艺术想象使人耳目一新;其《金铜仙人辞汉歌》通首拟人,将金铜仙人像赋予人的情意,隐曲地表现诗人深沉的家国之痛与身世之悲。

拟人作为"生命化"的描写,其主要功能在于生动形象地表达作者的情感。成功的咏物诗大多与拟人手法的运用有关,如骆宾王《在狱咏蝉》、罗隐《蜂》、陆游《卜算子·咏梅》、于谦《石灰吟》等,都是赋予对象以人格,并倾注自己的感情。中国古典诗歌的特质是抒情性,而拟人是简捷灵便的抒情方式。这一点在宋词中尤为明显。著名词人辛弃疾、史达祖、吴文英、王沂孙、张炎等,都是拟人的艺术高手。有人统计,史达祖存词 112 首,有拟人之作约 34 首,比例达30%;吴文英存词 340 首,拟人之作约 96 首,比例达 28%;王沂孙存词 64 首,拟人之作约 21 首,比例高达 33%;张炎存词 302 首,拟人之作约为 60 首,比例达到 20%。① 因为中国古典诗词本来就是以自然意象而非社会意象为主的。宋

---

① 陶文鹏,赵雪沛:《论宋词拟人手法的泛化与深化》,《徐州工程学院学报》(社会科学版)2013 年第2 期。

代词人不仅可以将具体的、有生命的景物拟人化,如秦观《春日》"有情芍药含春泪,无力蔷薇卧晓枝"两句,以拟人化的手法,说芍药和蔷薇仿佛多情的少女泪光晶莹、娇弱慵懒。再如欧阳修写蝴蝶:"江南蝶,斜日一双双。身似何郎全傅粉,心如韩寿爱偷香,天赋与轻狂"(《望江南》);周邦彦写燕子:"梁间燕,前社客。似笑我,闭门愁寂"(《应天长》);李清照写寒梅:"香脸半开娇旖旎,当庭际,玉人浴出新妆洗"(《渔家傲》);辛弃疾写鸥鸟:"宿鹭窥沙孤影动,应有鱼虾入梦"(《清平乐》);刘辰翁写海棠:"斜风细雨不曾晴,倚阑滴尽胭脂泪"(《踏莎行》),都是很好的例子。即使无生命的自然景物,也被赋予与作者同悲同喜的感情,如王禹偁写云雨:"雨恨云愁,江南依旧称佳丽"(《点绛唇》);晏殊写明月:"明月不谙离恨苦,斜光到晓穿朱户"(《蝶恋花》);周邦彦写斜阳:"斜阳映山落,敛余红,犹恋孤城阑角"(《瑞鹤仙》);秦观写流水:"郴江幸自绕郴山,为谁流下潇湘去"(《踏莎行》);赵长卿写浪花:"见说江头春浪渺,殷勤欲送归船"(《临江仙》)。甚至蜡烛、影子、帽子都可以与作者发生心灵的感应。拟人往往与比喻、夸张、典故等艺术手法综合运用,为作者虚构了一个目成心许而充满灵性的艺术世界,有力表达了作者的感情诉求。

第四节　凭空设想：杜甫《月夜》

月　夜

杜　甫

今夜鄜州月[1],闺中只独看[2]。

遥怜小儿女[3],未解忆长安[4]。

香雾云鬟湿,清辉玉臂寒[5]。

何时倚虚幌[6],双照泪痕干[7]。

注释:

[1]鄜(fū)州:今陕西富县。当时杜甫的家属在鄜州的羌村,杜甫在长安。

[2]闺中:指妻子。看,读平声 kān。

[3]怜:念。

[4]未解:尚不懂得。有两种含义:一是说儿女年龄尚小,尚不懂想念身陷长安的父亲;一是说儿女年幼无知,还不能理解母亲望月怀人的心思。

[5]"香雾"两句:写想象中妻子独自久立、望月怀念诗人的样子。香雾,雾本来没有香气,因为香气从涂有膏沐的云鬟中散发出来,所以说"香雾"。杨慎谓:"雨未尝有香,而元微之诗云:'雨香云淡觉微和。'云未尝有香,而卢象诗云:'云气香流水。'今按:雾本无香,香从鬟中膏沐生耳。如薛能诗'和花香雪九重城',则以香雪借形柳花也。梁章隐《咏素馨花》诗:'细花穿弱缕,盘向绿云鬟。'"云鬟,指头发稠密蓬松,犹如云雾。清辉,月亮的光辉。因思念深,故望月久,以至云鬟被雾气沾湿,玉臂生寒。

[6]虚幌(huǎng):薄而透光的窗帷。幌,帷幔。

[7]双照:与上面的"独看"对应,表示对未来团聚的期望。意思是说两人何时才能团聚,共同倚在窗边赏月。

　　古人抒发思念之情的手法也很多,今天我们讲其中一种非常特别的写法:凭空设想,以达到"一石二鸟"的目的,代表篇目是杜甫的《月夜》。

　　这首诗创作于唐玄宗天宝十五载,也就是公元 756 年的八月,当时诗人杜甫准备穿过战争前线去甘肃投奔唐肃宗,不料,在长安被安史叛军俘虏,这时候的杜甫既见不到皇上,也无法回家与亲人团聚,心里非常想念妻子孩子。他的妻子孩子这时候正寄居在鄜州,就是今天的陕西富县。家里人也不知道杜甫已经被俘虏。

　　首联"今夜鄜州月,闺中只独看",想象妻子今天夜里一定在孤独地望着月亮想念自己。妻子为何"独看"明月呢?因为"遥怜小儿女,未解忆长安"。儿女都还小,他们并不能体会对母亲对父亲的思念。"未解",不能理解,或者不能懂得,两种解释都可以。"忆",思念。

　　颈联"香雾云鬟湿,清辉玉臂寒",写妻子在月亮下的美丽身影。雾气打湿了妻子的乌云般的头发,月亮下清辉映照着妻子美丽的手臂。雾本来没有味道,但作者却以"香"来形容,这个"香"当然来自诗人妻子,可见诗人妻子之美好与芬芳,"玉臂寒"又写出了妻子的端庄典雅。由于作者朝思暮想,想象中妻子的形象非常芳香圣洁,表现了诗人对妻子浓浓的爱与思念。在杜甫的诗中,他一向是以"老""瘦""丑""拙"来形容妻子,但这篇《月夜》诗却将妻子写得那么美丽,好像是一个雍容华美的贵妇人。实际上,这时候兵荒马乱,既居无定所,又饥寒交迫,现实生活中的妻子应该是衣衫褴褛、瘦弱憔悴,不可能有"香雾""云鬟"和"玉臂",这些美丽完全出自诗人想象。为什么会这样呢?只有一个解释,那是因为"念之愈深,思之愈美",是诗人太想念妻子了,所以在想象中的妻子就美丽非凡。尾联"何时倚虚幌,双照泪痕干",想象若有一天能够团圆,两人一定倚靠在帐前,泪眼婆娑,再赏明月。

　　这首诗表达的情感并不新鲜,是战乱中诗人对身在异地的妻子的思念,但这首诗的写法非常令人称道,被人们作为"一石两鸟""一箭双雕"写作手法的经典案例。诗明明是诗人想念妻子,但却不说自己想念妻子,却说妻子想念自己,完全是从对面落笔,实际上却更深一层地写了自己对妻子的思念。这种从对方设想的方式,妙处就在于从对方那里生发出自己的感情。明人王嗣奭曰:"意本思家,而偏想家人之思我,已进一层。至念及儿女之不能思,又进一层。"(《杜臆》卷二)浦起龙《读杜心解》评此:"心已驰神到彼,诗从对面飞来。悲婉微至,精丽绝伦。"纪昀评价说:"入手便摆落现境,纯从对面着笔,蹊径甚别。后四句又纯为预拟之词,通首无一笔着正面,机轴奇绝。"(《瀛奎律髓刊误》)认为诗人诗一开篇就摆脱眼前现实,纯从对方落笔,写法非常特别。后面四句又完全是对未来的设想,整首诗没有一个字是从正面着笔的,作者别具匠心,非常奇绝。纪昀实际上点出了这首诗的关键之处:想象。

其实这种手法并不始于杜甫,古人早在《诗经》中即已展开想象的翅膀,如《魏风·陟岵》:"陟彼岵兮,瞻望父兮。父曰:嗟！予子行役,夙夜无已。上慎旃哉,犹来！无止！"后二章分别想象"母曰""兄曰"。全诗重章叠唱,想象父母兄长对他的挂念叮嘱,而自己对家人的思念自然不言而喻。方玉润《诗经原始》中评曰:"人子行役,登高念亲,人情之常。若从正面直写己之所以念亲,纵千言万语,岂能道得意尽？诗妙从对面设想,思亲所以念己之心,与临行勖己之言,则笔以曲而愈达,情以婉而愈深。千载下读之,犹足令羁旅人望白云而起思亲之念,况当日远离父母者乎？其用意尤重在'上慎旃哉'一语。亲以是祝之子,子以是体夫亲。其能以亲心为己心者,又不仅在思亲之貌与亲情而已,而可不谓之为贤乎？"汉魏乐府诗《塘上行》:"念与君一共离别,亦当何时,共坐复相对。出亦复苦愁,入亦复苦愁。边地多悲风,树木何萧萧。"诗人以丈夫口吻想象在家的思妇对在外行役游子的思念,来表达诗人自己对故乡、对亲戚朋友的想念之情。南朝乐府《西洲曲》写男子"下西洲",拟想女子在"江北"想念自己凝望自己:"君愁我亦愁""吹梦到西洲",男子想象中的女子的情思,也是一笔两人,借对方想念自己,更写出了自己对对方的思念。

到了唐代,这种"一笔两人"凭空设想的手段数见不鲜。比如:王维《九月九日忆山东兄弟》:"独在异乡为异客,每逢佳节倍思亲。遥知兄弟登高处,遍插茱萸少一人。"也是从对方落笔,料想今天兄弟登高的时候,一定是感慨少了我一个啊！高适《除夜作》:"旅馆寒灯独不眠,客心何事转凄然。故乡今夜思千里,愁鬓明朝又一年。"也是说在家乡今夜,家里人一定在思念千里之外的我啊！白居易《邯郸至除夜思家》:"邯郸驿里逢冬至,抱膝灯前影伴身。想得家中深夜坐,还应说着远行人。"这首诗说自己在邯郸城的宾馆里迎来了冬至,深夜无眠,抱膝独坐,想象这时家里人一定也在深夜坐着聊天吧,他们一定会说到我这个远行人吧！

最著名的大概要数李商隐《夜雨寄北》了:"君问归期未有期,巴山夜雨涨秋池。何当共剪西窗烛,却话巴山夜雨时。"前两句回应对方的关切,写眼前实景,后两句从这眼前生发开去,驰骋想象,另辟新境,表达了日后剪烛夜话的愿望。其构思之奇,真有点出人意外。然而设身处地,又觉得情真意切,字字出自肺腑。徐德泓评论说:"翻从他日而话今宵,则此时羁情,不写而自深矣。"(《李义山诗疏》)正是这个意思。

这些诗篇都抒写诗人对家人和好友的思念之情,但都是跳出眼前,或从对方出发,说他们思念自己;或从未来落笔,而回顾当前。这种手法,古人亦称之为曲笔。曲笔是表现手法,属于艺术技巧,但又不完全是艺术技巧问题。它需要有生活做基础。如《月夜》不写自己而写妻子,这是符合诗人当时心理活动轨迹的。诗人抬头望月,思念亲人的心自然飞向鄜州的家中,想着家中的妻子一定会在月下"忆长安"。这不是故弄玄虚,而是合情合理,合乎实际的。

第十三章

艺术技巧之五

虚实相生

第一节　虚实两者的艺术辩证关系

　　古人写诗作文非常重视虚实相生。清人冯景在《与高云客论魏序》中就明确说过："古人行文妙处,虚实相生。"(《解春集诗文钞》)虚与实相对而言,有者为实,无者为虚;有根据为实,假托它物为虚;客观为实,主观为虚;具体为实,隐者为虚;有行为实,徒言为虚。虚实之间的巧妙配合,能产生出人意料的艺术效果。

　　虚实相生的概念,究其渊源,应该说是来自先秦道家思想中的"有无相生"理论。老子曰:"有无相生"(《老子》2章)。老子曾以车轮、器皿、门窗等事物来比喻阐述"有无相生"这个论题。老子曰:"三十辐共一毂,当其无,有车之用。埏埴以为器,当其无,有器之用。凿户牖以为室,当其无,有室之用。"(《老子》11章)。三十根辐条汇集到一根毂中的孔洞当中,有了车毂中空的地方,才有车的作用。揉和陶土做成器皿,有了器具中空的地方,才有器皿的作用。开凿门窗建造房屋,有了门窗四壁内的空虚部分,才有房屋的作用。所以,车轮、器皿、门窗等事物之所以有它的作用,正是因为它们既有"有"的一面,又有"无"的一面。失去其中任何一方面,也就失去了它们的作用及本质。只有虚实结合,有无相生,天地万物才能运行。

　　虚实相生,是古人早已熟知的概念。可惜因为中国古人评论诗文时,只注重"玩味"和"妙悟",不追求阐释的理论性与系统性。因此对于虚实相生的阐述,也是零星的、片段的。如宋代范晞文云;"不以虚为虚,而以实为虚,化景物为情思。"(《对床夜语》)清代刘肇虞云:"借虚为实,化实为虚,情事俱得。"(《元明八大家古文》)清代仇兆鳌云:"一景一情,谓之虚实相间格。"(《杜诗详注》)按照当代文艺理论界的通常表述,所谓"虚实相生",一般是指在艺术创造过程中,把直接的、具体的、有形的描写与间接的、虚幻的、无形的描写结合起来,给读者留有广阔的想象空间,从而创造出言有尽而意无穷的艺术效果。可见,虚实相生既是一种创作方法,也是一种极高的艺术境界。

　　宗白华先生在《中国艺术表现的虚和实》中指出,"虚"和"实"要辩证地统一,才能完成艺术的表现,形成艺术的美。虚实相生是文学创作思想极具诗性特征的表现及重要方法。一部完整的文学作品,无论是叙事文体还是抒情文体,从本质上说,也就是实与虚的对立统一。古典文学作品中的"虚"与"实",辩证统一于文本结构之间。它们之间的关系,或是以实写虚,或是以虚衬实,或虚实结合,形成一种含蓄蕴藉和引发读者共鸣的艺术魅力。下面我们结合作品看"虚"和"实"如何结合才能达到一定的艺术境界。

以实写虚。李白《黄鹤楼送孟浩然之广陵》是大家耳熟能详的名篇,其中两句云："孤帆远影碧空尽,惟见长江天际流。"这两句诗形式上是写景,包括"帆""影""江""天",景中却包含了诗人对孟浩然依依不舍的情意,是抒情。写景是实,抒情是虚。李白的本意,显然不是为了描绘"帆""影""江""天"等眼前之景,而是通过这些实实在在的景,把读者带入一个想象的虚无空间,所以每个景都加上了传达情感的修饰词,帆是孤帆,影是远影,江是长江,天是天际,而传达出来的作者感情却在文字之外,这是以实景写虚情的例证。

又如朱熹《水口行舟》诗云："昨夜扁舟雨一蓑,满江风浪夜如何。今朝试卷孤篷看,依旧青山绿水多。"此诗写小船行进在江上,写诗人的见闻,写"扁舟""夜雨""蓑衣""孤篷""青山绿水",这是实景描写。但很显然,朱熹不是为了写景,而是为了传达某种理思,或者说是感悟。透过诗人所写的实景,我们感悟到:风雨总是暂时的,风浪总归会平息的,青山绿水总是永恒的,一切美好的事物的生命力终究不可遏抑。诗人在绘景叙事中传达了深刻的人生哲理,这是虚,是警策。以上两例,作者把主观上的情、志、理、思依托于客观的人、事、景、物之上,"化景物为情思"。从表达的内容看,是情和景的关系;从表现手法看,则是虚和实的关系。

以虚写实。古人在描写人、事、景、物时,有时正面描写景物的特征即可以传神。但很多时候,正面表达难以达到预期。那么,此时往往采取侧面描写的方法,进行烘托或暗示,达到实写的目的。举个很简单的例子,古人形容女人美貌,常说羞花闭月、沉鱼落雁。虽然没有对其美貌作正面的描写,但却能引起人们丰富的想象,从而达到审美的体验。这种表现方法,类似音乐中的歇拍、绘画中的空白、电影中的空镜头、戏剧中的静场,在古典文学作品中也是非常之多。

例如,白居易的《琵琶行》是古今传诵的名篇。白居易在浔阳江头偶遇一位擅弹琵琶的女子,他是这样描写此女子技艺之高超："大弦嘈嘈如急雨,小弦切切如私语。嘈嘈切切错杂弹,大珠小珠落玉盘。间关莺语花底滑,幽咽泉流冰下难。冰泉冷涩弦凝绝,凝绝不通声暂歇。别有幽愁暗恨生,此时无声胜有声。银瓶乍破水浆迸,铁骑突出刀枪鸣。曲终收拨当心画,四弦一声如裂帛。"这是中国诗歌史上描写音乐的著名片段,达到极高的艺术水准,之所以能把琵琶声描写得如此美妙,一方面得益于诗人高妙的比喻,以急雨、私语、大珠小珠

图13-1 南宋 马远《寒江独钓图》局部

落在玉盘里、莺鸣花底、泉流冰下等一系列比喻来写琵琶的各种声音美感,比喻非常到位,使琵琶声如在耳边。但另一方面也得益于虚实相生手法的运用。这里最著名的一句是"别有幽愁暗恨生,此时无声胜有声",是琵琶声停时的悄无声息,是一片寂静,是"无",但这个"无"却非常丰富,蕴含着很多欲言又止的意绪,这是"无"创造了"有",虽然是"无",却存在着丰富的"有",这就是以虚写实。这种"以虚写实"类似于绘画的"计白当黑"。我们欣赏名画时,经常看到很多画作有大量的空白,但这些空白却蕴含着"有",例如南宋著名画家马远和夏圭就非常善于利用留白来构图,所以人称"马一角"和"夏半边",虚实恰到好处的运用成就了他们独特的艺术魅力。

　　虚实结合。一篇好的文学作品,自然是人、事、情、景的交融。交融境界的呈现,自然离不开虚实相生的表现方式。王国维曾经说过:"一切景语皆情语。"就是说景中必然有人的存在。但人却不必实写,有时会隐藏在文字之外。唐代诗人司空曙《喜外弟卢纶见宿》是一篇五律,前四句云:

　　　　静夜四无邻,荒居旧业贫。雨中黄叶树,灯下白头人。

其中,"雨中黄叶树,灯下白头人",特别富有诗味,是名言警句。学者们早已指出,这一句袭用王维《秋夜独坐》"雨中山果落,灯下草虫鸣"这两句,但艺术效果似乎又超过了王维。司空曙认为这两句诗是虚实相生的典范。

"雨中黄叶树"既是写实景,同时又是虚景,用树之落叶来比喻人之衰老,树叶在秋风中飘落,和人的风烛残年非常相像,二者之间具有某种隐喻的关联。这里,"黄叶树"既是实景描写,同时又起了气氛烘托的作用,营造秋天悲凉的气氛,与"白头人"互相映衬,在虚实结合中达到了动人心神的艺术效果。

第二节　虚实与言外之意：李白《玉阶怨》

玉阶怨[1]

李　白

玉阶生白露[2],夜久侵罗袜[3]。
却下水精帘[4],玲珑望秋月[5]。

注释:

[1]玉阶怨:乐府古题,是专写"宫怨"的曲题。郭茂倩《乐府诗集》卷四十三列于《相和歌辞·楚调曲》。

[2]玉阶:玉石砌的台阶。

[3]侵:沾湿。罗袜:丝织的袜子。

[4]却下:回房放下。却,还,回室内。水精帘:用水晶编织的帘子。

[5]玲珑:明亮澄澈的样子。此句意思是说虽回房下帘仍望月而待,以至不能成眠。

　　虚实相生相辅相成,其艺术魅力在于二者之间的巧妙配合,产生言有尽而意无穷的效果。若专用虚写,患在意浮,意浮则文散;若纯粹写实,患在意浅,意浅则无味。下面我们结合李白的《玉阶怨》来谈谈虚实相生如何产生特别的艺术效果。

　　《玉阶怨》来源于南朝乐府,现存最早的《玉阶怨》文本是谢朓的作品:"夕殿下珠帘,流萤飞复息。长夜缝罗衣,思君此何极。"写一个女子在深夜里缝制罗衣思念君子的情感。跟谢朓同时代的诗人虞炎也写过一首《玉阶怨》:"紫藤拂花树,黄鸟度青枝。思君一叹息,苦泪应言垂。"虞炎与谢朓是诗友,此诗之作可能受到谢朓《玉阶怨》的感发。因此钟嵘在《诗品序》中说:"学谢朓,劣得'黄鸟度青枝'"。"劣得",是仅得的意思。很显然,钟嵘认为,虞炎写的这首诗还不如谢朓。原因可能还是在于,虞炎诗中将情感说得更透彻,以"苦泪"承接"思君",有伤含蓄之美。

大诗人李白以浪漫豪放著称,笔下却不乏细致言情之作。其《玉阶怨》诗明显受到谢朓、虞炎等人作品的影响,所写题材内容与之十分相近。但相比较而言,李诗有景语无情语,情在景中,少了一份质实,多了一份含蓄蕴藉。尤其是末句,以"望秋月"的神情作结,何人在望,为何而望,结果如何,无不给读者以无尽的遐想空间。这就是所谓的以实写虚、虚实相生之妙笔。读者自当于虚处体味,反复涵泳。李白这首《玉阶怨》,虽曲名还标有"怨"字,但文本中却全然不见"怨"字。让我们回到文本中来:"玉阶生白露,夜久侵罗袜。"写女主人公独立阶前,夜深不寐,无言凝思,以至冰凉的露水浸湿罗袜。这两句全是写实,但又有各种情感产生。"罗袜"是实写,也是用了曹植的"凌波微步,罗袜生尘"的意境,既表现了主人公的身份,又不动声色地写出了主人公的美丽。这是以实写虚。首两句中的"生"与"侵"两个动词也不动声色地写出了夜色之浓,伫待之久,怨情之深。生,是慢慢地产生;侵,是慢慢地进入。只有伫立很久,才会至夜深白露生出,才会使白露打湿罗袜。实写的是女子的站立,虚写的却是女子的孤独与痴怨。然而这些情感,诗人并未直接说出。

"却下"二字,以虚字传神,字少情多,直入幽微。"却下"一词,看似无意下帘,而其中却有无限幽怨。本来主人公由于夜深、怨深,无可奈何而回到闺房。回去之后,却又怕隔窗的明月照见室内的幽独,因而拉下帘幕来。帘幕放下来了,又要去隔帘望月。

这首诗一点没有描写主人公的姿容与心理状态,只是描写了深夜女子独立阶前望月的行动,但却传达了女主人公凄怨感伤、孤独痴情的内心世界,引领读者步入诗情的最幽微之处,不落言筌,在文字构成的想象里,使诗情幽深辽远。所以,这首诗体现出了诗家"不著一字,尽得风流"的真意。

俄国著名作家契诃夫曾告诉高尔基,写作应该稍微矜持一点儿,不能将情感一股脑倾泻而出。中国古人的言意之辨、虚实之辨,其实也是这个意思。也就是南朝钟嵘《诗品序》中所说的"文已尽而意有余",北宋梅圣俞所说的"含不尽之意见于言外"。作者在艺术创作时,应与所写对象保持一定的距离,并保持一定的"矜持"与冷静。这样一来,作品才没有声嘶力竭之弊,而有幽邃深远之美,写难状之情与难言之隐,使漫天飞舞的诗思充满全诗,却又在具体的字句间捉摸不到。我们认为,这或许就是李白《玉阶怨》后出转精,超出谢朓、虞炎等前辈诗人同题之作的原因所在。

第三节 虚实与情景交融：
秦观《满庭芳》

满庭芳[1]

秦 观

山抹微云，天连衰草[2]，画角声断谯门[3]。暂停征棹，聊共引离尊[4]。多少蓬莱旧事[5]，空回首、烟霭纷纷[6]。斜阳外，寒鸦万点，流水绕孤村[7]。

销魂。当此际[8]，香囊暗解，罗带轻分[9]。谩赢得青楼薄幸名存[10]。此去何时见也？襟袖上、空惹啼痕。伤情处，高城望断，灯火已黄昏[11]。

注释：

[1]满庭芳：词牌名，因唐柳宗元《赠江华长老》诗"偶地即安居，满庭芳草积"以及吴融《废宅》诗"满庭芳草易黄昏"等句而得名。双调九十五字，前片四平韵，后片五平韵。

[2]连：唐李绅《上家山》："高低入云树，芜没连天草。"唐杜牧《奉和门下相公送西川相公兼领相印出镇全蜀诗十八韵》："回首峥嵘尽，连天草树芳。"用法略同。一作"黏"，于意似乎更佳。唐韩愈《祭河南张署员外文》："洞庭漫汗，黏天无壁。"宋黄庭坚《四月末天气陡然如秋遂御袷衣游北沙亭观江涨》："远水粘天吞钓舟。"

[3]画角：外饰彩绘的号角，多用于军中，警昏晓，振士气，类似今天的军号。谯（qiáo）门：建有望楼的城门。谯，通"瞧"，瞭望。

[4]征棹（zhào）：行船。棹，船桨，代指船。引：俞平伯《唐宋词选释》卷中认为，"引有延长牵连义。引酒即连续地喝酒。'共引离尊'，言饯行时举杯相属"。尊：酒杯。

[5]蓬莱：传说中的海上仙山。蓬莱旧事：男女爱情的往事。承袭唐人习惯，以游仙比喻冶游。胡仔《苕溪渔隐丛话》后集卷三三引《艺苑雌黄》："程公辟守会稽，少游客焉，馆之蓬莱阁。一日，席上有所悦，自尔眷眷不能忘情，因赋长短句，所谓'多少蓬莱旧事，空回首、烟霭纷纷'是也。"由此可见"蓬莱"又兼指会稽蓬莱阁。

[6]空：徒然。烟霭（ǎi）：指云雾。

[7]"斜阳"三句：化用隋炀帝诗"寒鸦千万点，流水绕孤村。斜阳欲落处，一望暗销魂"。

[8]销魂：因悲伤而心神恍惚的样子。南朝梁江淹《别赋》："黯然销魂者，唯别而已矣。"

[9]"香囊"二句:指离别定情。香囊:盛香料的小袋,多为男性饰物。罗带:女子所系。古人常以二者为定情之物。汉繁钦《定情诗》:"何以致叩叩,香囊系肘后。"五代韦庄《清平乐》:"罗带悔结同心。独凭朱栏思深。"

[10]"谩(màn)赢得"句:化用唐杜牧《遣怀》"十年一觉扬州梦,赢得青楼薄幸名"句。谩:徒然。薄幸:薄情。

[11]伤情处:正伤心时。高城望断:用唐欧阳詹《初发太原途中寄太原所思》诗"高城已不见,况复城中人"。

虚实相生往往离不开情景交融。下面我们以秦观的《满庭芳》(山抹微云)为例来谈谈虚实与情景交融之间的关系。秦观以词著称于世。据宋代胡仔《苕溪渔隐丛话》载:"其词为东坡所称道,呼为'山抹微云君'。""山抹微云"四字,就出自此首《满庭芳》词。秦观这首《满庭芳》最大特色在于,通过典型意象与本色当行的语言,营造出一个虚虚实实的审美意境,达到情景交融的艺术效果。

图13-2 清 李鱓书法扇面秦观《满庭芳》词

开端"山抹微云,天连衰草"八字,雅俗共赏,最为后人所称道。宋代叶梦得《避暑录话》云:"'山抹微云','天粘衰草',尤为当时所传。"记载了"山抹微云""天粘衰草"在当时的巨大影响。"山""云""天""草"本是人人习见之意象,然词人却巧用"抹"与"连",化实为虚。山抹微云是写傍晚远山的飘渺。天连衰草是写芳草连天的萧瑟。这正是词人在秋天傍晚,即将与爱人远别,极目天涯的真实写照。

"画角声断谯门"一句,点明具体时间。古代傍晚,城楼吹角用来报时。"暂停征棹,聊共引离尊"两句,意思是说,暂时停开远行的船只,姑且共饮几杯离别酒吧!实点出离别饯行这件事。"暂停"与"聊共",将不忍离别却又无可奈何的惆怅情绪,写得非常感人。这是我们每个人都可能会遇到的生活场景。当离别时,必然会有无数曾经生活的回忆,下面就说"多少蓬莱旧事,空回首、烟霭纷纷"三句。"蓬莱"应该是代指会稽,就是今天的浙江绍兴。秦观《别程公辟给事》诗云:"买舟江上辞公去,回首蓬莱梦寐中。"程公辟正是秦观客游绍兴时接待他的绍兴长官。所以说,可能是指会稽,也有说指的是京城,因为东汉时国家图书馆就称为蓬莱阁。不管蓬莱指的是哪儿,这里是作者临别时深情的回忆。回忆什么呢？似乎是纷至沓来,似乎又什么都难以捕捉。沈祖棻《宋词赏析》分析说:"回首二句,可以是虚写情,也可是实写景,妙在双关。"认为烟霭纷纷既可以理解为是眼前实景的描写,承接"山抹微云"而来,写傍晚时分暮霭纷纷,又可以说是以虚写情,意思是昨日前欢如烟云暮霭,迷茫怅惘而又若即若离,令人难以捕捉,这是虚写,是实景还是虚情,令人难以捉摸,词的意蕴相当丰富。

"斜阳外,寒鸦万点,流水绕孤村"三句,进一步铺写离别时的凄美之景,是传颂千古的名句。"斜阳外"与前面"画角"相呼应,点明时间是傍晚,"寒鸦"与前面"衰草"相呼应,点明是秋天。"流水绕孤村",是实景描写。清代谢章铤《赌棋山庄词话》云:"说景要微妙,微妙则耐思,而景中有情。'寒鸦数点,流水绕孤村''杨柳岸,晓风残月',所以脍炙人口也。"认为"寒鸦万点,流水绕孤村"脍炙人口,写景微妙,景中有很多情思值得人品味。词人捕捉住了迷茫凄凉的自然意象,侧面烘托出了难以抑制的离愁别绪。同是"苏门四学士"的晁补之,曾高度称赞秦观此句,"虽不识字人,亦知是天生好言语也"。这本来是隋炀帝的诗句"寒鸦千万点,流水绕孤村",经过秦观化用后,则更多了风致与韵味,更多了怅惘落寞的忧伤与即将离别远行的孤寂,景中含情,情在景中,情景交融。

"销魂,当此际",典出自南朝江淹的《别赋》:"黯然销魂者,唯别而已矣。""销魂"二字,承上启下,既指上片夕阳西下时景物的凄美销魂,亦引出下片临别赠物时那种难以言说的惆怅感伤。"香囊暗解,罗带轻分",古时男子有佩带香囊的习俗,是一种比较私密的饰物。在此离别时刻,解下香囊相送,以寄托相思。罗带,指丝带。古时结罗带,表示相爱同心。罗带轻分,指离别。这三句写离别时的黯然伤神。

"谩赢得青楼薄幸名存",是化用唐代诗人杜牧《遣怀》诗意。杜牧原诗云:"十年一觉扬州梦,赢得青楼薄幸名。"秦观意思是说,在这场风花雪月中,自己竟然空留下一个薄情郎的名声,非常无可奈何,暗示此次离别实属情非得已。以下三句设想后会无期,更是为眼前的离别增添伤感。"此去何时见也？襟袖上、空惹啼痕",还未分开就已经想象再会,再会好像又没有可能,只有在襟袖上空惹泪痕罢了。

结尾"伤情处,高城望断,灯火已黄昏"三句,词人由想象回到现实,斜阳已落,灯火阑珊。"高城望断,灯火已黄昏",表面写眼前景,实则写心中情,是以景结情的名句。宋代沈义父《乐府指迷》云:"结句法要放开,含有余不尽之意,以景结情最好。"在词的结尾处,再一次借景言情,进一步写难舍难分。灯火黄昏,不仅仅交代时间的推移,还写出了离别时的难舍难分,创造出一个情景交融的艺术境界,含蓄幽远,引人入胜。

　　秦观的这首词写离别,从题材上看乃词中常态,并不新鲜,但作者将离别时的伤感与难舍难分融入秋天傍晚日落时萧瑟的秋景之中,借景言情,含而不露,情景交融,又相生相成,使整首词含蓄蕴藉,韵味无穷,成为一首杰出的宋词经典。秦观也因为这首词被称为"山抹微云君",可谓人以词名。得益于高超的艺术手法,这首词所产生的社会效益远超于此。据说秦观的女婿范温在一次宴会上颇受冷落,后来终于有发言的机会,他就把手一叉,颇为自得的介绍说:"某乃山抹微云君女婿也",于是宾客纷纷表示很崇拜。由此可见这首词在当时社会生活中的阅读热度与传播广度。

第十四章

艺术技巧之六

典故运用

第一节　典故的运用

《红楼梦》第十八回《皇恩重元妃省父母　天伦乐宝玉呈才藻》中写到元妃省亲，宝玉应命作诗，有"绿玉春犹卷"一句，宝钗转眼瞥见，便趁众人不理论，急忙回身悄推他道："他因不喜'红香绿玉'四字，改了'怡红快绿'，你这会子偏用'绿玉'二字，岂不是有意和他争驰了？况且蕉叶之说也颇多，再想一个字改了罢。"宝玉见宝钗如此说，便拭汗道："我这会子总想不起什么典故出处来。"宝钗笑道："你只把绿玉的玉字改作'蜡'就是了。"宝玉道："绿蜡可有出处？"宝钗见问，悄悄地咂嘴点头笑道："亏你今夜不过如此，将来金殿对策，你大约连'赵钱孙李'都忘了呢！唐钱珝咏芭蕉诗头一句'冷烛无烟绿蜡干'，你都忘了不成？"宝玉听了，不觉洞开心臆……

这是《红楼梦》第十八回中的一个片段，在描写芭蕉时，宝玉想不起来，不知该用什么典故，宝钗启发宝玉用"绿蜡"这个典故，并且嘲笑宝玉恐怕连"赵钱孙李"都会忘了，说明宝钗比宝玉博学。可见，善用典故可以看出一个人是否博学。

所谓典故在古代又称为用事，最早研究"典故"，定义"典故"的是我国著名文论家刘勰，他在《文心雕龙·事类》篇里给运用典故下了一个定义："事类者，盖文章之外，据事以类义，援古以证今者也。""事类"的"事"是指旧有的事例或典故，"类"是类此。"事类"即"据事以类义，援古以证今"，根据旧有的事例或者典故来类比说明所要讲的义理。由于典故被人们在不同的内容和意境中反复运用，它由最初的富有形象感和故事性的单纯的符号慢慢地积淀了越来越深厚的内涵和意蕴，有了一种历史的厚度和深度，有了很多引申的意义。恰如其分地用典往往能在非常有限的篇幅里表现丰富而复杂的内容，扩大诗歌的内涵，使本来难以明言的情意得以顺畅地表达，通过古今对比，引起读者丰富的联想，使作品显得典雅和有意味。

古人作诗写文章特别喜欢用典故，据张戒《岁寒堂诗话》"诗以用事为博，始于颜光禄（延年），而极于杜子美。"认为用典是从南朝诗人颜延年开始的，而到著名诗人杜甫那儿达到顶峰。宋代"江西诗派"领袖黄庭坚评价杜甫作诗说："老杜作诗，退之作文，无一字无来处；盖后人读书少，故谓韩杜自作此语耳。古之能为文章者，真能陶冶万物，虽取古人之陈言入于翰墨，如灵丹一粒，点铁成金也。"（《答洪驹父书》）认为杜甫写诗与韩愈写文章每一个字都出自古书，只是现代人读书少，不知道他们的下语用字都是有出处的，并认为真正会写文章的人都善于把古人的语言放进自己的文章中，这些古人语言只要运用得当，就像灵丹一样，使文章能够点铁成金。黄庭坚本人也特别喜欢用典故，其他如王安石、苏轼等诗文大家也无不醉心于此。王安石的诗也"往往是搬弄词汇和典故的游戏、测验学问的考题；借典故来讲当前的情事，把不经见而有出处的或者看来新鲜而其实古旧的词藻来代替常用的语言"，并认为"典故词藻的来头越大，例如出于'六经''四史'，或者出处愈僻，例如来自佛典、道书，就愈见功夫。"（钱锺书《宋诗选注》）

用典作为文学创作中一种重要的修辞手段，有语典和事典之分。

语典就是对前人诗文成句或词语的直接袭用，如苏轼《沁园春》词：

> 孤馆灯青，野店鸡号，旅枕梦残。渐月华收练，晨霜耿耿；云山摛锦，朝露溥溥。世路无穷，劳生有限，似此区区长鲜欢。微吟罢，凭征鞍无语，往事千端。   当时共客长安，似二陆初来俱少年。有笔头千字，胸中万卷；致君尧舜，此事何难？用舍由时，行藏在我，袖手何妨闲处看。身长健，但优游卒岁，且斗尊前。

这首词中"世路无穷，劳生有限"化用了杜甫诗句："莫思身外无穷事，且尽生前有限杯。"（《漫兴九首》其四）"用舍由时，行藏在我"化用了《论语·述而》中的"用之则行，舍之则藏"。"但优游卒岁，且斗尊前"化用了《左传》中的"优哉游哉，聊以卒岁"一句。

事典则是对历史故事、前贤轶事的引用与举证。如辛弃疾《水龙吟·登建康赏心亭》下阕云："休说鲈鱼堪脍，尽西风，季鹰归未？求田问舍，怕应羞见，刘郎才气。"这几句词中用了两个事典，一个是西晋张翰的事迹。张翰本来是吴中人，也就是今天的苏州人，他在洛阳做官，有一天，当他看到秋风起，一年将尽，忽然想起家乡的鲈鱼、莼菜，于是挂冠而去，辞职了，回家乡去了。还有一个是关于许汜与刘备的典故。许汜是三国时候的一个名士，有一天他和刘备一起谈论天下名士，他说陈登这个人太骄狂了，刘备就问他为何这么说，他说自己在经过徐州下邳时经过陈元龙家，陈元龙自己睡大床高卧，却让许汜睡在下床上，太无礼了。刘备的看法和许汜不同，就反驳说，现在天下大乱，许君你只知道买田置房产，言论没有什么对国家特别有用的，要是我，就自己睡在大床上，让你睡在地上。这两个故事都非常有趣，辛弃疾用这两个事典说明自己的人生态度，一是他不会归隐，二是他不会只顾经营自己的个人资产，他关心的是国家大事，他关心的是收复河山失地。辛弃疾以带有深厚历史文化意蕴的典故非常简洁明了地说明了自己的人生志向，使词也具有非常丰富的含蕴。

典故的运用大概有这样几种方法，费经虞在《雅论》中说："用事之法：有正用者,故事与题相同是也。反用者,故事与题相反也。借用者,故事与题绝不相类,以一端相近而借之也。暗用者,用故事之语而不显其名迹,此善用者也。泛用者,取稗官小说、俗语戏谈、异端鄙事为证也。"下面我们举例一一加以说明。

正用。所谓正用,即是作家所运用的典故与其作品的题旨两相吻合,典故本身的意义与作者诗文中所表达的思想一致。如王勃《滕王阁诗序》中说自己怀才不遇时就用了"冯唐易老,李广难封"两个典故。据《史记·张释之冯唐列传》记载,汉文帝时,冯唐以孝悌闻名,被拜为中郎署,由于他为人正直无私,敢于向上级说出自己的真实想法,又不徇私情,所以总被人排挤,一直到年纪很大了,还只是个郎官。李广的事情来源于《史记·李将军列传》,李广是汉武帝时的一员大将,屡立战功,声名赫赫,敌人闻之丧胆,人称"飞将军",但就这样一位一代名将却终生未能封侯,最后落得在公堂上自刎而死的下场。冯唐与李广是历史上两个著名的怀才不遇的事例,王勃在这儿用这两个典故来比况自己怀才不遇,典故内涵与作者想要表达的思想完全一致,这是正用典故。

反用。所谓反用典故,就是反其意而用之,也有人把它叫做"翻案法",指的是作家故意反用原来典故的意思来抒发自己的某种感受。比如杜甫《九日蓝田崔氏庄》:"羞将短发还吹帽,笑倩旁人为正冠。"这里使用了"孟嘉落帽"的典故。据《晋书·桓温传》附孟嘉传记载:东晋有一个名士叫孟嘉,在桓温举行的重阳节龙山宴会上,他的帽子被风吹落了,可是他一点不在意,依然神气自若,依然风度翩翩。当时的人们认为他很有风度。杜甫在这里反其意而用之,意思是说自己年纪大了,头发少了,假如风把帽子吹落了,露出短发,多么让人害羞啊!所以还是请别人帮他把帽子戴正戴好吧,防止被风吹下来。孟嘉落帽本来是很有风度很风流的一件事,可是杜甫就反其意而用之,恰到好处而又幽默地表达了自己的人生感慨。宋人杨万里曾评价说:"孟嘉以落帽为风流,此以不落帽为风流,翻尽古人公案,最为妙法。"(《诚斋诗话》)因此反用法又被称作"翻案法"。再比如王安石《登飞来峰》诗说:"不畏浮云遮望眼,只缘身在最高层",也是反其意而用之。汉代陆贾《新语·慎微篇》说:"故邪臣之蔽贤,犹浮云之障日月也。"说那些奸臣在皇帝面前谗毁贤臣就像浮云遮住了日月一样,王安石这里反其意用之,说不怕浮云遮住自己的视线,意思是不怕奸臣谗毁自己,表现出王安石改革家的自信与气度。南宋严有翼《艺苑雌黄》曾指出:"直用其事,人皆能之;反其意而用之者,非学业高人,超越寻常拘挛之见,不规规然蹈袭前人陈迹者,何以臻此?"用原来典故的意思,谁都会,反用典故的意思,只有那些学富五车的人,他们能够超越常人见解,不因袭模仿前人,才能用得好。

暗用。暗用典故,就是指化用原典故的意思而暗暗地用在自己的作品中,将历史故事、前人语句化用于自己的诗词之中,就像自己说出来的一样,一点痕迹都没有。暗用典故,也很难。当代著名学者周振甫先生在《文章例话·引用》中将明用典故与暗用典故作了比较，指出："明暗就是读者看得出在用典故和看不出在用典故。暗用典故更为可贵，把典故融化在文章里，不知道其中在用典故的读者，也可以理解；知道它在用典故的，更觉得意味深长。"例如苏轼的名作《水调歌头》中的"明月几时有？把酒问青天"就是暗用了李白的《月下独酌》诗中的"举杯邀明月，对影成三人"。"不知天上宫阙，今夕是何年"化用了唐代戴叔伦的《二灵寺守岁》诗："已悟化城非乐界，不知今夕是何年。"再比如鲁迅的名句"横眉冷对千夫指，俯首甘为孺子牛"（《自嘲》）就暗含"孺子牛"典故。"孺子牛"这个词出自《左传》。相传齐景公晚年非常宠爱他的小儿子子荼，荼又名孺子。孺子有一天撒娇，要齐景公装成牛，让他牵着玩。于是齐景公用嘴巴衔着绳，手趴在地上，不停地学牛叫。可是他年纪太大了，一不小心，栽倒在地上，把一颗门牙都磕掉了。鲁迅用这个典故充分表达了他甘做人民大众的牛，抒写了鲁迅先生对人民大众的忠诚和热爱。

侧用，是指从侧面取用典故，就是故意避开典故的正面与反面意义，而另外选取典故的某一个侧面，借事起兴，旁敲侧击，来表达自己的用意。比如宋代梅尧臣的《田家》诗说："南山尝种豆，碎荚落风雨；空收一束萁，无物充煎釜。"诗歌就借用了曹植《七步诗》的典故："煮豆燃豆萁，豆在釜中泣。本是同根生，相煎何太急。"曹植《七步诗》说的是兄弟相残的悲伤，而梅尧臣的这首诗则借这个典故说明农民生活的艰难，好不容易种出来的豆子，因为连日下雨，只剩下豆秆了，没有豆子放在锅里来煎了。

古代诗人用典的原因，可以归纳为以下几条。

第一，为自己的诗歌提供客观的依据。用典即引经据典，援引的古书都是权威性的书籍，引用古书上的名人名句和故事从而使自己的作品更具说服力，也就是"据事以类义，援古以证今"。

第二，使诗歌意蕴更加丰富含蓄。中国古诗受字数和格律限制，有些复杂的内容不太好表现，使用典故可以在有限的篇幅里、在寥寥数语中蕴含丰富的内容。像前面所举辛弃疾《水龙吟·登建康赏心亭》中的"尽西风，季鹰归未？求田问舍，怕应羞见，刘郎才气"，作者用了两个典故表明自己的人生态度，既不会归隐，也不会只顾自己的个人利益，只求一己之乐，而应该像刘备一样以天下大事为重，作者借这两个典故非常含蓄简洁地表明了自己的理想与抱负。再比如辛弃疾词作《满江红》（山居即事）说："细读《离骚》还痛饮，饱看修竹何妨肉。"第一句中的《离骚》是战国后期爱国主义诗人屈原的名篇，抒写屈原对国家满腹忠诚却怀才不遇的痛苦，作者用这个典故表达自己对南宋王朝的爱和自己壮志难酬的痛苦。第二句则来自《世说新语·任诞篇》，据记载："王子猷尝暂寄人空宅住，便令种竹。或问：'暂住何烦尔？'王啸咏良久，直指竹曰：'何可一日无此君！'"后来苏轼在《绿筠轩》诗中说："可使食无肉，不可居无竹；无肉使人瘦，无竹使人俗。"辛弃疾反用典故,说多吃肉也不会妨碍饱看修竹,两个典故一起用抒发作者只能在世俗生活中追求理想,含蓄地传达了自己的愤激之情。

第三,隐晦曲折地表达思想。在封建统治下,诗人的一些观点不便明说,只能通过典故曲折隐晦地表达出来。比如辛弃疾的《摸鱼儿》下阕:"千金纵买相如赋,脉脉此情谁诉?君莫舞,君不见玉环飞燕皆尘土!"这里用了两个典故,一个是汉武帝时的陈阿娇的故事。阿娇是汉武帝的表妹,汉武帝少年时就说要贮金屋娶阿娇,婚后,由于阿娇忌妒心强,汉武帝就冷落了陈阿娇,并将其打入长门宫,陈阿娇为了重获汉武帝宠信,所以就花重金请司马相如为她写了《长门赋》,倾诉陈阿娇对汉武帝的满腹爱恋与相思。第二个典故是唐代杨玉环与汉成帝时赵飞燕的故事,这两个绝色美女曾经被皇帝宠爱一时,但最终难免惨死,化为尘土。辛弃疾满腔报国之志,却无用武之地,心里特别郁闷,难以排遣,借这两个典故含蓄地诉说自己对宋朝皇帝的耿耿忠心,以及希望奸邪小人必然覆灭的愿望。作者表达得非常含蓄,所以宋孝宗读了这首词后非常不高兴。宋人罗大经在《鹤林玉露》中说:"愚闻寿皇见此词,颇不悦,然终不加罪,可谓盛德也已。"

第四,古代文人文化积淀的自然流露。古代文人从小熟读《四书》《五经》,在创作文学作品时,各种古代故事与语言会自然而然纷至沓来,宋代贺铸曾经很自豪地说:"吾笔端驱使李商隐、温庭筠常奔命不暇。"用典贴切与不贴切,与一个人的学养密切相关。清代的叶燮曾经指出:"作诗文有意逞博,便非佳处。犹主人勉强遍处请生客,客虽满座,主人无自在受用处。多读古人书,多见古人,犹主人启户,客自到门,自然宾主水乳,究不知谁主谁宾。此是真读书人,真作手。"(《原诗》)他认为作诗时,作者假如故意炫耀自己的学问那就很糟糕,就好像主人请了很多陌生的客人,宾主终究不能尽欢。假如一个人读书多,那么作诗时,各种典故就会自动出现,就好像主人大敞着门,自然会有很多好朋友,这样才能自然,才是真正的读书人,真正的好作家!

第二节　诗家总爱西昆好,独恨无人作郑笺:
李商隐《锦瑟》

锦　瑟[1]

李商隐

锦瑟无端五十弦,一弦一柱思华年。[2]

庄生晓梦迷蝴蝶[3]，望帝春心托杜鹃[4]。

沧海月明珠有泪[5]，蓝田日暖玉生烟[6]。

此情可待成追忆，只是当时已惘然[7]。

注释：

[1]锦瑟：绘有如锦花纹的瑟。瑟，拨弦乐器，古代有五十根弦，后来一般只有二十五根弦。

[2]无端：没有来由，无缘无故。柱：立在瑟的面板上架弦的码子，一柱架一弦，定弦时可左右移动以调节音高，弹奏时则将弦的振动传导至音箱，使瑟音得到美化和增强。华年：青年时代。二句意思是说锦瑟没来由地有五十条弦、五十根柱，这每弦每柱使自己想起了以往的青春年华。

[3]庄生：战国时哲学家庄周，著有《庄子》。《庄子·齐物论》云：“庄周梦为蝴蝶，栩栩然蝴蝶也；自喻适志与！不知周也。俄然觉，则蘧蘧然周也。不知周之梦为蝴蝶与？蝴蝶之梦为周与？”

[4]望帝：相传战国末年蜀国君主杜宇，号望帝。据《华阳国志·蜀志》载：“杜宇称帝，号曰望帝。……其相开明，决玉垒山以除水害，帝遂委以政事，法尧舜禅授之义，遂禅位于开明。帝升西山隐焉。时适二月，子鹃鸟鸣，故蜀人悲子鹃鸟鸣也。”春心：伤春之心。

[5]沧海：大海，这里指南海。珠有泪：据张华《博物志》载，“南海外有鲛人，水居如鱼，不废绩织，其眼能泣珠”。月明：有双关的意思，既指鲛人泣珠在月明之夜，也代珠。古代名珠，多以明月为名，如李斯《谏逐客书》：“垂明月之珠。”

[6]蓝田：山名，在今陕西蓝田东南，是有名的产玉之地。据《元和郡县志》载：“关内道京兆府蓝田县：蓝田山，一名玉山，在县东二十八里。”玉生烟：司空图《与极浦书》引戴叔伦语云，“诗家之景，如蓝田日暖，良玉生烟，可望而不可置于眉睫之前也”。

[7]可待：岂待。惘然：迷惘，无所适从。

李商隐是晚唐时期的著名诗人，他极有才华，但一生不得志，正如自己所说：“一生襟抱未曾开，虚负凌云万丈才。”据《新唐书·文苑传》记载：“王茂元镇河阳，爱其才，表掌书记，以子妻之，得侍御史。茂元善李德裕，而牛、李党人蚩谪商隐，以为诡薄无行，共排笮之。”晚唐时，党派斗争很厉害，主要是以牛僧孺为首的牛党和以李德裕为首的李党。李商隐早年受令狐楚赏识，二十岁中了进士，但他在二十六岁时却娶了泾元节度使王茂元的女儿，王茂元属于李德裕党，令狐楚属于牛僧孺党。李商隐本来是受牛党的培养，却娶了李党人的女儿，所以牛党人认为李商隐这种行为是背恩之举，以后就处处与他过不去，所以在牛李党争中李商隐只能沉沦下僚，辗转如飘蓬。他极敏感，爱情生活又比较曲折，所以他有很多诗令人费解，难以言说。这种难以言说和他喜欢用比兴寄托的手法有关，也和他典故的使用有很大关系。《锦瑟》就属此类，古人说：“一篇锦瑟解人难。"这是一首律诗,共四联八句,前面三联全部用了典故。

　　"锦瑟无端五十弦,一弦一柱思华年。""锦瑟",装饰华美的瑟。瑟,是弦乐器,一般是二十五弦。但这里李商隐却埋怨说,锦瑟为何无缘无故的是五十弦呢?明明是二十五弦,为何却说是五十弦呢?这里用了素女鼓瑟的典故。据《史记·封禅书》所说:"泰帝使素女鼓五十弦瑟,悲,帝禁不止,故破其瑟为二十五弦。"泰帝让素女弹奏有五十根弦的瑟,素女弹得太悲伤了,泰帝阻止不了她演奏得这么悲伤,所以故意把有五十根弦的瑟弄成了二十五弦。作者借这个典故来表达心情之悲伤,是五十根弦的锦瑟弹奏出来的。

　　第二联上句"庄生晓梦迷蝴蝶"使用庄生梦蝶的典故,《庄子·齐物论》说:"庄周梦为蝴蝶,栩栩然蝴蝶也;自喻适志与!不知周也。俄然觉,则蘧蘧然周也。不知周之梦为蝴蝶与?蝴蝶之梦为周与?"庄子在《齐物论》里讲了一个自己梦蝶的故事,说庄子睡觉时梦见自己变成蝴蝶,蝴蝶快乐地飞来飞去,非常自在,等庄子醒来后怅然若失,有点犯迷糊,到底是庄子变成蝴蝶了呢?还是蝴蝶变成庄子了呢?这是一个家喻户晓的故事,李商隐这里用庄周梦蝶的故事,说明人生如梦,往事如烟,发生的事情像梦一样,不知是真是假,让人恍恍惚惚。

　　第二联下句"望帝春心托杜鹃",用了古蜀国国君杜宇的典故。古蜀国有一个国君叫杜宇,人们称他为望帝,在他统治时期有一个宰相叫开明,这个开明很能干,这一年发大洪水,开明决开了玉垒山让洪水畅通,解除了水患,望帝非常信任开明,就学习尧舜把国王之位传给了开明,自己到西山隐居去了。谁知道开明称帝后,骄奢淫逸,很快将国库挥霍一空,国内民怨沸腾,望帝知道后,非常忧伤,很快就死了,望帝死后,精血化为杜鹃,古蜀国人认为这是望帝心有所悲而鸣。望帝把自己的春心托给杜鹃,借杜鹃鸟的鸣叫诉说自己的悲伤。李商隐用这个典故似在说明自己内心有各种难以言说的怨抑与悲凉。

　　"沧海月明珠有泪",南海外有一个鲛人,平时像鱼一样居住在水里,又很勤劳地纺织,他只要哭泣,眼泪就会变成珍珠。珍珠产生于蚌中,蚌生活在大海中,每当夜深人静,明月高悬的时候,蚌就向着月张开,借月亮的光华来养珍珠的润洁。"沧海月明珠有泪",借用这个典故,以鲜明的意象营造一个凄怨的意境,明月之夜,大海无波,明珠有泪,意境莹洁,凄怨动人,似有难言的情思无法言说。

　　"蓝田日暖玉生烟",蓝田,一名玉山,在蓝田县东二十八里远的地方,这个地方盛产良玉。这句并不是李商隐的发明,晚唐司空图《与极浦书》中就曾说:"戴容州云:'诗家之景,如蓝田日暖,良玉生烟,可望而不可置于眉睫之前也。'"此句依然以鲜明的意象营造纯美的意境,丽日暖照,良玉生烟,温暖而惝恍。

　　"沧海月明珠有泪,蓝田日暖玉生烟"这一联化用典故,以精美的意象营造了迷蒙莹洁的意境，让读者感到普天之下无时无刻不有的伤怀与黯然神伤的凄凉，真是烟水迷离之致，怅恍莫测，包蕴无穷。

"此情可待成追忆，只是当时已惘然"，这种感情哪里要等待今天追忆才惘怅，在当时就已经很怅惘了。

李商隐是一个特别喜欢用典的诗人，相传李商隐作诗文的时候，"多简阅书册，左右鳞次，号獭祭鱼"（黄鉴《杨文公谈苑》）。就是说他作诗时，把很多书摊在面前，就像獭祭鱼一样。据说水獭吃鱼时就是把捕获到的鱼一条一条放在面前的，所以人们称李商隐为獭祭鱼。宋代的蔡居厚说他"用事深僻，语工而意不及"（《蔡宽夫诗话》），认为李商隐用典太深僻了，虽然语言很工整，可是意思往往比较晦涩。所以，金朝元好问才感慨说："诗家总爱西昆好，独恨无人作郑笺。"（《论诗绝句》）写诗的人都爱李商隐的诗，只是很遗憾没有人像郑玄为毛诗作注一样，为李商隐诗歌作一个很有权威的注释啊！正是因为这样，所以这一首《锦瑟》的主题自古以来众说纷纭。

第一种，认为锦瑟是人名，为令狐楚家的青衣。刘攽《中山诗话》有言："锦瑟"二字，"或谓是令狐楚家青衣也"。

第二种，认为咏瑟之作。据北宋末黄朝英《靖康缃素杂记》里记载：黄庭坚不晓《锦瑟》诗意，以问苏轼。苏轼引《古今乐志》云："锦瑟之为器也，其弦五十，其柱如之，其声也，适、怨、清、和。"苏轼认为这是一首咏物诗，是吟咏瑟的"适、怨、清、和"。

第三种，自叙身世说。元好问在《论诗绝句三十首》第十二首中说："望帝春心托杜鹃，佳人锦瑟怨华年。"安徽师大教授、著名的唐诗研究专家刘学锴先生认为此乃元好问对《锦瑟》主旨的阐释，"佳人"李商隐借《锦瑟》来寄托其华年之思、身世之悲，因此认为元好问的观点是"自叙身世说"。

第四种，认为是悼亡诗。清代朱彝尊以《锦瑟》为悼亡诗：瑟本二十五弦，如今言"五十弦"，乃是二十五弦断为五十弦，"断弦"之意。"一弦一柱思华年"，二十五弦代表其人二十五岁而亡。蝴蝶、杜鹃，化去之意。珠有泪、玉生烟，哭之葬之。"此情可待成追忆"乎？言其人必婉弱多病，李商隐早已预料到其早亡，为之惘然。认为《锦瑟》是悼亡诗，所悼亡的对象因为体弱多病，二十五岁就去世了，所以李商隐很伤心，哭而葬之。

第五种，认为是言说爱情。清代徐德泓、陆鸣皋的"就瑟写情"说认为《锦瑟》中二联"分状其声"，此与"适、怨、清、和"说近，但又认为"具有华年之思在内"，所以尾联曰"此情"。追忆往昔，百端交集，不知从何而起，故曰"可待""惘然"，与"无端"相照应，是以"惝恍之情，流连不尽"。

第六种，认为抒发了无端的惘然。这是王蒙的观点，他认为：此篇诗作中不但有庄生望帝，蝴蝶杜鹃，海田日月珠玉，而且有爱情，有艺术有诗，有生平遭际,有智慧有痛苦有悲哀,其核心是一个情字,所以结得明明白白:"此情可待成追忆,只是当时已惘然",写惘然之情。为什么惘然?因为困惑、失落和幻化的内心体验,因为仕途与爱情上的坎坷,因为漂泊,因为诗人的诗心及自己的诗的风格。更因为它把诗人的内心世界写得太幽深了,……经过了丧妻之痛、漂泊之苦、仕途之艰、诗家的呕心沥血与收获的喜悦及种种别人无法知晓的个人的感情经验、内心体验之后的李商隐,当他深入再深入到自己内心深处再深处之后,他的感受是混沌的、一体的、概括的、莫名的,只可意会不可言传因而是略带神秘的;这样一种感受是惘然的与"无端"的……这种惘然之情惘然之感是多次和早就出现在他的内心生活里,如今以锦瑟之兴或因锦瑟之触动而"追忆"之抒写之么?(《一篇〈锦瑟〉解人难》)王蒙站在作家创作的角度来解析《锦瑟》,自有其独特会心。

这篇《锦瑟》诗之所以有这么多的解释,主要是由于李商隐运用了典故,他自己的真实意图没有鲜明的表达,而典故的含蕴又是丰富的,让人很难指实,所以造成了这首诗难以言说的特点,真是"一篇锦瑟解人难"。

第三节　掉书袋:辛弃疾《永遇乐·京口北固亭怀古》

永遇乐[1]·京口北固亭怀古[2]

千古江山,英雄无觅,孙仲谋处[3]。舞榭歌台[4],风流总被,雨打风吹去。斜阳草树,寻常巷陌[5],人道寄奴曾住[6]。想当年,金戈铁马,气吞万里如虎[7]。

元嘉草草[8],封狼居胥[9],赢得仓皇北顾[10]。四十三年[11],望中犹记,烽火扬州路[12]。可堪回首[13],佛狸祠下[14],一片神鸦社鼓[15]。凭谁问:廉颇老矣,尚能饭否[16]?

注释:

[1]永遇乐:词牌名,始见柳永《乐章集》,有平、仄两体。此体为双调一百零四字,上下片各十一句四仄韵。

[2]京口:古城名,即今江苏镇江。汉献帝建安十四年(209),孙权在此建都,至十六年(211)迁都建业(今江苏南京)后,改此地为京口镇。南宋时为镇江府。北固亭:在今镇江北面、长江南岸的北固山上。晋蔡谟筑楼北固山上,称北固亭,因北临长江,又

称北顾亭。

[3]孙仲谋：孙权（182—252），字仲谋，三国时期吴国的开国皇帝。汉长沙太守孙坚次子，幼年跟随兄长吴侯孙策平定江东，汉献帝建安五年（200）孙策早逝，他继位为江东之主。

[4]舞榭（xiè）歌台：演出歌舞的台榭，这里代指孙权故宫，也泛指古代帝王及权贵宴会、娱乐的场所。榭，建在高台上的房子。

[5]寻常巷陌：极窄狭的街道。寻常，古代指长度，八尺为寻，倍寻为常，形容窄狭，引申为普通、平常。

[6]寄奴：南朝宋武帝刘裕，小名寄奴。他曾居住在丹徒（今镇江丹徒）京口里，家贫而有大志。初为东晋将领，后掌握东晋实权。晋安帝义熙年间，先后两次北伐，攻灭南燕鲜卑族慕容氏政权和后秦羌族姚氏政权，收复洛阳、长安。后代晋称帝，国号宋，史称宋武帝。

[7]金戈：用金属制成的长枪。铁马：披着铁甲的战马。这里形容兵强马壮、装备精良。

[8]元嘉：南朝宋文帝刘义隆的年号。草草：仓促、轻率。刘裕子宋文帝刘义隆好大喜功，仓促北伐，反而让北魏太武帝拓跋焘抓住机会，北伐遭到重创。

[9]封：聚土为坛而祭天。狼居胥：狼居胥山，在内蒙古自治区西北部。汉武帝元狩四年（前119）霍去病曾率五万骑兵远征匈奴，歼敌七万余，于是“封狼居胥山”而还。《宋书·王玄谟传》载，玄谟屡向宋文帝陈说讨伐北魏的方略，文帝曾对人说：“闻王玄谟陈说，使人有封狼居胥意”。

[10]赢得：剩得，落得。仓皇：形容慌张。北顾：北望。《宋书·索虏传》载，元嘉二十七年（450），宋文帝命王玄谟等分水陆数路大举北伐。北魏太武帝拓跋焘亲率大军渡黄河迎战，宋军败走。魏军乘胜追击，直到长江北岸的瓜步（在今江苏六合境），扬言要渡江攻取宋的都城建康。因宋军沿江防守甚严，乃于次年退兵。又据《宋书·索虏传》载，元嘉八年（431）宋军在滑台（故城在今河南滑县东）与魏军作战失利后，文帝赋诗有“北顾涕交流”句。

[11]四十三年：自“隆兴北伐”失利至词人作此词时，共四十三年（1163—1205）。

[12]扬州路：指淮南东路，其治所在扬州。“四十三年”三句意思是说，自“隆兴北伐”失败后，淮南东路报警的烽火，至今还历历在目，记忆犹新。因“隆兴北伐”的主战场在淮北，距淮南东、西二路最近。北伐军溃败后，二路处于金人的直接威胁下，故扬州地区报警的烽火十分紧急。当时词人正在江阴军（今江苏江阴）任签判，江阴与扬州地区隔江相望。

[13]可堪：怎么忍受得了。

[14]佛（bì）狸祠：拓跋焘小名佛狸。元嘉二十七年（450），他挥师追击宋军至长江边，曾在长江北岸瓜步山建立行宫，即后来的佛狸祠。

[15]神鸦：指在庙里吃祭品的乌鸦。社鼓：民间祭祀土神时的乐鼓声。此句意思是说，到了南宋时期，当地老百姓只把佛狸祠当作供奉神祇的地方，而不知道它过去曾是异族皇帝的行宫。拓跋焘是北方少数民族侵略军的首领，在历史上以残杀汉族人民

而恶名昭著，如今其祠庙内却香火旺盛，足见自"隆兴和议"之后，朝廷的苟安政策已造成严重的后果，淡漠了人们的家国之仇。

[16] "廉颇"二句：廉颇，战国时赵国名将。《史记·廉颇蔺相如列传》记载，赵悼襄王时，廉颇被免职，流亡魏国。后赵国屡遭秦国侵略，赵王想重新起用他，就派使者去探望他。廉颇为了表明自己状态很好，当着使者的面一顿吃了一斗米饭、十斤肉，又被甲上马，以示自己还可以征战。但使者受了廉颇仇人的贿赂，回来报告赵王说："廉颇将军虽老，尚善饭，然与臣坐，顷之三遗矢矣。"赵王以为廉颇老而无用了，就不再召他回国。尚能饭否：还能吃饭吗？饭，用作动词。以上三句是说，朝廷有谁关心、重视像我这样的老将呢？

在古代作家中，还有一位也特别喜欢使用典故，他使用典故是"如韩信点兵，多多益善"，因为典故用得太多了，别人送给他一个"掉书袋"的称号，他就是南宋词人辛弃疾。

明代杨慎认为："辛词当以京口北固亭怀古《永遇乐》为第一。"（《词品》）《永遇乐·京口北固亭怀古》是辛弃疾最优秀的爱国篇章之一。词写于南宋开禧元年（1205），离北宋灭亡已经有78年。当时的南宋宰相是韩侂胄，他看到老百姓都想收复失地、洗雪国耻，为了巩固个人权势，抬高自己的威望，在嘉泰四年（1204）决定出兵伐金，并召回了长期被弃置不用的辛弃疾，先后让辛弃疾做浙东安抚史和镇江知府。辛弃疾怀抱经国济世之志，被闲置在江西铅山已经二十年了，现在终于有了一展宏图的机会，非常激动，于是他一方面向皇上和韩侂胄提了大量建议，另一方面积极准备。可韩侂胄是个谋私利的昏庸小人，不久就捏造"好色贪财，淫刑聚敛"的罪名，免去了其官职。眼看收复中原无望，自己壮志难酬，辛弃疾登上北固亭，眺望滚滚长江东逝水，怀想在京口建功立业的孙权与刘裕等历史人物，回顾自己沉浮坎坷的一生，抚今追昔，悲从中来，以极其悲愤的心情写下了这首传颂千古的名作。

这首词的上阕追怀古代英雄业绩，抒发自己壮志难伸、怀才不遇的情怀，下阕借历史典故，影射当前时局，总结历史教训，并以廉颇自喻，抒发愤激之情。这首词是辛弃疾的压卷之作，在思想与艺术方面均取得了光辉成就，这里主要分析这首词是如何运用典故的。

岳珂《桯史》卷三《稼轩论词》曾记载说有一次辛弃疾置酒请客，在酒酣耳热之际，让歌妓唱《永遇乐·京口北固亭怀古》，自己则一边听一边投入地打拍子，唱完后请宾客提意见，大家都赞叹不已，当时的岳珂年纪比较轻，不大知道好歹，就说这首词什么都好，就是典故用得多了一些。辛弃疾听了非常高兴，认为岳珂提的意见切中要害，后来反复修改了几个月才改好。不过，在著名的辛弃疾研究专家邓广铭先生看来，"我在熟读之后，越来越感到费解的是：稼轩既然认为岳珂的意见'实中予痼'（打中了'掉书袋'的要害），从而重加玩味，进行改写，天天琢磨，然而经过累月修改的刻意经营，这几句词究竟改成什么样的结果了呢？根据现在(应当说是从南宋一直流传到现在的)所能看到的不止一种版本的稼轩词来说，我们得出的答案只有一个，那就是：其实是原封未动，连一个字也没有改。"(《稼轩词编年笺注》1991年再版后记)我们的大英雄辛弃疾虽然让宾客提意见，还特别虚心接受意见，表示要马上修改，但实际上后来却一字未改。我们来看看他到底用了多少典故，又是怎么用的。这首词一共用了四个历史人物典故。

第一，三国时吴国孙权之典。"千古江山，英雄无觅，孙仲谋处。舞榭歌台，风流总被，雨打风吹去"，开头就追想孙权，表达对孙权的仰慕。孙权，三国时吴国国君，他继承父亲与兄弟打下的基业，在京口，也就是今天的镇江建都，联蜀抗曹，成三国鼎立之业。当时的南宋，正面临着北方侵略，可是像孙权那样的英雄却已经无处寻觅了。从字面上看，作者是在追怀古人，实际上却是在古人身上寄托自己深沉的思想感情。辛弃疾是一个具有文韬武略的人，曾经写过《美芹十论》与《九议》，对南宋的内政与外交都有切中时弊的卓越见解。他的一生都想驰骋疆场，收复河山失地，结果却是不断遭到主和派的诬陷和排挤，朝廷对他也只是"呼而来，麾而去"。词中说英雄孙仲谋无处可寻，弦外之音是叹息南宋朝廷用人不当，感慨自己英雄无用武之地。这是用暗中反衬笔法，借古讽今，怅恨失望的情绪已从笔端流露出来。

第二，南朝宋武帝刘裕之典。"斜阳草树，寻常巷陌，人道寄奴曾住。想当年，金戈铁马，气吞万里如虎"，这里又推出了另外一位叱咤风云的古代英雄。寄奴是南朝宋武帝刘裕的小名，京口是刘裕出生与成长地，刘裕曾两次统率晋军北伐，先后灭掉南燕、后秦，光复洛阳、长安等地，建立南朝宋王朝，成不朽功业。作者写刘裕也是在写自己。21岁时，辛弃疾也是"壮岁旌旗拥万夫，锦襜突骑渡江初"(《鹧鸪天》)，"马作的卢飞快，弓如霹雳弦惊"，比"金戈铁马"的刘裕也毫不逊色。曾经叱咤风云的刘裕如何呢？已经在黄昏夕阳中暗淡。词上阕以两个历史人物典故，抒发人事代谢的历史感慨，充盈着作者沉郁苍凉的凄苦心情。

第三，南朝宋文帝刘义隆之典。"元嘉草草，封狼居胥，赢得仓皇北顾"，这三句写的是宋文帝刘义隆的故事，"元嘉"是宋文帝的年号。"狼居胥"名狼山，在内蒙古自治区的西北，据《史记·霍去病传》记载，汉骠骑将军霍去病曾追击匈奴单于一直到狼居胥山，封山而还。"封狼居胥"表示北伐成功了。"仓皇北顾"出自宋文帝"北顾涕交流"诗句，宋文帝叫刘义隆，是刘裕的儿子。刘义隆这个人好大喜功，没经过周密筹划，就草率出兵北伐，结果被北魏打得惨败，国家从此一蹶不振。作者运用这一典故，是以史鉴今。当时韩侂胄决定出兵讨伐金国，想收复河山失地，这当然让辛弃疾很兴奋，但是他并没有盲目乐观，而是清醒地看到,南宋自符离一役战败以后,因为主和派长期当政,朝内文恬武嬉,将帅无可用之人,要想取得北伐成功,必须在物质上、军事上作较长期的准备。但韩出于个人的目的,急于求成,不顾作者的忠告,不看条件是否成熟,还是决定出兵。对此,辛弃疾认为刘义隆惨败的结局将是韩侂胄草率用兵的前车之鉴。后来结果确实如辛弃疾所料,韩侂胄在开禧二年(1206)五月,即辛弃疾写这首词的第二年,匆匆北伐,结果"一出涂地,不可收拾:百年教养之兵一日而溃,百年葺治之器一日而散,百年公私之盖藏一日而空,百年中原之人心一日而失。……为之推寻其由,无一而非弃疾预言于二年之先者。"(程珌《丙子轮对札子(二)》)宋宁宗迫于金兵大举南侵的形势,把韩从棺材里刨出来,砍了韩的头献给金人,向金人称臣求和。这个典故的运用体现了作者的远见卓识和对国家前途的深深忧虑。

第四,北魏太武帝拓跋焘之典。"可堪回首,佛狸祠下,一片神鸦社鼓",佛狸是北魏太武帝拓跋焘的小名,元嘉年间,在南朝刘义隆部队北伐时,他打败了王玄谟的军队,一直追到了长江北岸瓜步山,并在山上建立行宫,后改为佛狸祠。"佛狸祠"本来是北朝侵略者的象征,老百姓应该仇恨它,但事实恰恰相反,老百姓在作为侵略者象征的"佛狸祠"下祭祀庆祝,一片歌舞升平,早就忘记了国家与民族的奇耻大辱。作者用这个典故警告南宋朝廷,由于南宋朝廷苟于偏安,忘却了广大中原地区的人民,而北方的人民长期在异族的统治下,战斗意志已经消磨殆尽,思想观念已经改弦易辙,他们甚至已经不再认为自己是宋朝的臣民了,表现了作者对国家前途的无限忧虑。陆游在《北望》中也曾写过:"中原堕胡尘,北望但榛莽。耆年死已尽,童稚日夜长。羊裘左其衽,宁复记畴曩!"中原沦为异族统治,随着老一代人的逝去,新一代孩童长大后已经尽随北方习俗,哪还记得自己应该是大宋王朝的臣民啊!

第五,战国时赵国大将廉颇之典。"凭谁问:廉颇老矣,尚能饭否",廉颇是战国时赵国的名将,《史记·廉颇蔺相如列传》记载,在廉颇晚年,赵王想起用他,派使者去廉府探访,赵使者既见廉颇,廉颇为之一饭斗米,肉十斤,被甲上马,以示尚引用。赵使者还报之曰:"廉将军虽老,尚善饭,然与臣坐,顷之三遗矢矣。赵王以为老,遂不召。"这里作者借廉颇自况,廉颇虽然老了,赵王在国家危急时尚能想起他,而在今天,又有谁能让自己去为报效国家一试身手呢?作者以廉颇自比,既表现了自己想要为国效忠的强烈愿望,又表达了英雄无用武之地的失意愤懑。

这首词还用了两个语典。一个是"寻常巷陌",指普通百姓住的街巷。由刘禹锡的《乌衣巷》中的"昔日王谢堂前燕,飞入寻常百姓家"的诗意点化而来,渲染出浓重的沧海桑田的历史悲感。一个是"金戈铁马",这四个字见于《五代史·李袭吉传》:"金戈铁马,蹂践于明时。"形容装备精良,兵强马壮。整首词基本上全由典故组成,因为典故蕴含着丰富的文化内涵,具有深沉的历史意蕴,使这首词在语言文字之外,更有无限意味值得我们反复体味。

在古代文人群体中,辛弃疾向来被认为是善于用典的代表。关于辛弃疾用典,前人有很多精彩的评述,诸如:"稼轩词非不运典,然运典虽多,而其气不掩,非放翁所及。"(陈廷焯《词坛丛话》)"如淮阴将兵,不以数限,可谓神勇。"(陈廷焯《白雨斋词话》卷九)"词至稼轩,经子百家,行间笔下,驱斥如意。"(邹祗谟《远志斋词衷》)辛弃疾善于用典和他作词非常注重才学修养有关系,他曾多次说:"书万卷,笔如神"(《鹧鸪天》"发底青青无限春"),"君诗顿觉,胸中万卷藏书"(《汉宫春·答吴子似》),"绝编能自苦,下笔定成章"(《闻科诏勉诸子》)。这样的学问功底,作起词来,自然是"(辛稼轩)别开天地,横绝古今,《论》、《孟》、《诗小序》、《左氏春秋》、《南华》、《离骚》、《史》、《汉》、《世说》、《选》学、李杜诗,拉杂运用。"(吴衡照《莲子居词话》)"稼轩词龙腾虎掷,任古书中理语、庾语,一经运用,便得风流。"(刘熙载《艺概》卷四)由此可见,辛弃疾用典的确是进入化境,并成功将之熔铸为独特的艺术风格!

后记

　　本教材为江苏省在线开放课程《中国古代文学作品名篇精讲》的配套教材。《中国古代文学作品名篇精讲》课程以《中国古代文学史》《中国古代文学作品选》为基础,提炼概括出中国古典诗词"悲秋""伤春""士不遇""乡愁""相思"等五大主题、"中和之美""平淡自然""含蓄蕴藉"等三大艺术追求、"章法安排""琢字炼句""比兴寄托""动静安排""虚实相生""典故运用"等六大艺术技巧与表现手法,追源溯流,在其内涵与发展流变的介绍中见出古代文学发展的历史轨迹,同时辅以多类型的经典作品名篇解读加以印证。自2016年于中国大学MOOC上线运行以来,每年均有几千人选择学习,深受学习者欢迎。因国内并无相同教材,为了给听课者提供更大便利,我们编著此教材出版。

　　教材立足源流,精选篇目,以多变的视角构建宏观与微观兼具的知识体系。教材提炼出五大主题、三大审美追求、六大艺术技巧等具有统括性与标志性的论题,以宏观视野统摄全局,以微观作品为支撑,各单元具有相对独立性,又具有整体性、系统性。

　　教材以理论为核心,以作品分析为基础,以材料为支撑,以审美性语言为载体,构建教材内容。每一单元均围绕某一主题从源头讲起,在宏观理论阐释基础上,梳理流变。理论是作品的统领,作品是理论的印证。

　　教材以文字为主,视频为辅,共14个单元,有65个视频资源可以利用,还有203个相关习题资源可以利用。

　　教材以在线开放课程《中国古代文学作品名篇精讲》为基础,加上了诗、词、文的原文与注释,拓展了相关讲解内容,修正了一些引文错误,语言表述由口语转为书面语,总体更加精炼,更加科学,更加全面。对于选修该课程的学习者而言,可以补充课程之不足;对于未选修该课程的学习者而言,可供研读赏析,得中国古典文学学习门径之一二。

　　中国古代文学源远流长,博大精深,内容丰富,艺术手法多样,风格流派众多,因当时建设在线开放课程时,课程组考虑课程学时不宜过多,所以只是选择了部分课程组比较熟悉的内容,而未能遍及中国古代文学主题、审美追求、艺术手法之全部,尚有诸多层面未能论及,请读者同志们见谅!

　　教材编写队伍共4人,教授2名,副教授2名。团队成员均从教多年,对研究对象既有一定把握,又具有一定的教学经验,具体分工为:许芳红构建整个教材体系,编定章节目录,完成全部统稿工作,并负责编写第一、二、三、五、十四章,范新阳负责编写第六、七、九、十一章,葛志伟负责编写第十、十三章,周金标负责编写第四、八、十二章。书稿最后经第二师范学院张响博士精心校对,其严谨的态度与求真求实的精神令人衷心感佩!

　　教材内容参考了部分学界现有研究成果,有的地方注明了参考对象,可能还有些地方未准确注明来源出处,若有方家发现疏漏,敬请指出,下次修订时一定注明。教材将有助于学习者掌握古代诗词艺术,提升学习者文学鉴赏水平,然囿于编写者的学识水平,尚有不足之处,敬祈方家见教。

许芳红

记于 2020 年国庆、中秋